Joan Barfoot
Als er sie verließ

Joan Barfoot

Als er sie verliess

Roman

Aus dem Englischen von
Eva und Thomas Pampuch

Verlag Antje Kunstmann

1

Gwen kann ihren Blick nicht von Edgars Leichnam abwenden. Als würde man nur das auch wirklich glauben, was man sieht.

Ihr ist gleichgültig, daß sie nicht allein mit dem Toten ist; sie merkt kaum, daß sich hinter ihr Menschen in diesem großen Raum befinden, die ihr jedoch klugerweise, angesichts ihrer irgendwie unberechenbaren Stimmung, nicht zu nahe kommen.

Nicht gleichgültig ist ihr diese letzte Möglichkeit, Edgar zu begutachten. Dieser bleibt, da er tot ist, notgedrungen stumm und still; seine nervösen Hände sind endlich ruhig. Sie sind auch ordentlich gefaltet, und zwar über dem Bauch, was in seinem Leben keine natürliche Haltung gewesen wäre.

Erstaunlich, was ein guter Leichenbestatter vollbringen kann, wenn er sein Geschick und ihr – Edgars – Geld in eine solche Aufgabe steckt.

Als sie Edgar mit leicht geneigtem Kopf nachdenklich betrachtet, denkt Gwen unter anderem über letzte Augenblicke im allgemeinen nach und die nicht unerfreulichen Begleiterscheinungen – wie zum Beispiel Geld –, die der Tod mit sich bringen kann. Natürlich nicht für Edgar. Für ihn war es nichts Positives, als er in seinem kleinen roten Auto auf den Eisenbahnschienen stand und sah, wie der riesige einzelne Scheinwerfer des Acht-Uhr-zwanzig-Zugs Richtung Osten immer größer wurde, bis er sein Gesichtsfeld ganz ausfüllte – zum Schluß sah Edgar Licht.

Sicher war auch die Geräuschkulisse außergewöhnlich; nicht nur das schrille, warnende Pfeifen, sondern auch das Donnern der Waggons, die vibrierenden Schienen. Eine durchschlagende Überraschung für alle Beteiligten.

In der Zeitung stand, daß Busse eingesetzt wurden, um die Fahrgäste an ihre Zielorte zu bringen, wodurch sie sich um viele Stunden verspätet haben müssen. All ihre Verabredungen und Pläne, ob unbedeutend oder wichtig, gerieten durcheinander. Und das arme Zugpersonal war wahrscheinlich noch schlimmer dran als Edgar. Auch wenn es für ihn schwer war, den Zug auf sich zurasen zu sehen, so war das Erlebnis doch zumindest kurz. Aber man denke an den bleibenden Schrecken des Zugführers, wie er, auf den Bremsen stehend, die Augen im Schock weit aufgerissen, hilflos in Edgar und sein Spielzeug hineinrutscht.

Männer und ihre Maschinen: eine tödliche Verbindung. Es hieß, Edgar hätte aus dem Wagen springen können, er hätte die Zeit dazu gehabt. Aber er war vermutlich gelähmt vor Schreck oder sogar Unentschlossenheit; er war kein Mann, der einer kritischen Situation mit dem angemessenen Tempo begegnete. Dennoch hätte er am Leben bleiben können. Statt dessen starb er in seinen Rennhandschuhen, albernen Lederdingern ohne richtige Finger; er ging mit seinem roten Kabrio-Schiff unter – das Dach oben oder unten? Niemand hat es erwähnt, und Gwen hat versäumt zu fragen.

Das hat man davon, wenn man einer allzu glühenden Leidenschaft nachgibt. Edgars Hingabe an sein neues Auto, seine neuen Zierleisten und neuen Rennhandschuhe, sein ganzer Alles-neu, noch-mal-von-vorn-anfangen-Trip brachte ihm den Tod. Gwen muß aufpassen, daß sie nicht lächelt. Dies hier sind seltsame und sensible gesellschaftliche Situationen ohne feststehende Verhaltensregeln, aber sie ist sich bewußt, daß sie als Edgars Witwe bei seiner Beerdigung zumindest theoretisch verantwortlich dafür ist, daß die Veranstaltung einen gewissen Stil hat.

Ihr kirschrotes Kostüm hat fast die Farbe von Edgars rotem Sportwagen, darum trägt sie es heute. Allerdings hat sie nicht ganz bedacht, wie sehr es in dieser düsteren Menge auffallen würde. Außerdem ist es etwas enger als noch vor ein paar Monaten und wirkt jetzt in diesem Beerdigungslicht nicht ganz wie echte Seide, was sie gehofft hatte.

Als sie sich vor einer Stunde (vor nur einer Stunde! Was für eine merkwürdige Sache die Zeit neuerdings geworden ist!) im Schlafzimmerspiegel betrachtete, fand sie, daß sie gut aussah, auch wenn deutlich ist, daß in den letzten Wochen einige Dinge aus dem Ruder gelaufen sind, zum Beispiel die Form ihrer Hüften, und daß es um ihren Mund herum ein paar neue Falten gibt. Ihre besten Seiten jedoch, ihre schmale Nase mit der kleinen, interessanten Unebenheit an der Wurzel, ihr breiter Mund, den sie heute lieber halten sollte, und das Grübchen im Kinn, das die Leute glauben macht, sie sei optimistisch und süß – all das hat sich, soweit sie sagen kann, durch die Katastrophe nicht verändert. Was noch wichtiger ist, ihre Augen sind wieder klar, ihr Blick ist schärfer – so glaubt sie –, als er je war.

Allerdings nicht scharf genug, um Edgar zu durchschauen. Sie kann immer noch nicht sagen, was sie eigentlich entdecken will, wenn sie ihn betrachtet. Sie ärgert sich auch, daß sie es nie erfahren wird. Daß er bis zum Ende seine großen, dummen, zerstörerischen Geheimnisse für sich behalten hat.

Obwohl er ganz offensichtlich wesentlich zerstörter ist als Gwen. Man muß ihn sich nur ansehen.

Was für eine Farce, sie beide: Edgar da draußen mit seinem langweiligen, schwachsinnigen Abenteuer; Gwen zu Hause in ihrer Küche, wie sie ihre tödlich verletzten Gefühle mit Kohlehydraten und Schokolade behandelt, mit Bergen von Pasta und Kartoffeln, Pralinen und Kuchen – sie streichelt mit den Händen über ihre Hüften. Wie entschieden sie am Leben ist – und Edgar so ganz und gar nicht.

Tatsächlich ist er das perfekte Bildnis der Abwesenheit.

Anscheinend weiß sie nicht, ob sie lachen oder weinen soll, wie Edgars Mutter Grace gesagt hätte. Ihr Ziel, ihr einziges Ziel ist, über den heutigen Tag zu kommen, ohne eines von beidem zu tun.

Das letzte Mal, jedenfalls lebend und unverletzt, sah Gwen Edgar vor zehn Tagen, als er, ohne vorher anzurufen, einfach in die Einfahrt fuhr, wie jemand, der keine Manieren und keine Ahnung hat, daß er dazu kein Recht mehr hatte. Gwen erschrak und ärgerte sich kurz darüber. Dann lachte sie, was ihn ärgerte.

Aber was erwartete er mit seinen braunen Lederhandschuhen ohne Finger und mit kleinen Löchern, um Luft durchzulassen, falls er zufällig einmal sehr schnell fahren sollte? Und dieses Kabrio, klein und rot, mit Rennfahrerstreifen und schimmernd, das beim Abkühlen klingelnde Geräusche von sich gab. Und die neue Brille mit Drahtgestell rund um seine nervösen blauen Augen und die alten, unabänderlichen Falten drumherum, die jetzt, wo er nicht nur gegen das Licht, sondern auch gegen den Fahrtwind anblinzeln mußte, tiefer werden würden.

Der letzte Schliff: braune, knapp sitzende Kappe mit Schirm und aus Tweed. Edgar trug nie vorher etwas auf dem Kopf, seit kurzem nicht einmal mehr allzuviel seines früher fülligen Haars. Wegen der Kappe konnte man nicht mehr sagen, wo seine Stirn aufhörte, oder wie grau die Überreste seiner goldenen Locken geworden waren.

Aber wie er jetzt erst aussieht! Wie peinlich ihm das wäre!

Auf keinen Fall wolle er einen offenen Sarg, sagte er immer, wenn er, wie er sich ausdrückte, »ginge«. Er ärgerte sich über den offenen Sarg, als Grace starb, regte sich auf, daß sie aussah »wie eine Nutte mit Rouge und Lippenstift, und diese Haare – so hat sie sie nie getragen, alles so lockig. Schrecklich!« Edgar verehrte Grace, was Gwen, bis auf die letzten paar Monate, als gutes Zeichen sah. Sie glaubte, ein Mann, der seine Mutter bewunderte, müsse auch anderen Frauen wohlgesonnen sein. Besonders seiner Ehefrau.

Die vergangenen sieben Wochen (und drei Tage), seit Edgar entschlossen und hoffnungsvoll zur Tür hinausging, boten Gwen ausreichend Zeit, viele Dinge neu zu überdenken. Sie fing bereits an, sich angesichts ihres endlosen Zuges von Gedanken zu langweilen, als die Sache mit dem wirklichen Zug passierte.

Da sie – trotz dieser häuslichen Erschütterungen – seine Witwe ist, mußte sie natürlich die Einzelheiten seiner Beerdigung regeln.

Also: Jeder soll ihn mehr oder weniger so sehen, wie er war. Keine Schirmmütze aus Tweed, keine Rennfahrerhandschuhe, kein lässiges, offenes Hemd; statt dessen ein alter blauer Anzug, ein leuchtend weißes Hemd und eine zu grelle rote Krawatte, wieder etwas, das zu seinem Auto paßt. Auch die vergoldeten Manschettenknöpfe sind Überreste ihrer mühsamen Anfangszeit. Der Bestattungsunternehmer hat ihm die Lippen aufeinandergepreßt und ihm damit einen leicht elend wirkenden Versagerausdruck gegeben, mit einem Hauch Rosa, der Farbe wegen.

Edgar hat sein Aussehen – egal wie mitleiderregend es ist – zum einen der beachtlichen Kunst Austin Websters zu verdanken, dem Beerdigungsunternehmer, den Gwen aus dem Telefonbuch hat, und zum anderen ihrer Hartnäckigkeit: Ihr war es egal, aus wie vielen Stücken Edgar nunmehr bestand. Wie sich herausstellte, bestand er aus drei Hauptteilen, wobei einer immer noch fehlt. Zum Glück waren die sichtbaren Teile verwertbar, und der Rest wurde unter Kleidung und strategischer Polsterung verdeckt.

»Wirklich, Mrs. Stone«, beschwor Austin Webster sie, »in Fällen wie diesem macht man das einfach nicht. Bei einem so schweren Unfall. Wo es – Schäden gegeben hat.«

»Wirklich, Mr. Webster«, antwortete sie energisch (es war sowieso ärgerlich, daß Edgar ihr bis zum Ende zur Last fiel, sie behinderte, ihrem Fortschritt entgegenstand; vielleicht sogar, daß er überhaupt je in ihr Leben getreten war, wie sie zwanzig Jahre zu spät erkennt), »ich dachte, daß Sie gern die Gelegenheit ergreifen würden, Ihre Fähigkeiten unter Beweis zu stellen. Als Profi.« Sie wechselte das Register, schlug die Augen nieder und seufzte: »Er hätte es so gewollt.«

Na gut, sagte der ziemlich attraktive, schlanke Webster, er könne für nichts garantieren, er und sein Personal würden es aber auf einen Versuch ankommen lassen. Er könne Mrs. Stones Standpunkt verstehen. Und natürlich würde man stets alles tun, um die Wünsche der Verstorbenen zu respektieren, ganz zu schweigen von denen ihrer Lieben. Nur gäbe es manchmal Umstände, bei denen die Ereignisse die Erfüllung selbst der dringendsten Wünsche verhinderten.

Gwen war ganz seiner Meinung. Solche Umstände gibt es wirklich.

Edgar würde auf der Stelle tot umfallen, wenn er sich jetzt sehen könnte.

»Ich wünschte nur«, sagte sie zu Austin Webster, » wir könnten ihn in seinem Auto beerdigen. Er liebte sein Auto.« Websters Kopf zuckte leicht, und sein berufsmäßig sorgenvoller Blick wurde plötzlich streng. Aber, Gott, er muß schließlich Trauernde gewohnt sein, die sonderbare Dinge sagen, verwirrt durch ihren Kummer. »Er hat es erst kürzlich gekauft, wissen Sie. Er hat noch gesagt, wieviel Spaß es machte, damit zu fahren.«

Was Edgar damals vor zehn Tagen wirklich sagte, nachdem sie aufgehört hatte zu lachen, war: »Ich hatte in den paar Wochen mit dem Wagen unter mir mehr Spaß als viele Jahre lang auf dir.« Und ihr hatte er früher manchmal vorgeworfen, fiese Sachen zu sagen!

»Wie charmant, Edgar. Wie galant.« Aber sie konnte nicht sagen, daß sie nicht verletzt war. Sie konnte nicht sagen, daß ihr der Schmerz nicht das Herz durchbohrte.

Ihre grausamsten Waffen hoben sie sich anscheinend für die Wochen auf, als das Ende feststand. Oder zumindest das, was sie für das Ende hielten. Keiner von beiden hatte im Traum an das heutige, wirkliche, unwiderrufliche Ende gedacht. Obwohl es tatsächlich Momente gab, in denen sie ihm den Tod wünschte. Vor zehn Tagen war Edgar weniger nett oder weniger ängstlich gewesen als an dem Tag, an dem er sie verlassen hatte, und sie war sicher eindeutiger gewesen und natürlich viel, viel kälter. Sie waren beide blaß; er ohne Mütze mit seinem zurückweichenden Haar und den hellblauen Augen, den leicht hängenden Wangen und dem Ansatz zum Doppelkinn; sie mit ihrem wirren, immer noch rötlich gefärbten Haar, den dunkleren Augen und den kleinen Pölsterchen am Hals. Sie weiß, daß sie leicht gezittert hat; er auch?

Wenn es vorbei ist, kann alles ausgesprochen werden, man kann mit harten Bandagen kämpfen, alles ist erlaubt. Aber es ist trotzdem eine Überraschung, wenn man plötzlich erfährt, wieviel sich unausgesprochen und sogar meistens unmerklich abgespielt hat, unter einer kaum bewegten Oberfläche. Und dann gibt es auf einmal keine Hoffnung mehr und offenbar auch kein Bedürfnis nach Vertuschung, und nur noch sehr wenig Zurückhaltung. Fauliger Schlamm ergießt sich über alles; eine Kloake, die nach Jahren voller winziger, unbeachteter Probleme schließlich alles verstopft und Keller und Badewannen überflutet.

»Ed«, beschwerte er sich, »die Leute nennen mich Ed. Aber du tust das natürlich nie.«

Kein unberechtigter Vorwurf, würde sie zugeben, aber nicht ihm gegenüber. Sie zuckte mit den Achseln. »Das mußt du deiner seligen Mutter vorwerfen. Grace hat dich Edgar genannt, Edgar.« Nach einem Onkel, von dem Grace – zu Recht – auf eine Erbschaft hoffte. Und als ihre Zeit kam, war sie in der Lage, einen Großteil dieser Erbschaft an Edgar weiterzugeben, der dieses Vermögen – ebenso wie sein selbsterworbenes – gut anlegte. Und jetzt zeigt sich, wer letztendlich davon profitiert!

Die kluge Grace. Der liebe, großzügige, längst verstorbene Onkel Edgar. Der sorglose Großneffe Edgar, der, als er Gwen verließ, nicht daran dachte, als erstes sein Testament zu ändern. Dumm für einen Anwalt, aber wahrscheinlich typisch. Nachdem er im Alter von vierundvierzig neu geboren wurde, muß Edgar gedacht haben, daß er noch ein Leben lang Zeit haben würde, die faden Einzelheiten zu regeln, die seine fade Frau betreffen.

Gwen könnte noch einen Imbiß vertragen und danach ein Nickerchen. Hier kommt sie nicht weiter, in seinen versiegelten Gesichtszügen sind keine Antworten zu finden.

Es langweilt sie, ihn anzustarren.

Zeit, Abschied zu nehmen. Auf Wiedersehen, Edgar.

»Nennt mich Ed« könnte sie auf seinen Grabstein meißeln lassen, aber Beerdigungen sind teuer genug, auch ohne schicke Inschriften, vor allem wenn man eine Extraprämie zahlen muß, damit die Leiche wieder zusammengesetzt und ein angstverzerrtes, zerschmettertes Gesicht präsentabel gemacht wird.

Sie könnte sein Grab einfach mit einer kleinen, verchromten Stoßstange markieren. Oder mit einem riesigen Zugscheinwerfer. Oder einem aufstrebenden Zementpenis, der seine Wiederkunft symbolisiert.

Langsam wollen die ungeduldigen Leute nicht mehr warten. Sie kann sie in ihrem Rücken spüren, wie sie näher kommen, sich um sie sammeln. Wer sind sie? Ein paar Gesichter aus der Nachbarschaft, das ist sehr lieb. Und es sieht so aus, als seien auch die Organisationen vertreten, denen sie freiwillig ihre Energie und Zeit widmete, die Leute vom Herzzentrum, der Krebshilfe und der Armenküche. Auch das ist sehr lieb. In solchen Organisationen werden Personen bestimmt, die zu Beerdigungen gehen sollen. Sie überlegt, ob das auch die Nachbarn so gemacht haben. Aber selbst wenn es so war, zeugt es von zivilisierter Gesinnung. Sie sind auch zivilisiert genug, oder vorsichtig genug, oder sie kennen sie einfach gut genug, um sich nicht vorzudrängen.

Natürlich sind Männer und Frauen da, mit denen Edgar gearbeitet hat, Kollegen, die sie nicht sehr gut kennt. Mit einigen von ihnen verbrachte er seine Freizeit, die kennt sie noch weniger gut. Wie viele von ihnen begreifen, daß dies hier zwar nicht unbedingt eine Lüge, auf jeden Fall aber auch nicht ganz ehrlich ist? Wahrscheinlich alle. Edgar hat seinen Weggang, sein neues Leben, fast zwei Monate lang gefeiert, und wer weiß, wie viele Leute lange vor Gwen wußten, was er vorhatte. Vielleicht betrachtet man sie als etwas Schlimmeres als eine trauernde Witwe: eine zurückgewiesene Frau. Ihr leuchtendrotes Kostüm könnte vom klebrigen Mitleid Flecken bekommen.

Sei's drum. Dieses Mitleid hat nichts mit ihr zu tun.

Ihr eigenes ist etwas anderes. Vor sieben Wochen und drei Tagen gab es eine ganze Menge Selbstmitleid, als der Kummer und alles mögliche andere ihr Herz fast stillstehen ließen und beinahe gebrochen hätten. Zu ihrer Schande erinnert sie sich daran, daß sie Edgar am Eßtisch gegenüber stand, in seine unruhigen, nervösen, völlig unvertrauten Augen blickte und immer wieder fragte: »Aber warum?« Nicht daß die Frage unvernünftig war, aber es war bald ziemlich klar, daß er darauf keine klare Antwort wußte und es daher keinen Sinn hatte, weiter darüber zu reden.

Es dauerte eine Weile, bis sie kapierte, daß ihm die Worte fehlten, mit denen er hätte erklären können, was er tat. Gwen hätte solche Worte genau vorbereitet. Vielleicht hatte er das auch, brachte sie dann aber durcheinander, als es soweit war.

»Offenbar hast du«, sagte sie erstaunlich kühl (oder im Schock), »doch schon lange darüber nachgedacht, Edgar, und dir alles mögliche überlegt. Darum wundert es mich, daß du nicht sagen kannst, warum. Es ist doch keine so schwierige Frage.«

»Veränderung«, antwortete er. »Bedürfnis.« Er warf die Arme hoch. »Mein Leben!« schrie er und breitete die Arme aus.

»Und meins?«

Gut, es kam alles sehr plötzlich, und das Eßzimmer, das ihr so vollkommen vertraut war, wirkte immer noch sehr trübe, weit weg und fremd. Als ihr Kopf wieder klarer wurde und die Wochen vorbeirasten, wobei jeder Tag etwas Neues von dem brachte, was Edgar »Veränderung« und »Bedürfnis« und »mein Leben« nennen würde, bereute sie es, gefragt zu haben. Es war eindeutig eine dieser viel zu späten Fragen, eine Verschwendung von Zeit und Atem.

Aber obwohl das der Fall ist, will sie die Antwort immer noch wissen. Und da liegt er nun vor ihr, im ewigen Zustand der Verweigerung.

Vielleicht saß er deshalb ein paar Sekunden zu lange in seinem kleinen Auto, weil er die Spur eines gefährlichen Zweifels empfand; weil sein neues Leben nicht das war, was er sich davon versprochen hatte. Weil er unbedingt entweder vor oder zurück wollte, mißlang ihm beides.

Zu dumm.

»Mrs. Stone.« Eine Männerstimme, leise und respektvoll. »Gwen.

Ich kann Ihnen gar nicht sagen, wie leid es uns allen tut. Als Leiter der Firma möchte ich Ihnen sagen: Wenn es irgend etwas gibt, was wir tun können, um Ihnen behilflich zu sein, brauchen Sie nur zu fragen. Wir sind alle für Sie da.«

Ist das wahr? Lawrence Parker ist kein Mann, der etwas verschenkt. Er ist ein Mann, der im Unterschied zu ihr echte Seide trägt, grau und perfekt geschneidert. Er geht hin und kauft sich solch einen Anzug sowie einen dazu passenden grauen Porsche und ein sehr feines, kaum wahrnehmbares Toupet, weil er kein Mann ist, der etwas zu verschenken hat. Was mag er meinen?

Eine Geste gegenüber der Witwe eines nützlichen Kollegen, der viel gearbeitet hat. Edgar sagte oft, er verachte Lawrence Parker, aber für Gwen klang es eher so, als sei die Abneigung nicht elementar oder prinzipiell, sondern eher etwas Kleinlicheres und Böses: purer Neid.

»Danke, Larry.« Sie probiert ihr neues, zittriges Witwenlächeln. »Das ist sehr nett von Ihnen. Sagen wir, Dienstag?«

Sein Gesicht wird flach und verdutzt. »Wofür?«

»Oh, für zwei oder drei Stunden, denke ich. Ich kann mir nicht vorstellen, daß es viel länger dauert, Edgars Sachen in Ordnung zu bringen, oder? Zumindest, um das Wichtigste zu regeln. Geht es am frühen Nachmittag?«

»Ähh. Vielleicht. Wie wäre es, wenn meine Sekretärin Sie morgen anruft und mit Ihnen bespricht, was Sie Ihrer Meinung nach benötigen? Es kann sein, daß wir uns Ihnen nicht ausschließlich widmen können, aber wir können Ihnen sicher behilflich sein.«

Nach sieben Wochen und drei Tagen ernsthaften Nachdenkens ist Gwen ziemlich fest davon überzeugt, daß man sich die Mühe machen sollte, das zu meinen, was man sagt. Früher war sie, vielleicht ebenso wie Lawrence, einer höflichen Lüge nicht abgeneigt, einer liebenswürdigen Ausrede, einer großzügigen, aber nicht ernst gemeinten Geste. Aber dazu ist das Leben zu kurz, wofür Edgar hier und jetzt den Beweis liefert.

Hätte Edgar nicht gelogen, Ausreden und Ausflüchte gebraucht, hätten sie vielleicht beide energischer und sinnvoller weitermachen können. Jetzt ist sie zweiundvierzig und hat nicht mehr viel Zeit zu verschwenden.

Oh, sie klingt bitter. Sie hofft, das geht vorüber. Auf dauerhafte Verbitterung hat sie keine Lust.

Eine gewisse Schroffheit kann allerdings nützlich sein. »Sie kann mich wegen einer genauen Terminabsprache anrufen, wenn Sie wollen, aber Dienstag paßt mir am besten. Ich möchte so bald wie möglich alles in Ordnung bringen. Wissen Sie, all das Drumherum, das mit dem Tod verbunden ist, macht die Situation so viel schwieriger. Es ist deshalb eine große Erleichterung für mich zu wissen, daß Sie mir helfen werden, Larry.« Es ist amüsant zu sehen, wie er mit leicht gespitzten Lippen nachgibt. Er ist Gwen nicht gewachsen, nicht in diesen Tagen.

Vielleicht hätte sie anstelle von Edgar Rechtsanwalt werden sollen. Der arme Edgar soll zwar ganz gut gewesen sein, aber ein Mann, der sich in einer so großen Firma auf Wirtschaftsrecht beschränkte, hatte kaum Aussichten, ein Star zu werden. Jedenfalls keiner, der so wie Lawrence in der Öffentlichkeit steht.

»Sie denken doch nicht an Klage, oder?« fragt er argwöhnisch. »Gegen die Eisenbahn oder so was?«

»Du lieber Himmel, nein. Die ganze Sache war eindeutig Edgars Schuld, von Anfang bis Ende. Sie wissen ja selbst, Larry, er war schrecklich gründlich, sehr professionell und nützlich für die Firma, nehme ich an, aber er hat immer ziemlich lange gebraucht, bis er sich zu einer Entscheidung durchrang. Ich vermute, daß er dort auf den Schienen stand und überlegte, was er machen soll, und einfach den Bruchteil einer Sekunde zu lange gebraucht hat.«

Ein winziges schockiertes Zucken erscheint kurz an Larrys Mundwinkel. Er hat einen interessanten Mund – wie es sich wohl anfühlt, Lippen zu küssen, die kaum vorhanden sind? Er muß den größten Teil seiner Lippen nach innen, zu seinen Zähnen gestülpt haben, um seine Unergründlichkeit zu erhalten, um sich davor zu schützen, zuviel zu verschenken.

Gwen ist das an Lippen mächtiger Männer schon früher aufgefallen: Sie werden mit der Zeit immer schmaler, bis sie fast verschwunden sind. Lawrence muß etwa, ja wie alt, Anfang fünfzig sein? Und offenbar über den Gerichtssaal hinaus Macht besitzen. Edgar nannte ihn einen »Geldeintreiber« für seine politische Partei – irgendwie für Finanzen zuständig, einer der Antreiber und Motoren, einer der Hintermänner, die dafür sorgen, daß etwas geschieht. Er ist glatt, glatt, wie er hier steht in seinem Seidenanzug, mit seinem runden Kopf mit dem vornehmen, silbrigen, falschen Haar, dem kunstvoll verdeckten kleinen Bauch und seinen perlmutt manikürten Fingerspitzen.

»Aber ich darf Sie nicht ganz in Beschlag nehmen, Gwen, wo hier so viele Menschen sind, die Ihnen Ihre Anteilnahme bekunden wollen. Es muß tröstlich für Sie sein, zu sehen, wie vielen Menschen Edgar etwas bedeutet hat. Und wir alle fühlen natürlich sehr mit Ihnen.« Er beginnt sich davonzuschleichen, aber Gwen faßt ihn am Arm.

»Danke, Larry, das ist sehr nett. Also dann bis Dienstag.« Sein Mund öffnet sich, dann schließt er sich wieder, und er nickt leicht und lächelt sein dünnes Lächeln, und sie entläßt ihn.

Das hat fast Spaß gemacht.

Und jetzt, wer sind all diese Fremden in der Menschentraube?

Es müssen Leute aus Edgars neuem Leben sein, das Leben, das er ihr vor zehn Tagen zu beschreiben versuchte, bevor er ins Stokken geriet und nach Worten suchte. Gwen glaubt, daß es Edgars Unfähigkeit zur freien Rede und zur Spontaneität war, die dazu beigetragen hat, daß er statt im Gerichtssaal lieber über Gesetzbüchern und Verträgen hockte. Edgar sagte, es sei vor allem sein eigener Wunsch gewesen, aber er war kaum der Typ, der achselzuckend zugeben würde: »Ich kann das einfach nicht gut.«

Er zog es vor, das Positive hervorzuheben. Wie: »Ich bin der beste Mann für Unternehmensverträge in der Kanzlei. Da bin ich einsame Spitze.«

Mag sein. Möglich.

Als er sein Leben änderte, plante er da auch, sich beruflich zu verändern? Was immer das Anwaltsäquivalent zu einem kleinen roten Kabriolet sein mag, wollte er das als nächstes ausprobieren? Wenn das der Fall war, hatte es in Anbetracht der Tatsache, wie schnell er sich in den Konsum stürzte (und zwar in einen ausgesprochenen Prestigekonsum) offenbar nichts damit zu tun, sich stärker aufzuopfern. Edgar plante wohl kaum eine Rechtsberatung für Arme, er wollte sicher nicht auswandern, um ein Entwicklungsland dabei zu unterstützen, mit den Fallstricken des Unternehmensvertragsrechts zurechtzukommen.

Wenn er aber das nicht tat, wenn er nicht seine Fachkenntnis einsetzte, was hätte er dann anderes tun können als weiterzuwursteln? Edgar war fast ebenso hoffnungslos ungeübt darin, seinen Weg in der Welt zu gehen, wie Gwen es ist. Er konnte eigentlich nur auf eine Art Geld verdienen. Das war nicht viel, aber sie kann nicht einmal das.

Seine Ziele klangen noch ein wenig vage, als er versuchte, ihr sein neues Lebensgefühl zu erklären, wobei er zur Betonung oder besseren Verständlichkeit mit den Armen herumfuchtelte.

»Ich will *glücklich* sein. Ich habe immer nur das gemacht, was von mir erwartet wurde, und jetzt mache ich alles, was ich *will.*« Als wäre »glücklich sein« und »tun, was man will« ein und dasselbe. Oder als hätte er tatsächlich »immer« das getan, was von ihm erwartet wurde.

»Was bist du doch für ein Dummkopf, Edgar. Es ist mir richtig peinlich, daß ich mit so einem Dummkopf verheiratet war. Noch dazu so lange.«

»Nein, Gwen. Nein.« Was immer das heißen mochte. »Ich konnte mich nicht von der Vergangenheit zurückhalten lassen. Man hat nur eine begrenzte Anzahl von Jahren.«

Oder, wie sich gezeigt hat, von Tagen.

Sie neigte nicht zu Gnade, auch jetzt nicht. »Du wirst vielleicht nicht in der Lage sein, *alles* zu tun, was du willst, Edgar. Bilde dir nicht ein, daß ich auf meinen Teil verzichte.«

»Dann hoffe ich, daß du einen guten Anwalt hast.« Er würde natürlich einen haben.

Wie entschlossen er war und wie sicher. Aber wozu entschlossen und wessen sicher?

Die Einzelheiten einer Trennung zu regeln, wäre bestimmt sehr viel lästiger geworden als die Regelung eines Todesfalls. Wie gut, daß sie noch nicht angefangen hat, nach einem gewieften Rechtsanwalt für sich zu suchen. Jetzt hat sie alles, und zwar ohne jedes Problem. Edgar dagegen hatte natürlich eins.

Eine Schande, daß die letzten Worte, die sie füreinander hatten, böse und gierig und barsch waren. Schade, daß sie einander nach zwanzig Jahren nichts Besseres zu sagen hatten. Aber wie er selbst sagte: »Das Leben ändert sich, Gwen. Es hat keinen Sinn, zurückzuschauen oder ein schlechtes Gewissen zu haben, du kannst nur weiterleben und es besser machen.«

Wie wahr. Danke, Edgar.

Es scheint, sie benimmt sich schlecht. Aber vielleicht wirkt Verwirrung wie Trauer und Reizbarkeit wie Kummer.

Sie fühlt sich viel schlimmer als sie aussieht.

Der Mann, der sie ansieht und dabei eine kleine Schar männlicher und weiblicher Fremder anführt, greift nach Gwens Hand. »Ich bin Al Benedict. Ich nehme an, Sie sind Eds Frau.«

»Gwen Stone, ja. Und woher kannten Sie ihn?«

»Ich bin – wir sind«, er zeigt auf seine drei Begleiter hinter ihm, »aus Eds Haus.« Er schüttelt den Kopf. »Ein echter Typ, was? Er wird uns wirklich fehlen, hat auf der Party Leben in die Bude gebracht. Guter Typ.« Er runzelt die Stirn, wobei er immer noch den Kopf schüttelt. »Schlimm, so abzutreten.«

Typ? Und welche Party? Edgar entpuppt sich immer noch als ein Mann voller Überraschungen, zumindest für Gwen.

Und welches Haus? Natürlich muß ein Mann, der irgendwo auszieht, woanders einziehen, aber wie hat er es gefunden und wann? Wie lange, bevor er sie verließ – das ist eine Frage, die sie schon seit Wochen beschäftigt –, hat er das geplant und vorbereitet? Offenbar konnte dieser Typ Ed sehr gut Geheimnisse für sich behalten. Er zottelte gehorsam heim, verspeiste ihre Mahlzeiten, schlief tief neben ihr und unterschrieb zwischendurch Mietverträge.

Sie nimmt an, daß ihr jetzt der gesamte Besitz zufällt, den er für sich anschaffte. Was sich optimistische Männer mittleren Alters eben so anschaffen, wenn sie noch mal von vorn anfangen. Ledersofas fallen ihr ein, Couchtische mit Glasplatte. Vielleicht ein riesiges, hoffnungfrohes Bett mit Satinbettwäsche. In Edgars Fall vermutlich auch viele Pflanzen.

Wie ermüdend, neben all dem hier auch das noch am Hals zu haben. Einer der Nachteile der Witwenschaft. »Sagen Sie, kennt irgend jemand von Ihnen jemanden im Haus, der Edgars Einrichtung kaufen könnte? Dann könnte ich mir das Abholen ersparen, wenn man da jemanden fände.«

»Ach so!« Al wendet sich hilfesuchend an seine Gruppe. »Ich weiß nicht. Wir könnten vielleicht mal herumfragen. Weiß jemand wen?«

Sie schütteln stumm die Köpfe, wobei sie Gwen vorsichtig beobachten. Was wissen sie über sie? Was könnte dieser Typ Ed seinen neuen Freunden erzählt haben? Er wäre wohl nicht fähig gewesen, darüber zu klagen, daß sie kalt oder hartherzig war, denn das war sie erst in jüngster Zeit geworden. Sehr wahrscheinlich hat er einfach angedeutet, daß er sich verändert habe und sie nicht. »Es ist am besten so«, hat er ihnen vielleicht gesagt, ebenso wie er es ihr gesagt hat. »Am Ende«, sagte er vor sieben Wochen, als er im Eßzimmer stand und vorsichtig abschätzte, wie groß ihr Schock war, »wirst du froh sein. Du hast auch die Möglichkeit, neu anzufangen, bevor es zu spät ist.«

Mutige Worte angesichts der Umstände. Denn genau da hätte sie ihm an die Gurgel gehen können.

Zum Glück für ihn war sie gelähmt vor Schreck.

Aber man bedenke: Wenn der zähe, verbissene Edgar sich in den Typen Ed verwandeln konnte, der Leben in eine Hochhausparty bringt, dann konnte sich eine im Grunde gütige, wenn auch scharfzüngige Gwen ohne allzu große Anstrengung zu einer Eisprinzessin wandeln. Ernst, unsentimental und kühl, mit einer völlig neuen Sicht auf die Liebe.

Sie findet es interessant, wie sehr sie unterschätzt wurde, auch von sich selbst.

Vielleicht hat Edgar etwas Ähnliches über sich erfahren.

Die beiden Frauen in dieser kleinen Gruppe sind nicht unbedingt das, was sie sich unter Edgars Vision von verführerischer Freiheit vorgestellt hatte. Sie müssen um die fünfzig sein, also etwa ein Jahrzehnt älter als Gwen. Die eine blond gefärbt, die andere bläulich. Aber sie sehen nett aus. Besorgt, mitfühlend, betroffen. »Ich bin Annette. Und das ist Frieda.« Sie fassen Gwens Hand.

»Und Sie alle kannten Edgar. Wie nett. Er wäre glücklich gewesen, wenn er gewußt hätte, daß er in so kurzer Zeit einen solchen Eindruck gemacht hat.« Sie wirken verwirrt – weil sie ihn Edgar nennt? Vielleicht hat er das nie gestanden.

»Und ich bin Frank.« Der zweite Mann tritt vor, runzelt die Stirn und schüttelt den Kopf genauso wie Al vorhin. »Tragisch, das alles, was passiert ist. Tragisch.«

»Ja.« Gwen stimmt energisch zu, wobei sie ihre Hände von Annette und Frieda löst. »Und auch so unnötig.«

Alle vier sehen verstört aus, bis sich Franks Gesichtsausdruck klärt. Gwen spürt das Verlangen, den Arm auszustrecken und ihn an seinem braunen Haarbüschel zu ziehen, um festzustellen, ob es echt ist, was es eigentlich nicht sein kann. Ein böser, gemeiner Impuls. »Ich schätze, es kommt einem immer irgendwie unnötig vor«, sagt er, »wenn jemand vor der Zeit geht. Wenn er jung ist. Das macht es in gewissem Sinne schlimmer.«

Mehrere Leute haben etwas in der Art gesagt. Gwen runzelt die Stirn. »Na ja, Edgar war nun nicht gerade jung, er war Mitte vierzig. Und ich nehme an, daß der Tod selten willkommen ist oder als passend empfunden wird, wann immer er kommt. Gleich wie, ob nötig oder nicht, Edgars Zeit war gekommen, und sie kam mit einem ziemlichen Knall, stimmt's?«

Was ist los mit ihr? Die Wörter hüpfen ohne Warnung aus ihrem Mund, die Knallkörper explodieren, bevor sie merkt, daß überhaupt die Zündschnüre angezündet wurden. Dennoch muß sie lächeln; keine Kompromisse heute, und kein billiger Trost.

»Äh.« Sagt Al.

Annette und Frieda tragen beide Schwarz und bilden damit einen hübschen Kontrast zu Gwen. Frieda ist die Blonde, Annette die bläulich Gefärbte, was ein Mißgeschick gewesen sein muß. Vielleicht färben sie sich die Haare selber oder gegenseitig, um Geld zu sparen, riskieren aber unerfreuliche Ergebnisse. Gwens eigene Haare sind nicht gefärbt und unterscheiden sich auch nicht sehr von den dunkelroten kurzen Locken, die sie in ihrer Jugend trug. Sie hat sich noch nicht entschieden, auf welche Art sie ihrem Älterwerden begegnen will. Schließlich war sie in letzter Zeit damit beschäftigt, verwirrt zu beobachten, wie sich Edgar seinem Älterwerden stellte. Aber früher hätte sie gesagt, daß sie bis zu einem gewissen Grad alles so nehmen würde, wie es kommt: Falten, Hängebusen, graue Haare, was immer. Jetzt ist alles möglich. Wenn sie will, kann sie sich die Haare färben, sich liften, straffen, massieren und in ein immerwährendes, ewiges, wenn auch groteskes mittleres Alter versetzen lassen.

»Sie haben Ed gut hingekriegt, oder?« sagt Annette ziemlich verzweifelt, während sie unsicher auf ihn hinuntersieht. »Obwohl er anders aussieht, nicht?«

»Das will ich meinen«, antwortet Gwen allzu trocken. Mein Gott. »Ich meine, Sie werden den neuen Edgar gekannt haben, und das hier ist der alte, mit dem ich zusammengelebt habe.« Natürlich haben sie keine Ahnung, wovon sie spricht.

»Es wundert mich«, pirscht sich Annette weiter vor, »daß man Ihnen einen offenen Sarg erlaubt hat. Ich dachte immer, das sei nicht möglich.«

»Das war es auch beinahe nicht. Der Bestattungsunternehmer war dagegen, aber ich bestand darauf, und tatsächlich hat er es dann am Ende sehr gut gemacht. Wenn man bedenkt, womit er es zu tun hatte. Aus seiner Sicht war es wohl eher ein Puzzle als eine normale Leiche.«

»Wenn Sie uns entschuldigen«, sagt Al abrupt und faßt Friedas Ellbogen. »Wir haben Ihre Zeit schon zu sehr in Anspruch genommen.« Er wirkt beleidigt, fast böse. Vielleicht denkt er nicht nur an den Typen Ed, sondern an irgendeine eigene häusliche Ehekatastrophe. Vielleicht stellt er sich solch harte Worte bei seiner eigenen Beerdigung vor. Oder vielleicht hat ihn einfach nur eine plötzliche und starke Abneigung gegen Gwen erfaßt. Das wäre kein Wunder.

Früher wollte sie, daß man sie mag; aber das wollen ja schließlich die meisten Menschen. Sie hat immer versucht, angemessene, nette Worte zu sagen, sich angemessen und harmlos zu verhalten. Jetzt ist sie zwar nicht gerade auf unfreundliche Worte oder beleidigendes Handeln aus, aber das Ziel, gemocht zu werden, scheint in den Hintergrund getreten zu sein.

Außerdem scheint sie das Bedürfnis zu haben, irgend jemanden für irgend etwas zu bestrafen.

Aber nicht Beth-Ann und Joe, die nun auf sie zukommen, das einzige Paar unter den wechselnden Nachbarn in Gwens Straße, die dort länger als Edgar und Gwen gewohnt haben. Beth-Ann hat am Tag ihres Einzugs einen Schmorbraten gebracht und kam neulich abends mit einem Schokoladenkuchen vorbei, den Gwen bereits verschlungen hat. In den Jahren dazwischen waren Beth-Ann und Joe aus der Siedlung noch am ehesten so etwas wie Freunde von Edgar und Gwen. Immer wieder trafen sie sich in ihren jeweiligen Häusern zum Abendessen und Grillen und Gesprächen und Kaffee. Gwen mag sie, besonders Beth-Ann, aber es muß Grenzen geben. Beth-Ann und Joe haben ihre eigenen Probleme, die vor allem darin bestehen, daß Joe etwas zu viel Gefallen an Frauen findet, die nicht Beth-Ann heißen. Und genausowenig wie Gwen Edgars schlimmste Schwächen jemandem anvertrauen mochte, wollte sie etwas von Joes Schwächen hören.

Ihrer Meinung nach ist es klug, wenn man bei Nachbarn einige

Grenzen und Anstandsformen beibehält. Denn wie könnten sich die Menschen sonst Tag für Tag, Jahr für Jahr in die Augen sehen?

Jetzt nimmt Beth-Ann Gwens Hand. »Kommst du zurecht? Sehen wir uns vielleicht morgen, wenn alles hier vorbei ist?« Gwen nickt.

Joe schlingt seinen Arm um ihre Schulter. »Laß dich nicht unterkriegen!« sagt er. Es ist das erste Mal seit Jahren, daß er Gwen anfaßt; seit er einmal spät am Abend in Gwen und Edgars Garten hinter dem Haus die Hand auf ihren Hintern gelegt, sich eng an sie geschmiegt und gesagt hat: »Weißt du, das könnte toll sein. Ich würde es gern mal ausprobieren, du auch?«

Beth-Ann und Edgar waren ganz in der Nähe. Gwen glaubte nicht, daß Joe es besonders ernst meinte. Sie wollte nicht die Aufmerksamkeit der anderen auf sich lenken oder eine Szene machen. Sie rückte von ihm ab, preßte die Lippen zusammen und starrte ihn an, und Joe, der weder aufdringlich noch dumm ist, zog sich zurück.

Gwen hatte nie den Eindruck, daß er jemandem weh tun wollte, aber er hat Beth-Ann dennoch weh getan. Das aber meint Gwen mit Abstand halten und ein wenig Diskretion wahren. Solange sie eine gewisse Privatsphäre achteten, konnte alles normal weitergehen.

Nun ist sie Witwe, und nichts geht normal weiter.

Beth-Ann und Joe drücken ein letztes Mal ihre Hand und gehen weg. Gwen sieht noch einmal auf Edgar hinunter.

Zwanzig Jahre! Sie könnte etwas Trauer darüber empfinden, was davon, getrennt und gemeinsam, versickert ist. Mit Sicherheit haben sie besser angefangen, als sie aufgehört haben. Mit besseren Absichten, mehr Zuneigung. Sie waren beide bessere Menschen, als sie es geworden sind.

Was sie betrifft, und vielleicht auch Edgar, so war sie früher auch viel unerfahrener. Viel naiver. Viel sanfter und biegsamer. Selbst noch vor sieben Wochen und drei Tagen, noch Augenblicke bevor Edgar ihr am Eßtisch gegenüber stand und seine kurze, stokkende Abschiedsrede begann, war sie unerfahrener, naiver und sanfter und viel biegsamer.

Und was soll jetzt aus ihr werden, wenn alles, was ihre Beliebtheit in der Welt ausmacht, ihre bescheidene Fähigkeit ist, dumm und beharrlich nur die schönen Seiten zu sehen? Was wird aus ihr werden, wenn das der Fall ist?

Eine Frage für einen anderen Tag. Denn dieser Tag gehört auf jeden Fall Edgar, sein großer Moment, seine letzte Chance, die fast ungeteilte Aufmerksamkeit von Gwen und allen anderen zu ergattern. Endlich sind alle Blicke auf ihn gerichtet, selbst wenn es bei allen entsetzte Blicke sind. Hätte er es genossen, so im Mittelpunkt der Aufmerksamkeit zu stehen?

Wahrscheinlich. Wozu wäre das rote Kabriolet sonst dagewesen? Und sicher sehnt sich jeder Mensch – und sei es auch nur ein- oder zweimal im Leben – danach, der Mittelpunkt des menschlichen Theaters zu sein, wenn auch lieber in einer besseren Rolle als in dieser hier.

Gwens großer Tag im menschlichen Theater war vor zwanzig Jahren. Man sagt doch: Der Hochzeitstag gehört der Braut. Und sie war so *hübsch*. Sie war so *rosa* und *weiß*. Sie war so voller *Hoffnung* und hatte *panisches* Herzklopfen.

So ein nettes Mädchen.

Am Kircheneingang blieb sie stehen, klammerte sich an den Arm ihres Vaters und beobachtete Edgar, der sie vom anderen Ende des langen, mit freundlichen Gesichtern gesäumten Gangs aus beobachtete. Und dann wurde sie von einem plötzlichen scharfen Schmerz getroffen, der ihr den Atem nahm. Sie wurde praktisch zurück zur Tür geschleudert durch die absolute Gewißheit, nicht richtig begriffen zu haben, daß dies alles Wirklichkeit und diese Wirklichkeit ein schrecklicher Fehler war.

Daß dieser schreckliche Fehler bereits begangen worden war, da es jetzt viel zu spät war, sich abzuwenden oder ihn ungeschehen zu machen. Die absolute Unvermeidlichkeit war für sie ein Horrortrip (wie man es damals noch nannte). Sie fühlte, wie die hohe Decke herunterkam, die verzierten dunklen Holzwände einstürzten. Das Rubinrot der Glasfenster sprach von unvorhersehbaren, unberechenbaren Wunden. »Mein liebes Mädchen«, sagte ihr Vater zärtlich. »An diesen Tag mußt du dich immer erinnern. Das wird für immer dein großer Tag sein.«

Ihre Hand, mit der sie seinen Arm hielt, zuckte. Fast hätte sie losgelassen.

Gwens beide beste Freundinnen aus der High School, Marcia und Elspeth – wo sind sie jetzt? –, standen Edgar gegenüber. Sie trugen pflaumenfarbene Kleider, kleine, passende Hüte mit Schleiern auf ihren steifen, modellierten Frisuren und waren so begeistert von ihrer Rolle als Brautjungfern, als hätten auch sie den Eindruck, dies sei nicht das wirkliche Leben.

Aber es war ja auch nicht *ihr* wirkliches Leben.

Sie paßten zu Edgars jüngeren Brüdern, den Zwillingen Max und Sam, die damals an weit entfernten Universitäten studierten, weshalb Gwen sie kaum kannte. Edgars Eltern, Grace und Max senior, saßen in der ersten Reihe auf Edgars Seite. Max streng und aufrecht, Grace ein wenig unsicher, zittrig. Ihr geliebter ältester Sohn!

Gwen begriff allerdings nicht, wie Menschen, die ihre Kinder liebten, ihnen solch schreckliche Namen verpassen konnten. Edgar! Sam! Max! Das beunruhigte sie; ihr schien, als wirke unsichtbar eine viel unheilvollere Kraft als Liebe zwischen ihnen.

Gwens eigener Name war zwar auch nicht schön, aber zumindest ehrlich und unkompliziert. Altmodisch, aber eigentlich nicht häßlich. Ihr hatte man einen Namen gegeben, ohne daraus einen Vorteil oder Gewinn ziehen zu wollen, einfach nach der Lieblingstante ihres Vaters, einer Frau, die sie selbst nie kennengelernt hatte.

Gwens groß gewachsene lebhafte Mutter Florence – »Nenn mich Flo« – stand auffällig auf der anderen Seite des Gangs in einem engen, leuchtendgelben Kleid, so kühn, wie sie offenbar sein wollte. Man konnte Flo nichts ausreden, was sie sich einmal in den Kopf gesetzt hatte, und anscheinend war sie der Meinung, daß sie sensationell aussähe. Was sie in gewisser Weise auch tat, allerdings nicht unbedingt wie eine Brautmutter. Wie sah sie, als sie sich umdrehte und den Gang zurückblickte, ihre Tochter, ihren Mann? Was sah sie? Erinnerte sie sich liebevoll daran, wie Gwen als Baby, als Kind gewesen war? Empfand sie etwas?

Eins war klar: Wenn sie ernsthaft der Meinung gewesen wäre, daß Gwen einen entscheidenden Fehler machte, dann wäre Flo sofort aufgestanden und hätte ihre Meinung kundgetan, daran zweifelt Gwen nicht.

Bis zu ihren letzten Monaten, als der Krebs sie kleiner machte, sie schrumpfen ließ, sie schließlich (ihre schlimmste Strafe) hilflos den Händen anderer auslieferte, war Flo für Gwen eine Frau, die ihren eigenen Weg ging und keinen Grund sah, es nicht zu tun. Sie ging abends mit ihren Freunden aus. Sie wollte an Kursen teilnehmen, lächerliche Dinge wie Buchhaltung, Kunstgeschichte, Astronomie, und meldete sich einfach an. Sie wollte die griechischen Inseln sehen, buchte die Flüge und fragte erst dann, ob Gwens Vater vielleicht Lust hätte mitzukommen. Wenn nicht, dann konnte sie natürlich jemand anderen finden; eine der energischen Frauen mit den heiseren Stimmen, mit denen sie befreundet war.

Gwen, die mißtrauisch aufwuchs, auf der Hut vor der demütigenden Wirkung von Flos Kühnheit, hatte den Eindruck, daß Flo unter anderem auch ein Beispiel für Egoismus und Unbekümmertheit war, was Gwen tunlichst vermeiden wollte. Erst im Sterben wurde Flo verletzbar: Sie blickte hinaus in ihre Welt und empfand, da ist sich Gwen sicher, zwar keine Angst, aber eher Verwirrung.

Weil sie nicht mehr unbeugsam war?

Schließlich war Gwen beinahe gerührt. Manchmal tätschelte sie die knochige Hand ihrer Mutter, als könne sie Flos Verlust fast verstehen, und als mache es ihr inzwischen nichts mehr aus, eine Mutter zu haben, die nicht so weich und nachgiebig war wie andere, bequemere Mütter.

Gwens Vater sah das ganz anders. »Sie war so *lustig*!« klagte er bei Flos Beerdigung. »Sie hat mich am Leben erhalten.« Und das stimmte offensichtlich, denn in weniger als einem Jahr war er auch tot, Herzinfarkt.

Gwen war seltsam durcheinander, als sie plötzlich Vollwaise war. Sie fragte sich, ob das bei einer Frau von Mitte dreißig eine so große Leere im Herzen hervorrufen sollte.

Natürlich war sie nicht allein, sie hatte immer noch Edgar; oder glaubte ihn zu haben.

All das ist erst acht, neun Jahre her, lange nach Gwens großem Tag, an dem sie neben ihrem Vater stand und den Gang hinunterstarrte, versteinert angesichts dessen, was sie tat. Neben dem Vater, der Tränen in den Augen hatte, dessen Arm leicht zitterte, dessen Beine, wie sie fürchtete, nachgeben könnten, wie er überhaupt immer nachgab. Kein starker Mann, keiner, der Flo gewachsen war.

Gwen stand dort neben ihm und hielt die ganze Gesellschaft für eine Fehlbesetzung: Marcia und Elspeth, Max und Sam, Grace und Max senior, ihre eigenen Eltern, die ganze Gemeinde der Freunde und Verwandten der einen oder anderen Seite und wahrscheinlich auch den Pfarrer. Sie wollte nichts mit ihnen zu tun haben, mit ihren Problemen und Geheimnissen und Erinnerungen und Erwartungen und Streits und Forderungen, den gezierten Menuetten, die sie tanzten, und den in ihnen brodelnden verschiedenen chemischen Verbindungen. Sie hatte es satt, in so viele Leben verwickelt zu sein; diese Leben, die alle los- und weitergingen.

So ein schlimmes Mädchen.

So ein junges und unrealistisches, undankbares und panisches Mädchen. Wild um sich schlagend und in diesem Augenblick wütend vor Angst.

Aber dann änderte sich die Musik, sie ging in einen Hochzeitsmarsch über, und wie gute Soldaten marschierten sie gemeinsam los, sie und ihr sentimentaler Vater. Er hatte Tränen in den Augen, aber Gwen wußte, daß Augenblicke großer Emotionen, sogar großer Dramen, einem Tränen in die Augen treiben können, und daß das lediglich ein Überfließen ist, ein Überquellen, ein Überlaufen.

Edgars goldenes Haar wirkte so poliert wie die Kirchenbänke. Er hatte das zärtlichste Lächeln aufgesetzt, während er auf sie wartete. Weder ihre Beine noch die ihres Vaters gaben nach. Als sie Edgar endlich erreichte, berührte er ihre Fingerspitzen mit den seinen. Sie erschauerte, sah seine Fingerspitzen als Zeichen und Symbol. Aus der Nähe sah sie, daß sie ihn anbetete, und wie das manchmal so ist, beruhigte sie sich zwangsläufig wieder.

Also gut, es war der Tag der Braut.

Natürlich war sie selbst in Weiß gekleidet, in Spitze und unangemessen jungfräulich. Sie trug einen kleinen Brautstrauß aus weißen, malvenfarbenen und gelben Krokussen – die Hochzeit fand am Frühlingsanfang statt. Sie trug Seidenstrümpfe, ihr Kopf war hinter einem weißen Schleiernetz verborgen.

Heute findet sie, daß eine typische Braut von zuviel Gaze, zuviel *Material* umhüllt wird. Eine Braut sollte einfacher und sachlicher gekleidet sein; eher wie Edgar hier. Dann ließen sich Schläge nicht so ohne weiteres dämpfen, und man könnte der Realität nicht ausweichen.

Aber was ihr Vater mit feuchten Augen sagte, stimmte genau: daß dieser Tag ihr Tag war. Eine Braut wie sie zu sein war deshalb ein Problem, weil sie sich vom nächsten Tag an auf einer Talfahrt befand. Bei Bräuten wie ihr konnte es nur bergab gehen.

Nein, das ist nicht fair.

Allerdings, wer hätte sich träumen lassen, daß sie eines Tages, zwanzig Jahre später, einen nicht allzu teuren, offenen Sarg aussucht (warum dafür Geld verschwenden?), der den zerschmetterten Ehemann einer zerschmetterten Ehe beherbergt? Wer hätte sich vor allem all die anstrengenden, tragischen, glücklichen Tage dazwischen träumen lassen?

Das jedenfalls denkt Gwen im Augenblick, aber ihre Gedanken sind in letzter Zeit, milde ausgedrückt, im Wandel.

Es gibt Beerdigungen, bei denen die unmittelbaren Angehörigen einen eigenen, separaten Raum für ihre eigene Trauer haben. Bei Edgars Beerdigung ist das nicht so. Beider Eltern, seine und Gwens, sind tot. Als letztes starb Edgars Vater, verwirrt und ohne Gedächtnis, am Ende nur noch die Hülse eines Lebewesens, ein Häuflein Knochen. Die Zwillinge Max und Sam sind nicht nur voneinander, sondern überhaupt weit entfernt. Max arbeitet in Mexiko mit irgendeiner armen Gruppe Indianer, wie Edgar albernerweise meinte. Sam ist in Saudi-Arabien und hat, wie Edgar neidisch meinte, irgendwie mit den Finanzen einer unvorstellbar reichen Herrscherkaste zu tun. Was für gegensätzliche Entwicklungen! Bis vor ganz kurzer Zeit war Edgar ihr stabiler, verläßlicher und wahrscheinlich langweiliger großer Bruder mit dem schwindenden Haupthaar, und jetzt ist er überhaupt kein Bruder mehr. Aber vielleicht sind sie längst darüber hinaus, einen zu brauchen oder sich überhaupt an einen zu erinnern. Beide haben Beileidstelegramme geschickt, Briefe sollen folgen.

Von Edgars nächsten Angehörigen ist also nur Gwen anwesend, und wenn er nicht gestorben wäre, hätte auch sie sich immer mehr und weiter von ihm entfernt und wäre zu einer weniger nahen Angehörigen geworden. Und natürlich umgekehrt.

Fast könnte sie weinen. Schließlich ist der Tod doch ein folgenschwereres Ereignis als eine Trennung.

Außerdem war sie noch nicht mit ihm fertig.

Sie ist eine Ein-Personen-Trauerfamilie und wundert sich, daß sie plötzlich ihre Mutter vermißt. Es gab niemanden, der die unterschiedlichsten Stimmungen so heben oder auch im Keim zu ersticken vermochte. Beides wäre jetzt praktisch. »Finden Sie, daß ich mich schlecht benehme?« könnte Gwen diese Leute fragen. »Sie hätten meine Mutter kennen sollen. Bei keiner Gelegenheit der Welt hätten Sie meine Mutter davon abhalten können, etwas zu sagen, wovon sie meinte, daß das nötig sei. Wenn sie hier wäre, könnte ich netter sein. Sie würde sich um alles kümmern.« Letztlich auch um Trost. Flos Extravaganz bestand manchmal auch in Umarmungen.

Oder ein Kind an jeder Schulter, auch das könnte ein Trost sein.

Gwen kann den großen, starken, beschützerischen jungen Mann zur ihrer Linken direkt fühlen, und eine große, starke, beschützerische junge Frau zu ihrer Rechten. Sie weiß nicht, warum sie in ihrer Vorstellung beide groß und stark sind, sie ist es nämlich nicht, und für einen Mann war Edgar auch nicht besonders groß und stark. Aber eingebildete Nachkommen können ebensogut auch starke Anlagen haben; man braucht keinen Phantomsohn mit beginnender Glatze, nur weil das bei seinem Vater so war. Fairerweise braucht man natürlich auch keine Tochter, die säuerlich wie eine Zitrone ist, bloß weil an ihrer Mutter die Verbitterung nagt. Phantasieprodukte dürfen so sein, wie sie es will.

Sie würde sie Sarah und John nennen. Aufrechte, verläßliche Namen. Namen für Menschen, die heute andere Leute von ihr fernhalten würden, aus Sorge um sie. Oder vielleicht aus Sorge um die Würde ihres Vaters.

Austin Websters Hand umfaßt ihren Ellbogen, und er drängt sie zu dem allein stehenden Sitz in der ersten Reihe. »Der Gottesdienst, Mrs. Stone. Es ist Zeit.«

Es ist wirklich schwierig vorherzusagen, wer bei einer Beerdigung erscheinen wird. »Ich habe keine Ahnung«, sagte Gwen zu ihm, als sie die Veranstaltung planten. »Obwohl ich nicht glaube, daß man Edgar unbedingt als *beliebt* bezeichnen könnte.«

Sie einigten sich auf einen der kleineren Räume, der jedoch seinerzeit bedrohlich groß wirkte. Aber die Reihen mit den Klappstühlen verändern das Bild, und natürlich nimmt auch der Sarg viel Platz weg, läßt den Raum zusammenschrumpfen.

Es gibt ein paar leere Sitze, aber über mangelndes Erscheinen könnte sich Edgar nicht beklagen. Genau wie Gwen wollte auch er, daß man ihn mag; und vermutlich wurde er von diesen Kollegen und Bekannten auch gemocht, wenn auch nicht leidenschaftlich.

Sie sitzt ganz still. Wenn diese Menschen tief in Edgars Sarg blicken könnten, würden sie zerfetztes Fleisch und zerschmetterte Glieder sehen. Könnten sie in Gwens Kopf hineinschauen, sähen sie, metaphorisch gesprochen, etwas Ähnliches.

Wer hätte sich an ihrem großen Tag träumen lassen, daß sie zwanzig Jahre später allein in einem Beerdigungsinstitut sitzen würde, ohne einen stabilen John, ohne eine starke Sarah und nicht einmal mit Flo an ihrer Seite? Wer hätte sich träumen lassen, daß sie sich zwanzig Jahre später von dem verabschieden mußte, was aus dem zärtlich lächelnden, ihre Fingerspitzen berührenden, jungen, vielversprechenden Kerl am anderen Ende des Gangs geworden war?

Aber jetzt soll es losgehen. Es wird langsam traurig.

Also dann, Edgar, leb wohl.

Der Pfarrer, ein unbedarfter Mann, der zum Beerdigungsinstitut gehörte, hatte Edgar nicht gekannt. »Vielleicht könnten Sie eine Musik vorschlagen, die er besonders mochte?« hatte er sie gestern gefragt, als sie in einem kleinen Seitentrauerzimmer auf einem grünen Kunstledersofa saßen. »Ein Kirchenlied oder einen Song, der in seinem Sinne wäre?«

»Little Deuce Coupe«, fiel ihr ein, »Let the Good Times Roll«.

Oder vielleicht das Lied, das mit der Zeile anfängt »I hear the train a-comin«.

»Eigentlich nicht«, sagte sie. »Er war nicht besonders musikalisch. Er liebte ganz alte Rockmusik, so was wie die Beach Boys, aber ich nehme an, daß Surflieder nicht gerade sehr passend sind.«

Er sah sie unsicher an. »Dann vielleicht das übliche Band? ›Old Rugged Cross‹, ›Amazing Grace‹, so etwas in der Art? Würde das gehen?«

Sie zuckte die Achseln. »Gut.« Sie stellte sich ein Beerdigungsmedley vor, und genau das ist es auch: ein Orgelsolo mit ernster, feierlicher Musik zum Mitsummen, die sich ständig wiederholt.

»Können Sie mir helfen«, bat er sie dann, »die Worte zu finden, die das Leben ihres Mannes in letzter Zeit beschreiben? Seine Hoffnungen und Ziele und Leistungen?«

Das ist genau die Art Frage, bei der einem entweder gar nichts oder etwas Trauriges einfällt. »Er hat viel gearbeitet«, hörte sie sich selbst sagen. »Er liebte die Gartenarbeit.«

Es gab zwei Arten, wie sie daran denken konnte, beides war trübsinnig. Zum einen hatte sie im Prinzip keine wirkliche Vorstellung davon, wie Edgar war, oder was für Leidenschaften er hatte. Zum anderen kannte sie einige Seiten von ihm sehr gut und war sich dieser Seiten äußerst bewußt, aber darüber konnte man auf seiner Beerdigung schwerlich sprechen.

»Wie wäre es mit einer Anekdote?« ermunterte er sie. »Ein oder zwei aufschlußreiche Begebenheiten?« Sie wollte ihn nicht so schwer enttäuschen. Er war jung, vemutlich unschuldig, und versuchte sicher, seinen Job so gut wie möglich zu machen. Er beugte sich zu ihr, seine geistlichen Ellbogen ruhten auf seinen geistlichen Knien, seine geistlichen Hände waren gefaltet.

»Wie wäre es mit der Geschichte«, hätte sie sagen können, »als einmal Eichhörnchen und Stinktiere seine Blumenzwiebeln ausgegraben hatten, und er daraufhin Gift streute? Man könnte sagen, er war ein Mann, dem tote Tiere lieber waren als tote Pflanzen, verstehen Sie?«

Oder auch: »Wie wäre es damit: Wir fuhren an die Ostküste und standen eines Morgens sehr früh auf und stellten uns an den äußersten Rand des Kontinents, um den Sonnenaufgang zu beobachten, und er legte den Arm um mich und sagte mit ganz seltsamer Stimme: ›Oh, Gwen, stell dir vor. Die ganze Welt, die wir nicht sehen können, die aber da draußen ist.‹«

Vielleicht meinte er damit mehr als er sagte. Oder mehr als sie hörte. Sie hatte ihn auch umarmt und sagte einfach: »Ja.« Sie glaubte, daß sie beide dasselbe großartige Gefühl ausdrückten: eine Ehrfurcht, für die es keine passenden Worte gab.

Wäre das eine Anekdote über ihn oder eine aufschlußreiche Begebenheit?

Wie wäre es mit der aufschlußreichen Begebenheit, als sie endlich schwanger war (mit John? Mit Sarah?) und anfing zu bluten, ihn anrief und er sagte: »O Gott, Gwen, ich habe gerade einen Klienten bei mir, hast du mit dem Arzt gesprochen?«

»Ja.«

»Was hat er gesagt?«

»Ich soll mich hinlegen und die Füße hochlegen.«

»Und warum machst du das dann nicht?« Die Anstrengung, geduldig zu sein, klang deutlich durch seine Stimme.

»Mache ich ja. Ich liege schon. Aber ich habe solche Angst, Edgar. Ich habe wirklich Angst.«

Sie glaubte, er habe sie einfach nicht verstanden, und daß ihm natürlich, sobald er verstand, klar war, was sich daraus ergeben würde: daß sie beide zusammen Angst haben mußten.

»Ich bin direkt neben dem Telefon«, sagte er. »Wenn du irgend etwas brauchst, ruf an. Aber der Arzt kennt sich aus, tu einfach, was er sagt, und mach dir keine Sorgen. Es wird alles gut.«

Ihr ging es dann auch gut. Aber dem Fötus nicht.

Später am Abend, als das Kind abgegangen, herausgeblutet war, tobte Edgar wütend durch das Haus. »Dieser Idiot hätte es wissen müssen!« schrie er und schlug mit der Faust gegen die Wand. »Herrgottnochmal, er muß doch wissen, wann es Probleme gibt und was man dann zu tun hat – wir sollten ihn verklagen, bis er erledigt ist.«

Gwen schwieg. Sie hatte keine Worte für diesen Mann, ihren abwesenden Ehemann, den Vater eines Klumpen von blutigem Fleisch.

Eine aufschlußreiche Begebenheit? Für sie war es das ganz gewiß, aber wiederum kaum als Lobrede geeignet.

Es gibt keinen Gottesdienst für verlorene Kinder, keine speziellen Worte, die man über etwas sagen könnte, das eigentlich gar nicht richtig existiert hat. Es sollte Zeremonien geben. Die Leute sagten: »Wahrscheinlich ist es ein Segen, wahrscheinlich hat mit dem Baby etwas nicht gestimmt.« Und: »Machen Sie sich nichts draus, meine Liebe. Sie können es ja wieder versuchen, Sie haben ja noch viel Zeit.«

Da man so etwas sagen kann, wenn es einem Kind nicht gelingt, sich zu materialisieren, warum kann man es dann nicht auch sagen, wenn ein erwachsener Mann verschwindet? Zum Beispiel wenn der

Pfarrer hier heute sagen würde: »Es war wahrscheinlich ein Segen, wahrscheinlich hat etwas mit Edgar Stone nicht gestimmt.« Oder wenn diese trauernden Bekannten zu ihr sagen würden: »Machen Sie sich nichts draus, meine Liebe, Sie können es ja wieder versuchen, Sie haben noch viel Zeit. Übrigens, ich habe einen Cousin, der Ihnen wahrscheinlich gefallen würde, wie wär's, wenn ich etwas arrangiere?«

Edgar war kein besonders sensibler Mann. Mit sensibel meint Gwen nicht etwa jemanden, den ein Sonnenuntergang rührt oder der beim Anblick einer Rose stehenbleibt, sondern jemanden, der die Existenz eines anderen Menschen wirklich fühlt. Edgar war in bezug auf Sonnenuntergänge und Blumen keine Niete, aber Kummer ging ihm auf die Nerven, und Freude ebenso. Jedenfalls Gwens.

Heute hätte er vollends die Fassung verloren.

Man erholt sich nicht von solch einem schweren Versagen, denkt Gwen. Innerhalb von Stunden zerbrechen Dinge für immer.

»Was ist los mit dir?« wollte er eines Nachts, nicht sehr lange nach diesem ersten Verlust, wissen, während er sich abrupt aus ihr zurückzog. Vielleicht hatte sie vergessen, sich zu bewegen oder ihn zu berühren.

Eine ähnliche Frage in einem anderen Ton und zu einem anderen Zeitpunkt gestellt, hätte eine Bereitschaft zum Zuhören signalisiert. Allein die Bereitschaft, nicht einmal unbedingt die Fähigkeit, hätte schon etwas bedeutet. Aber so, wie er die Frage stellte, und unter solchen Umständen konnte sie nicht antworten, ohne weinen zu müssen. Also stieg sie aus dem Bett, zog ihren Bademantel an und ging ins Wohnzimmer, wo sie den Rest der Nacht auf dem Sofa saß. »Herrgottnochmal, Gwen!« rief er ihr nach. »Es tut mir leid.«

Sie hatte noch zwei Fehlgeburten, und bei diesen Verlusten achtete er darauf, anwesend zu sein. Kinder waren ihr gemeinsamer, meist unausgesprochener Schmerz. Ansonsten glaubte sie, daß die Ehe im wesentlichen so war wie das Leben, mit Hochs und Tiefs und Kompromissen, eine rhythmische Ereignislosigkeit; nur das, was zu erwarten war, und nicht unbedingt das, was man erhofft hatte. Kaum sensationell, aber meistens liebevoll und, so glaubte sie, nichts Außergewöhnliches.

Bis Edgar allerdings auszog, das Außergewöhnliche zu suchen.

War ein Zug außergewöhnlich genug für ihn?

Aber wenn sie ernsthaft darüber nachdenkt, müßte es, ehrlich gesagt, gar nicht zu spät sein. Sie richtet sich in ihrem Sitz auf. Was für ein Gedanke! Sie ist erst zweiundvierzig, und das Problem könnten mutierte Spermien gewesen sein, wer weiß? Andere Frauen werden auch in ihrem Alter schwanger, es ist nicht so, daß es nicht mehr in Frage käme. Es gäbe wirklich die Möglichkeit zu einem völlig neuen Leben, genau wie Edgar so nachdrücklich sagte.

Als er sie verließ und die Visionen eines neuen Lebens wie süße Verlockungen in seinem Kopf tanzten, mochte er da gedacht haben: »Wenn ich an gesündere Eierstöcke, Eileiter, eine gesündere Gebärmutter gerate, könnte ich immer noch all die Kinder haben, die ich will?« Es ist sogar besser, wenn diese Vorrichtungen zu einem festeren Körper gehören als Gwens, und zu einem gefügigeren, ungebrochenen Herzen.

Man stelle sich Edgars Begeisterung vor!

Natürlich vermutete sie, daß hinter allem eine andere Frau steckte. Er leugnete es und hat vielleicht auch die Wahrheit gesagt. Zumindest klang es ehrlich, wenn auch wirr, als er sagte: »Das ist es nicht. Es ist nicht so einfach.« Wieder einmal warf er die Arme hoch. »Ich bin es, Gwen. Oder wir. Niemand sonst. Das ist es nicht.«

Worüber in aller Welt redet der Pfarrer, warum braucht er so lange?

Der Pfarrer selbst sieht recht potent aus. Und Geistliche sind jetzt in die Schlagzeilen geraten für ihre sonderbaren Vorlieben. Er könnte Spaß daran haben, sich gemeinsam mit einer Frau zu entkleiden, die gut zehn Jahre älter ist und von ihm so wenig verlangen würde. Er könnte es sogar Therapie bei einer verlorenen, einsamen Witwe nennen. »Ich habe ihr geholfen, wieder festen Boden unter die Füße zu bekommen«, würde er sagen können.

Und Gwen würde sagen können: »Ich habe ihm geholfen, vom festen Boden abzuheben.«

Sie plappert in ihrem Geiste. Wird albern.

»Neigen wir unsere Köpfe«, sagt der Pfarrer gerade, »und widmen wir uns einen Moment lang der Erinnerung an unseren Ehemann, unseren Kollegen, unseren Freund.« Oder in diesem Fall, denkt sie, unseren völlig Fremden. »Lasset uns beten für die Seele von Edgar Stone.«

So.

Dann viel Glück, Edgar, denkt Gwen in der herrschenden Stille. Tut mir leid wegen deiner letzten Sekunden. Ich würde wirklich gern wissen, was dir in dem Moment klar geworden ist, obwohl ich fast noch lieber wüßte, was dir lange davor klargeworden ist. Es tut mir auch um das Auto leid. Ich kann mir nicht vorstellen, wieviel es dir bedeutet hat. Das kann ich wirklich nicht, und du warst mir keine Hilfe. Und auch vielen Dank, daß du mich zu einem Zeitpunkt verlassen hast, wo mir immer noch ein wenig Zeit bleibt. Und für das ganze Geld. Ich nehme an, daß es für dich dort, wo immer du bist, keine Rolle spielt, aber hier tut es das, wie du weißt. Was kann ich also anderes tun, außer danke sagen? Ich hoffe, es macht dich glücklich, daß ich mich endlich bedanke, denn wie ich es verstanden habe, wolltest du offenbar, daß ich mich bedanke, als du mich verlassen hast. Und weißt du, es tut mir wirklich leid, daß alles so schlecht geendet hat. Ich wüßte gern, ob wir es nicht hätten besser machen können. Ich wüßte gern, wie.

»Amen«, sagt der Pfarrer, und im ganzen Saal raschelt es erleichtert. Ist es vorbei?

Jemand sollte sich bewegen.

Anscheinend müßte Gwen das tun; der Pfarrer blickt in ihre Richtung, wobei er erwartungsvoll die Augenbrauen hochzieht. Herrgottnochmal, muß sie hier alles machen?

Sie steht auf. Jetzt, wo der allerletzte Augenblick gekommen ist,

ist es etwas seltsam. Während sie vortritt, greift sie nach dem glänzenden Holz und sieht ein letztes Mal auf Edgars mißhandeltes, verschlossenes Gesicht. Die Augen hinter diesen geschlossenen Lidern haben sie mit jedem vorstellbaren Ausdruck angesehen, von Bewunderung bis Zärtlichkeit, Leidenschaft bis Abneigung, Ärger bis schrecklicher Gleichgültigkeit. Die schmalen Lippen, die über seinen gebrochenen Zähnen kleben, haben sich auf alle ihre Körperteile gepresst, von der Spitze ihres Kopfes bis zu ihren Fingern, zu ihren Zehen, bis an die Innenseiten ihrer Schenkel. Ebenso die gefalteten, zerschmetterten Hände.

In seiner Abwesenheit ist das Haus ungemein leer und still.

Und das schon seit sieben Wochen und drei Tagen.

So. »Zum letzten Mal, Edgar, auf Wiedersehen«, sagt Gwen mit klarer, ungeduldiger, wütender Stimme. Sie gibt dem Sarg einen ermutigenden Klaps, richtet sich auf und schreitet forsch aus dem Raum, an allen gaffenden Leuten vorbei, durch eine Anzahl Türen hindurch und einen Gang hinunter zu einer weiteren Anzahl schwerer Holztüren und hinaus auf den Parkplatz in die Sonne.

Sie hat genug. Mehr als genug. Sie breitet ihre Arme aus, und ihr entfährt ein Schrei in den glänzenden, heißen Himmel.

2

Früher hatte Gwen nicht zu den Frauen gehört, die sich laut in der Öffentlichkeit äußern. Genausowenig war sie eine rücksichtslose Autofahrerin, aber jetzt schert sie, ohne nach vorn zu schauen, aus dem Parkplatz aus, nur mit Blick in den Rückspiegel. Andere Trauergäste verhalten sich gemessener. Der Leichenwagen steht – noch unbenutzt – in der Einfahrt, und dahinter der schwarze Sedan, dessen Rücksitz eigentlich für sie reserviert ist, damit sie, weinend oder mit traurigen, liebevollen Gedanken, Edgar den ganzen Weg bis zum Grab folgt.

Aber Trauerprozessionen sind nicht mehr das, was sie mal waren. Autos machen nicht mehr den Weg frei, die Fußgänger bleiben nicht mehr stehen, und es sieht sogar so aus, als hätten heutzutage auch Witwen kein besonderes Interesse mehr daran.

Wo wird diese Gefühllosigkeit enden?

Ohne Gefühllosigkeit würde Gwen aus der Haut fahren. Teile von ihr sind bereits zerbrochen. Im Moment gibt es nicht mehr viel, was sie zusammenhält.

Sie hat keine Ahnung, wo sie hinfährt, aber auf keinen Fall nach Hause. Für sie wäre es jetzt unerträglich, in ihre Einfahrt zu fahren und das weitläufige zweistöckige Haus, den ungemähten Rasen, die unbeschnittenen Büsche, den ungejäteten, verwildertern Garten zu sehen. Das Geräusch, wenn sich die Haustür hinter ihr schließt, der Blick in den Gang, der zu all den unbenutzten Räumen führt, all dies wäre ihr zwar nicht neu, aber heute liefe sie Gefahr, auf die Knie zu sinken vor lauter Kummer, nicht unbedingt wegen Edgar, wohl aber wegen der vergangenen zwanzig Jahre.

Was sie jetzt, in diesem Moment braucht, ist etwas, das nichts mit ihrer oder Edgars oder ihrer gemeinsamen Vergangenheit zu tun hat. »Gully's« steht auf einem Schild, das über einer Türe rechts von der Straße schaukelt, und in kleineren, schwarzen Buchstaben steht darunter: »Ein guter Ort, um was zu trinken.«

Das läßt sich nicht besser oder einfacher sagen.

Dennoch hält sie einen Moment inne, als sie mit ausgeschalteter Zündung auf dem Parkplatz steht, um sich zu fragen, was sie hier eigentlich macht. Das Gebäude selbst ist schlicht und rechteckig, zweistöckig und, wie es scheint, ganz aus weißgetünchten Zementblöcken gebaut, mit hellgestrichenen, dicken Fenstern und einer einzelnen dunkelbraunen Metalltür vorn in der Mitte. Auf den ersten Blick kein Ort für eine einsame Frau um die Vierzig in einem leuchtendroten Kostüm, das eine Spur zu knapp sitzt.

Sie steht irgendwie ein wenig neben sich, als sei es nicht Gwen Stone, die aus ihrem Wagen steigt, auf diese Metalltür zugeht und ins Dunkle tritt, stehenbleibt und blinzelt, bis sich ihre Augen an die Dunkelheit gewöhnt haben.

Offensichtlich hat sie sich in den letzten Tagen und Wochen verändert: von einer Person, der man nachsagen konnte, daß sie früher nicht diese oder jene Sorte Frau gewesen ist, zu einer, die es jetzt vielleicht gerade ist.

Im Lokal befindet sich kein weiteres weibliches Wesen. Allerdings auch nicht besonders viele Männer, und die wenigen, die da sind, sehen düster aus, sogar einsam, jedenfalls jenseits irgendeines Interesses an ihr, sei es wohlwollender oder böswilliger Art.

Vor sieben Wochen – oder sechs oder fünf – war Gwen auch ziellos und hat oft genug dumpf ins Nichts gestarrt, auf die Küchentischplatte oder auf einen Teil der Wohnzimmerwand; so ähnlich wie diese Gestalten hier, die sich über runde Furniertische beugen und mit ihren Gläsern feuchte Kreise hinterlassen. Vielleicht haben auch sie Probleme, den Schock des Unwiderruflichen und Unlösbaren zu begreifen.

Vor vier Wochen nahm sie sich zusammen oder kam zumindest über die Runden, solange sie nicht zu genau hinschaute; sie begann sogar, nach den guten Seiten zu suchen, derer sich diese Männer nicht bewußt zu sein scheinen. Aber vielleicht haben sie sie hier gefunden: die gute Seite ihres Lebens.

Die beiden Polizisten brachten sie vor vier Tagen schwer aus der Fassung. Oder vielmehr ihre Botschaft. »Mrs. Stone? Ich fürchte, wir haben schlechte Nachrichten.« Und dann: »Können wir jemanden anrufen, der Ihnen beisteht?« Nein, das konnten sie nicht. Die vertrauteste, nächste Person, der man Neuigkeiten anvertrauen, mit der man sie teilen konnte, war, wie sich herausstellte, immer noch Edgar. Eine sehr alte, tiefe Gewohnheit; sie hätte fast gesagt: »Bitte rufen Sie meinen Mann an.«

Seine Beerdigung war um ein Uhr, inzwischen wird er gerade in die Erde hinuntergelassen, die ersten Schaufeln Erde werden auf ihn hinabgeworfen. Stehen immer noch Menschen um ihn herum? Tuscheln sie mit freudigem Entsetzen über Gwen und ihre empörende Abwesenheit?

Es ist ein langer Weg zur Bar, ein langer Weg an diesen verstreuten Männern vorbei, die nichts über sie wissen. Ist das nicht nett. Und wie verlockend, dieser Geruch nach Bier und Tabak und Männern und geschlossenen Fenstern und Dunkelheit, eine köstliche Mischung. Edgar wäre nicht im Traum an einen Ort wie diesen gekommen. Oder genauer gesagt: Er wäre nicht im Traum mit Gwen an einen Ort wie diesen gekommen. Soweit sie weiß, hat er sich seit Jahren in solchen Bars versteckt oder sie in den letzten Wochen wie ein Verrückter allein erforscht.

Dumm von ihr und gedankenlos, so wenig ohne ihn ausgegangen zu sein. Sie hat von Operationen gelesen, mit denen man siamesische Zwillinge trennt. Die Trennung von Edgar war eine Arbeit, die ebenso schwierig und delikat war, ein Schnitt hier, eine Naht dort; trotzdem war der letzte Schnitt noch ein Schock.

»Rye mit Gingerale«, sagt sie zu dem mageren jungen Barkeeper und hört sich selbst wie aus irgendeinem alten Film hinzufügen: »Einen doppelten.« Das dürfte wie ein Hammer wirken, sie hat seit Jahren keinen Rye mehr getrunken und trinkt übrigens normalerweise auch kein Gingerale. Der Barkeeper wirft ihr einen Blick zu, als wolle er etwas sagen, zuckt statt dessen aber die Achseln und sagt: »Kommt sofort. Sitzen Sie hier oder am Tisch?« Vielleicht besser hier an der Bar, bis sie sich zurechtgefunden hat. Sie hievt sich auf einen Barhocker.

He, so ähnlich muß es sein, wenn man einen Lastwagen fährt und hoch oben im Führerhaus sitzt und den ganzen Verkehr überblickt. Sie dreht sich immer wieder mit schaukelnden Beinen, um herauszufinden, was sie alles sehen kann.

Früher, in ihrem alten Leben vor ein paar Monaten, sind Edgar und sie jede Woche oder alle zwei Wochen zusammen ausgegangen. In Restaurants, Bars und zu Hause trank er im Winter Scotch, im Sommer Bier oder Gin; Gwen trank Weißwein oder Rotwein oder gar nichts, das ganze Jahr über. Sie sprachen, wenn auch mit vielen schweigsamen Pausen, über Ereignisse, andere Leute und über ihre eigenen Gedanken zu Ereignissen und anderen Leuten. Sie vermutet, daß diese Gespräche, diese Ausflüge ein soziales Leben darstellten, zusammen mit den gelegentlichen Grillabenden in der Nachbarschaft oder Firmenparties.

Wohin gehen Menschen alleine? Was machen sie? Mit wem reden sie, und wem hören sie zu? Wie sprechen sie?

»Ma'am?« fragt der Barkeeper vorsichtig, als er ihren Drink auf ein Tablett stellt – wie elegant, wie höflich! –, «Ich will nicht unhöflich sein oder so, aber sind Sie sicher, daß das hier der richtige Ort für Sie ist?«

»Warum nicht?« Welche Bedrohung könnte von dieser schlappen, grauen Ansammlung von Männern ausgehen? Der Barkeeper ist der einzige, der nicht schlapp und grau aussieht, und er ist noch ein Junge. Er könnte fast ihr Sohn sein, wobei sie in diesem Fall dafür gesorgt hätte, daß er nicht so dürr und verhungert aussähe. So wie wohlhabende, mächtige Männer schmallippig werden, scheint auch das Gegenteil zuzutreffen.

»Einfach so. Ich habe nur gedacht, Sie hätten sich vielleicht geirrt.« Oh. Er meint, sie gehört hier nicht hierher und ist vielleicht irrtümlich hier. Als Touristin vielleicht; keine, die fremd hier ist, sondern eine, die den menschlichen Zoo anstarrt. »Danke. Ich will keine Schwierigkeiten machen, aber ich fühle mich vollkommen wohl.

Wissen Sie«, sie beugt sich ihm zu und stützt die Ellbogen auf die Bar – dabei ist sie noch gar nicht betrunken –, »ich komme gerade von der Beerdigung meines Mannes, er wurde von einem Zug überfahren, und ich habe beschlossen, die Beisetzung auszulassen und mich um meine Zukunft zu kümmern, und da fuhr ich hier vorbei, und plötzlich wollte die Zukunft etwas zu trinken. Ich bin also vor allem hier, um nicht auf dem Friedhof zu sein. Obwohl es hier fast genauso tot aussieht, wie es dort gewesen wäre.« Sie grinst, als erwarte sie, daß er ihre Freude an dem Scherz teilt.

Sein Gesicht verzieht sich sorgenvoll. »Mein Gott, das ist ja schrecklich. Wie fühlen Sie sich? Kein Wunder, daß Sie einen Drink haben wollten. Mein Gott.« Er schüttelt den Kopf. »Ein Zug, häh? Mann!« Nicht unbedingt redegewandt, aber sympathisch. Mitfühlend.

»Ja. Aber er hatte mich schon vor zwei Monaten verlassen; es hätte also schlimmer sein können, es hätte mir noch etwas ausmachen können. Wie heißen Sie?«

»David. Dave.«

Der Rye wärmt sie, er ist schmackhaft und wohltuend. »Arbeiten Sie schon lange hier?« Blöde Frage. Außerdem ist er zu jung, um irgendwo lange gearbeitet zu haben.

»Mein ganzes Leben, sozusagen. Meinem Vater gehört das Lokal, und ich mache ein paar Schichten.« Er macht eine Pause und betrachtet Sie genauer. »Aber eigentlich bin ich Student. Das hier«, er blickt hinter sie in die Runde, »ist keine schwere Arbeit, zumindest nicht für die nächsten paar Stunden. Danach kann es hart werden. Aber um diese Zeit sind nur alte Rentner da oder ein paar Arbeitslose vielleicht. Nur die Biertrinker.«

»Was für ein Student sind Sie denn?«

»Ein guter.« Er grinst. »Nein, ernsthaft, Universität. Jura.«

Soviel zu Mutmaßungen und Vermutungen. Sie muß noch viel lernen. »Edgar war Anwalt. Das ist mein Mann. Das *war* mein Mann. Kann ich noch einen Rye haben?« Den ersten hat sie wahnsinnig schnell runtergespült. Sie sitzt schon etwas wackelig auf dem Hocker. Ihre Zunge fühlt sich frei und locker an. »Normalerweise bin ich Weintrinkerin. Das angemessene Getränk für die Gattin eines angesehenen Anwalts. Oder die angesehene Anwaltsgattin.« Sie macht eine Handbewegung. »Was auch immer. Sagen Sie, David, hat dieses Lokal immer schon Ihrer Familie gehört?« Nicht, daß es sie interessiert. Aber es ist angenehm, Geschichten zu hören, gut, wenn die leere Luft gefüllt wird.

»Mein Großvater hat es kurz vor der Hochzeit meiner Eltern gekauft. Wir wohnten oben, und als ich ein kleines Kind war, bin ich abends immer runtergeschlichen, um zu sehen, was los war. Manchmal haben sie mich auf einen Tisch gestellt und ich habe eine paar Kinderlieder gesungen, bis mich meine Mutter oder mein Vater wieder hochgetragen haben. Das war lustig.« Seine Augen lächeln. Je länger ihn Gwen ansieht, desto weniger dürr und schmallippig erscheint er. Sie vermutet, daß erste Eindrücke nie ganz stimmen. Sie vermutet, daß man es einfach nie genau weiß.

»Aber«, und jetzt beugt auch er sich näher zu ihr, »Sie klingen, als hätten Sie eine schwere Zeit hinter sich. Sind Sie nicht furchtbar traurig?«

Was ist das denn für eine Frage? Und was geht ihn das an? Trotzdem. »Irgendwie schon. Obwohl traurig nicht ganz das richtige Wort ist. Jedenfalls hat er mich, wie ich bereits sagte, schon vor sieben Wochen und drei Tagen verlassen. Armer Edgar, wie furchtbar wenig Zeit ihm am Ende blieb. Wie alt sind Sie?«

»Dreiundzwanzig. Und Sie?«

Einen Augenblick lang ist sie erschrocken. Das ist keine Frage, die ein junger Mann einer viel älteren Frau normalerweise stellt. »Zweiundvierzig.«

»He, das ist nicht alt.«

»Genau.« Sie strahlt. Wie scharfsichtig er ist, wie gut er in sie hineinsieht. Ein Leuchten umstrahlt ihn, etwas Rosiges, Goldenes. In ihrer undeutlichen Vision ähnelt er ein wenig Christus auf einem Porträt in der Sonntagsschule. Sie kichert. O Mann, sie hat seit Jahren nicht mehr gekichert, was für ein Ton, so mädchenhaft, so jung.

»Sie werden also Jurist und übernehmen nicht die Bar?«

Er hebt abwehrend die Hände. »Auf keinen Fall. Meine Mutter hätte mich umgebracht. Sie sagte immer: ›David, wir arbeiten deshalb soviel, damit aus dir etwas Besseres wird als aus uns. Du bist klug, und dir stehen alle Möglichkeiten in der Welt offen, wenn du entsprechend hart arbeitest.‹ Und mein Vater«, er lächelt, und sein Mund wirkt nicht mehr schmal, sondern großzügig und entwaffnend, »er redet nicht viel, aber er ist derselben Meinung.«

Gwen hätte Flo gegenüber auch Respekt zeigen sollen. »Magst du Edgar?« fragte Gwen sie vor zwanzig Jahren.

»Ich glaube schon.« Nicht gerade sprühende Begeisterung. »Ich bin allerdings nicht sicher, ob es mit ihm auf die Dauer gutgeht, ich bin nicht sicher, ob er die Tiefe dafür hat.« Was weiß Flo schon von Tiefe, dachte Gwen damals. Jetzt fragt sie sich, ob das, was sie bei Flo für eine stete Rastlosigkeit hielt, nicht vielleicht etwas viel Ernsteres war: eine echte, tiefe, staunende, unausprechliche Sehnsucht.

»Ich wette, Ihre Mutter ist jetzt stolz auf Sie«, sagt sie zu David.

Sein Gesichtsausdruck wird weich – wie konnte sie ihn überhaupt für spitz halten? »Ich glaube, das wäre sie. Sie ist gestorben, als ich gerade mit der High-School fertig war, aber sie wußte schon, daß ich von der Universität angenommen worden war, darüber war sie glücklich.«

»Das tut mir leid«. Und es tut Gwen leid. Den Tod dieser hingebungsvollen und entschlossenen Frau, der Mutter des Barkeepers, einer Fremden, empfindet sie viel deutlicher, unmittelbarer und berührender als den viel frischeren, unappetitlichen Tod ihres eigenen Ehemannes. Wahrscheinlich ist das sonderbar, denkt sie verwirrt.

»Ist schon in Ordnung. Es ist bereits eine Weile her. Wie ich schon sagte, ich weiß, sie wäre stolz. Ich bin es übrigens auch, und mein Vater auch.« Was für eine liebende Familie, was für ein Zusammenhalt, Gwen könnte weinen, das ist eine so schöne Geschichte, so nette Leute, so ein netter junger Mann.

»Wenn Sie Jurist werden, was wird dann aus dem Gully's?« Sie will immer weiter Worte zwischen ihnen hin und her bewegen, zwischen ihr und der Stille.

»Mein Vater will irgendwann verkaufen und sich zur Ruhe setzen, dann wird es wahrscheinlich abgerissen werden für Büros oder Wohnungen oder so was.«

»Was wird Ihr Vater dann machen?«

Edgar und Gwen haben gelegentlich vage über die Zeit in späteren Jahren gesprochen, wenn sie frei sein würden und das tun könnten, was sie wollten. Sie hatten keine besonders festen oder glühenden Pläne gehabt. Aber Gwen fragt sich, ob auch Edgars Herz ein bißchen sank, so wie es ihres unbestreitbar tat, wenn er sich vorstellte, wie sie sich zusammen ohne Wurzeln und Beschäftigung durch die Tage winden würden. Sie hatte die vage Vorstellung, daß sie vielleicht irgendein verlockendes gemeinsames Interesse entwickeln könnten, das sie in Gang hielte. Gut, daß sie noch nicht viel Mühe auf den Gedanken verwendet hat, was das sein könnte. Tatsächlich scheint es sich bei ihr im großen und ganzen bewährt zu haben, daß sie Dinge aufschiebt.

»Er besitzt ein Stück Land an einem See im Norden. Dorthin geht er jedes Jahr zum Fischen und um das Häuschen zu planen, das er sich bauen will, wenn er hier aufhört.« David lacht – was für ein fröhlicher junger Mann. »Es wird jedes Jahr größer und komplizierter. Ich glaube, zur Zeit hat er Pläne wie für einen Gasthof oder ein Forsthaus, irgend so was. Entschuldigen Sie mich einen Augenblick.«

Er hat immer den Saal im Auge behalten. Er bückt sich, füllt drei Krüge mit Bier vom Zapfhahn und schiebt sich um das Ende der Theke. Gwen dreht sich auf ihrem Barhocker um und beobachtet, wie er die Biere auf zwei Tische stellt, Geld und leere Gläser einsammelt, Restgeld zurückgibt, ein Tuch aus der Tasche zieht und ein paar andere Tische abwischt. Offen gesagt, bewundert sie seine Anmut, den Schwung seiner Hüften, wenn er zwischen den Tischen hindurchgleitet, die Knochen seiner Wirbelsäule, die sich unter seinem Hemd abzeichnen, die abgetragenen Jeans und schmalen Hüften – sie beschließt, daß er schön ist. Sie fragt sich, was mit ihr los war, daß ihr das nicht gleich auffiel, als sie hereinkam.

Inzwischen ist Edgar tief in der Dunkelheit, unter der Last von Erde, ganz allein. Dieses Alleinsein fühlt sich am schlimmsten an, die Ewigkeit der dunklen, schweren Einsamkeit, mit der er konfrontiert ist. Armer Mann, armer, kläglicher, trauriger Mann. O je, das ist eine Träne. Und noch eine. Sie scheint zu weinen, Tränen kullern unwillkürlich herab. Sie kann sie offensichtlich nicht zurückhalten.

»Oh, he!« David steht neben ihr. »Nicht doch.« Seine Stimme ist unsicher, und auch seine Hand ist unsicher, die er ihr auf die Schulter legt. »Sie sind bestimmt sehr mitgenommen. Tut mir leid, daß ich immer weitergeredet habe. Ich wollte Sie nur ablenken, aber das hätte ich wahrscheinlich nicht tun sollen. Weinen Sie nicht. Oder, ich meine, weinen Sie, wenn Sie wollen. Soll ich Sie allein lassen? Was kann ich tun?«

Er ist süß und besorgt und komisch – in ihrem Hals knirscht es ein wenig im Getriebe, als sich die Tränen in Lachen verwandeln, aber es nimmt ihr den Atem und klingt hilflos.

»Scheiße!« Das kommt von ihm und ist nicht geflüstert und läßt sie wie eine Ohrfeige sofort auffahren. Sie will diesem netten jungen Mann, der ihr Sohn sein könnte, es aber glücklicherweise nicht ist, keinen Kummer bereiten.

»Tut mir leid.« Sie ist ein wenig außer Atem. »Es geht schon wieder.« Sie atmet so tief ein, wie es ihr in der engen Kostümjacke möglich ist. »Es war ein ziemlich anstrengender Tag heute.«

»Kann ich mir vorstellen.« Er kehrt auf seine Seite der langen

Theke zurück und beobachtet sie genau. Sie ist sehr angetan von seinen braunen Augen, die ihr tiefer und weiser erscheinen als die blauen von Edgar. »Aber Sie sollten vielleicht besser nach Hause gehen. Um vier wird das Lokal ganz schön voll, und ich finde wirklich, daß Sie nicht hier sein sollten. Sind Sie mit dem Wagen da?«

Sie nickt.

»Wohnen Sie weit weg?«

In einer Vorortsiedlung sechs oder acht Kilometer und ein Universum entfernt von hier befindet sich ihr und Edgars zweites und letztes Heim; das Haus, das sie gekauft haben, dessentwegen sie aus ihrer ersten kleinen Wohnung ausgezogen sind, kurz nach seinem Eintritt in Lawrence' Kanzlei, als er sechsundzwanzig und sie vierundzwanzig war und sie immer noch glaubten, daß eines Tages all die Räume gefüllt sein würden; der riesige Garten mit den Bäumen und die wenig befahrene Straße wären ausgezeichnete Spielplätze, die Nachbarn wären passend, die Parks in der Nähe, das Einkaufen problemlos, kein Ärger mit Armut oder besonderen Dramen.

Mit der Zeit begann Edgar den Garten für seine geheimnisvoll komplexen Anordnungen von Blumen und Sträuchern zu nutzen. Die Zimmer wurden umfunktioniert, wie zum Beispiel zu einem Büro für ihn zu Hause. Selbstverständlich war es dumm von ihnen gewesen, unspektakuläre Außenansichten mit dem Nichtvorhandensein von Armut oder besonderen Dramen zu verwechseln. Einige herumtollende Kinder wuchsen heran, um Autos zu klauen, in Häuser einzubrechen und Schlimmeres; oder sie wurden verläßliche Babysitter, Universitätsstudenten mit dem Ziel, Sozialarbeiter oder Ärzte zu werden. Ehefrauen, Gwen eingeschlossen, fanden sich spät nachts weinend auf dem Wohnzimmersofa oder am Küchentisch wieder, standen aber am Morgen wieder lächelnd auf der Matte. Ehemänner wurden verrückt, verschwanden, schlugen um sich und umarmten ihre Kinder, ihren Rasen, ihre Dachrinne, ihre Ehefrauen. An Sommerwochenenden lachten die Leute und winkten und nickten und plauderten, und manchmal entstanden

Freundschaften, wie bei Edgar und Gwen, Beth-Ann und Joe, und sie veranstalteten Parties und Grillabende.

Das ist es, was eine normale Nachbarschaft letztlich darstellt, ein normales Leben. Gwen wird es bald verlassen müssen.

Es ist eigentlich komisch: Statt daß ein zwanzigjähriger Film glatt und deutlich wahrnehmbar auf ihrer geistigen Leinwand abrollt, bleiben ihr lediglich eine Handvoll Schnappschüsse.

»Ich habe so ziemlich denselben Weg. Ich könnte Sie mitnehmen, wenn meine Schicht vorbei ist.« David schaut auf seine Uhr. »Noch eine Viertelstunde, in Ordnung?« Was für ein Schatz! »Sie können Ihr Auto morgen holen, das geht schon. Unser Parkplatz ist sicher. Klingt das gut?«

Es klingt wunderbar. Sogar herrlich, auch wenn das kein Wort ist, das Gwen im Augenblick auszusprechen in der Lage ist. »Danke. Das ist lieb von Ihnen. Ich gehe zur Toilette, bin gleich zurück.« Ihre Worte sind langsam und, wie sie glaubt, präzise. Sie gleitet vom Hocker, und ihr linkes Knie gibt beinahe nach. Ihre Schritte fühlen sich ebenso langsam und präzise an wie ihre Wörter. Oh, es ist wunderbar zu pinkeln! Aber all der verlorene, verschwendete Rye.

Als sie zurückkommt, schafft sie es beim zweiten Versuch, sich zurück auf den Hocker zu manövrieren. Gut zu wissen, daß sie immer noch schwierige Dinge tun kann. Außer Edgar zu halten. Es muß ihr also ein dringenderes Bedürfnis gewesen sein, auf den Barhocker zu kommen, als Edgar festzuhalten. Sie hört ein Gelächter und schlägt sich die Hand auf den Mund.

»Wissen Sie«, sagt der nette, junge David feierlich, »Sie sollten wahrscheinlich alles leichter nehmen. Es war sicher ein verrückter Tag, aber Sie sind eine wirklich hübsche Frau und wollen sich doch nicht ruinieren. Sie wollen doch auf sich achtgeben. Haben Sie Kinder?«

»John und Sarah.« Das kommt aus ihrem Mund, bevor sie es verhindern kann. »Aber sie sind – nicht da. Sie sind zur Zeit nicht abkömmlich.« Wenn es ein Leben nach dem Tod gibt, muß Edgar sich ihnen dann erklären? Nur diesen kleinen winzigen Teil seines

Lebens, den er mit einem Klienten verbrachte, während der eine oder die andere, John oder Sarah, blutig aus dem Leben gespült wurden?

Sie würde am liebsten ihren Kopf nur kurz an die schmale Schulter dieses unerwartet großzügigen, aufmerksamen und nachdenklichen jungen Mannes lehnen. Sie hat seit Jahren keinen anderen Mann mehr angesehen, weder schicklich noch unschicklich. Wahrscheinlich maß sie dem keine Bedeutung bei. Jetzt geht es auch darum, ob man je wieder einem Menschen glauben oder vertrauen kann.

Oder um die Entscheidung, ob Glaube und Vertrauen noch von Bedeutung sind.

Sie sieht zu, wie David weitere Runden Bier verteilt. Sie sieht, wie er einen älteren Mann begrüßt, der durch die Türe tritt – seltsam, Sonnenlicht zu erhaschen, daß da draußen noch Tag ist. Sie fürchtet dunkle Gedanken, die sie in der Nacht heimsuchen. Die Nächte sind am schlimmsten.

»Ich geh' dann, Dad«, hört sie David zu ihm sagen. Das ist also sein Vater, der hart arbeitende, schweigsame Mann, dessen Frau tot ist und der komplizierte Pläne für das Häuschen zeichnet, in dem er seinen Ruhestand verbringen will. »Ich fahre diese Dame noch schnell nach Hause. Ihr Wagen steht auf dem Parkplatz draußen, aber sie holt ihn morgen ab.«

Der Mann runzelt die Stirn. »Warum bestellst du ihr kein Taxi?«

»Nicht nötig. Es liegt auf meinem Weg, kein Problem.«

Er hat Gwen den Rücken zugewandt, sie kann nicht sehen, was für versteckte Zeichen er vielleicht macht, aber sein Vater beobachtet ihn genau, immer noch stirnrunzelnd. Schließlich zuckt er die Schultern und hebt die Hände leicht nach oben.

Und plötzlich geht sie mit Davids Hand an ihrem Ellbogen durch den dunklen Saal hinaus in die Sonnenhitze, und immer noch ist Edgars Beerdigung erst ein paar Stunden her.

Wirkt sie in dem grellen Licht sehr alt auf den jungen Mann, der ihren Arm hält?

Er setzt sie in ein winziges grünes Auto von der Sorte, in die man leichter hinein- als wieder herauskommt. »Geht's?«

Sie nickt. Alle Tage sollten so erlebnisreich sein. Der Rye war angenehm. David ist angenehm. Edgar war nicht angenehm, und Gwen kann vielleicht noch angenehm sein, oder auch nicht. Das Universum ist jedenfalls eine wirklich interessante Sache – Sache? Ort? –, und interessant heißt auch wirklich angenehm. Sie zum Beispiel interessiert sich sehr für die Muskeln von Davids Armen, während er lenkt, für die Sehnen an seinen geschmeidigen Händen, die sich unter der Haut hin und her schieben und die Drehungen des Lenkrads bewirken.

Es scheint ihm nichts auszumachen, daß sie ihn anstarrt.

Sie läßt ihren Kopf nach hinten gegen die Rückenlehne fallen und fühlt sich geborgener in der vorsichtigen oder unvorsichtigen Obhut dieses Fremden, als sie sich seit Wochen gefühlt hat. Ist das nicht seltsam. Vielleicht liegt es nur daran, daß die Ereignisse, beziehungsweise ihr augenblickliches Leben, für diese paar Minuten nicht ihrer eigenen Verantwortung unterliegen. Sehr entspannend.

Dennoch würde sie nicht so enden wollen wie Edgar.

»Hier links«, sagt sie zu David. »An der nächsten Ecke rechts. Das dritte Haus auf der linken Seite.«

O Gott, dieses Haus mit seinen Geheimnissen, die ihr so verschlossen sind wie Edgars totes Gesicht. Als sie in die Einfahrt einbiegen, wird sie schlagartig nüchtern. Erschreckend. Ihr Kopf schnellt nach vorn. Sie kann das nicht tun.

»Würden Sie mit hereinkommen?« Sie will nicht bettelnd oder verzweifelt klingen, aber ihre Stimme zittert ein bißchen. »Ich möchte Ihnen danken, daß Sie mich mitgenommen haben. Darf ich Ihnen was zu trinken anbieten.«

Ein langer Augenblick – beleidigend lang? – vergeht, bevor er nickt und schließlich sagt: »Okay. Ich trinke nicht, wenn ich fahre, aber was Kaltes könnte ich schon gebrauchen.«

Jetzt, mit einem Zeugen, mit Publikum, schafft sie es, rasch zu der kleinen Veranda zu laufen, den Schlüssel im Schloß herumzudrehen und in die Diele zu treten. Sie weist David nach rechts ins Wohnzimmer, während sie in die Küche geht.

Als sie wiederkommt, muß sie in der Türöffnung stehenbleiben, aufgeschreckt vom Anblick zweier Dinge: Er steht unsicher und fehlplaziert wie ein Storch auf einem Bein da; und ihr sorgsam gepflegtes, beige-blau-braunes Wohnzimmer sieht so entsetzlich aus – ein Raum, der so glatt und langweilig ist, daß Worte, Taten und Gefühle darin zwangsläufig verschluckt und erstickt werden.

Ist es das, was Edgar gesehen hat, wenn er nach Hause kam?

David natürlich nicht, das meint sie nicht. Ihn hat er sicher nie wie einen Storch in seinem Wohnzimmer stehen sehen.

»Mir ist nie aufgefallen«, sagt sie leise, »was für ein scheußliches Zimmer das ist. Wahrscheinlich ist das ganze Haus so.«

David dreht sich leicht um, nun mit beiden Beinen auf dem Boden und hochgezogenen Brauen über seinen tiefen, wissenden, glänzendbraunen Augen. »Finden Sie? Mir gefällt es. Es ist so friedlich. Das ist genau die Art Haus, um die ich andere immer beneidet habe, als ich klein war. Es war nicht immer toll, über einer Kneipe zu wohnen. Manchmal wollte ich etwas, ich weiß nicht, was *Normales*, glaube ich.«

Licht. Er steht im Licht des Spätnachmittags, das durch das Fenster fällt, spricht über Räume und sich und Geschichten, Träume und Hoffnungen, und Gwen hört kaum zu. Sie betrachtet seine Hände, schmal, knochig, fest, haarlos und bleich. Eine Hand hängt herab, die andere mit einem Daumen in der Jeans; kein Herumfuchteln und Herumspielen. Wie ruhig und kontrolliert diese Hände sind, wie unerfahren. (An wie vielen Orten können sie schon gewesen sein, wie viele Dinge können sie schon getan haben in nur dreiundzwanzig Jahren?) Und wie robust sie sind – meine Güte!

Sie setzt die beiden kalten Gläser ab. Sie tritt auf ihn zu. Sie knöpft ihre Kostümjacke auf, schüttelt sie ab, öffnet ihren Büstenhalter, schüttelt ihn ab. Sie nimmt seine Hände, hebt sie und legt sie auf ihre Brüste. Diese Brüste sind fast zweimal so lange auf der Welt wie seine Hände.

Was tut sie da? Sie ist nicht sie selbst. Oder sie ist fern von sich selbst. Aber sehr nah bei ihm. Sie kann sehen, wie sich seine Augen weiten und seine Nasenlöcher, als er plötzlich einatmet.

Als er schließlich sagt »Ihre Nachbarn«, klingt seine Stimme, als sei er gerannt. Wie aufmerksam, mitten in seiner eigenen Überraschung darauf hinzuweisen, was für sie zum Problem werden könnte. Es ist schwer, seine Wünsche zu deuten, aber ihre eigenen sind von schockierender, hypnotischer Klarheit.

Als er mit seinen Händen auf ihren Brüsten im hellen Licht vor dem Wohnzimmerfenster ihre Nachbarn erwähnt, zieht sie ihn auf den Boden unterhalb der Fensterbank.

Sie landen mit einem ungeschickten Aufprall. Sie kann das vertraute Kratzen des dicken, beigen Teppichbodens an ihrem Rücken spüren. Ihre Wirbelsäule erkennt einzelne Fasern, versteckte Steinchen und andere Unebenheiten. Sie sprechen nicht. Sie lauscht den sich verändernden, sich vertiefenden Tönen seines Atems, wie er wahrscheinlich auch ihrem Atem lauscht. Sie will diesen reinen Ton des Verlangens nicht durch eine konkrete Stimme oder eindeutige Worte stören. Schweigen erscheint ihr buchstäblich golden; goldene Partikel flimmern um ihre innig verbundenen Körper.

Ihre Hände greifen nach unten, um ihn zu befreien, sie öffnen seinen Hosenschlitz, ziehen den Reißverschluß auf, als seien sie an Lust gewöhnt. Verspielt wie ein Junge zieht er sie auf sich und rollt mit ihr zur Treppe, wie es kleine Hunde tun. Sie fühlt das Plüschige ihres eigenen Fleisches und die unnachgiebige Härte seiner Knochen.

Sie stehen auf und klettern rasch die Treppen hinauf, den Blick nach oben gerichtet. Auf dem Treppenabsatz sagt er: »Dusche? Warten Sie auf mich?« und streicht mit dem Finger ihre Wange entlang. Sie hört das Wasser und stellt sich vor, wie es gegen seine mageren Glieder spritzt. Wie hungrig sie ist!

Sie findet eigentlich, daß eine Pause bei der Ausübung des Liebesspiels nicht unbedingt eine gute Idee ist. Daß sie überhaupt zum Denken kommt, scheint das zu beweisen. Dennoch hüpft ihr

Herz oder ein Teil von ihr, als sie ihn herauskommen sieht, umwölkt vom Dampf. Er riecht nach ihrer Seife. Er sieht sie besorgt an, als habe er sich vielleicht zuviel herausgenommen. Wie gewinnend!

Als sie ihn an der Hand zur Schlafzimmertür führt, bleibt sie beim Anblick von ihrem und Edgars Ehebett, ihrem eigenen Nach-der-Ehe-Bett kurz stehen. Nicht aus Ehrfurcht oder aus einer besonderen Sentimentalität heraus, obwohl es zutrifft, daß nur ein Mann je darin gelegen hat und dieser Mann heute begraben wurde, sondern weil die Laken seit über einer Woche nicht gewechselt wurden. Wird David die Gerüche des nächtlichen Herumwälzens wahrnehmen oder die Tiefen der Bewußtlosigkeit, in die sie mehrere Male gefallen ist?

Es ist schwierig zu lernen, ein ganzes Bett allein auszufüllen. Edgar nahm einen großen Teil des Platzes ein, obwohl er kein großer Mann war, wenn auch sicher massiger als David. Er breitete sich lediglich aus.

Gwen läßt ihre Finger auf David Rippen und auch anderswo tanzen. Er ist zögerlicher. Oder großzügiger. »Sag mir, was dir gefällt«, flüstert er. »Sag mir, was du am liebsten hast.«

Sie weiß es nicht. Alles. Alles mögliche vielleicht. Jemand neues, etwas anderes.

Seine Finger untersuchen Teile von ihr, sein Mund andere, sein Penis wandert, stößt und dringt ein. Vergleiche sind unvermeidlich, zumal es vorher nur Edgar gegeben hat, aber nicht sehr wichtig. Es ist unbeholfener als mit Edgar, aber das ist wahrscheinlich vor allem das Unvertraute. Es ist aber auch viel aufregender, was vielleicht auch am Unvertrauten liegt.

Davids braune Augen und ihre blauen sind ineinander verkrallt, so daß sie die Reaktionen des anderen wahrnehmen können. Vergnügen. Sie fühlt sich etwas unbeholfen, unsicher und stellt sich vor, daß es ihm ebenso geht. Aber gierig. Beiden muß der Körper des anderen allgemein bekannt, aber individuell fremd sein.

Davids Mitgefühl gefällt ihr ebenso wie seine Leidenschaft. Wie es scheint, hat ihn der Gang der Dinge ebenso wie sie verwundert und erstaunt.

Aber sehr bald wird sein Blick unklar, sein Kiefer angespannt, seine Arme starr, und er wirft den Kopf hoch. Sie wird so feucht und heiß wie ein Gewächshaus. »Mhhhmmh«, stöhnt er. Edgar rief immer ganze Wörter wie »Jesus!« oder »O Gott!«.

Sie fallen auseinander, atemlos und dampfend. Hat ihr das Spaß gemacht? O ja.

Er hat ein Mal auf der Hüfte, das dem auf ihrem Schenkel ähnelt. Und ein anderes oben an den Rippen. Seine Augen sind geschlossen, ein Arm liegt über ihnen und in seinem Mundwinkel zeigt sich ein winziges Lächeln. Sie könnte seine Rippen zählen, und auch seine Hüftknochen springen scharf hervor.

Edgars Körper war früher mager, aber niemals so mager. Mit den Jahren wurde er zwar nicht fett, aber kräftig. Er gewann Substanz. Sein Bauch stand ein wenig vor, seine Arme wurden dicker, seine Schenkel etwas schlaffer. Aber er wurde nicht unattraktiv, nüchtern betrachtet. Und so betrachtete sie ihn am Ende meistens.

Was kam zuerst, ihr ernüchterter Blick auf ihn oder seiner auf sie?

Im Augenblick, zum ersten Mal seit ein paar Monaten – das heißt, eigentlich zum ersten Mal seit ganz, ganz langer Zeit – hat sie ein Verlangen nach Edgars Körper. Würde sich gern an ihm weiden, sich an ihn schmiegen, mit ihm herumwälzen. Der so vertraute Edgar; der völlig unbekannte Fremde Edgar. Beides.

So, Edgar, denkt sie, als sei auch er hier im Bett, wie findest du das? Ganz schöne Überraschung, für alle.

Nicht zuletzt für David offensichtlich. Das nächste, was sie bewußt wahrnimmt, ist ein seltsam rumpelndes Geräusch im Dunkel, das sie aus einem traumlosen Schlaf weckt. Sie rollt ein wenig zur Seite, knipst eine Lampe an und sieht David mit halbangezogener Hose herumhüpfen, wobei er zerzaust und wieder irgendwie wie ein Storch aussieht. Er erschrickt und fällt beinahe um.

»Verdammt, hast du mich erschreckt!« Sie gibt sich keine Mühe, Ärger und Erleichterung zu verbergen.

Er sieht verzweifelt aus. »O Gott, es tut mir leid. Ich wollte dich nicht wecken. Es tut mir wirklich leid.«

Wie jung er ist. Wie unerwartet, frisch, kaum geformt. »Wie spät ist es?«

»Fast acht. Es ist wirklich schade, aber ich muß gehen. Ich komme sonst zu spät.«

»Wohin?« Obwohl sie das nichts angeht und es ihr auch ziemlich egal ist. Eigentlich wäre es ihr lieber gewesen, sie hätte sein Fortgehen verschlafen und wäre mit einer Erinnerung aufgewacht, statt mit leichten Kopfschmerzen und in solch einem dummen, unpassenden Moment.

Inzwischen hat er es geschafft, beide Beine in seine Hose zu stecken, und sucht nach seinem Hemd. Gwen weiß sofort, wo es ist – neben ihr auf dem Fußboden. Sie hat noch das lebhafte Bild vor Augen und das Gefühl, wie sie danach griff und es von seinem mageren Körper zog, sie kann ihren Arm sehen, der es hochzog und es wie eine weiße Flagge fortwarf.

»Ich muß gehen«, murmelt er hektisch. »Ich muß hier weg.« Na dann. Sie langt hinunter, hebt das Hemd auf und reicht es ihm.

»War es so furchtbar?«

David unterbricht seine hektischen Bewegungen und starrt sie an. »O Gott, nein! Es war toll. Du bist wunderbar, wirklich!« Vielleicht ist er an Frauen gewöhnt, die Bestätigung brauchen oder Zuneigungsbekundungen oder Versicherungen ihres Könnens. »Es soll nicht so klingen, als wollte ich gehen, denn das will ich bestimmt nicht. Es ist nur so, daß ich muß. Meine, äh, meine Studiengruppe, wir treffen uns immer am Dienstagabend, und ich muß eine Arbeit abgeben, sonst kriege ich echt Schwierigkeiten. Das ist alles, aber ich will, ich würde gern hierbleiben, wenn ich könnte.« Er ist so ernst und dürr, ein ungepolsteter junger Körper, so schutzlos.

Männer werden mit der Zeit fülliger, und es wird immer schwerer, ihre Knochen zu sehen, und noch viel schwerer, sie zu fühlen.

»Morgen, wenn du deinen Wagen abholst, könnte ich dich dann sehen? Bitte?! Du könntest in die Bar kommen und wir könnten irgendwo hingehen!«

Oje, man läßt immer Trümmer zurück; in diesem Fall ist es ihr Wagen und ein paar Reste von Gefühlen. Es gibt immer etwas zum Aufräumen. Vor sieben Wochen und drei Tagen hätte Gwen Gläser oder Lampen oder Stühle oder sogar große Sofas nach Edgar schmeißen können, aber dann wäre es natürlich sie gewesen, die das Chaos hätte beseitigen und den Teppich nach winzigen Glassplittern hätte absuchen müssen.

David hat es geschafft, in sein Hemd zu schlüpfen, es zuzuknöpfen und in seine Hose zu stopfen. Es sieht so aus, als sei er auf dem Weg.

»Ich bin morgen mittag wieder in der Bar«. Er streicht mit dem Finger über ihren Schenkel, und sie merkt, daß sie nicht zu den Frauen gehört, die dieselben Berührungen, die ihnen zuvor noch gefielen, in jedem Fall auch nachher genießen.

»Hast du keine Freundin?«

Er zuckt zusammen, und sein Gesicht wird ebenso verschlossen, wie es auch bei Edgar manchmal der Fall war. »Doch, schon. Aber ich verstehe nicht, was das mit dir und mir zu tun hat.«

Doch, schon, Gwen versteht es auch nicht. Ist es nicht sonderbar, daß Menschen sich bei intimen Handlungen frei fühlen und sich mit intimen Informationen schwertun? War die Frage nach der Freundin einfach zu persönlich?

»Warum lachst du?« fragt er, eher verwundert als beleidigt.

»Worüber zum Teufel lachst du?« verlangte Edgar vor zehn Tagen zu wissen, tief beleidigt, zu zornig, um sich zu wundern.

»Tut mir leid«, sagt sie. »Ich lache nicht, es war wirklich schön, daß wir uns getroffen haben.« Was stimmt. Er ist noch ein Junge, noch zart und leicht zu erschüttern. »Vielleicht sehen wir uns wieder. Aber wir haben beide ein eigenes Leben, das weitergehen muß, stimmt's?« War es das, was Edgar fühlte, was er mit seinem Gestotter und seinen herumfuchtelnden Armen zu erklären versuchte?

Und ist diese Situation nicht ziemlich sonderbar? Das ganz sicher. Aber sie meint eigentlich folgendes: Da ist einmal dieser nicht unattraktive junge Mann mit ehrgeizigen liebenden Eltern, von denen der eine Teil tot ist und der andere lebt, mit einer vielversprechenden Zukunft, einer sehr ausgefüllten Gegenwart und sogar einer Freundin, wie es scheint. Und dann ist da Gwen, eine nicht unattraktive, aber zwei Jahrzehnte ältere Frau, die in diesem furchtbar leeren Haus wohnt, die kürzlich ein paar Pfunde an Hüfte und Schenkeln zugelegt hat und die, um zur Hauptsache zu kommen, erst vor ein paar Stunden ihren auf grauenhafte Weise zu Tode gekommenen Ehemann begraben hat (beziehungsweise es versäumt hat, beim Begraben dabeizusein). Kommt das David nicht seltsam vor? Fragt er sich nicht, ob sie überhaupt noch alle beisammen hat, sich hier im Dunkeln an solch einem Tag mit einem jungen Fremden ins Bett zu gehen?

Macht ihn all das nicht nervös?

Sie könnte seine Mutter sein. Obwohl sie immer noch denkt, daß sie ihn, wenn sie es denn wäre, besser ernährt hätte. Bei einem Sohn von Gwen hätte man nicht so ohne weiteres Rippen oder Wirbel zählen können. »Wir werden sehen.« Genau das sagen, wie sie weiß, Mütter oft, wenn sie eigentlich nein meinen.

Wie alle Kinder wertet er es als Hoffnungsschimmer, es stimmt ihn froh, er nickt glücklich, beugt sich zu ihr hinunter und gibt ihr einen schnellen, leichten Kuß. »Ich muß wirklich gehen. Wir sehen uns, okay?«

Eine letzte Berührung ihrer Finger auf seiner schmalen mageren Brust. »Macht es dir was aus, allein rauszufinden? Drück einfach den Knopf auf dem Türknauf, und dann schließt es von selbst wieder.« Ohne Licht stolpert er kurz auf der Treppe, aber dann hört sie die Tür hinter ihm zufallen und ein paar Augenblicke später sein altes Auto husten.

Was werden die Nachbarn denken?

Wahrscheinlich liegt so etwas vollkommen jenseits ihrer Vorstellungskraft.

Gwen legt sich zurück und verschränkt die Hände hinter ihrem Kopf. Sie spürt förmlich, wie sich auf der Innenseite ihrer Schenkel, da, wo sich seine Hüftknochen in sie gegraben haben, kleine blaue Flecke bilden. Sie streckt ihre Fersen mit den Zehen nach oben und fühlt, wie ein starkes Kribbeln ihren Körper durchzieht.

Zwei Männern hat sie heute auf Wiedersehen gesagt. Das dürfte ein Rekord sein.

Was zum Himmel geschieht mit ihr?

Aber wenn sie sich vorstellt, daß all ihre spontanen Entschlüsse solche angenehmen Folgen haben. Angenommen, sie hätte sich angemessen betragen, wäre pflichtschuldigst in den schwarzen Sedan hinter dem Leichenwagen geklettert, hätte mit gebeugtem Kopf am Grab gestanden und wäre endlich heimgekommen, allein, in eine desolate Stille. Angenommen, ihrem Auge hätte sich nicht die Möglichkeit geboten, vom Schild am Gully's angezogen zu werden, mit dem Versprechen, ein guter Ort zu sein, um was zu trinken.

Man stelle sich weiterhin all die Ereignisse und kleinen Wendungen vor, die sie verpaßt hat, weil sie nicht hinsah, weil sie sich abwendete, weil sie daran gewöhnt war, zu widerstehen. Und jetzt ist sie schon zweiundvierzig! Oh, Edgar, ist es das, was du plötzlich gefühlt hast? Hat das Wissen um so viele verpaßte, unsichtbare Möglichkeiten deine Beine hochgeschleudert und deine Arme hoch in die Luft geworfen? War dein Ziel nicht Grausamkeit oder Verachtung oder Ärger, war es nur eine Sehnsucht nach impulsivem, geheimnisvollem Handeln?

Wenn es so gewesen ist, kann Gwen verstehen, wie unsichtbar sie geworden war. Sie war wahrscheinlich nur ein Fleck in seinem Blickfeld, mit dem man rasch und chirurgisch umzugehen hatte, mit dem einzigen Ziel, Klarheit zu erlangen. »Aber selbst wenn es so war, Edgar, es war unfreundlich und feige, nicht mehr Mühe auf die Erklärung verwendet zu haben«, sagt sie laut. »Ganz und gar nicht nett, mich ohne Warnung ganz von vorn anfangen zu lassen.« Ihrer Meinung nach hätte er ihr helfen können oder sie belehren müssen. Er hätte vielleicht sogar ihre gemeinsamen zwanzig Jahre ein wenig ehren sollen. Aber vielleicht hatte er das Gefühl, daß er keine Zeit zu verschwenden hatte.

Und das tat er dann ja auch nicht, wie sich zeigte.

Diese Matratze mit den unordentlichen Laken ist durch die Jahre von der Last ihrer Körper weich geworden. Sie haben sich umarmt, entfernt voneinander gelegen, bittere Streits ausgefochten, tief geschlafen. Sie haben geschnarcht und sich nachts an den Händen berührt, sind freudig oder mürrisch jahrelang am frühen Morgen herausgekrochen. Und jetzt hat ein junger, für beide völlig Fremder die Matratze erschüttert. Das *muß* so ähnlich sein wie Edgars Erfahrungen. Wie schade, daß er nicht in der Lage war, ihr davon zu erzählen.

Was für ein Scheißkerl.

Vielleicht war es nach zwanzig Jahren einfach zu schwierig, neue Themen anzuschneiden.

Wenn er angenommen hatte, daß ihre Ehe bedrückend war und man ihr nur schwer entfliehen konnte, dann hatte er doch keine Ahnung, oder? Denn jetzt, während sie sich auf der weichen Matratze ausstreckt mit all ihrem weichen, vergnügtem, lebendigem Fleisch, liegt er eingeschlossen im härtesten aller Hölzer, hat nur ein kleines Satinkissen zum Trost, und um ihn herum ist festgestampfte Erde, die auf ihm liegt, ihn einhüllt und niederdrückt. *Das* ist wirklich bedrückend. Das ist wirklich etwas, dem man nicht entfliehen kann.

Oh, armer Edgar. Sie merkt, daß sie wieder weint, still und hilflos wie heute nachmittag, kein schreckliches Schluchzen wie vor ein paar Wochen. Armer Edgar, nicht mehr am Leben wie Gwen oder jung wie David, nicht mehr voller Hoffnung mit all seinen Träumen vor sich, nicht mehr brennend vor Plänen und Verlangen (obwohl sie nicht glaubt, daß er je wirklich gebrannt hat). Nicht einmal mehr zärtlich oder besonders nett. Nicht mehr irgend etwas.

So viel verloren.

Etwas von David schwebt immer noch im Raum; etwas Lebendiges, das die Luft verändert, das die Schalheit durch eine leichte

Frische ersetzt, die eigentlich wenig mit David zu tun hat. Gwen setzt sich auf, wirft die Beine über die Bettkante, wie sie es hundert und tausend Male getan hat. Oh, sie hat vergessen, daß sie nackt ist.

Mit der Dunkelheit ist ein kleines Frösteln gekommen. Sie geht auf Zehenspitzen über den beigen Teppich zu dem begehbaren Schrank am anderen Ende des Zimmers. An zwei Haken an der Innenseite der Schranktür hingen früher immer zwei Bademäntel: Edgars im blaugrünem Schottenmuster, Gwens aus pfirsichfarbener Baumwolle. Diese kleinen Veränderungen können immer noch hervorspringen und sie erschrecken.

Sie geht nach unten, bewegt sich leicht durch die Dunkelheit, ihr Körper ist mit jeder Vertiefung und jedem Winkel des Ortes vertraut. In der Küche macht sie Licht und setzt einen Kessel auf für Tee. Schon als Kind hat sie nach dem Abendessen mit Flo und ihrem Vater Tee getrunken. Jede Familie hat ihre Rituale. Auch ihre und Edgars Familie hätte Rituale gehabt, obwohl sie sich nicht ganz vorstellen kann, was für welche.

Das mindeste, was sie heute abend für ihn tun kann nach einem so ereignisreichen Tag und so langer Bekanntschaft, ist, sich mit ihm hinzusetzen und ihren Tee zu trinken. Sie kann zumindest ein letztes Mal Wache halten: für ihn in seiner stillen, schweren Dunkelheit, für sich in ihrer hellen, warmen Küche.

Ihr ganzes helles, warmes Haus. Nach einer Weile steht sie auf und geht von Zimmer zu Zimmer, hinauf und hinunter, macht alle Lichter an im Haus. Auch Musik: die Beach Boys, warum nicht? Sie schuldet Edgar, auch wenn er versagt hat, und er hat ja versagt, immer noch eine Art Tribut. So etwas wie die volle, angemessene Aufmerksamkeit für einen anderen Menschen, wenn schon keine wohlwollende, besondere oder allzu hingebungsvolle.

Es ist schwer zu sagen, ob das Haus mit all dem Licht und der Musik noch leerer oder weniger leer wirkt.

Edgar mag seine verschiedenen Abtritte mit unzureichender Anmut ausgeführt haben, aber wenn auch Gwen dies nicht gelingt, so ist das im Moment überhaupt nicht ihre Absicht, und sie ist auch nicht verbittert. Das könnte Davids Geschenk sein.

David selbst war ein Geschenk; eine unerwartete, vorübergehende Leidenschaft, eine Verneigung vor einem geheimnisvollen Impuls, zu dem auch Edgar Vertrauen gefaßt haben muß. »Hast du das gemeint, Edgar?« fragt sie. »Ist es das, was du mir sagen wolltest?«

Wenn ja, dann bleibt ihr noch viel zu entdecken, eine Menge zu lernen. Auch viel auszurangieren. Was sind das alles für gerahmte Drucke an den Wänden, das Sofa, die Stühle, der Eßzimmertisch, die Kerzen, die Teppiche, was ist das für ein lächerliches Haus?

Das lächerliche Haus ist auf jeden Fall warm. Und hell und ziemlich sicher. Das ist weitaus mehr, als man über Edgars Lage sagen kann. Nichts, was sich beide ausgesucht hätten. »Aber so ist es eben, stimmt's? Armer Edgar, aber wie du selbst sagen würdest, so ist das Leben, so ist es!«

3

Als David Gwen nach all dem Bettgeflüster verläßt, die Treppen im Dunkeln hinuntersteigt, aus der Tür schlüpft, ohne zu vergessen, den Knopf zu drücken, um sie hinter sich zu schließen, in seine alte grüne Karre steigt und davonfährt, fühlt er – ja was? – Raserei, aber auf eine verwirrende, völlig neue Art: ekstatisch angesichts dieser überraschenden, erstaunlichen Lust, erschrocken, weil er sich verspäten wird, und voller Sorge, daß er wieder einmal einen Fehler gemacht, wieder einmal seinem Vater Anlaß zur Sorge gegeben haben könnte. Ganz zu schweigen von seinen eigenen Sorgen.

Davids Gefühl nach war es kein Fehler – ganz im Gegenteil –, aber sein Gefühl ist ein schlechter Maßstab, nichts, woran er sich orientieren kann. Sein Problem, das hat er in letzter Zeit erkennen müssen, liegt darin, nicht *vorher* zu wissen, welche unangenehmen Folgen manche seiner Handlungen haben können. Es hinterher zu wissen ist leicht – auch wenn es manchmal etwas dauert. Dann kann sein Vater reden und reden, und Fink, der Psychiater, sowieso, und dann begreift er es vielleicht. Aber in dem Augenblick, in dem ihn die süße, samtene Versuchung überkommt, ihm die Lust zuwinkt, neigt er zum Vergessen.

Was eben mit Gwen, dieser beschwipsten, köstlichen, verlockenden Witwe in den besten Jahren passiert ist, hat jedoch nicht das geringste mit den ihm bisher bekannten Problemen zu tun, deshalb kann er es, als er jetzt wegfährt, weder einordnen noch einschätzen. Er weiß nicht einmal, ob er es mit Fink besprechen sollte, ob es eine jener »Angelegenheiten« ist, wie Fink das nennt, die nach Analyse verlangen. Manchmal fixiert sich Fink auf irgendein kleines Detail, von dem David nicht im Traum denken würde, daß es wichtig sein könnte, und zerrt daran herum wie ein Terrier an einem Hosenbein. Und manchmal kommt David mit einer Information, einem Bild, an das er sich erinnert, oder mit einem Erlebnis aus seiner Vergangenheit, von dessen Bedeutung er überzeugt ist, legt es wie einen Knochen auf Finks Schreibtisch, und der ignoriert es einfach. Wischt es achtlos und zerstreut beiseite.

Kein Wunder, daß David immer noch Mühe hat, seine Taten richtig einzuschätzen, geschweige denn, sie zu kontrollieren. Er hat das Gefühl, daß der feste Boden unter seinen Füßen nur ganz dünn ist.

David hat keinen Termin mit einer Studiengruppe. Er muß keine Arbeit abgeben. Er ist kein Jurastudent oder überhaupt Student. Aber sein Großvater hat das Gully's gekauft, als Davids Eltern heirateten, und es stimmt, daß seine Mutter tot ist und daß er in der Wohnung über der Bar aufwuchs. Es stimmt auch, daß er sich manchmal nach unten schlich und sich ein kleines Taschengeld verdiente, indem er vor der Kundschaft Kinderlieder zum besten gab.

Auch daß er dreiundzwanzig ist, stimmt. Was er Gwen gegenüber nicht erwähnt hat, ist, daß er, bis zu der überraschenden Situation heute, als ihre und seine beschissene Lage aufeinandertrafen und sich verquickten, noch nie mit einer Frau geschlafen, nie geliebt hatte. War nie auch nur nahe dran.

Allerdings war das so grauenhaft, so absolut geheim und ein solch dunkler Punkt, daß er es unter keinen Umständen jemals irgend jemandem gegenüber zugegeben durfte – aber das ist jetzt vorbei, Gott sei Dank! Und wie unglaublich leicht es war, ohne daß er es überhaupt beabsichtigt hatte oder daß es Mühe kostete; es passierte auf so magische und unerklärliche Weise wie sonst nur andere, weitaus schrecklichere und unerfreulichere Dinge.

Was für eine Erleichterung! Welche Freude, das leichte Schmerzen gewisser Muskeln, die ungewohnte sanfte Wundheit seines Schwanzes, die in ihm Gefühle und Bilder hervorruft, ihn warm und wohlig umfängt und ihn erschauernd in Erinnerungen schwelgen läßt.

Er denkt nicht, daß Gwen es bemerkt hat. Eigentlich glaubt er, daß er ziemlich gut war. Er konnte mit ihr – vorher wenigstens – fast so offen über seine Hoffnungen und Wünsche reden, wie er es in seinen Selbstgesprächen mit viel realeren Dingen macht, aber es fast nie laut sagen kann. Vielleicht, weil sie ihm anfangs alt erschien und die Sache unmöglich. Und er ist stolz, daß er an die Nachbarn dachte und sich und Gwen dann ziemlich elegant weg von diesem kratzigen Teppich und nach oben manövrierte; daß er sich die Zeit für eine kurze Dusche nahm; daß er sich die Mühe machte, sie nach ihren Vorlieben zu fragen. Das alles, so nimmt er an, vermittelte doch den Eindruck eines erfahrenen Liebhabers und nicht eines übereifrigen, hastigen Halbwüchsigen.

Er kann es immer noch kaum glauben, wie leicht es war: Nur eine unmißverständliche Geste von ihr, und er war so verblüfft, daß seine Ängste einfach aus dem großen sonnigen Wohnzimmerfenster hinausflogen.

Er fragt sich allerdings, warum ihre unmißverständlichen Gesten so ganz andere Wirkungen haben als seine eigenen, durchaus ähnlichen Gesten. Weil sie eine Frau ist und Frauen das dürfen? Weil sie seine Hände nahm und ihn zur Berührung aufforderte, eine Kühnheit, die er nie wagte oder auch nur erwog?

Er hofft, daß sein anderes kleines – wirklich kleines – impulsives Vergehen ihr Vergnügen nicht aufhebt. Oder schlimmere Folgen nach sich zieht, die er nicht bedacht hat und nun nicht voraussehen kann.

Er geht jetzt keineswegs zu einer juristischen Studiengruppe, sondern zu seiner Verabredung mit Dr. Fink, der Dienstag abends Sprechstunde hat, damit er mittwochs freimachen kann. David weiß nicht viel über die anderen Patienten, aber er kann sich vorstellen, daß Finks Job der Arbeit in der Bar ähnelt: Man hört zu und hört zu, und manchmal, so wie heute etwa, wird es wirklich interessant, aber oft kann man es kaum noch aushalten und wünscht sich, die Leute würden einfach das Maul halten und etwas Vernünftiges tun.

Im großen und ganzen glaubt er, daß Fink seinen freien Mittwoch verdient hat. Dennoch sind ihm diese Dienstagabende lästig. Heute abend allerdings noch weitaus mehr als sonst. Es macht ihn fast wütend. David wäre so gern bei Gwen geblieben, hätte so gern ihr kindliches Gesicht im Schlaf beobachtet, hätte sie berührt und wachgestreichelt und erfahren, ob ein Erfolg noch zu weiteren geführt hätte. Statt dessen döste er ein und wachte in Panik im Dunkeln auf, voller Angst, alles vermasselt zu haben und zu spät zu kommen.

Ob Gwens Haut an ihm zu riechen ist? Dr. Fink raucht gern Pfeife, was zu Davids und offensichtlich auch zu Finks eigener Vorstellung von einem bedeutenden Psychiater paßt. Sollte er aber die – eventuell noch herumschwebenden – Sexualdüfte registrieren, wird er David ausquetschen wollen. Jedes Detail wird er wissen wollen, jede Bewegung, weniger aus Gründen der Lüsternheit oder des Voyeurismus, sondern um jeden Aspekt des Ereignisses, der vielleicht ein Problem darstellen könnte, zu sezieren. David, mit seiner offensichtlich nachlassenden Fähigkeit, die eigenen Handlungen einzuschätzen, hat wenig Lust darauf, mit irgendwelchen schrecklichen Konsequenzen konfrontiert zu werden, die Fink ihm nickend und an seiner Pfeife kauend möglicherweise voraussagen könnte.

Eine Stunde lang mit Fink Versteck spielen und ihm ausweichen zu müssen, erscheint ihm äußert anstrengend. Viel lieber würde sich David, wenn er schon nicht mit Gwen zusammen sein kann, in die Dunkelheit seines eigenen Zimmers zurückziehen, um dort – allein über dem Gully's – die herrlichen Ereignisse eines wundersamen Tages immer und immer wieder durchzuspielen. Selbst für jemanden, der viele Stunden damit verbracht hat, davon zu träumen, und dabei vor Angst und Verlangen immer mehr erstarrte, war die Realität erstaunlich. Wie hätte er den Unterschied erahnen sollen zwischen Masturbation und dem zarten Sicheinnisten in der feuchten Wärme einer Frau? Und doch, trotz dieses überraschenden, außergewöhnlichen und unbekannten Vergnügens hatte er sich zurückgehalten, hatte sich so lange und so fürsorglich gebremst, wie es nur irgend ging.

Darauf ist er stolz, und er glaubt, daß Gwen das anerkennt.

Wenn er diese Zurückhaltung, die Lust, die daraus entstand, und seinen Stolz beschriebe, würde das Fink gefallen? Würde er sich mit seinen Fältchen um die unergründlichen Augen vorbeugen und sagen: »Gut gemacht, David, und nun wollen wir damit arbeiten, ja?«

Er lobt einen nicht oft, aber er sucht häufig nach etwas, womit er arbeiten kann. Auch wenn sein Interesse manchmal vage und nicht immer zu erkennen ist.

David könnte dann auch gestehen, daß er das Foto von Gwens totem Ehemann, das neben dem Bett stand, gestohlen hat. Wie aber könnte er das erklären? Ein wirkliches Vergehen, wenn auch nur geringfügig, und eines, das er noch nie begangen hat. Was will er mit diesem Bild, das ihn nun vom Nebensitz aus anstarrt? Zuerst sah er, erhitzt und befriedigt, Gwen beim Einschlafen zu, dann begannen seine Augen zu wandern. Was steckte in diesem goldenen Rahmen, der da umgedreht neben ihm auf dem Nachttisch lag? Er streckte die Hand danach aus, stellte ihn vorsichtig auf und sah einen Mann um die Vierzig, nicht übel aussehend, mit blauen Augen, ohne Lächeln, der ihn anstarrte. Gerade wegen seiner Unauffälligkeit erschien er David unergründlich, geheimnisvoll und rätselhaft. Der Mann konnte nur Gwens verunglückter Ehemann sein, dessen Schicksal ihn auf etwas indirekte Weise zu Davids Schicksal geführt hatte: daß er nun neben der Ehefrau dieses Mannes lag. Seiner Witwe.

David lehnte sich vorsichtig über die Bettkante, um das kleine Porträt in seinen rechten Turnschuh zu schieben.

Hat Gwen bemerkt, daß er, als er ging, seine Schuhe in der Hand trug und noch nicht am Fuß? Wird sie bemerken, daß das Porträt weg ist? Warum hatte sie es überhaupt dorthin gelegt, wenn auch umgedreht? Vielleicht sieht sie nicht, daß es fehlt, bis so viele andere Leute im Haus waren, daß die Spur zu David verwischt sein wird.

Was ist in ihn gefahren? Er hat noch nie gestohlen. Dennoch hat das Porträt, als er hinunterblickt, nichts von seinem geheimnisvollen, überwältigenden Reiz verloren.

Sind aber nicht gerade geheimnisvolle, überwältigende Reize der Grund für Davids Probleme?

David darf diese Dienstagabend-Treffen bei Dr. Fink auf keinen Fall versäumen, weil sie die Auflage für seine Bewährung sind. Sie finden seit sechs Monaten einmal pro Woche statt und werden noch weitere sechs Monate lang stattfinden. David hat sich schon fast daran gewöhnt, wie Fink sich an ihn heranschleicht, ihn einkreist, sich aus unerwarteten Richtungen auf ihn stürzt. Aber manchmal kommt es ihm noch bedrohlich vor. Wann wird Fink ihm an die Kehle gehen und mit seinen vorstehenden Schneidezähne zubeißen?

Der Bewährungshelfer Keith Miller, bei dem sich David einmal im Monat melden muß, ist da viel direkter. Vielleicht weil diese Treffen kurz und vergleichsweise unpersönlich sind. »Na, Dave«, pflegt er zu fragen, »Reißverschluß immer schön geschlossen? Keine Probleme mit Durchzug in der Hose?« Irgendwann einmal wird David ausholen und Keith Miller eine knallen, nur wegen dieser Scherze, und weil er ihn so von oben herab behandelt. Fink scheint ihn wenigstens ernst zu nehmen, und das gibt ihm zumindest das Gefühl, daß Fink ihn für *wert* befindet, ernst genommen zu werden.

Nur kann keiner von ihnen – weder Fink noch Keith Miller, weder Davids Vater noch die Polizei, weder die verschiedenen Anwälte und Richter, die bisher mit ihm zu tun hatten, noch David selbst – genau sagen, wie das in Ordnung zu bringen wäre, was auch immer an David in Ordnung zu bringen ist.

Er kann es sich nicht einmal selbst richtig erklären, was da geschieht. Er sieht eine Frau und irgend etwas an ihr – die Art, wie sie sich bewegt, wie ihr Haar fällt, wie ihre Beine aussehen, wie sie die Arme oder ihre Hüften schwingt –, irgendein blödes Detail erregt ein tiefsitzendes Interesse, und plötzlich fangen seine Finger ganz von allein an, sich zu bewegen, seine Hose herunterziehen, seinen Schwanz herausholen, und zack, schon regt sich jemand auf.

Zum ersten Mal passierte ihm das, als er siebzehn war, und es kam aus heiterem Himmel. Heute überrascht es David nicht mehr; inzwischen ist er sowohl mit dem Vergnügen als auch mit den eher unangenehmen Folgen vertraut.

Das Vergnügen liegt in dem Entblößen an der Luft, dem sanften Kontakt seines zarten, drängenden Schwanzes mit einer frischen Brise: ein warmer Hauch, ein kleiner Ausflug, der, ließe man es einfach geschehen, völlig ruhig, unaufdringlich und harmlos bliebe.

Häufig läßt man ihn auch in Ruhe. Die Frauen gehen vorbei und schauen weg. Manchmal stöhnen sie auf oder starren ihn an. Ärger gibt es, wenn sie wirklich erschrecken. Eine fing mal an zu weinen, was ihm sehr leid tat, andere aber wurden böse. Niemand scheint zu verstehen, daß er nichts, aber auch rein gar nichts Böses im Sinn hat. Er könnte wirklich keiner Fliege etwas zuleide tun, und dennoch wurde er – im Gegensatz zu anderen, wirklich gefährlichen Leuten – bereits dreimal festgenommen. Das letzte Mal geschah das, als zwei wirklich hübsche Mädchen – nun ja, Frauen – etwa in seinem Alter vor ihm stehenblieben und eine zu ihm »Du kleiner Wichser« sagte. Dann packten ihn die beiden, und es zeigte sich, daß sie weitaus stärker und bösartiger waren, als sie aussahen. Er versuchte wegzurennen, aber sie hielten ihn fest, dann kam noch ein Polizist hinzu, und damit war sein Schicksal besiegelt.

»Was denn? Was denn?«, schrie David und schaute unschuldig von einem Gesicht zum anderen. Ihm war vollkommen schleierhaft, was an den beiden Frauen diesen Impuls in seinem Kopf ausgelöst hatte, das den süßen Strom der Lust in Gang setzt und dann weiter nach unten wandert; nichts davon fühlte er noch. »Ich weiß überhaupt nicht, was die wollen. Ich bin einfach an ihnen vorbeigegangen und habe an nichts Böses gedacht. Sie müssen verrückt sein.« Aber als er dann von den Polizisten überprüft wurde, saß er natürlich in der Falle.

Er ist nicht wie Gwen, er will gar nicht berührt werden, er pflanzt sich nicht vor ihren Gesichtern auf, er nimmt nicht ihre Hände und legt sie auf seinen Körper. Er möchte das nicht einmal; nicht im Traum hat er je daran gedacht; es wäre ihm wohl auch gar nicht so angenehm, jemandem so nah zu sein. Obwohl er das ab jetzt vielleicht anders sehen könnte.

Was denkt er da? Solche Vorstellungen, solche Bilder darf er nicht mal ansatzweise in seinen Kopf dringen und einsickern lassen. Er hat bereits genug Ärger mit sich aufdrängenden Vorstellungen und einsickernden Bildern. Er weiß ganz genau, daß all die Warnungen zu Recht bestehen, auch wenn er sie nicht immer ganz versteht,

Sein anderes Problem ist vielleicht noch größer und noch schwieriger zu lösen. Es ist seine Fähigkeit, sein Wunsch, sein *Drang* zur Lüge, selbst wenn sie überflüssig und unnötig ist. Er hätte Gwen zum Beispiel nicht zu erzählen brauchen, daß er Jurastudent ist, sie schien durchaus zufrieden mit der Vorstellung, daß er Barkeeper war, auch wenn es stimmt, daß sie ihn danach anders ansah. Irgendwie war die Lüge auch ganz passend, wo doch ihr toter Ehemann Rechtsanwalt war.

Ein Zug! Mann, das muß ein ziemlich schrecklicher Abgang gewesen sein. Es sei denn, sie hat auch ein Drama erfunden, um Davids Aufmerksamkeit zu erregen. Oder sein Mitgefühl, was immer ihr eben gerade wünschenswert erschien. Er hat dergleichen auch schon einige Male gemacht, um damit für eine kurze Zeit lang beeindruckender, interessanter und aufregender zu wirken. Hätte ihn Gwen denn zu sich nach Hause eingeladen beziehungsweise ihre Brüste und dann den Rest dargeboten, wenn sie nicht geglaubt hätte, er habe eine große Karriere vor sich?

Eine Weile lang hat er sich heute fast eingeredet, daß es ihn zum Beruf des Rechtsanwalts hinzöge; daß es sein größter Wunsch sei, den Armen zu dienen, den Mühseligen und Beladenen – »wie diese Leute«, so hatte er Gwen in ihrem Wohnzimmer gesagt, »die in die Bar meines Vaters kommen und ein paar kleine Geldsorgen haben, die dann zu großen Katastrophen werden, bloß weil keiner da ist, der ihnen rechtzeitig hilft. Wegen dieser Leute, die total verarscht werden, studiere ich Jura, für sie.« Einen Moment lang fühlte er sich wie ein Held des Klassenkampfs; wie ein Revolutionär oder ein Heiliger. Er fühlte sich *groß* und genoß den aufmerksamen und zustimmenden Blick, mit dem sie ihn ansah. Er glaubte, daß sie ihn ja nun wohl mit ihrem Ehemann vergleichen müsse und ihn, David, dann für den weitaus Edleren halten würde.

Er hätte eigentlich nichts dagegen, Rechtsanwalt zu sein, auch wenn das bei seiner Vorgeschichte etwas schwierig wäre. Abgesehen von seinem Strafregister hat er auch die Schule nicht zu Ende gemacht, ist allerdings der Meinung, daß dies nicht so entscheidend sei, zumal er sich viel selbst beibringt. Geschichten erfinden ist seine Stärke, und er kann – vorausgesetzt, es kommt zu keiner Situation, die ihn entlarvt – ziemlich überzeugend sein. Natürlich funktioniert es nicht immer so gut, zum Beispiel bei Polizisten, und Leute wie Fink neigen dazu, unüberzeugbar zu sein; auch sein Vater ist inzwischen im günstigsten Falle skeptisch.

Eine der wunderbaren Eigenschaften von Davids Mutter war ihre Bereitschaft, ihm zu glauben. Ihr Glaube war unerschütterlich, sowohl der Glaube an seine Unschuld als auch an die vielfältigen Möglichkeiten, etwas, das er getan hatte, mißzuverstehen und fälschlicherweise für eine Lüge oder etwas Böses zu halten. Er hofft und vertraut darauf, daß sie ihm immer noch glaubte, als sie starb,

Sie starb, nachdem er zum ersten Mal verhaftet wurde, aber noch vor der Verhandlung, und obwohl sie damals schon ganz dünn und schwach war, erhob sie sich in ihrem Bett, entflammt von Entrüstung und Krebs und schrie: »Dieses böse, böse Mädchen. Wie konnte sie so etwas tun? Weiß sie nicht, was sie damit anrichtet? Ist ihr das egal? Mein armer Junge!«

Wäre sie noch gesund gewesen, wäre das alles nicht passiert. Nicht, daß er dann nicht trotzdem diesen unerklärlichen Trieb gehabt hätte, dem er einfach nachgeben muß, wenn er sich regt; aber sie hätte ihn gerettet. Sie hat ihn immer gerettet, wenn sie es konnte, auch bei kleineren kindlichen Schwierigkeiten wie Schulhofraufereien oder unsympathischen Lehrern. Die Reinheit ihres Gaubens hätte ihn auch in diesem Fall gerettet.

Sein Vater ist loyal, aber seine Loyalität ist anders und führt eigentlich nicht zur Rettung Davids. Sie führt eher dazu, daß ein Rechtsanwalt einen Haufen Geld bekommt, und sie führt zu entwürdigenden Szenen im Gerichtssaal, gefährlichen im Gefängnis und zu frustrierenden Dienstagabenden, die er mit Fink vertrödelt. Das schlimmste, was Davids Vater je zu ihm sagte, war: »Gott sei Dank, daß deine Mutter schon tot ist. Das alles hier hätte sie ins Grab gebracht.«

Das sagte er in einer Pause bei Davids erster Verhandlung, seiner einzigen wirklichen Verhandlung, da er sich seitdem weigert, auf schuldig zu plädieren, weil er glaubt, daß er eigentlich unschuldig ist. Mag ja sein, daß es zu diesem kleinen Vorfall kam, mag ja sein, daß er sein Glied einen Moment lang entblößt und freigelassen hat, aber er wollte niemals irgend etwas damit *bewirken.* Es erstaunte ihn, wie die Frau im Zeugenstand über ihn sprach; sie zitterte und ihre Stimme auch, so wütend war sie. Jetzt war nichts mehr an ihr, das in ihm irgendwelche Impulse ausgelöst hätte, aber vielleicht lag das nicht nur an ihrer Wut, sondern auch daran, daß sie im Gerichtssaal nicht an ihm vorbeiging. Es muß etwas an der Art ihres Gangs gewesen sein, draußen auf der Straße, das scheint es wohl immer zu sein.

Ihr Verhalten war auch sonst völlig anders als damals. Als es passierte, hatte sie geschrien. David wollte es nicht glauben. Er muß so erstaunt gewesen sein, daß er den Mund nicht mehr zubekommen hat. Sie war erschrocken, und sie schrie! Und weil ein Schrei natürlich Aufmerksamkeit erregt, wurde er zum ersten Mal erwischt.

Irgend etwas, so nimmt er an, ist dann zwischen damals und dem Auftritt im Gerichtssaal geschehen, das sie wütend gemacht hat. »Ich fand es *ekelhaft*«, sagte sie aus, worüber David sich kurz ärgerte, denn was zum Himmel war ekelhaft an seinem Schwanz? Dann aber sagte sie, »daß es nicht einmal mehr möglich ist, am hellichten Tag eine Straße entlangzugehen, ohne daß sich ein Penner entblößt«.

Penner! Aber Davids Anwalt sagte, ihr Ärger nütze ihnen; es wäre weitaus schlimmer gewesen, wenn sie geweint hätte, denn das hätte den Richter dazu gebracht, David noch härter bestrafen zu wollen, weil er sie so gekränkt habe. »Aber ein Richter mag wütende Frauen ebenso wenig wie jeder andere Mann auch.« Sein Anwalt grinste. Aus dem Schneider sei er deshalb aber noch nicht. Der Anwalt glaubte keineswegs an Davids Unschuld. »Uns bleibt nur die Möglichkeit, alle mildernden Umstände anzuführen, die uns einfallen, und dann das Beste zu hoffen.« Er klopfte Davids Vater auf die Schulter, David nicht.

Was er dann dem Richter sagte, war, daß zum Zeitpunkt des »Vergehens« Davids Mutter im Sterben lag und nun tot war. »Mein Klient«, so sagte er, » war durch diese tragischen Umstände verwirrt und verhielt sich kurzzeitig nicht seinem wahren Charakter entsprechend.«

David verbrachte drei lange Tage und zwei noch längere Nächte im Gefängnis, und der Anwalt sagte, damit sei er noch gut weggekommen. Davids Vater schien derselben Meinung zu sein. »Mein Gott«, sagte er dem Anwalt, »vielen Dank.« Später, als David wieder zu Hause war, packte ihn sein Vater bei den Schultern, schüttelte ihn und sagte: »Mach so etwas nie, nie wieder. Wenn es noch einmal Ärger gibt, bist du auf dich allein gestellt. Ich werde dann keinen Finger mehr für dich rühren.«

Aber natürlich tat er es doch. Davids Vater würde ihn nie seinem Schicksal überlassen. Beim nächsten Mal wurde er zwar nicht böse, er wurde traurig, und das war schlimmer. Er hatte sogar Tränen in den Augen, ließ die Schultern hängen, sprach wenig und schüttelte nur den Kopf. Aber dann rief er sofort den Anwalt an.

»Warum tust du das?« fragte er. »Sag mir, was es ist.«

Aber welche Worte vermochten eine bestimmte Bewegung, ein Verhalten, eine kleine Geste beschreiben, die nicht vorhersehbar war, sondern einfach geschah, zufällig, irgendwie magisch. Wochen konnten vergehen, und David konnte Hunderte von Frauen sehen, ohne etwas dabei zu empfinden. Nun, vielleicht nicht rein gar nichts; »hübsch« oder »tolle Beine« mochte er vielleicht denken, so wie jeder andere Mann, aber nichts, was ihn zu irgendeiner unwiderstehlichen Handlung zwang.

Und gab es überhaupt Worte, die etwas Unwiderstehliches definierten? Daß sein Schwanz Luft brauchte, nach Entblößung verlangte, darauf bestand, seine eigene unabhängige Antwort zu geben; daß er kurz (und ja nur gelegentlich) Freiheit einforderte und es nichts gab, das ihn stoppen konnte. Wirklich gar nichts. »He, du da!« So meldete er sich. »Hallo. Hier bin ich. Schau mich an.«

Niemand, weder sein Vater, noch der Anwalt, noch das Gericht, noch der Psychiater – niemand würde das verstehen, niemandem war das zu vermitteln.

Gwen fand seinen Schwanz nicht abstoßend. Sie griff sogar von sich aus nach ihm. Gwen sah in ihm keinen Penner. Sie offenbarte die reine Form des Glaubens, als sie ihn direkt in ihr Bett zog. Was konnte vertrauensvoller und treuherziger sein?

Nun hat er sie aber bestohlen. Erneut schaut er hinunter auf das Porträt ihres Mannes. Warum hat es das getan?

Bei seiner zweiten Verhaftung sagte der Anwalt: »Es ist wohl besser, Sie plädieren auf schuldig. Diesmal haben wir keinen Notnagel.« Er meinte: keine kürzlich verstorbene Mutter. »Und diesmal sind Sie bereits aktenkundig. Unmöglich, daß Sie noch einmal Glück haben.« Als ob er beim ersten Mal Glück gehabt hätte.

Beim dritten Mal seufzte der Anwalt und sagte: »Das einzige, was wir jetzt noch geltend machen können, ist, daß es nicht schlimmer geworden ist. Sie tun nur das, was Sie vorher auch schon getan haben.« David bekam zwei Monate. Die dann, so funktioniert das System, in einen Monat mit einem Jahr Bewährung umgewandelt wurden, mit der Auflage, daß er sich während dieser Zeit in psychiatrische Behandlung zu begeben habe. Deswegen hat er nun noch weitere sechs Monate Fink am Hals, und dieser ihn.

Bis heute abend hatte er keinen Grund gesehen, warum ihn die

Unwiderstehlichkeit nicht jederzeit wieder überkommen sollte, und es dann reine Glücksache wäre, ob die betroffene Frau einfach weitergeht oder einen Riesenstunk macht, und er entweder auf freiem Fuß bleibt oder das erlebt, was sein Anwalt mit »beim nächsten Mal wird's ernst« beschrieben hat.

Aber vielleicht ändert das, was er heute erlebt hat, die Lage.

Wenn Gwen nun gar nicht merkt, daß etwas fehlt? Wenn sie viel an ihn denkt, morgen zurückkommt, um ihr Auto abzuholen, und David dann wieder mitnimmt, sie wieder zu ihr gehen? Und das immer und immer wieder, bis das Problem – was es auch sein mag – durch Ablenkung oder Erschöpfung einfach von selbst verschwindet? Wie wäre es, wenn er draußen auf der Straße eine Frau sieht, die ihm – mit welchen Bewegungen, welcher Frisur, welchem Armeschwingen auch immer – entgegenkommt, und nichts passiert. Wenn nie wieder so etwas ausgelöst wird? Wenn sein Schwanz nun einfach zufrieden ist, da zu sein, wo er hingehört?

Hieße das, er ist geheilt, oder daß er in etwas noch Gefährlicheres hineingeschliddert ist, etwas, das sich später als noch schlimmer erweisen könnte?

Und wie soll er sie in dem Glauben lassen, daß er ein Jurastudent ist, so wie es ihr Mann einmal war? Bis jetzt mußten seine Lügen nie lange halten. Er fing mit seiner Mutter an; bei ihr übte er, aber naturgemäß versuchte er nicht, sie bei den grundsätzlichen Fakten seines Lebens, die sie ja kannte (vermutlich besser als er selbst), zum Narren zu halten. Er log, indem er etwas von angeblich verlorenen Zeugnissen erzählte, über Hunde, die ihn gejagt hatten, über Bauchschmerzen, die angeblich so schlimm waren, daß sie ihn zum Arzt brachte, der zwar nichts fand, trotzdem Bettruhe empfahl. Aber – ehrlich gesagt – war es, als führe er seine eigenen Stücke auf: Er probierte aus, wie unterhaltsam er war, und sie glaubte ihm glücklich jedes Wort. Als Mutter und als Publikum war sie traumhaft.

In einer ihrer frühen Sitzungen erzählte er Fink etwas in der Art, aber es schien eines jener Themen zu sein, die Fink nicht für bedeutsam hielt. Das erstaunte David. Er dachte, Psychiater seien ganz scharf auf Verbindungen zwischen kindlichem Verhalten, elterlichen Beziehungen und den Folgen im Erwachsenenleben. Deshalb hatte er es ja angesprochen. Es ging ihm nicht darum, seine Mutter da hineinzuziehen, aber andererseits dachte er, Fink wäre dankbar dafür. »Mmhmm«, sagte Fink.

»Sicherlich«, sagte er anfangs einmal zu David, »müssen wir die möglichen Quellen Ihrer Schwierigkeiten herausfinden, aber wir wollen auch Ihre Stärken einschätzen und Ideen entwickeln, wie Sie diese zu ihrem größten Vorteil nutzen können. Statt uns auf Defizite oder Dinge zu konzentrieren, die Ihnen fehlen.«

Nicht so einfach. Keineswegs sehr aussichtsreich, wenn man ein 22jähriger Autodidakt und beim eigenen Vater beschäftigter Barkeeper war, mit einem (nach Davids Ansicht) eher harmlosen Strafregister, aber eben doch einem Strafregister. Seine Stärken, oder jedenfalls das, was er für seine Stärken hält, liegen in jenem überwältigenden Impuls, der bisher immer zu unerfreulichen Ergebnissen führte. Und er bezweifelt ernsthaft, daß Fink ihnen nun plötzlich einen positiven Aspekt abgewinnen könnte; oder für sein gewisses Geschick bei der Inszenierung kleiner Dramen, die alles ein bißchen vergnügter machen, ohne viel zu schaden – oder jedenfalls nur selten.

Eröffnet sich da vielleicht eine bisher verborgene, noch unentdeckte Perspektive? Schauspielerei vielleicht? Konnte er dieses »persönliche Fehlverhalten«, wie Fink sein Lügen nennt, womöglich in ein außergewöhnliches, vorteilhaftes Talent umwandeln? In die Fähigkeit, sich Geschichten auszudenken, nicht für einzelne wie Gwen oder Fink, seinen Vater oder die Polizei, sondern auf der Bühne oder vor der Kamera, wenn alle Augen ihn voller Bewunderung ansehen, und nicht mit Sorge oder Verachtung. »Er erfaßt«, so würde er über sich lesen, »das Wesen und die Lebendigkeit jeder Figur und jeder Geschichte, die er mit seinem beträchtlichen Talent ausfüllt.«

Männer würden ihn bewundern, Frauen verehren.

Große Lügner, große Schauspieler haben eine elektrisierende

Wirkung. Er würde selbst unwiderstehlich werden und nicht nur unwiderstehliche Impulse haben.

Als er auf den Parkplatz hinter Finks Bürohaus fährt, ist David von diesen Bildern in seinem Kopf innerlich vollkommen aufgewühlt. War es möglich, daß dieses ungeheuerliche, köstliche Verströmen seiner selbst in einem so warmen, schützenden und weichen Ort auch noch ganz andere Dinge freigesetzt hat? Ideen, die mit ihrem Spermienschwanz wackeln, schwimmen stromaufwärts in seinen Kopf. Er verzichtet auf den Lift und stürmt über die Treppe in den dritten Stock, wobei er immer zwei Stufen auf einmal nimmt.

Er ist keine Jungfrau mehr! Sein Körper, sein ganzes Leben haben sich geändert. Innerhalb eines Tages!

Finks Bürotür ist aus schwerem dunklen Holz, hat ein Namensschild aus Messing und Schrammen und Kratzer, die von Patienten stammen könnten, die, gepeinigt von Finks Hetzjagd nach ihrer Psyche, versucht haben, irgendwie Vergeltung zu üben: Als David vor dieser Tür steht, den messingbeschlagenen Griff herunterdrückt und die Tür öffnet, hat er sich entschlossen, diese Neuigkeiten – alle Neuigkeiten – für sich zu behalten. Denn ihre Frische könnte beim Erzählen verlorengehen; wo sollte er aufhören, wenn er einmal mit dem Beichten seiner Offenbarungen und Träume beginnt?

Wie jeder Klient setzt sich David ins Wartezimmer, denn das rote Licht über Finks Büro leuchtet, und das bedeutet, daß jemand drin ist. Es gibt ein kleines, hellgemustertes Sofa, ein Tischchen mit Zeitungen und einen sonderbaren dunklen Tisch gegenüber, den Fink »Credenza« nennt und auf dem ein etwas ungeordnetes, stacheliges Tockenblumenarrangement steht. Der Raum soll entspannend wirken, sagte Fink zu David und seinem Vater, als sie gemeinsam zu Davids erstem Termin kamen. Sein Vater hatte ihn vermutlich deshalb begleitet, um sicherzugehen, daß David auch wirklich hinging, und wohl auch für den Fall, daß Fink irgendwelche Fragen an ihn haben sollte, aber scheinbar hatte er keine.

Zum ersten Mal seit er hierherkommt, gefällt ihm dieser kleine

Raum, er empfindet ihn als familiär und freundlich. Aber natürlich: Der Raum ähnelt Gwens Wohnzimmer mit seinen weichen Farben und seinem weichen Mobiliar. Weichem Fleisch, wie sich herausstellte.

Er kann sich gut vorstellen, seine Abende in einem großen, plüschigen Raum wie ihrem Wohnzimmer zu verbringen, dabei fernzusehen oder aus dem Fenster hinaus in die Dunkelheit zu schauen, oder auf dem Sofa zu sitzen, mit den Füßen auf dem Kaffeetisch zu lesen, Popcorn zu essen oder zu masturbieren. Nein, nicht zu masturbieren, sondern sich zu der Frau neben ihm zu beugen. Die ja nicht mehr unerreichbar ist. Nun, da er berührt werden und berühren kann.

»Haben Sie angenehme Gedanken, David?« Scheiße, Finks anderer Patient muß gegangen sein, und Fink hat ins Wartezimmer geschaut und ihn beim Lächeln ertappt. »Ist heute etwas Schönes passiert? Kommen Sie herein und erzählen Sie mir davon.«

Finks Patienten begegnen sich nicht, weil es einen Hinterausgang gibt, der zum Parkplatz führt. David weiß nicht recht, ob es ihm etwas ausmachen würde, wenn die Leute wüßten, daß er zum Seelenklempner geht. Er kann sich vorstellen, daß sie ihn – solange sie nicht wissen, warum er es tut – vielleicht für sensibel oder faszinierend halten. Große Persönlichkeiten und Genies haben auch Psychiater – wegen ihrer verschiedenen Leiden –, und nicht nur kaputte Typen und Spinner. Manche Ängste sind normal, und große Ängste können manchmal große Dinge herbeiführen.

Es ist schwer zu beurteilen, ob er in seinem Beruf etwas taugt, doch was seinen eigenen Fall angeht, so glaubt David, daß Fink einfach im falschen Boot sitzt. »Der Schlüssel zu Beziehungen von erwachsenen Menschen«, so hat er David – vor allem in bezug auf dessen Dummheiten – gesagt, »sind gegenseitige Anerkennung und Respekt. Das ist natürlich unmöglich, wenn eine Person die andere als Objekt betrachtet oder als jemanden, der nicht unabhängig existiert. Oder auch wenn jemand nur das Gefühl hat, vom anderen so gesehen zu werden.«

Er neigt dazu, mit David langsam zu sprechen, so als sei er etwas schwer von Begriff oder schwerhörig oder sehr jung. David würde ihm gern sagen, wie deutlich das zeige, daß Fink ihn als ein Objekt ansieht, und wie wenig Anerkennung und Respekt er ihm entgegenbringt; und daß er damit nicht der einzige ist. Auch die Bewährungshelfer verhalten sich so; »Hör mal, du kleines Arschloch«, sagte Keith Miller, als er über die Risiken des Exhibitionismus sprach oder das Recht der Frauen, unbehelligt auf den Straßen zu spazieren – als ob David das bestreiten würde. Es gibt Anwälte, die über seinen Kopf hinweg reden, als sei er gar nicht vorhanden oder zu verachtenswert, um sich mit ihm auseinanderzusetzen. Und es gibt Eltern, die das eine wollen, das andere verlangen, das dritte verbieten und genauso grausam wie liebevoll sein können.

Alles beruht auf Macht. Keith Miller kann ihn ein Arschloch nennen und Fink mit ihm wie mit einem Kind reden, weil sie Macht über ihn haben. Selbst sein Vater kann ihm sagen oder mit ihm machen, was er will, und alles, was David tun kann, ist, darauf zu vertrauen, daß er damit keine bösen Absichten verfolgt, was er ja auch nicht tut.

Alle diese Leute sehen David als Objekt, sei es als Objekt der Disziplinierung und der Erziehung oder das der Liebe. Und sie haben keine Hemmungen, sich über ihn zu beklagen oder ihn zu beleidigen.

Finks Patienten sitzen vor seinem Schreibtisch auf einem kastanienbraunen Lederstuhl mit dicken Armlehnen und vielen kleinen Messingknöpfen, die in Sitz und Lehne gehämmert sind. Fink selbst sitzt hinter seinem Schreibtisch auf einem Drehstuhl mit Rollen, lehnt sich manchmal nach hinten, manchmal nach vorn, und manchmal schaukelt er langsam und rhythmisch hin und her, als versuche er eine Hypnose.

Heute abend sieht David auch Gwen auf dem Barhocker hin- und herschaukeln, wie sie strahlend im dunklen Gully's umherblickt.

Hat sie ihn als Objekt betrachtet? Er weiß, daß sie ihn als Barkeeper mit bestimmten Augen ansah, und dann mit anderen Augen, als er sagte, er sei Jurastudent, und dann wieder ganz anders, als sie seine Hände auf ihre Brüste legte. Er ist sich nicht wirklich sicher, wie er Gwen sieht, aber er ist sich ziemlich sicher, daß Fink ihre Beziehung, wenn er sie ihm beschriebe – was er nicht tun wird –, bestimmt nicht als gleichberechtigt, gesund und erwachsen bezeichnen würde.

Aber sie ist trotzdem toll.

»Also, David«, fragt Fink, lehnt sich zurück und lächelt einladend und verführerisch. »Hat Sie heute etwas glücklich gemacht? Wissen Sie, daß Sie ein gutaussehender junger Mann sind, wenn Sie lächeln?«

Ist er das? Haben sich seine Gesichtszüge, die ihm immer als scharf, spitz und schmal erschienen, verändert? Was ist »glücklich«?

Er zuckt die Achseln. »Eigentlich nicht.«

»Worüber haben sie dann gelächelt?«

Niemand würde Fink als gutaussehend bezeichnen; auch wenn er verheiratet sein muss, das zeigt das gerahmte Vater-Mutter-zwei-Kinder-Hund-Bild hinter ihm im Regal, das so gestellt ist, daß die Patienten die Gesichter nicht erkennen können, sondern nur Umrisse sehen. Ist die Normalität von Vater-Mutter-zwei-Kinder-Hund entspannend, wenn man den ganzen Tag Geschichten von Pech und negativen Gefühlen gehört hat, oder macht sie einen verrückt? Erwärmt es das Herz, wenn man nach einem Tag (oder einem Dienstagabend) in diesem Büro heimkehrt zu Umarmungen, Gebell und »Ach schön, Daddy ist da«-Rufen? Oder kommt er nach Hause, um noch mal dasselbe zu hören: gequälte Herzen, die sich in Weinkrämpfen, zerschlagenem Geschirr, zugeknallten und zerkratzten Türen äußern?

Eigentlich ist es unfair zu sagen, Fink sehe nicht gut aus; denn wie das Familienfoto versteckt er auch sich selbst ein wenig: einmal hinter einer großen Brille mit schwarzer Fassung und dann hinter einem grau-schwarz melierten Bart, der nur wenig Haut an Luft und Licht läßt. Die wahre Form der entscheidenden Gesichtszüge, wie etwa Kinn und Lippen, ist hinter all dem nur schwer auszumachen.

»David? Was haben Sie heute gemacht?«

»In der Bar gearbeitet. Herumgefahren.« Noch fünfzig Minuten, die totgeschlagen werden müssen. Davids Gesicht hellt sich auf. »Aber dabei bin ich noch mal knapp davongekommen. Fast wäre ich draufgegangen. Ich glaube, deswegen habe ich gelächelt. Weil ich nicht tot bin. Aber es war knapp.«

Finks Augen verlieren etwas von ihrem lebhaften Interesse, das nach Davids Ansicht ohnehin vorgetäuscht war, und er wippt nicht mehr mit dem Stuhl. Er legt die Hände gefaltet in den Schoß und sagt ruhig und unbewegt: »Ja?«

»Ja, ich bin für meinen Vater rumgehetzt und habe vor meiner Nachmittagsschicht Einkäufe gemacht und hatte wohl das Radio irgendwie an, und die Sonne scheint, und ich zappel so'n bißchen rum, weil es ein schöner Tag ist und ich mich so gut fühle, und dann macht es bum!«

Er macht eine Pause, also muß Fink fragen »Bum?«

»Ja, plötzlich fängt der Wagen an zu stottern und rollt aus, und ich sitze da und dreh den Schlüssel immer wieder, aber nichts passiert.« David redet jetzt schneller und lauter und fuchtelt begeistert und aufgeregt mit den Händen in der Luft herum. »Dann höre ich Autos hupen, und ich denke, sie sind sauer, weil ich den Verkehr behindere, aber schließlich drehe ich mich um und Scheiße!« Er macht wieder eine Pause.

»Ja?« Dr. Fink klingt zu leidenschaftslos; genau das ist das Ärgerliche an ihm, was andere Patienten dazu gebracht haben muß, gegen seine Tür zu treten.

»Ich sehe, daß ich mit dem Wagen mitten auf Eisenbahnschienen stehe. Und außer dem Radio« (halt, würde es noch spielen, wenn die Elektrik des Autos kaputt ist? Zu spät, jetzt hat er es schon gesagt) »und dem Hupen höre ich von rechts dieses laute Geräusch, und ich schaue rüber und, mein Gott, es ist ein Zug! Ein großer Güterzug, noch nicht ganz nah, aber auch nicht mehr sehr weit entfernt.

Ein paar Sekunden lang bin ich wie versteinert, ich kann mich nicht bewegen, und dann denke ich, um Himmels willen, raus aus dem Wagen, aber dann merke ich, Scheiße, ich kann den Gurt nicht öffnen, meine Hände schwitzen und rutschen ab, doch schließlich komme ich doch noch raus, und der Zug ist verdammt nah, und nichts kann ihn stoppen, und seine Sirene heult, und die Leute schreien.«

»Ach, du liebe Güte.«

Arschloch.

Die Sache ist die, daß David die Angst, die Bedrohung und die Panik *fühlt*. Bei den verzweifelten Bewegungen, den angsteinflößenden Geräuschen, dem möglichen Ende gefriert und kocht sein Blut abwechselnd. Er fühlt den Schweiß in seinen Handflächen, auf seinem Rücken, zwischen seinen Schenkeln und seinen Zehen. Er läßt das alles wahr werden, und dieses Arschloch kann dazu nur »Ach, du liebe Güte« sagen?

»Aber wissen Sie was? Manchmal sind die Leute wirklich mutig und hilfsbereit.« Es ist notwendig, dies zu sagen, da Fink wahrscheinlich wenig menschliche Tugend zu Gesicht bekommt. »Ich bin also raus aus dem Wagen, trete fast auf die Schienen und falle beinahe hin, aber ich denke an das Auto und daß ich es auch retten muß, es ist alles, was ich habe, und ich renne nach hinten und fange an zu schieben, und ich weiß nicht, was ich denke, außer, daß der Wagen zu Schrott gefahren wird, wenn ich ihn da nicht wegkriege, und plötzlich sind zwei große Kerle neben mir und helfen schieben. Dadurch geht es leichter, und in ein paar Sekunden kriegen wir ihn rüber auf die andere Seite.

Gerade noch rechtzeitig, denn schon rast der Zug vorbei, mit kreischenden Bremsen, aber sie bringen ihn erst viel später zum Halten. Wir drei stehen da und wischen uns den Schweiß ab, und, na ja, was soll ich sagen, Sie können sich das ja vorstellen.«

»Ja, in der Tat«, sagt Fink, aber es scheint, als könne er sich nur schwerlich irgend etwas vorstellen. Hat er sich, nachdem er Tag für Tag, Jahr für Jahr Kummer und Leid anhören muß, einfach ausgeklinkt, sich irgendwie dagegen immunisiert?

Glaubt er überhaupt noch an irgendeine Art von Heilung? Hat er das je getan?

»Es dauerte ewig, bis ich aufgehört habe zu zittern.« David schüttelt den Kopf, immer noch ganz erstaunt über sein Erlebnis. »Wissen Sie, ich hätte tot sein können. Doch ich hab's um Haaresbreite überlebt. Da fängt man echt an nachzudenken. Und ich muß sagen, ja, es war ein ziemlich schöner Tag.«

»Es hört sich ganz danach an. Und ihr Wagen?«

»Wie?«

»Warum ist er stehengeblieben? Haben Sie herausgefunden, was nicht funktionierte?« David schielt hinüber zu Fink, trifft auf mißtrauische, zusammengekniffene Augen. »In der Werkstatt haben sie gesagt, daß sich ein Kabel gelöst hat. Ich lasse ihn gleich richtig überholen, wenn sie das reparieren. So etwas möchte ich nie wieder durchmachen.«

»Wie sind Sie denn zur Werkstatt gekommen?«

»Abgeschleppt. Und dann mit dem Bus gefahren.«

Scheiße. Das Auto steht auf dem Parkplatz unten, nur drei Stockwerke entfernt von dem Ort, wo sie sitzen. Kann Fink das wissen? Und wenn er es schon gesehen hat? Wenn er seinen letzten Patienten zum Parkplatz begleitet hat? Nicht, daß er das je mit David gemacht hätte, aber man weiß ja nie, manchmal machen die Leute mit einem Menschen eine Sache und mit jemand anderem etwas völlig anderes. Normalerweise verhält David sich viel geschickter. Hat vielleicht das Vögeln, das Liebesabenteuer, seine Sinne benebelt?

»Also, jetzt wissen Sie, warum ich lächle.« Er bemerkt, daß er Fink fast flehend ansieht; die Geschichte ist schließlich fast wahr. So ähnlich muß sie Gwens Mann erlebt haben, auch wenn es in ihrer Geschichte (falls sie nicht auch von ihr erfunden wurde) Nacht war, der Zug ein Personen- und kein Güterzug war, und daß Gwens Mann eben nicht mehr rechtzeitig herauskam. Weshalb auch immer sein Wagen auf den Schienen abgestorben ist, es muß ein ganz schöner Horror gewesen sein.

David kann sich diese Minuten ziemlich gut ausmalen, weil er sie eben fast genauso selbst durchlebt hat.

Es gibt mithin zwei ganz entscheidende Gefühle im Leben von Gwens Mann, die David ebenfalls durchlebt hat.

Fink lehnt sich in seinem Stuhl wieder zurück, schaukelt ein wenig, hält einen gelben Bleistift an die Lippen und schaut David an, als müsse er eine Entscheidung treffen. David hält seinem Blick stand. Ein standhafter Blick gehört zum Geschichtenerzählen dazu.

»Warum tun Sie das, David?« Finks Ton ist sanft und ruhig und kommt ihm deshalb besonders bedrohlich vor.

»Was?«

»Was veranlaßt Sie dazu, den Leuten – mir – Dinge zu erzählen, die nicht stimmen?«

Scheiße.

Warum erzählt David Geschichten? Dafür gibt es viele Gründe. Um etwas hinzuzufügen, um großzügig zu sein, um etwas zum Leben zu erwecken, das es nicht gibt, Manche Leute bauen Häuser, manche bauen Autos. Sie füllen Lücken. All das könnte er sagen. Aber statt dessen fragt er: »Warum tragen sie einen Bart?«

»Wie bitte?« Die buschigen dunklen Augenbrauen, die an die eines ehemaligen russischen Präsidenten erinnern, heben sich fragend.

»Warum haben Sie so viele Haare im Gesicht?«

»Ich verstehe nicht, was Sie meinen. Das hat doch nichts mit meiner Frage zu tun.«

»Könnte es aber.«

Auf Finks gewölbter Stirn tauchen Falten auf. »Sie benehmen sich heute sehr seltsam, David.«

Er benimmt sich kühner, das stimmt, er fühlt sich irgendwie mutiger als, zum Beispiel, gestern. »Dann bin ich ja hier richtig, oder? Als seltsamer Vogel?« Bis heute war David wechselweise stumm, mürrisch oder auch kooperativ. Er hatte Lügen erzählt, übertrieben, und manchmal auch die Wahrheit gesagt, so gut er eben konnte. Obwohl Fink hin und wieder Worte wie Granaten auf ihn geschmissen hatte, die er dann jedoch nie zurückschmiß. Nun blickt er Fink geradewegs in die Augen. Was kann Fink tun?

Was kann Fink tun? Er kann David zu einem hoffnungslosen Fall erklären und ihn damit Keith Miller, den Anwälten, den Gerichten, dem ganzen Zirkus ausliefern. Darin besteht seine Macht. Deshalb konnte David heute abend keinen Augenblick lang daran denken, bei Gwen zu bleiben. David schlägt die Augen nieder. Er hört, wie Fink leise, aber lange ausatmet, so als habe er den Atem angehalten.

»Noch mal von vorn: Was veranlaßt Sie, den Leuten Lügengeschichten zu erzählen?«

»Warum glauben Sie, daß es Lügen sind? Warum wollen Sie mir nicht glauben?«

Fink schaukelt hin und her und überlegt. »Gute Frage. Sie haben diese Zuggeschichte ziemlich überzeugend erzählt, und ich könnte gar nicht genau sagen, wodurch Sie sich verraten haben; vielleicht klang sie einfach zu unwahrscheinlich?«

Mein Gott, ein Auto, das auf den Schienen abstirbt, kommt ihm »unwahrscheinlich« vor. Ihm, der von weitaus wilderen Ganoven als David echt schräge Scheiße zu hören bekommt? Der Typ macht immerhin Häftlingsbesuche im Gefängnis.

»Es ist nicht unwahrscheinlich, es ist wahr«, sagt David. Fink schüttelt leicht den Kopf. »Es ist wahr, bis auf den Schluß. Ich habe heute jemanden getroffen, und dem Mann dieser Frau ist genau das passiert. Nur daß er dabei umkam. Er hat es nicht mehr aus dem Wagen geschafft. Also verstehe ich nicht, warum sie glauben, daß ich es erfunden habe oder es nicht passieren könnte, denn es ist passiert.«

»Aber nicht Ihnen. Warum haben Sie so getan, als sei es Ihnen passiert? Wem spielen Sie etwas vor, wenn sie solche Sachen erzählen?«

»Ich . . . stelle mir etwas vor.« Schwer zu erklären. »Es ist eine Art zu fühlen, verstehen Sie, was ich meine?« Seltsam. Es ist die Wahrheit. Woher kam das – nicht die Wahrheit, sondern sie auszusprechen? Erst war er anmaßend, und jetzt hat er Fink einen Anhaltspunkt, einen Hinweis gegeben. Er schaut Fink ängstlich an: Hat er es bemerkt? Natürlich, er ist ja nicht dumm.

»Das ist wirklich interessant, David.« Er klingt vorsichtig. »Daß die Vorstellungskraft eine Art zu fühlen ist. Funktioniert es denn?«

Merkwürdige Frage. Jetzt muß sich David wundern. »Aber das tun Sie doch auch. Sich vorstellen, wie andere Leute fühlen. Ich meine, sich das ganz *bewußt* vorzustellen. Müssen Sie das nicht tun?« Als sei es eine Gabe und eine berufliche Voraussetzung und keine schlechte Angewohnheit.

Fink nickt verständnisvoll. »Innerhalb bestimmter Grenzen, ja. Ein Teil meiner Arbeit besteht sicherlich darin, Motive herauszubekommen, zu verstehen, wie andere Menschen das, was sie tun, sehen. Aber ich muß es nicht notwendigerweise nachempfinden. Das würde vielleicht zu weit führen.«

»Warum?«

»Nun, David«, er scheint erstaunt, »erstens, weil das, was andere Leute fühlen, vielleicht gar nicht so gesund oder wünschenswert ist. Aber wir müssen uns auch unser eigenes Inneres bewußt machen, wissen Sie? Unser eigenes Sein. Wir können nicht herumlaufen und durch die Augen anderer Leute sehen, wir müssen unsere eigenen Sichtweisen finden. Die sind es, die wir erst einmal deutlich herausarbeiten müssen.«

»Kann man nicht beides tun?«

»Wäre das nicht verwirrend?«

Nun ja. Offensichtlich. Vielleicht ist Fink doch nicht so schlau wie David dachte. Erkennt er etwa nicht, daß man gleichzeitig innerhalb und außerhalb seiner selbst sein kann? Weiß er etwa nicht, daß man immer ein Leben hat, aber daß die Ideen und Bilder anderer Leben wie ein Film oder eine Fernsehshow im Kopf ablaufen, nur fesselnder und realer?

So wie David, der – obwohl er jetzt hier sitzt – fast von einem Zug überfahren worden ist, fast die letzten Minuten eines Menschen erlebt hat, dem er gewissermaßen nahesteht. Jetzt fühlt er sich Gwens Ehemann so nah, als seien auch sie miteinander vertraut gewesen. Es ist mehr als die Fotografie da unten auf dem Sitz. Es gibt Zusammenhänge, nicht bloß Lügen, wie Fink zu glauben scheint.

»Was wir hier anstreben sollten, David, ist, daß Sie ein besseres Gefühl für sich selbst entwickeln. Daß Sie mit sich selbst vertrauter und zufriedener sind. Dann werden Sie dieses Bedürfnis nicht mehr haben, Erlebnisse anderer Menschen als ihre eigenen auszugeben. Ich sage nicht, daß das einfach ist, aber das, was Sie über Fühlen und Vorstellen gesagt haben, ist eine gute Ausgangsbasis, auf deren Grundlage wir uns vielleicht damit beschäftigen können, wie Sie möglicherweise lernen, ihre eigenen Erlebnisse tief und klar zu empfinden, statt die anderer Leute oder solche, die sie erfinden. Was denken Sie?«

David denkt mehrere Dinge. Einmal, daß sie einen Moment lang fast wie zwei interessierte Erwachsene miteinander geredet haben, aber daß Fink dem schnell ein Ende gemacht hat. Zum anderen, daß seine Bilder und Geschichten – angenommen, er würde auf Finks Ratschlag eingehen – zusammenschrumpfen würden. Sie wären dann nicht besser oder bedeutender als die Geschichten all jener Leute, die nur mit ihren eigenen Augen sehen.

»Haben Sie je über Fliegen nachgedacht?«

»Wie bitte?«

»Fliegen. An Insekten, die in alle Richtungen gleichzeitig sehen können. Wäre es nicht irre, wenn alles gleichzeitig auf Sie einstürmt und Ihr Hirn es andauernd zusammensetzen müßte? Den Fliegen dient es hauptsächlich dazu, daß sie Nahrung oder Feinde oder sonstwas erkennen, aber wenn wir das könnten, wäre es eine irre Sache, und für unsere Gehirne wäre es sehr viel schwerer, die ganze Zeit, die wir wach sind, damit umzugehen, stimmt's?«

»Schon möglich.« Fink sieht etwas verloren aus. »Worauf wollen Sie hinaus?«

»Zum Beispiel, warum sind Sie Psychiater geworden? Was wollten Sie damit?« David ist jetzt selbst ziemlich verwirrt und aufgeregt.

»Ich denke, David, daß Sie versuchen abzulenken, um nicht über Ihre Probleme zu sprechen. Ich verstehe die Neugier an meiner Person. Ein Klient hat naturgemäß den Wunsch zu erfahren, mit wem er intime Dinge bespricht. Aber auch wenn das normal ist, dazu sind wir nicht hier. Vielleicht hätte ich deutlicher machen müssen, daß Sie mich als ein leeres Blatt sehen sollten oder als eine leere Kinoleinwand. Ich kann Sie in die richtige Richtung lenken, wenn es so aussieht, als gerieten wir auf eine falsche Fährte – das mache ich übrigens gerade in diesem Moment –, und ich kann Vorschläge machen, wenn ich meine, daß sie nützlich sind, in diesem Sinne bin ich also mehr als ein weißes Blatt oder eine leere Leinwand. Aber in den meisten Fällen bin ich nur ein Werkzeug, das Ihnen dabei helfen kann, ihr eigenes Selbst zu finden und ein gesundes und produktives Leben zu führen. Wer ich bin, sollte Sie nicht interessieren. Es geht hier um Sie, und das sollte Sie interessieren – genauso wie mich. Ist das klar?«

»Macht Sie das nervös?«

Fink seufzt. »Macht mich was nervös?«

»Ich meine, wenn ich mich dafür interessiere, wie Sie zum Seelendoktor geworden sind, erschreckt Sie das? Ich meine ...«, David fühlt sich kurz vor einem undefinierbaren Sieg, »... Sie ziehen sich zurück, wenn es um Ihre Person geht, heißt das, Sie haben Angst davor – wie nennen Sie das? –, authentisch zu sein?«

»David.« Finks Stimme ist scharf. »Hören Sie auf damit. Das ist hier kein Abendkurs für Schweißer. Sie sind ein junger Mann mit ein paar ernsthaften Problemen, und es ist unsere Aufgabe, Sie davon zu befreien, damit Sie ein erfolgreicheres Leben führen können, als Sie das bisher getan haben. Punkt. Das ist harte Arbeit, und wir sind nicht hier, um uns davor zu drücken. Und wenn Sie nicht endlich damit anfangen – und das ist ihre Entscheidung, ich kann Sie nicht dazu zwingen –, dann werden Sie, wie Sie wissen sollten, eine ganze Menge Unannehmlichkeiten bekommen, und eines Tages werden Sie zurückblicken und sehen, wie viele davon vermeidbar gewesen wären, wenn Sie nur die Bereitschaft besessen hätten, jetzt zu arbeiten.«

Wow. Streng. Wie ein Schulrektor. Finks Schweinsäuglein funkeln.

»Ich kenne nicht viele junge Männer wie Sie, David. Sie haben eine Chance erhalten, die die meisten Menschen nicht bekommen. Normalerweise sehe ich Männer, die älter sind und die weitaus größere Schwierigkeiten und weitaus schlimmere Erfahrungen hinter sich haben, und zwar nicht nur Taten, die sie begangen haben, sondern auch Taten, die an ihnen begangen wurden. Ich sage nicht, daß es dann zu spät ist, aber verglichen mit deren Arbeit ist das, was Sie tun müßten, einfach. Darum rate ich, tun Sie es jetzt. Es ist eine schwere Aufgabe, vermutlich die schwerste Ihres ganzen bisherigen Lebens, aber Sie ersparen sich eine Menge Kummer. Und Sie ersparen damit auch noch anderen eine Menge Kummer.«

Ach ja? Wem denn noch außer Fink? Doch David fühlt sich gescholten und gestraft.

»Also«, fährt Fink fort, und er klingt seltsam ärgerlich, wie kurz vor einem Wutausbruch – ist das echt oder eine Technik oder eine Lüge? –, »wenn Sie so daran interessiert sind, sich in andere Menschen hineinzuversetzen, dann versuchen Sie es doch mal mit diesen Frauen, die zum Einkaufen oder Mittagessen oder zur Arbeit gehen, die irgend etwas machen und an nichts Böses denken, und dann plötzlich stehen Sie da und entblößen sich. Kennen Sie keine bessere Methode, um auf sich aufmerksam zu machen? Denken Sie, Sie haben das Recht, diese Frauen zu erschrecken? Sich ihnen aufzudrängen? Sie zu belästigen? Nur weil Sie diesen Drang verspüren, den sie offenbar nur für eine Laune halten? Finden Sie das richtig, daß Sie das diesen Frauen antun? Haben diese Frauen keine Rechte? Stellen Sie sich doch mal vor, was Sie von jemandem halten würden, der das mit Ihrer Mutter macht. Sie stellen sich doch so gern etwas vor, David, aber Wissen interessiert Sie offenbar nicht sehr.«

Mein Gott. David ist beinahe so erschrocken, so verängstigt, wie er es war, als die erste Frau geschrien hat. Und seine Mutter als Waffe gegen ihn zu benutzen – aber auch Seelenklempner müssen wohl manchmal scheitern, es muß ihnen manchmal schwindlig werden von all dem vielen Wissen über die Seele und daß es kein Ende nimmt, kein wirkliches Verstehen gibt. Er holt tief Luft und sagt im Plauderton. »Als ich klein war, hatte ich einen Hamster.«

»David!« schreit Fink, aber David macht weiter.

»Er lebte in einem Käfig und hatte einen Ball zum Spielen und ein Rad darin. Und er hatte mich, wenn ich zu Hause war, aber die meiste Zeit rannte er in seinem Rad herum. Als ich acht oder neun war, schaute ich einmal, als ich weggehen wollte, den armen alten Hammy in seinem Käfig an, wie er da in seinen Rad rannte, ohne von der Stelle zu kommen, und ich dachte, was es für eine Gemeinheit es ist, ihn da in diesem kleinen Käfig eingesperrt zu halten, ohne jeden Auslauf. Also brachte ich ihn zu ein paar Bäumen am Rande des Parkplatzes hinter der Bar und ließ ihn frei. Ich war traurig, aber ich dachte, daß ich eine gute Tat vollbringe.

Es stellte sich allerdings heraus, daß es nicht so war. Meine Eltern waren entsetzt, als sie es erfuhren. Sie sagten, er könne außerhalb seines Käfigs nicht leben, daß ich ihn damit auf jeden Fall umbringen würde. Ich ging sofort zurück zum Parkplatz und rief ihn und suchte, aber er war weg. Meine Mutter sagte: ›Manchmal ist das, was nach außen hin grausam erscheint, in Wirklichkeit etwas Gutes‹. Und wissen Sie, als ich älter war, merkte ich, daß es auch anders herum stimmt. Trotzdem tut es mir leid wegen Hammy. Er muß schreckliche Angst gehabt haben. Ich stellte ihn mir immer wieder vor, wie er da kauerte, zuckte und nach Feinden oder Nahrung geschnuppert hat und nach einem sicheren Versteck suchte. Und so gern wieder oben in meinem Zimmer in seinem Käfig gewesen wäre, um in seinem Rad herumzurennen.

Aber dann dachte ich auch, daß er vielleicht, wenigstens eine kurze Zeit lang, seinen Spaß hatte und irgendwo hingerannt ist, bevor alles vorbei war, und dann hat es sich gelohnt. Verstehen Sie?«

Nichts, keine Antwort, außer einem leichten Kopfschütteln.

»Ich dachte an Hammy, als ich mich fragte, warum Sie sich nicht richtig öffnen. Ist es, weil Sie zuviel Angst haben?« Das ist so unerhört gewagt und kühn, angesichts von Finks unberechenbarem Temperament heute abend, daß David ganz kurzatmig wird. Was macht er da, welches Schicksal fordert er heraus?

Davids Eltern haben nicht geschimpft, weil er seinen Hamster am Parkplatz aussetzte. Er hat ihn nicht ausgesetzt. Er hatte gar keinen Hamster. Seine Eltern waren sich einig darin, daß die kleine Wohnung über einer Bar kein geeigneter Ort für ein Haustier sei.

Warum fanden sie dann, daß der Ort für einen kleinen Jungen okay war?

Anstatt zu antworten, stellt Fink selbst eine Frage. »Also hatten Sie Schuldgefühle, weil sie Ihr kleines Tier befreit haben?«

David atmet kräftig aus. »Sie glauben, daß ich vielleicht meinen Schwanz meine und nicht meinen Hamster?«

Fink hebt die Schultern und läßt sie dann müde sinken. »Also gut, warum beschäftigen wir uns dann nicht wieder damit? Was können Sie mir über Ihre Gefühle sagen, wenn sie sich entblößen?«

»Was genau meinen Sie mit Gefühlen? Und sollten Sie nicht sagen ›den Penis entblößen‹. Oder meinen Sie, ich bin identisch mit meinem Schwanz? Ich meine, Sie sind doch der Experte, aber das klingt mir nicht sehr gesund.«

Ist er verrückt? Wie bei Gwen sind seine Worte bemerkenswert verständlich. Er ist heute abend ein kühner, herausfordernder Mann. Ein sexueller Mann. Ein großer, ausgewachsener und mächtiger Mann. Wer hätte geahnt, daß eine Frau so etwas auslösen kann? Nicht die Frau selbst meint er, sondern die Berührung ihrer Haut, in ihr zu sein.

Fink blickt kurz über Davids Schulter; David weiß, was er tut; er schaut auf die Uhr über der Tür hinter Davids Rücken. Beide haben aus verschiedenen Gründen ein sehr präzises Zeitgefühl. »Ihre neue Einstellung«, sagt Fink, »ist nicht sehr produktiv, oder?«

David zuckt die Achseln. »Ich frage ja nur. Sie klammern sich an Worte, die Ihrer Meinung nach wichtig sind oder auf irgend etwas hinweisen, also will ich natürlich wissen, was Sie genau meinen.«

»Sie haben gerade unsere gemeinsame Stunde verschwendet, David. Wieder ist eine vorbei, und ich kann gar nicht genug betonen, wie katastrophal es für Sie wahrscheinlich werden wird, wenn Sie sich nicht mehr Mühe geben. Sie müssen mich nicht mögen, aber ich würde mir wünschen, daß Sie mir wenigstens vertrauen.« Sieh mal, das klang fast, als käme es von Herzen. Fast traurig.

Das leise, zarte Glockenspiel in Finks Schreibtischschublade läutet – es muß eine Uhr sein, die er stellt und dann dort deponiert – und zeigt das Ende der Sitzung an. »Dann bis nächste Woche, David. Bitte denken Sie über das nach, was ich gesagt habe. Es wird langsam Zeit, daß wir mit der eigentlichen Arbeit anfangen.«

David nickt, ohne etwas Bestimmtes damit zu meinen, und geht durch die Hintertür von Finks Büro die drei Stockwerke hinunter. Merkwürdig all das; nicht daß nicht alles an einem Besuch beim Psychiater merkwürdig wäre, aber das war eine ungewöhnliche Sitzung.

So, als sei er jemand anderer als der, der er immer gewesen ist.

Eine kurze Zeit lang war auch Fink ein anderer. Für einige Augenblicke schien es, als hätte er tatsächlich mit David gesprochen. Als er den Parkplatz verläßt, fragt er sich, ob Fink vielleicht zufällig aus dem Fenster schaut und ihn und sein Auto, das ganz normal fährt, beobachtet. Aber das spielt ja nun kaum noch eine Rolle. Fink wußte gleich, daß die Zuggeschichte erfunden war.

Aber nicht bei dem Mann, dessen Gesicht ihn goldgerahmt vom Beifahrersitz aus ansieht. Was für Geheimnisse liegen hinter diesen leeren, sprachlosen Augen? Irgendeine Vorahnung des drohenden Verhängnisses? Und welche Bilder von Gwen sind dahinter, in den Zellen des unsichtbaren Gehirns, gespeichert, das da auf Hochglanzpapier gepreßt und hinter Glas gesteckt wurde?

Auch Gwens Augen waren geheimnisvoll. Sie hefteten sich auf

David, waren voller Zeichen und Leidenschaft, aber auch sie müssen schon viel gesehen haben. David hat heute seine Unschuld verloren, ein unsagbar großes Ereignis, aber ihr Tag hatte es auch in sich: die Beerdigung ihres von einem Zug zerquetschten Ehemanns (falls die Geschichte stimmte), das Besäufnis in einer billigen Bar und das Liebesabenteuer mit einem Fremden, noch dazu mit einem sehr viel jüngeren Fremden. Ein irrer Tag, wenn auch auf ganz andere Art als seiner.

Und jetzt? Geht es ihr gut? Bereut sie es, weint sie, tigert sie durch das Wohnzimmer, das sie so verachtet, schlägt sie auf die Kissen ihres Betts ein, weil sie den Kummer nicht ertragen kann? Oder die Schuld? Oder lächelt sie in Erinnerung an die mit David gemeinsam erlebte Lust? Oder macht sie etwas ganz anderes, das David sich nicht vorstellen kann?

Was er wohl sähe, wenn er sie sehen könnte?

Er könnte es herausfinden.

Zwanzig Minuten später, nachdem er sich in den verwinkelten Vorortstraßen etwas verfahren hat, biegt er um die letzte Ecke und sieht ihr Haus. Es ist von oben bis unten erleuchtet, das einzige belebte Haus in der Straße. Das ist komisch. Er mußte die Stufen im Dunkeln hinunterschleichen, er hätte stolpern und sich das Genick brechen können, aber jetzt, wo er gegangen ist, erleuchtet sie das Haus wie einen Weihnachtsbaum? Es kommt ihm seltsam vor. Vielleicht stimmt was nicht.

Er parkt ein paar Häuser weiter, beobachtet und überlegt, will nicht zu nah herangehen oder gesehen werden. Er hat genug unvorhersehbaren Ärger, auch ohne in einer solch merkwürdigen Situation erwischt zu werden. Schließlich weiß er fast nichts über sie. Ein Tag wie dieser hätte sie ja auch zum Ausrasten bringen können, oder in selbstmörderische Verzweiflung stürzen.

Das wäre was, um es Fink zu erzählen. – »Ich habe zum ersten Mal mit einer Frau geschlafen und fand es toll, es hat mich total umgeworfen. Aber sie hat sich später die Pulsadern aufgeschnitten. So fand ich sie.«

Fink würde annehmen, er hätte es erfunden. Wieder eine von seinen Geschichten, die erneut strenge Worte notwendig machen.

»Ich weiß nicht, ob ich je wieder mit einer Frau ins Bett gehen kann«, könnte David sagen. Oder noch deutlicher, damit er es auch wirklich glauben würde: »Zum ersten Mal mit einer Frau zusammen, und die bringt sich dann um? Ziemlich schwer, danach je wieder einen hochzukriegen.«

»Ich verstehe, daß das schwer sein kann. Daran wollen wir jetzt arbeiten, nicht wahr?«

Es ist unheimlich hier draußen. Ein paar Meilen weiter, in Davids Viertel, gibt es Lichter und Stimmen, nicht abreißenden Verkehr. Daran ist er gewöhnt. Diese Vorortstraßen sind für ihn wie ein fremdes und noch dazu bedrohliches Land. Aber er muß Bescheid wissen. Leise gleitet er aus dem Auto, ohne die Tür ganz zu schließen. An Gwens Einfahrt bleibt er stehen. Er könnte immer noch davonlaufen; sie geht ihn nicht unbedingt etwas an, sie muß ihn auch nicht belasten. Aber er sieht, wie sie die rote Kostümjacke fallen läßt. Er fühlt, wie ihre Hände nach seinen greifen und sie auf ihre Brüste legen. Kein Moment, den man vergißt. Und dann der Rest.

Okay. Er wird die Einfahrt hochgehen, auf den Weg zum Haus und die zwei Stufen zu der kleinen Veranda und der großen Eingangstür hinauf. Nein, warte. Er wird erst einen Blick in die erhellten Fenster im Erdgeschoß werfen, bevor er hier auf eine Klingel drückt.

Und wenn ihn jemand sieht und die Polizei ruft? Fast alle haben ihn schon gewarnt. »Du kannst dir keinen Ärger mehr erlauben. Du mußt wirklich aufpassen.«

Niemand würde sich vorstellen, daß er im Dunkeln um eine Vorortvilla schleicht, so weit entfernt von seinem eigenen Zuhause. Niemand würde sich vorstellen, daß er durch Fenster späht. Aber wenn sie nun tot ist?

Und wenn sie nun am Fenster sitzt und hinaus in die Dunkelheit schaut? Und was, wenn sie schreit?

Gott, sie ist schön. Sie ist alt, aber immer noch so hübsch; nicht wie die Frauen im Gully's. Sie ist auch anmutig, wenn sie durch ihr Wohnzimmer schwebt, eine kleine geschnitzte Tierfigur hochhebt und wieder hinstellt, inne hält, um ein Bild anzusehen, um den großen Wohnzimmertisch aus schwarzem Holz gleitet und dabei die Hand auf einen silbernen Kerzenleuchter legt – es sieht aus wie ein langsamer, altmodischer Tanz, den sie allein aufführt, im Gang verschwindet und jetzt, direkt vor seinen Augen, im Wohnzimmer wieder auftaucht. Er kann keine Musik hören, aber vielleicht spielt sie sie leise. Auf jeden Fall folgt sie einem Rhythmus in der Luft oder in ihrem Kopf.

Ihre Haare stehen ab. Sie hat kleine Falten um die Augen, aber ihren Mund umspielt ein leichtes, süßes Lächeln. Vor wenigen Stunden haben seine Lippen diesen Mund berührt, kaum zu glauben. Ihr pfirsichfarbener Bademantel reicht bis zum Boden, und wippt mit, wenn sie um einen Stuhl oder das Sofa geht. Ihr Gesichtsausdruck verrät ihm nichts. Vielleicht ist sie verrückt oder nur ruhelos. Oder sie ist glücklich. Jedenfalls ist sie nicht tot.

Sie läßt sich in einen Sessel fallen, er ist beige, diese Nichtfarbe, von der sie sagte, sie würde sie verachten. Vielleicht war es der Sessel ihres Mannes; sie wirkt klein darin. Sie läßt ihre Glieder baumeln, streckt Beine und Arme von sich. Nicht sehr weiblich; aber schließlich weiß sie ja nicht, daß ihr Liebhaber sie beobachtet. David selbst sitzt auch anders da, wenn er allein ist und zeigt in der Öffentlichkeit ein anderes Aussehen und einen anderen Ausdruck. Das ist ganz normal.

Wenn er Gwen so beobachtet, sieht er ein ganzes Leben vor sich, das sein eigenes sein könnte: Tage mit irgendeiner Arbeit, die ihn befriedigt, Abende mit irgendeiner Partnerin, die ihn befriedigt, in einem Zimmer wie diesem, Kinobesuche und lange Spaziergänge Hand in Hand (er geriete nie in Versuchung, es gäbe keine ungehörigen Impulse), Fernsehen oder Lesen und spät am Abend Liebe vor dem Einschlafen, und dann Aufwachen und erneut dieselbe ruhige, friedliche und perfekte Routine.

Wo ist die Frau, die diese Partnerin sein könnte?

Diese hier, in diesem hellerleuchteten Zimmer, die mit geschlossenen Augen lächelt, ist es nicht. Doch das ist die Frau, die das alles möglich macht. Eine wirkliche Vision und kein lächerlicher Selbstbetrug.

Ist es maßlos, wenn er sich fragt, was er noch alles von ihr lernen könnte?

Es ist gruselig hier draußen. David schnuppert. Es liegt etwas Unbekanntes in der Luft. Es gibt viele Gerüche, an die David gewöhnt ist, die er aber kaum ertragen kann: Schweiß, dreckige Haare und Pommes frites; nicht zu verwechseln mit den Gerüchen, die er liebt, wie Auspuffgase und frischer Asphalt, Haut und Parfüm und das Leder von Schuhen, und das alles vermischt zu jenem wunderbaren, verführerischen Duft, der ihm auf seinen Spaziergängen manchmal Ärger macht.

Wenn er seine Sinne besser bestimmen und aufschlüsseln könnte, wäre es vielleicht möglich herauszufinden, wo diese Gefahr lauert. Aber hier in diesen dunklen Straßen lauert sie jedenfalls nicht; der Hauptgeruch hier hat – ja – eine grüne Farbe: frisch geschnittenes Gras, schwere, herabhängende Äste und Geld.

Vielleicht liegt es nicht an seiner Angst, daß er die richtige Partnerin noch nicht gefunden hat, sondern daran, daß seine Wünsche eine solch komplexe und präzise Kombination von Gerüchen und Geschmäckern bilden. Die Idee gefällt ihm besser als die, daß er einen Schalter im Kopf oder sonstwo hat, der sich völlig willkürlich und ohne jede Vorwarnung einschaltet, was (für ihn) katastrophale und (für andere) unangenehme Folgen hat. Oder er ist verrückt.

Gwen mochte seinen Schwanz ziemlich gern. Sie schien sein Können anzuerkennen. Er betrachtet sie zärtlich. Sie ist zu alt, aber sie nahm ihn in ihrem Körper auf. Und er wäre sehr gern wieder dort.

Er könnte hier weiter in der Dunkelheit stehen und er könnte (seine Finger jucken bereits) seinen Schwanz herausziehen und sich zur Feier des Tages und Gwens Anblick einen runterholen. Er würde es gern tun, würde gern die kühle, dunkle, stille, grüne Luft auf seinem empfindlichsten und drängendsten Körperteil spüren, aber es wäre auch das Falscheste, was er tun könnte. Es würde etwas zerstören, was mit Gwen zu tun hat und über das er nachdenken muß: eine Hoffnung, die sie verkörpert, die Möglichkeit, die sie ihm bereits eröffnet hat.

Aber er schaut noch einen Weile, bevor er geht. Denn sie hat etwas an sich, das er haben möchte.

4

Es muß irgend etwas am Tod oder am Sex oder vielleicht auch der zündenden Verbindung von beidem geben, was die Batterien wieder auflädt, den Motor auf Touren bringt. Jedenfalls wirbelt Gwen herum wie eine Besessene, putzt, räumt und mistet aus; ihr Verhalten ist das genaue Gegenteil von der komplizierten Trägheit, die sie befiel, als Edgar lediglich ausgezogen war.

Damals war das natürlich nicht leicht zu verdauen. Aber naturgemäß verblaßt der Auszug posthum gesehen.

Dachte sie möglicherweise, als er sie verließ, er könnte immer noch zurückkommen? Er würde eines Tages vor ihrer Tür stehen, verlegen und flehend, voller Bedauern und Entschuldigungen? Sicher nicht. Hätte sie ihn denn wieder aufgenommen? Wer weiß – was dachte sie eigentlich, was stellte sie sich eigentlich vor?

Sie glaubte, ein normales Leben zu führen, normale gute Werke zu tun, ihre Zeit auf normale Weise mit normalen Leuten zu verbringen, einen normalen Haushalt zu führen, mehr oder weniger normale Sorgen zu haben, neben einem normalen Ehemann zu schlafen, mit dem sie ihre normalen Höhen und Tiefen durchlebt. Was für eine Überraschung!

Jetzt gibt es wesentlich mehr Überraschungen. Das Haus ist voll versteckter Sprengladungen mit Edgars Erinnerungen und Geheimnissen, so daß sie immer wieder auf die eine oder andere Tretmine stößt.

Der junge David hat ihr natürlich Auftrieb gegeben, oder eher, das Begehrtwerden hat ihr Auftrieb gegeben. Also: »Danke, David.« Und natürlich: »Wie findest du das, Edgar?« Sie ist ziemlich geschwätzig geworden mit Edgar. Auch wenn sie recht einseitig verlaufen, findet sie ihre Gespräche jetzt unterhaltsam, manchmal sogar informativ, und auf jeden Fall gibt es eine Menge zu diskutieren. Nicht, daß er zu einem Kameraden geworden wäre, zu einem Kumpel, einem Freund – eigentlich eher das Gegenteil –, aber sie hat das Gefühl, daß er der einzige Mensch ist, der möglicherweise versteht, wovon sie spricht.

Vielleicht ist das etwas, was für eine Ehe spricht, daß sie selbst nach zwanzig Jahren für Überraschungen gut ist und immer noch für Neugier sorgt. Ob auch Edgar überrascht und neugierig ist? Wo immer er ist, was immer er tut?

Mit der größten Lust räumt sie das Haus aus, bereitet es für den Verkauf vor, obwohl noch zermürbend unklar ist, wo sie hingehen wird. Manchmal wacht sie mitten in der Nacht erschreckt auf, auch jetzt noch, nicht nur weil sie allein ist, sondern auch, weil sie Angst hat, fast Panik. In diesen kurzen, dunklen Momenten fühlt sie sich, als fahre sie mit voller Wucht auf eine leere, unversöhnliche Wand zu.

Aber das ist immer noch besser als ein unversöhnlicher Zug, der mit voller Wucht auf einen zurast.

Oh, auch Grausamkeit treibt sie an. Verbitterung ist ein Treibstoff.

Außer wenn irgendeine Kleinigkeit, eine dieser Ehe-Sprengladungen, sie jäh in ihrem Tun unterbricht.

Sie steht da, räumt die Küchenschubladen aus, in der einen Hand einen Müllsack, in der anderen einen rostigen, unförmigen Korkenzieher – warum haben sie so ein Ding überhaupt aufgehoben? –, und plötzlich sieht sie ein Picknick, einen sonnigen Tag an einem See, eine Flasche Weißwein, der in dem kalten Wasser am Ufer gekühlt worden war, bis ein verzweifelt kämpfender Edgar sie mit genau diesem Instrument aufzukriegen versucht und ihn im Verlauf dieser Tätigkeit so hoffnungslos verbiegt.

Aus irgendeinem Grund müssen sie ihn mit nach Hause geschleppt und in die Küchenschublade mit dem Besteck gelegt haben, wo er in den letzten fünf oder zehn Jahren, seit diesem Picknick eben, immer weiter nach hinten gerutscht ist. Bei der Erinnerung an dieses Picknick fallen ihr vor allem kleine Berührungen der Hände ein, und die ungeheure Stille des abgeschiedenen Orts, weit weg vom Lärm der Stadt. Sie erinnert sich an das ruhige Hin und Her der Wellen auf dem Sand, an den herben Geschmack des kalten Weins aus den Plastikgläsern, an den angenehmen Geschmack der warmen Sandwichs mit Streichkäse und Tomaten, an das dunkle Roggenbrot, das feucht und weich geworden war.

Sie erinnert sich an einen freundlichen Tag. Nicht erinnern kann sie sich, warum sie dieses Picknick überhaupt veranstaltet haben. War es einfach eine nette, vergnügte, spontane Idee, oder war es sorgfältig geplant aus irgendeinem vergessenen Grund? Haben sie Brote geschmiert, den Korkenzieher, Gläser und Wein aus Langeweile eingepackt, aus Liebe, aus Abenteuerlust, um etwas zu feiern oder um irgendwelche Feindseligkeiten zu überdecken? Irgendwo in ihrem Kopf, in ihren Gehirnzellen, muß sich diese unendliche Kette von Augenblicken befinden, aus denen sich ihr Leben bis heute zusammensetzt, ihr Gefühl, wie diese Augenblicke waren und was sie bedeutet haben; aber im Moment hat sie es vergessen.

Wahrscheinlich auch besser so.

Natürlich wandert der Korkenzieher in den Müll. Aber was soll sie mit dem Geschirr von Grace machen, den acht Gedecken mit Goldrand und Veilchen in der Mitte? Als Edgars Mutter starb, schuf er im Geschirrschrank extra Platz dafür. Ein paar Monate später nahm Gwen das Geschirr heraus, wusch und trocknete es und deckte damit den Tisch für eine Abendgesellschaft mit Edgars Kollegen aus der Kanzlei. Sie glaubte, es würde ihm Freude machen, von Tellern zu essen, die ihn an Grace erinnern. Sie erinnert sich noch genau an ihre Absicht, und die war unzweideutig.

»Was zum Teufel soll das Geschirr hier?« wollte er wissen. »Ich will nicht, daß es benutzt wird. Nie. Wir haben unser eigenes Geschirr, wir brauchen die Teller meiner Mutter nicht.«

Oh. Gut. Entschuldigung.

Es kommt einiges zusammen, und dazu gehört auch das achtteilige Service von Grace – was Gwen schließlich an einen Antiquitätenhändler verkauft, obwohl die Sachen, wie ihr gesagt wird, nicht besonders wertvoll sind. Gwens und Edgars eigenes Geschirr, das Hochzeitsgeschenk von ihren Eltern, weiß mit schwarzem Rand, der damaligen Mode entsprechend, wird sie zusammen mit vielen anderen Sachen einem Trödler schicken. Möbel, Silber – den ganzen Kram. »Was meinst du, Edgar? Aber, ich vergaß, du hast dich ja schon von allem verabschiedet, was macht es dir schon aus.«

Er hat nicht alle seine Sachen mitgenommen, als er auszog. Als sie sich endlich an seine Schubladen im Schlafzimmersekretär macht, findet sie zum Beispiel zwei seiner Pyjamas, ebenso sittsam und nadelgestreift wie seine Anzüge, nur blasser und viel weicher.

Wann hat er angefangen, Pyjamas zu tragen? Sie sieht ihn vor sich, wie er vor Jahren nackt herumlief, und sie sieht ihn vor ein paar Monaten in diesem Ding aus dem Badezimmer kommen. Aber wann hat sich das geändert? Und warum? Wurde er abrupt sittsam, oder scheu? Hatte er plötzlich das Bedürfnis nach irgendeiner stofflichen Substanz zwischen ihnen, egal wie dünn?

»Offensichtlich«, sagt sie, »wolltest du das aber nicht in deinem neuen Leben. Trotzdem hättest du so freundlich sein können, Edgar, die Schlafanzüge wegzuwerfen, anstatt sie mir zu überlassen. Was glaubtest du, sollte ich mit deinen alten Pyjamas anfangen? Du warst wirklich unmöglich und gedankenlos in jeder Hinsicht.«

Aber eigentlich sind sie praktisch. Sie zerreißt sie zu kleinen weichen Tüchern zum Staubwischen und Möbelpolieren. Und dann wirft sie sie weg.

Die glänzenden Tische, schimmernden Stühle, das beige Sofa, der Mahagonischreibtisch und das Bett – alles wird Schritt für Schritt, Zimmer für Zimmer, von dem glücklichen Möbelhändler abgeholt. Alles muß raus!

Die Abwesenheit mancher Dinge, wie zum Beispiel alter Teller, fällt nicht auf. Wenn aber das Mobiliar von ganzen Zimmern verschwindet, ist es ein Schock. Es schockiert sie, bis sie sich an neue

Ansichten gewöhnt, an Echo und Hall, an leere Flächen, wo sie sonst Dinge umgaben. Die Gewöhnung braucht ein paar Tage, eine Woche. Dann kann sie weitermachen, noch mehr Abwesenheiten schaffen und sich daran gewöhnen.

Wenn sie ißt, sitzt sie auf Kissen. Sie schläft auf der alten Matratze, die sie auf dem Boden liegengelassen hat. Sie schränkt sich ein, ohne bestimmtes Ziel; sie trennt sich nicht nur von den Besitztümern, die sich ein paar Jahrzehnte lang angehäuft haben, sondern auch von den Pfunden an den Hüften und den Schenkeln, die sie sich in der Zeit ihres ersten Verlustes zugelegt hat, als Edgar nur gegangen und noch nicht tot war. Sie ist nicht sehr hungrig in diesen Tagen, und sowohl Denken als auch Ausräumen verbrauchen eine Menge Kalorien. Täuscht sie sich, wenn sie findet, daß sie viel jünger aussieht, als sie sich im Spiegel über dem Badezimmerwaschbecken betrachtet?

Sie sieht bestimmt jünger aus, obwohl sie fünf oder sechs Jahre älter ist als die schicke Immobilienmaklerin, die sie aus einer Anzeige aussucht, eine blonde Frau mit dem Namen Gloria Wright, die von ihrer Firma als die erfolgreichste Maklerin des Monats gepriesen und abgebildet wurde. Genau die richtige Person für Gwen.

»Sie brauchen das Haus nicht unbedingt leerzuräumen«, sagt Gloria mit einem Blick über die weite Fläche des beigen Teppichs. »Es verkauft sich leichter, wenn die Leute sehen können, wie es möbliert aussieht.«

Gwen zuckt die Achseln. »Dazu ist es wirklich zu spät. Und es ist mir auch egal.«

»Ja, ich verstehe.« Obwohl sie das wohl kaum tut. »Aber es ist eine recht gute Umgebung. In dieser Gegend verkaufen wir gut. Es ist allerdings noch vorteilhafter, wenn ein Haus bewohnt wirkt. Gemütlich.« Gemütlich! »Und wenn Bilder an der Wand hängen statt dieser leeren Flecken. Sehen Sie, daß man an der Verfärbung des Teppichs erkennen kann, wo das Sofa und die Sessel standen? Diese Dinge erschweren den Verkauf ein wenig.«

»Glaube ich gern.«

Lehnen Immobilienmakler jemals potentielle Kunden ab? Gloria seufzt, wirkt verärgert, aber dennoch wird ihr kleines Schild auf Gwens Rasen aufgestellt.

Gwen bündelt alte Zeitungen zum Recyceln. Beth-Ann und Joe nehmen ihre Lieblingszeichnungen, Landschaftsbilder und Zimmerpflanzen, bevor die anderen Nachbarn sich aus dem Rest etwas aussuchen. »Bist du sicher, daß du nicht zu schnell vorgehst?« fragt Joe. »Vielleicht solltest du alles etwas langsamer angehen.«

Beth-Ann sitzt an Gwens Küchentisch und seufzt. »Ich wünschte, die Dinge würden sich nicht verändern. Ich mag das nicht, wenn nichts einfach so bleiben kann.«

Gwen hingegen sieht inzwischen die Gefahr, die in der Hoffnung liegt, daß ein Leben normal verläuft, geschweige denn unverändert. »Schon«, sagt sie. »Aber andererseits will ich lieber alles anders haben, als betrogen zu werden.« Gwen weiß, was sie meint, aber Beth-Ann sieht verwirrt aus. Sie sind sich schnell fremd geworden; manchmal macht Gwen die Tür gar nicht auf. Es fällt schwer, sich daran zu erinnern, was für einen festen Platz sie früher alle im Leben des anderen einnahmen und was für einen regelmäßigen Kontakt sie pflegten. Gwens Erinnerung an die Jahre in diesem Haus ist distanzierter geworden und hat sogar das bißchen Farbigkeit verloren, die sie vielleicht einmal hatte.

Diese Entfremdung beruht sicher auf Gegenseitigkeit. Auch andere Nachbarn äußern Sorge und sogar Bedauern. »Wo gehen Sie hin? Was für Pläne haben Sie?« fragen sie. »Lassen Sie was von sich hören, Sie werden uns hier fehlen.« Das ist nett und gut gemeint, aber zu bezweifeln. Menschen vergessen schnell die Existenz derjenigen, die man nicht mehr sieht, auch wenn sie ihnen einst vollkommen vertraut waren. Gemeinschaften jeder Art sind wie Wellen: Sie kräuseln sich kurz, und dann verlaufen sie sich.

»Ich weiß es noch nicht genau. Ich werde Sie auch vermissen.« Denn wie verlogen es auch immer gewesen sein mag, die meiste Zeit hat sie sich hier in dieser zumeist ruhigen Straße geborgen gefühlt. Gwen vermutet, daß sie deshalb wie Dornröschen ein paar Jahre lang einfach schlafen konnte. Ihr Erwachen war allerdings weit weniger romantisch als ein Kuß von einem geschmeidigen Prinzen.

Es sei denn, sie hielte David für den geschmeidigen Prinzen, aber das tut sie eigentlich nicht. Sie weiß nicht genau, was sie von ihm denken soll, höchstens daß er eine nützliche und erfreuliche Erfahrung war, die sie keinen Augenblick lang bereut hat, aber auch nicht wiederholen will. Sie glaubt, daß alles, was darüber hinausgeht, nur zu mehr Wissen führen würde und möglicherweise zu einer kleinen, aussichtslosen Zuneigung. Völlige Fremdheit ist am besten. »Stimmt's Edgar?« Sie nimmt an, daß er zustimmt. »Trotzdem«, seufzt sie, »er war sehr nett. So jung, weißt du, und so begeistert und süß.«

Während sie ausmistet und ihr Haus erforscht, sich erinnert und sich nicht erinnert, versteht sie langsam, was es mit der alten Vorstellung aus schlechten Filmen und Büchern auf sich hat, die von Paralleluniversen erzählen, die unsichtbar neben dem bekannten Universum bestehen. Es kommt ihr immer mehr so vor, als hätten hier parallele, ungenutzte und unsichtbare Leben stattgefunden. »Es ist ein Jammer«, sagt sie, nicht das erste Mal, zu Edgar, »wie wir die Dinge haben schleifen lassen, findest du nicht?« Daran hat sie ebenso Schuld wie er, an den Ergebnissen allerdings nicht. »Aber daß du einfach so getan hast, als hätte ich nichts zu sagen – das stinkt mir, Edgar. Das finde ich wirklich schlimm.«

Die Wut hilft ihr, den Kühlschrank von der Wand zu schieben, damit sie den Boden darunter schrubben kann.

Das Betreten von Edgars Arbeitszimmer hat sie hinausgeschoben. Es ist ein Raum mit Blick auf den Garten, der in einem ihrer erfolgreicheren Parallelleben ein Schlafzimmer für Sarah oder John geworden wäre. Nachdem sie schon von einem alten Korkenzieher und einem Schlafanzug aus der Fassung gebracht werden kann, ist sie diesem Zimmer und den darin befindlichen Erinnerungsstücken gegenüber mißtrauisch.

Trotzdem müssen diese Dinge schließlich erledigt werden. Gloria taucht hin und wieder mit Interessenten auf, und eines Tages wird es ihr gelingen, das Haus zu verkaufen. Gwen möchte bereit sein, jederzeit gehen zu können. Also: Edgars Arbeitszimmer.

Im Arbeitszimmer befinden sich lediglich ein großer, lederner Chefsessel und ein riesiger Schreibtisch, beides gebrauchte Möbel, die er aus seinem richtigen Büro hierhertransportiert hat, sowie ein paar verkümmerte Pflanzen am Fenster. Der Schreibtisch hat vier tiefe Schubladen, auf jeder Seite zwei, und eine kleine, flache unter der Tischplatte.

In der flachen Schublade entdeckt Gwen, nicht einmal versteckt oder weggeschlossen, Edgars Pläne. Es sind buchstäblich Pläne, sorgsam doppelt gefaltete Entwürfe auf dünnem Papier.

Sie glättet den hellen, zarten, überraschend großen Bogen auf seinem Schreibtisch. Mit der Hand gezeichnete Linien in blauer Tinte kurven durch ein feines schmales, aufgedrucktes Raster. Manche Linien sind gepunktet, andere durchgezogen, ganz wie man bei Landkarten die unterschiedliche Beschaffenheit von Straßen und Wegen kennzeichnet. Und hier sind kleine Kreise, dort größere, verschwommenere. Es sieht aus wie ein Projekt, das gleichzeitig unklar und präzise ist. Sie geht immer wieder um den Tisch herum, prüft verschiedene verborgene Perspektiven, sie starrt aus der Nähe auf den Plan und tritt dann, um eine bessere Übersicht zu bekommen, weit zurück. Sie braucht ewig, bis sie versteht, daß sie auf den Traum von einem Garten schaut.

Ihren Garten? Seinen? Sie sieht aus dem Fenster und wieder auf die Zeichnung, hin und her. Gibt es Verbindungen? Schwer für einen Garten, so gebändigt und genau zu sein wie Linien auf einem Raster, aber wenn sie genau hinsieht, dann kann sie, ja, Muster erkennen. Vieles, wenn auch nicht alles, ist in der Erde und verzweigt sich da. Oder es wächst hoch mit vielen Blättern und voller Blüten, wenn auch noch nicht so üppig, wie es sein könnte.

Wann hat er das gemacht: Stunden, Tage, Wochen mit Planen, Zeichnen, Ändern und Neugestalten zugebracht – dieser Entwurf ist so perfekt und ordentlich, daß er das Ergebnis langer, komplizierter Vorarbeiten sein muß. Jahre, wenn man bedenkt, wie lange

Pflanzen brauchen, bis sie so blühen, wie es einige seiner Pflanzen getan haben.

In anderen Schubladen findet sie frühere, unordentlichere, immer wieder korrigierte und mit Notizen versehene Entwürfe. »Es ist nur ein Garten«, sagt sie sich. Nur Blumen und Grünzeug. Warum der Schock?

Warum die Heimlichtuerei?

Natürlich wußte Gwen, daß Edgar seinen Garten liebte oder die Gartenarbeit oder beides. Das war kaum ein Geheimnis, er verbrachte Stunden draußen. Aber diese – diese Intensität der Planung, dieses verborgene Universum nimmt ihr den Atem, als wäre sie eines Tages in ihr Schlafzimmer spaziert und hätte ihn in den Armen einer anderen Frau vorgefunden. Oder auch eines anderen Mannes, denn fast nichts von dem, was sie zu wissen glaubte, hat sich als besonders zutreffend erwiesen.

Der Punkt ist: War das nicht Untreue? Eine geheime Sehnsucht, die Zeit und Aufmerksamkeit kostete, und zwar eine so lebendige und vitale, daß er sie ganz für sich behielt? Er muß stundenlang aus seinem Fenster gestarrt haben, allein in seinem abgeschiedenen Raum, und diese Linien gemessen und berechnet haben. Dann, im wirklichen Garten, beschäftigte er sich damit, die Linien in die Wirklichkeit zu übertragen; ein ohne Zweifel sehr spezielles Vergnügen. Am Ende des Tages muß er sich in seinem Sessel zurückgelehnt, genießerisch und zufrieden hinaus auf sein Werk geschaut und sich zu seinen Plänen und seinem Fortschritt gratuliert haben.

Dann ging er hinunter und aß mit Gwen zu Abend, verbrachte einen Fernsehabend mit ihr und erwähnte diese Riesensache, die ihm so am Herzen lag, mit keinem Wort. Wie konnte er das tun?

Er verbrachte Stunden damit zu pflanzen, Unkraut zu jäten, sich zu bücken, zu betrachten und zu verändern. Es war schön, natürlich, es wurde immer dichter und farbenprächtiger. Als er neue Beete anlegte, neue Wege und Entwürfe ersann, seltenere und schönere Pflanzen entdeckte, bewegte sich der Garten immer mehr auf das Haus zu. Gwen entwickelte eine leichte Abneigung dagegen, sie fühlte sich unwohl. Sie muß also etwas davon mitgekriegt haben. Nicht aber, daß es eine solch unausgesprochene, tiefe Leidenschaft war.

Winzige Namen sind mit dunkler Tinte auf das Papier gezeichnet, seltsame und fremde Namen von Pflanzen und auch einige bekannte und vertraute: Lupine, Philadelphus, Brautkranz Spirea, Astilbe, Akelei und Funkie; Süße Cecily und Süßer William, wer immer das sein mag, Flieder, Iris, Hydrangea – all diese Namen materialisieren sich, bilden dort unten Formen und Farben, strecken sich nach oben, schlingen sich nach unten, ranken sich ineinander.

»Edgar. Wie konntest du das tun?« So nah war sie der Verzweiflung in letzter Zeit noch nie gekommen, obwohl das lächerlich klingt. Der Mann ist tot, Herrgottnochmal, und außerdem hat er nur einen Garten angelegt.

Er legte schmale Pfade aus Ziegeln, Steinen und Holz an, damit man auf nichts trat, was wuchs. »Vorsicht«, schrie er, wenn Gwen sich einmal dorthin wagte. Wie dumm sie gewesen sein mußte, nicht ganz dicht, im Gegensatz zum Gebüsch.

Andere Witwen, andere Ehefrauen haben wesentlich schockierendere Entdeckungen gemacht, sind vielleicht über häßliche Pornografie gestoplert oder geheime Liebesbriefe. Gwen weiß das. Aber ein Stich ins Herz ist ein Stich ins Herz. Es ist das große Gebäude aus täglichen Lügen und Geheimnissen, das zählt, mehr als ihr eigentlicher Inhalt.

»Habe ich irgend etwas Furchtbares und Schlimmes getan, Edgar, das dich zu einem solchen Betrug veranlaßt hat?« Ganz ehrlich, sie kann sich an nichts Schlimmes erinnern; vielleicht war es dann die Anhäufung vieler Kleinigkeiten? »Aber du hast auch kleine Fehler gemacht und manchmal ein paar große, und ich habe nie davon geträumt, dich zu verlassen.«

Vielleicht war das nur ein Mangel an Phantasie.

Sie hatte nicht einmal irgendein bedeutendes Geheimnis, das er hätte entdecken können und das ihn verletzt hätte. Jetzt hat sie eins, aber früher nicht.

Es erscheint ihr auch bitter, daß er seinen Garten haben konnte, sie aber nicht ihre Kinder.

Und dann, nach alldem, oder mitten in alldem, ist er gegangen? Hat gepackt und ist ausgezogen? Was für ein enormes Verlangen war das denn, das sogar Vorrang vor diesem hatte und ihn sirenenartig fortlockte? Nicht die plötzliche Lust auf einen Sportwagen, etwas viel Größeres und Zwingenderes als das. Während sie über seinen Schreibtisch gebeugt steht und die Entwürfe betrachtet, fühlt Gwen, wie ihr Körper nachgibt und schwächer wird. Es gab nicht viele Augenblicke in letzter Zeit, in denen sie ihre ganze Kraft verlor, aber dies ist so einer.

Mehrere Tage nach der Beerdigung gingen sie und Larry Parker Edgars Testament durch und bereiteten die zügige Übertragung seines Vermögens auf sie vor. Wie sie erwartet hatte, war das Ergebnis ausgezeichnet, so daß sie, wie Larry sagte, bis ans Ende ihrer Tage gut versorgt sein würde. »Warten wir mit dem Rest«, sagte Larry auch, »bis Sie sich eher in der Lage fühlen, damit umzugehen. Die Wohnung scheint noch eine Weile bezahlt zu sein. Und dann kommt sein Büro noch dran, nehme ich an, obwohl wir schon dabei sind, seine Akten zu übergeben.«

Jetzt ruft sie wieder Larry Parker an, den Mann mit den Schlüsseln, den Mann, der sich um alles kümmert, allerdings nicht sehr bereitwillig. »Er kann heute nicht, Mrs. Stone«, sagt seine Sekretärin. »Am besten sage ich ihm, was Sie brauchen, und einer von uns ruft Sie dann zurück.«

»Heute«, sagt Gwen mit fester Stimme. »Er soll mich heute zurückrufen.«

Larry ruft später von zu Hause an und klingt müde. »Es tut mir leid«, sagt sie und ist mit ihrer Geduld fast am Ende, »daß Edgars Tod Ihnen soviel Umstände macht.« Unfair. Sie ist böse auf Edgar, nicht auf Larry Parker. »Es tut mir leid«, sagt sie noch mal in einem anderen Ton.

»Schwere Zeiten für Sie, oder?« Jetzt klingt er vorsichtig.

»Heute war es ein bißchen seltsamer als sonst, ja.« Es ist schließlich nicht seine Pflicht, sich mit ihr abzugeben. Es ist nett von ihm, daß er anruft, und noch netter, daß er sie morgen in Edgars Wohnung treffen will. Sie schläft unruhig, träumt von gefräßigen Blumen, bedrohlicher Dunkelheit und von Edgar, der wie ein Grimassen schneidender Springteufel einmal auftaucht und dann wieder verschwindet, weshalb sie schweißgebadet und zitternd aufwacht.

Etwas zu tun ist besser als nur zu warten; wissen ist besser als nicht zu wissen. Sie ist etwas zu früh bei dem hohen, weißen Wohnhaus mit den vielen Balkonen, das sich in einer ahorngesäumten Straße in der Nähe des Stadtzentrums befindet. Larry kommt ein paar Minuten zu spät und sieht gequält, aber auf eine gesetzte, zugeknöpfte Art auch hübsch aus, als er mit seinen langen Beinen voraus aus dem Taxi steigt.

Gwen beschließt, daß sie kantigere Typen bevorzugt, Überraschungen; wie vielleicht David.

Was würde Larry Parker machen, wenn sie nach ihm griffe, den Reißverschluß seiner eleganten Hose öffnete und ihn auf Edgars Junggesellenbett herabzöge, wie immer das auch aussieht?

Warum, fragt sie sich und ist wieder einmal von sich selbst überrascht, sollte sie so etwas machen?

Neugier. Lust. Auch der Impuls, ihren Kopf auf Edgars persönliches Kopfkissen zu legen und zu ihm zu sagen: »Siehst du? Ich weiß, daß du Larry Parker nie gemocht hast, aber was sagst du jetzt?«

Ein bißchen spät, um Edgar Lektionen zu erteilen. Sie lacht laut im Lift, und Larry wirft ihr einen befremdeten Blick zu.

Das ist also das Gebäude, in das Edgar sich geflüchtet hat. Das ist der Fahrstuhl, mit dem er zur Arbeit und zurück in die Wohnung fuhr, zu den Parties und zurück, auf denen er angeblich Leben in die Bude brachte. Seine Füße folgten diesem Pfad auf diesem rosafarbenen Korridor, sein Schlüssel, jetzt in Larrys Hand, glitt in genau dieses Schloß an dieser graugestrichenen Tür. Auch er war sich der gedämpften Geräusche bewußt, der schlechten Luft, der stickigen Atmosphäre, was Menschen, die an Häuser gewöhnt sind, in Wohnblocks auffällt. All das macht seinen Schritt noch bemerkenswerter.

Aber wo ist die luxuriöse Ledergarnitur, wo der Glastisch mit den verchromten Beinen, wo das riesige Bett mit der verführerischen Bettwäsche aus Satin? Und überhaupt, wo sind die Pflanzen, das üppige Grün? Und noch eine Überraschung: Egar hat seine letzten Wochen in spartanischer Falschheit verbracht: Couch-, Beistell- und Nachttisch aus Holzimitat und dazu passend ein ebensolches Doppelbett mit nüchterner weißer Baumwollbettwäsche, billige Stehlampen mit Plastikschirmen und das gleiche beige Tweedsofa plus Sessel, das bei ihnen zu Hause in ihrem gemeinsamen Wohnzimmer steht, aber hier in minderer Qualität. Es ist alles neu, hätte aber schnell alt und schäbig ausgesehen. Wußte er das nicht, als er die Sachen kaufte?

Es gibt einen Fernseher auf einem Metallständer mit Rollen. Sie stellt sich vor, wie er sich vorbeugte und ihn von Zimmer zu Zimmer rollte. Das ist für sie das Allertraurigste.

Alles in der Wohnung wirkt substanzlos, provisorisch, öde wie die Tundra. Dafür hat Edgar seinen Traumgarten aufgegeben? Von Gwen gar nicht zu reden? »Nun«, sagt Larry herzlich, »das sieht nicht so aus, als hätten wir hier viele Probleme.« Ist er auch überrascht?

Es gibt nicht einmal gute Verstecke. Nichts an Hinweisen oder überraschenden Entdeckungen, mit denen sie gerechnet hatte. Nichts in den Schrankfächern oder in seinen Anzug- oder Hemdtaschen, nichts wurde in die Schublade mit der Unterwäsche gestopft. Kein Stück Papier, das ihn erklärt. Jeder x-beliebige Mann könnte hier gewohnt haben: ein langweiliger Mensch, dem es an Interessen und noch mehr an Leidenschaften mangelt.

Schließlich steht sie mit leeren Händen im Wohnzimmer und fühlt – was? Sie konnte bisher zumindest annehmen, daß, wenn Edgar wegen eines Traums gegangen ist, dies ein großer Traum gewesen sein muß oder ein glanzvoller; irgendeine große Vision in seinem Kopf, egal wie blöd. Aber das hier, das ist anstrengend. Das macht sie wieder wütend.

Larry schaut auf die Uhr. »Ich muß zum Gericht zurück. Ist es okay, wenn Sie allein hierbleiben? Ich lasse Ihnen den Schlüssel da. Wenn Sie irgendwelche Probleme haben, wenden Sie sich an meine Sekretärin.« Sie berührt sogar seinen Ärmel, geschwächt und dankbar. Sie läßt ihn ungern gehen. Sie könnte eine Umarmung gebrauchen; andererseits hat sie mehr als genug von Männern, die sie eiligst verlassen wollen. »Dann ist da noch sein Schreibtisch im Büro. Darum können wir uns kümmern und Ihnen alles Persönliche zuschicken, wenn Sie wollen. In seinem Computer oder seinen Akten war nichts Persönliches. Aber seinen Schreibtisch haben wir noch nicht angefaßt. Es war noch nicht nötig, sein Büro zu übernehmen.«

Sie holt tief Luft. Zweifellos die letzte Hürde, sein Büro. »Wenn es Ihnen nichts ausmacht, komme ich rein und gehe seinen Schreibtisch mit Ihnen durch.«

»Also dann morgen, am späten Vormittag? Es wird nicht lange dauern.« Bestimmt nicht. Er will sie sicher loswerden. Und dann ist er weg, und Gwen ist allein in Edgars Wohnung mit ihren Mülltüten und ihrem Staunen und ihrer Wut.

All seine neuen Kleider – seine Jeans und Pullover und offenen Hemden, seine glatten, handgefertigten Mokassins, seine Sammlung von Wollmützen und seine zwei Paar Rennfahrerhandschuhe zusätzlich zu denen, die er trug, als er jene zwei Sekunden zu lange auf den Schienen zubrachte – all das schaufelt sie in den Sack, um es auf dem Heimweg in eine Altkleidertonne zu werfen. (Aber wozu brauchen Bedürftige Rennfahrerkappen und fingerlose Rennfahrerhandschuhe? Egal.)

Eine andere Wohlfahrtsorganisation kann die Möbel abholen. Es ist nichts da, was man behalten müßte, und nichts, was untrüglich auf sein verändertes Leben hinweist, das ihn so zu erregen schien, das er aber nicht beschreiben konnte. Abgesehen von einem Päckchen Kondome, das ungeöffnet in der Schublade seines Nachttisches liegt. Was bedeutet ungeöffnet? Daß er noch kein Glück hatte, oder daß er die Frauen so schnell verbrauchte und eine Schachtel nach der anderen kaufte?

Die Kondome überraschen sie; nicht wegen Edgar, sondern wegen David, der sich völlig sorglos und nackt in ihrem Körper befand, wenn auch nur einmal. »O Gott, Edgar, ich habe überhaupt nicht nachgedacht. Ich weiß gar nichts von ihm.« Und er nichts von ihr. Wie dumm, etwas zu wissen, aber im entscheidenden Moment die für sie wichtige Information nicht in Betracht zu ziehen. David hat eine Freundin, und darüber hinaus kann er überall gewesen sein, alles getan haben, soweit Gwen weiß. Aber sie sieht Edgar förmlich vor sich, wie er die Achseln zuckt und sagt: »Was geschehen ist, ist geschehen. Es hat keinen Sinn, sich darüber Sorgen zu machen, wenn man sein Leben weiterleben muß.« Du hast wieder mal recht, Edgar.

Aber war das seine Vorstellung von Leben? Diese nichtssagende Wohnung mit einem Fernseher, der von einem Zimmer ins andere rollt? »Ich verstehe es nicht, Edgar«, sagt sie an der Tür. »Dafür hast du diesen ganzen Aufstand veranstaltet? Das kann doch nicht sein!«

Jetzt bleibt nur noch sein Schreibtisch im Büro, und wieviel an Privatem sollte er dort schon versteckt haben?

Nun, eine ganze Menge, wie sich zeigt. Auf Anhieb stolpern sie und Larry am nächsten Tag über eine kleine Granate. Oder sogar eine große – je nachdem, was für Absichten Edgar damit verfolgte und wie sie jetzt damit umgehen.

Sie ist zögernd gekommen, wie immer fühlte sie sich fremd an Edgars Arbeitsplatz: diesem großen, von ruhiger Geschäftigkeit erfüllten, freundlich dekorierten Raum voller eifriger und eleganter Leute, mit denen Edgar seine langen Arbeitstage verbrachte. Früher kam sie hin und wieder vorbei, um ihn zu einem Drink abzuholen oder zu einer dieser Kanzleiparties, die mehrmals jährlich stattfanden. Woanders mochte sie ein Leben haben, als Spendensammlerin, die Veranstaltungen für die Krebshilfe, das Herzzentrum, hungernde Kinder organisierte; sie war eine ausgebildete, wenn auch unerfahrene Krankenschwester, eine im allgemeinen unbeteiligte Nachbarin, Hausfrau, all das; aber hier war sie Ehefrau. Die Frau von. Lediglich jemand, der zu der eigentlichen Person gehört, der Person, mit der diese geheimnisvollen Leute wirkliche Gespräche geführt, wirkliche Intrigen gesponnen, wirklich zu tun hatten.

»Hallo, Gwen«, sagte er immer, wobei er von seinen Papieren aufsah, mit denen er gerade zu tun hatte, »komm rein, fühl dich wie zu Hause, ich brauche nur noch ein paar Minuten.«

Sich wie zu Hause fühlen? »Was hat das für dich bedeutet, Edgar? Was hat das Wort Zuhause bei dir ausgelöst?«

Jetzt sind sie und Larry hinter dem Schreibtisch, an dem Edgar immer saß. Sie stehen nahe beieinander und sichten den langweiligen Kram: Büroklammern, Stifte, Rasierapparat, legen es auf Haufen oder schmeißen es weg. Gwen verliert die Hoffnung.

»Privat« steht auf einem braunen Umschlag in einer Akte in der verschlossenen untersten Schublade; das Wort wurde mehrmals in Edgars akribischer Schrift draufgeschrieben, vorn und auf der Rückseite. »Ach du Scheiße!« Larry atmet kräftig, aus als er den Inhalt auf dem Tisch ausleert. »Was ist das denn alles?«

Erstens Unterlagen zweier persönlicher Bankkonten, von denen Gwen nichts weiß. Auf jedem befinden sich etwa dreißigtausend Dollar, und die Zahlen zeigen unerklärliche, aber steigende Einkünfte und unspezifische Ausgaben, die ein paar Jahre zurückreichen. »O Gott«, sagt Larry, »ich hoffe, er hat keinen Mist gebaut.« Er macht sich natürlich Sorgen, daß diese Zahlenreihen mit Dingen zu tun haben, die, wenn sie enträtselt sind, ein schlechtes Licht auf die Firma werfen könnten.

Zweitens ist da noch eine Liste mit etwa einem Dutzend Telefonnummern auf liniertem Papier, die nach Anfangsbuchstaben geordnet sind. »Was zum Teufel ist das?« fragt Larry. Als würde Gwen das wissen. Und ein anderer dicker, unordentlicher Umschlag enthält etwas, das wie Rechnungen und Quittungen aussieht. Larry blättert ein paar davon durch. »Wir werden das alles untersuchen müssen. Es tut mir leid, Gwen, aber jetzt mache ich mir langsam ein bißchen Sorgen, was er im Schilde führte.«

Gwen merkt traurig, daß jedermann, zu Hause und auf der Arbeit, Edgar einfach blind vertraute, so wie man eben vertraut: Man glaubt, daß das, was man sehen kann, auch so ist.

»Möchten Sie wissen, was das für Telefonnummern sind? Ob sie womöglich persönlich sind?« fragt Larry. Er meint natürlich, daß sie zu einem Dutzend anderer Frauen gehören. »Wenn Sie wollen, können wir Ihnen Bescheid geben, sobald wir es herausgefunden haben.« Er versucht nett zu sein; aber sie fragt sich auch, ob er sein Angebot nicht als eine Art Betrug ansieht, einem Mann gegenüber, der nicht nur ein pflichtbewußter Kollege und hart arbeitender Partner war, sondern auch ein Mann, wie er selbst.

Sie runzelt die Stirn. »Ja, das möchte ich wissen.«

Vielleicht war Edgar also letztlich doch interessant. Auf seine Weise. Offensichtlich war die Gartenarbeit nur eine Seite von ihm, und diese Papiere deuten auf weitere rätselhafte Seiten hin, die für sie wahrscheinlich auch nicht schmerzlicher sind als alles andere. Wenn die Telefonnummern zu einer Sammlung von Frauen gehören, ist das nur ein zusätzliches Geheimnis. Und wenn das so ist, könnte sie sie vielleicht anrufen. Eine Party veranstalten. Edgars verschiedene Seiten miteinander vergleichen, denn jede von ihnen wird ja wohl eine kennen, und zusammen ergibt das dann einen vollständigen, verständlichen Mann.

Sie muß lachen, und Larry schaut sie wieder an.

Es stellt sich heraus, daß sie und Larry beide irgendwie recht haben. Edgar hat keine wirklich großen Untaten begangen, doch die Telefonnummern und Konten zeugen, milde ausgedrückt, von Untreue und Korruption. Als Larry sie einige Tage später anruft, um Bericht zu erstatten, ist sie in der Küche, setzt sich beim Klang seiner Stimme mit einem Plumps auf den Boden und hört mit gesenktem Kopf und einer Hand über den Augen zu. Wieder versucht sie, in Edgars Innenleben zu sehen.

Ihrer Meinung nach scheint das Problem in Edgars Fähigkeit zu bestehen, schräg und sehr, sehr geheimnistuerisch zu denken, aber immer zu klein: ein Garten hinter dem Haus, eine beklagenswert öde Wohnung, ein blödsinniges neues Auto und ein lächerlicher

Tod. Und, laut Larry, dazu jetzt noch zwei Freundinnen sowie, was für ihn ernster ist, Geld auf diesen Privatkonten, offenbar kleine Schmiergelder für bestimmte, kleine, versteckte Klauseln in bestimmten großen, schwierigen Verträgen. Die Telefonnummern gehören, abgesehen von den zwei Freundinnen, zu Edgars Kontaktpersonen bei den beteiligten Firmen. Gwen versteht nicht ganz, was er im Sinn hatte, aber sie strengt sich auch nicht besonders an, es zu verstehen. Die Fakten zählen hier, nicht die Einzelheiten.

»Wir haben herausgefunden, wo das Geld herkam«, sagt Larry. »Er hat nicht allzuviel ausgegeben. Der Wagen war die einzige große Anschaffung. Sonst etwas Kleidung, Essen, Alkohol, die Möbel, nichts von Interesse, denke ich. Und ich habe nicht die Absicht«, er klingt sehr ernst, »die Sache weiterzuverfolgen. Ich glaube, es ist für uns alle besser, wenn wir die Angelegenheit vergessen.« Er spricht natürlich nur vom Geld. Die Frauen, das drückt er deutlich mit seinem Schweigen aus, sind ihr Problem, mit dem sie nach eigenem Gutdünken verfahren kann.

»Okay. Das Geld«, Klarheit muß sein, »kriege dann also ich.«

»Wird wohl so sein, da Sie seine Erbin sind. Eigentlich müßte es ja an die Firma gehen, aber ich werde den Teufel tun und das Ansehen der Firma wegen der Sechzigtausend riskieren, die er übriggelassen hat.« Und er wird auch nicht versuchen, das Geld denen zurückzugeben, von denen es kam. Das würde eine endlose Debatte auslösen.

»Du Betrüger«, sagt sie zu Edgar. »Du Teufel.«

Sie stellt sich vor, wie er lächelt, amüsiert über den Erfolg seines Schwindels, und sie wird wieder wütend, schägt mit der Faust auf die Küchenplatte. »Du Arschloch. Du Dieb. Hast du darüber gelacht, wie toll du mich reinlegen kannst? Und dann hast du mich bestohlen, du Schwein.« Mit seinen Lügen hat er ihr Jahre gestohlen. Wie hätte sie überhaupt vernünftige Entscheidungen treffen können, wenn er ihr diese ganzen Informationen vorenthielt?

Wenn sie heute auf seine Beerdigung ginge, würde sie mit anderen, offeneren Augen auf ihn hinabschauen. Jetzt ist das Bild von ihm abgerundeter, als sie angenommen, voller und vollständiger, als sie es sich vorgestellt hatte, aber er ist auch viel mickriger geworden. Wie lächerlich seine Sehnsüchte doch waren!

»Aber du hattest kein Recht, mich auch lächerlich zu machen, du Scheißkerl!«

Was machen andere Menschen, Frauen, in solchen, nicht ungewöhnlichen Umständen? Sie rufen vermutlich Freundinnen an, die sie trösten. Das könnte sie auch tun, sie könnte zum Beispiel Beth-Ann anrufen, die in diesen Dingen viel Erfahrung hat. Aber Gwen sucht nicht direkt Trost. Sie will Information, Interpretation, irgendein frisches, wahres Wissen. Wer kann ihr das besser geben als die Frauen, zu denen diese geheimnisvollen Telefonnummern gehören? Möglicherweise ist ihre kleine Schnapsidee mit der Party gar kein Witz.

»Sie sind mit dem Haus von Stuart und Angela Edwards verbunden«, sagt eine feste Männerstimme auf dem Band. »Bitte hinterlassen Sie eine Nachricht, und wir rufen Sie sobald wie möglich zurück.« Ein Ehepaar also, Angela Edwards ist selbst Ehefrau. Obwohl es im Moment sogar noch möglich wäre, daß Stuart die betreffende Person ist.

»Hier ist Gwen Stone.« Sie sitzt wieder auf dem Küchenfußboden. »Die Witwe von Edgar. Es geht um eine persönliche Angelegenheit. Wer von Ihnen beiden versteht, was das heißt, soll mich heute abend um elf anrufen.« Ihr gefällt der Gedanke von Druck, Macht, ein Ultimatum setzen. Schluß mit der Scheiße.

Der zweite Anruf wird von einem lebendigen Menschen entgegengenommen, einer weichen Frauenstimme. »Hallo?«

»Hier ist Gwen Stone. Die Witwe von Edgar. Mit wem spreche ich?«

Ein Stöhnen, ein kleiner Aufschrei, Klicken. Gwen wählt noch einmal. Es klingelt dreizehnmal, sie zählt mit, bevor die Stimme, diesmal härter, sagt: »Okay. Was wollen Sie?«

»Ich möchte alles wissen, was Sie über Edgar wissen.« Gwen

hätte auch »mein Mann« sagen können, aber das erschien ihr in letzter Sekunde zu anklagend.

»Was meinen Sie?«

»Wie Sie ihn kennengelernt haben. Was für ein Mensch er war, wie Sie ihn sahen.« Und – was soll's: »Wie Sie aussehen, wer Sie sind, was Sie machen, was Sie mit ihm gemacht haben, und wann und wie lange. Das alles. Das Übliche, nehme ich an.«

»Ich verstehe.« Eine lange Pause. »Gut. Aber Sie müssen mir versprechen, mich dann nie mehr anzurufen.«

Glaubt diese Frau, daß sie die Regeln bestimmt? Oder daß Gwen im Moment die Absicht hat, Regeln zu befolgen? Egal. »Keine Angst«, sagt sie.

»Okay.« Wieder eine lange Pause. »Okay, ich habe ihn vor ungefähr zwei Jahren in einer Bar kennengelernt. Im Downstairs, kennen Sie das?« Ja, Gwen kennt es tatsächlich, sie und Edgar waren mehrmals dort, es ist eine Bar im Keller eines Hotels, in dessen Restaurant sie manchmal essen waren. Ein intimes, dunkles Lokal, mit Plüschnischen, winzigen imitierten Öllaternen auf allen Tischen und falschen Tiffany-Lampen, die gedämpftes, farbiges Licht von der Decke werfen.

»Er kam nach der Arbeit dorthin und ich auch. Ich bin Börsenmaklerin.« Oh. Gwen sitzt in ihrer verdammten Küche und spricht mit einer klugen, berufstätigen Frau – kein Wunder, wenn ihr das Herz ein wenig sinkt. »Wir kamen ins Gespräch, und ich glaube, wir haben uns gut verstanden. Wir haben uns von den Leuten, mit denen wir zusammen waren, getrennt und sind spazierengegangen. Und dann, ich weiß auch nicht, dann ging es einfach weiter. Eine Zeitlang.«

»Es ging weiter? Eine Zeitlang?«

»Drei oder vier Monate, glaube ich. Ich habe sowieso jemand anderen kennengelernt. Also, verstehen Sie, es tut mir leid. Ich mochte ihn einfach. Er war nett. Es war lustig, mit ihm auszugehen. Ich habe gelesen, was passiert ist, und es hat mir leid getan. Das hat er nicht verdient.«

Wie sonderbar, denkt Gwen, daß die Menschen annehmen, man könnte den Tod verdient haben oder nicht. »Inwiefern war er nett oder lustig? Worüber hat er geredet?«

»Nicht über Sie«, sagt die Frau schnell, als sei das wichtig; und das ist es ja vielleicht auch. »Er hat nie von Ihnen gesprochen. Nur über seine Arbeit und auch über meine, und über Leute, die wir beide kannten. Wir haben gelacht. Ich weiß nicht, wie ich es sagen soll, auf welche Art er lustig war, wir haben jedenfalls viel gelacht.«

Das tut weh. Gwen hatte nicht erwartet, etwas Derartiges zu hören. »Und Sie haben natürlich miteinander geschlafen?«

»Ich fürchte, ja. Tut mir leid.«

»Hat er über sein Zuhause gesprochen? Seine Interessen? Seinen Garten zum Beispiel?«

»Seinen Garten?« Sie klingt verwundert. »Nein, so etwas hat er nie erwähnt. Wirklich, er hat nie über irgend etwas Persönliches gesprochen. Ich meine, Persönliches, was nur ihn betraf.«

»War er gut im Bett?«

»Oh«, ein kleiner Schrei, »müssen wir darüber reden?«

»Ja.«

»Ich weiß nicht. Was soll ich da sagen. Das ist zu verrückt. Aber okay, ich denke, daß ich ihn für aufmerksam hielt. Lieb. Zärtlich, verstehen Sie?« Als würden sie jetzt, nachdem das Thema angeschnitten ist, mädchenhaft anekdotische Vergleiche austauschen. Wie Gwen sich erinnert, trifft es allerdings zu, daß es Zeiten gab, in denen Edgar zärtlich war. »Er sagte, er habe so etwas noch nie gemacht. Eine Affäre zu haben, meine ich. Er sagte, er wüßte nicht so recht, was er da tut. Was er wolle, verstehen Sie?«

Jetzt versteht es Gwen. Damals nicht.

»Und was geschah dann?«

»Es gab zuwenig, um weiterzumachen, glaube ich. Es war es nicht wert, obwohl wir viele Interessen teilten. Dieselben Filme mochten und so was.« Sie sind ins Kino gegangen? Auch das tut weh, denn offenbar haben diese Frau und Edgar eine Zeitlang fast so etwas wie ein normales Leben geführt. Noch ein Paralleluniversum. »Aber er hatte zuviel andere Dinge zu tun. Und außerdem habe ich dann, wie ich schon sagte, jemand anderen kennengelernt. Aber es tut mir leid, was ihm passiert ist. Wie haben Sie herausgefunden, daß es mich gibt?«

»Er hat ihre Telefonnummer aufbewahrt. Wenn Sie sagen, daß er lustig war, wie meinen Sie das?«

»Ich weiß nicht. Witzig, glaube ich. Er hat keine Witze erzählt, aber er hat einfach Dinge auf eine komische Art gesagt.«

Das bestimmt.

»Ich glaube nicht, daß ich ihm viel bedeutet habe. Ich meine, es war ziemlich klar, daß er keine großen Schritte unternehmen würde. Er war nur ein bißchen verwirrt, glaube ich. Er hat irgend etwas gesucht.«

Sieht so aus.

»Ich weiß nicht, was ich Ihnen sagen soll. Er war nett, ich mochte ihn. Ich will nicht, daß Sie glauben, er war böse, oder daß er mich geliebt hat oder so, ich meine, er hat das Wort nie gesagt. Eigentlich hat er sowieso nicht viel über seine Gefühle gesprochen, glaube ich.«

Vermutlich nicht.

»Und ehrlich, mehr war wirklich nicht. Ach, ich kann das nicht, ich muß jetzt gehen. Es tut mir leid. Auf Wiedersehen.« Und sie ist weg.

Tut es ihr leid, daß es passiert ist oder daß das »alles« war? Für Gwen ist es genug. Sie starrt auf den Hörer, aber sie spult schnell die Erinnerungen ab, um festzustellen, ob es bei Edgar vor zwei Jahren Veränderungen gab, irgendwelche unerklärlichen Unterschiede oder Ereignisse, die sich nun, im neuen Licht besehen, als erkennbare Lügen herausstellen.

Nun, offensichtlich hat er gelogen, wenn es darum ging, wo er seine Zeit verbrachte. Kino! Spaziergänge! Im Bett einer fremden Frau! Gwen legt sacht den Hörer auf.

Vor zwei Jahren – was? Drei oder vier Monate lang. War das die

Zeit, in der Edgar über Müdigkeit klagte, über zuviel Arbeit, über eine leichte, fortdauernde Krankheit, die sein Schlafbedürfnis so sehr steigerte? »Nur eine leichte Grippe wahrscheinlich«, sagte er, obwohl Gwen keine bekam. Sie sieht ihn noch vor sich, wie sein Kopf nach hinten kippte, sein Mund sich öffnete und er in seinem Sessel einschlief. Sie erinnert sich, daß sie sich ärgerte und sich wünschte, er wäre einfach ins Bett gegangen. Sie weckte ihn dann und schickte ihn ins Bett.

»Kein Wunder, daß du müde warst, Edgar. Ausgelaugt von all der Zärtlichkeit. Von der Anstrengung, die es dich kostete, nett und freundlich und amüsant zu sein. Ganz zu schweigen von der Energie, die du durch das Vögeln verloren hast. Für mich klingt das, als hättest du dich mit einer Dilettantin eingelassen – man stelle sich vor, schon nach drei oder vier Monaten Schluß zu machen! Scheint keine Frau mit viel Geduld gewesen zu sein. Nicht wie ich. Hat es dir weh getan, als sie es beendete, warst du verletzt, du Arschloch, du Schwein?«

Es wäre klüger gewesen, wenn ihr diese Worte vor langer Zeit eingefallen wären, um sie ihm entgegenzuschleudern. Aber besser jetzt als nie. Das muß in vielen Dingen auch seine Devise gewesen sein.

Sie hat vergessen, nach dem Namen der Frau zu fragen oder sich zu erkundingen, wie sie aussieht, aber was sagt schon ein Name oder eine Erscheinung? Ebenso könnte man denken, es sei wichtig, ganz genau zu wissen, welche Pflanze mit welchen wie gefärbten Blüten in Edgars Gartenplan wo hingehören würde. Wohl kaum die entscheidende Frage.

Kurz nach neun Uhr abends klingelt das Telefon. »Bitte«, flüstert eine Frauenstimme, »bitte lassen Sie mich in Frieden.«

»Mrs. Edwards? Angela?«

»Ja. Es tut mir leid.« Leid tut es offenbar allen. »Aber ich kann nicht mit Ihnen sprechen. Ich habe einen guten Ehemann, wir führen eine gute Ehe.« Und wie soll die aussehen? »Es war nichts, hatte keinerlei Bedeutung, also bitte, nehmen Sie es auch nicht wichtig.«

Gwen läßt ihre Stimme hart klingen. »Nein, also wirklich, Sie können nicht erwarten, daß ich es nun dabei belasse, nach all der Mühe, Sie zu finden. Falls Sie fürchten, ich könnte die Sache mit Ihrem Mann besprechen, so darf ich Sie beruhigen. Daran habe ich keinerlei Interesse, solange Sie mir ein paar Dinge erklären.«

»Was denn?« Es ist ein ziemlich seltsames Flüstern, das gleichzeitig auch noch wie ein Wimmern klingt.

»Na, was Sie erwartet haben. Wann, wo, warum, das alles.«

Ein tiefes, müdes Seufzen und ein noch hastigeres, ängstlicheres Flüstern. »Bitte. Es ist sechs Monate her! Und dauerte nur ein paar Wochen. Ich arbeitete als Aushilfe in seinem Büro, wir haben uns gut verstanden, ich hatte ein paar Probleme, und er hatte – Mitleid. Ich war am Ende, aber ehrlich, es war nur ein paar Male. Es war ein Fehler, das ist alles. Es tut mir so leid.«

Armer Edgar. Niemand Besonderer. Nur ein Fehler. Verschwendung von Freundlichkeit und Mitleid.

Und arme Angela Edwards. Ihre Angst vibriert durch das Telefon. Das ist nicht sehr unterhaltend. »Also gut, vergessen Sie's. Danke, daß Sie angerufen haben.« Gwens Hand zittert, als sie auflegt. Manchmal ist es sehr schwer, sich zivilisiert zu verhalten.

Was für ein kompliziertes Leben Angela Edwards kurzzeitig geführt haben muß. Und Edgar noch viel länger. Nur Gwen hatte irrtümlicherweise ein einfaches. Sie Glückliche.

»Bravo, Edgar! Was dachtest du dir eigentlich dabei, hast du mal darüber nachgedacht, daß man das, was man gern haben will, nicht auch haben muß? Hast du mal daran gedacht, daß andere Leute vielleicht auch etwas wollen? Du enttäuschst mich sehr, Edgar, wirklich sehr. Du bist nicht der Mann, für den ich dich gehalten habe.«

Sie muß lachen. So spricht man mit einem Kind, das die Erwartungen nicht erfüllt hat. An welchem Punkt ist Edgar zum Kind geworden? Wann richtete sich sein Interesse auf die unmittelbare Befriedigung von Genüssen, wann hat er aufgehört vorauszudenken?

Gärten, Schmiergelder, Liebesaffären – was wohl sonst noch?

Aber es ist gar nicht komisch, daß ihr eigenes Urteilsvermögen so schlecht war. Wenn sie mehr Glück hat als Edgar, bleiben ihr noch viele Jahre zu leben. Dank Edgar braucht sie sich ihren Lebensunterhalt zwar nicht selbst zu verdienen, aber sie muß auf jeden Fall irgend etwas tun, und wie soll sie mit so einem miserablen Spürsinn entscheiden, was das ist? Wenn sie die Person, die direkt neben ihr saß, aß und schlief, schon falsch einschätzte, was weiß sie dann überhaupt?

Vor langer, langer Zeit hat sie eine Ausbildung als Krankenschwester gemacht, aber nie in ihrem Beruf gearbeitet. Sie heiratete Edgar, der sagte, er sehe dazu keine Veranlassung und wolle lieber, daß sie nicht arbeite, und sie beabsichtigten ja sowieso, eine richtige Familie zu gründen. Sie war vollkommen einverstanden. Sie hielt sich sogar auf eine gewisse Art für kühner als andere Frauen, als ihre arbeitenden Bekannten, obwohl sich das natürlich anders dargestellt hätte, wenn ihr der Krankenschwesterberuf ein echtes Anliegen gewesen wäre. Sie mochte die Schwesterntracht – ihre Sauberkeit und ihren flotten Schnitt –, aber das Blut mochte sie nie. Es war sowieso nicht ihr Wunsch gewesen, sondern der ihres Vaters, der, als Gwen die High-School besuchte und keinen speziellen Berufswunsch äußerte, meinte, daß das möglicherweise etwas ist, »worauf du immer zurückgreifen kannst«.

Flo hatte ihr typischerweise nur den Rat gegeben: »Mach das, was du machen willst.« Damals klang das gleichgültig, so, als sei es zuviel Mühe, mit etwas Konkretem aufzuwarten. Heute versteht Gwen es anders. Jetzt wüßte sie gern, was Flo bei vielen Dingen wirklich meinte. Nicht zuletzt bei Edgar.

Und was hat ihr Vater mit »worauf du immer zurückgreifen kannst« gemeint? Einen Beruf wie eine Matratze, nachgiebig und weich, die immer bereitliegt? Er kann nicht viel über den Beruf der Krankenschwester gewußt haben, auch wenn er in den letzten Monaten von Flos Krankheit bestimmt eine Menge gelernt hat, genauso wie bei seiner eigenen dann auch.

Selbst wenn sie es wollte, könnte Gwen jetzt nicht mehr als Krankenschwester arbeiten. Es hat sich zuviel verändert, ihr fehlt das Wissen. Und sie traut sich die Verantwortung über Leben oder Schmerz oder auch über die Befreiung von Schmerz immer noch nicht zu. Inzwischen ist es nicht einmal mehr »etwas, auf das man immer zurückgreifen kann«, es ist nur eine weitere kurze und unnütze Phase der Vergangenheit.

Während sie auf Sarah oder John wartete und schließlich das Warten aufgab, beschäftigte sie sich natürlich mit irgend etwas, »wenn auch nicht mit so interessanten Dingen, wie du sie offenbar gefunden hast, Edgar«. Wegen Flo, und aus einem verspäteten, vagen Bedürfnis heraus, sich um etwas richtig zu kümmern, ging sie zur Krebshilfe, sammelte Geld, saß in Komitees. Dann machte sie wegen ihres Vaters das Gleiche für die Herzkranken. Daß hungernde Kinder schrecklicher- und unfairerweise in äußerster und vermeidbarer Not lebten, berührte ihr mütterliches Herz so sehr, daß sie drei Stunden in der Woche in einer Armenküche arbeitete. Aber weiter wollte sie nicht gehen. Kinder anderer Leute aus Fleisch und Blut – ob in Not oder nicht – hätten ihr zuviel Kummer verursacht.

Wirklich? Glaubt sie das? Eine ganz neue Sicht der Dinge. »Wußtest du das von mir, Edgar? Stimmt es, daß ich nicht so nah herankommen wollte, daß es weh tun könnte? Daß ich Grenzen zog?«

Abgesehen von den guten Taten, der gut und sinnvoll genutzten Zeit, gefielen ihr bei der Krebshilfe, dem Herzzentrum und der Armenküche weniger die Sitzungen, die Komitees, die einzelnen Organisationsarbeiten, worin sie übrigens durchaus effizient war, sondern die Arbeit, die kaum jemand gern tat: an Türen klopfen und um Spenden bitten. Ihr gefiel es, über die Schulter der Hausfrau zu spähen und andere Verhältnisse und andere Geschmäcker zu sehen, die Stimmen von Fremden zu hören, die im Hintergrund redeten, lachten und spielten, die Bilder zu sehen, die bei den Leuten an den Wänden hingen, die Formen und Muster, die sie für ihre Sitzecken und Sofas ausgesucht hatten. Sie arbeitete nicht in ihrer eigenen Nachbarschaft, sondern in ihr weniger vertrauten Gegenden der Stadt: ein harmloses Ausspionieren des Lebens anderer.

»Schade, daß ich nicht mehr in unserer Nähe spioniert habe, stimmt's Edgar?« Der arme Edgar ist dazu verdammt oder hat das Glück, als ihr stummes und gefangenes Publikum zu dienen. Er muß wütend sein. Manchmal spürt sie förmlich, wie sehr es ihn drängt, etwas zu sagen.

Während sie im Haus Tabula rasa macht, versucht sie, auch in ihrem Leben Tabula rasa zu machen. »Ach«, sagt die Leiterin der Ehrenamtlichen von der Krebshilfe, »es tut mir so leid, daß Sie uns verlassen. Aber ich verstehe es natürlich.« Nein, tut sie nicht, wie sollte sie? Die sonderbarsten, unvorhersehbarsten Dinge treiben Gwen jetzt die Tränen in die Augen. Eine Bemerkung wie diese, fast nie das Nächstliegende.

Beim Nächstliegenden, wie etwa dem Hausverkauf, ist ihr Herz aus Stein. Ihre Stimme, die mit Edgar spricht, hallt immer mehr im Haus. Fast jedes Geräusch ist nur ihr eigenes, und einige andere Geräusche sind durchaus furchteinflößend. Vor allem aber: Wenn ein falscher Edgar hier gewohnt hat, sieht es so aus, als habe auch eine falsche Gwen hier gewohnt, und dieser Gedanke macht ein Hierbleiben sehr schwer erträglich. Das Haus wirkt so künstlich wie der Schauplatz eines alten Westerns: alles nur Fassade ohne Substanz.

Jetzt vermag sie besser nachzuvollziehen, was Leute dazu veranlaßt, mit bloßen Fäusten Wände durchschlagen zu wollen.

Das würde Gloria bei ihren regelmäßigen Auftritten mit möglichen Käufern ganz schön aus der Fassung bringen. Schlimm genug, daß sich im Haus nur noch so wenige Möbel befinden, auch ohne daß einem offensichtliche Zeichen von Gewalt ins Auge springen.

Gwen hat aussortiert, gespendet, verkauft und weggeworfen. Sie hat Staub gewischt, gesaugt, poliert und geputzt. Und immer noch ist sie explosiv wie ein Vulkan und kann keine Ruhe finden. Hat Edgar damals so viel von ihrer Energie aufgebraucht? Das hätte sie nicht gedacht, aber jetzt, wo er so gänzlich fort ist, hat sie jedenfalls eine Menge davon zur Verfügung.

Sie fängt an, jeden Tag auszugehen, versucht den Energieüberschuß bei langen Autofahrten oder langen Spaziergängen aufzubrauchen. Sie streift allein umher (wenn sie aufbricht, sieht sie allerdings manchmal Beth-Ann, die hoffnungsvoll, sorgenvoll oder verwirrt aussieht), ziellos, achtet jedoch darauf, die Gegend vom Gully's zu meiden. Sie möchte nicht noch einmal einer spontanen Eingebung folgen, egal wie erfolgreich es auch gewesen sein mag. Aber wenn man sich vorstellt, wie viele Gelegenheiten sie schon verpaßt hat, weil es ihr früher nie in den Sinn kam, einfach mal eine Spazierfahrt zu unternehmen. So wie sie es tat, als sie zum Gully's einbog, diesem »guten Ort, um was zu trinken«. Etwas vollkommen Einfaches.

Eine Entdeckung beim Spazierengehen: Sie erhält einen direkteren Einblick in die Vielfalt der Männer dieser Welt. Die äußere Erscheinung hat, wie sie bei David feststellte (und übrigens auch bei Edgar), nicht unbedingt viel mit Gefühl zu tun, und es ist irgendwie spannend zu spekulieren, was dieser oder jener Mann an Unbekanntem in sich birgt. Oder, wenn er dazu aufgefordert wird, anbieten würde. Dünn, dick, groß, klein, kahl, behaart oder stämmig – es ist, als betrachte man die Sterne am nächtlichen Himmel und versuche, vertraute und unvertraute Konstellationen zu erkennen.

Wer sind diese Kreaturen? Gehören sie zur selben Gattung wie sie? War Edgar ein typisches Exemplar, falls es so etwas gibt? Warum sollte sie sich nicht fragen, was einer dieser anderen, seiner Artgenossen, ihr bieten könnte, nicht an Geheimnissen und Katastrophen, sondern an großen, verschwenderischen Genüssen? »Oder vielleicht bin ich einfach nur geil, Edgar.«

Sie könnte daran arbeiten, sie könnte sich jemandem nähern, der ihr gefällt, könnte ihn einladend umgarnen. Mit David hat es geklappt. Nicht alle sind wie Edgar, manche Männer würden sie schätzen und Freude an ihr haben, nicht weglaufen.

Es scheint jedoch, als sei David in einem besonderen Augenblick und einer speziellen Stimmung aufgetaucht. Und Wochen später ist sie nicht mehr in dieser Stimmung. »Aber ich möchte nicht, daß du glaubst, du hättest mir die Lust genommen, Edgar. Überhaupt nicht. Männer sehen eigentlich ziemlich verlockend aus, jedenfalls manche.«

Herumzufahren hat andere Vorzüge. Schauen, einfach nur in das geregelte Leben in der Stadt schauen und tief hinein in die einzelnen Bezirke: Die Leute gehen mit ihren Hunden Gassi, spielen mit Kindern, sprengen den Rasen, schieben Einkaufswägen oder betrügen und handeln in dunklen Gassen mit Drogen. Ein Universum von Aktivitäten. Sie fragt sich, was die Streifenpolizisten sehen, wenn sie durch diese Straßen fahren. Wo sich ihnen Unschuld darbietet, erkennen sie vielleicht Umtriebe, die für Gwen nicht erkennbar sind. Sie hätte gern diesen Scharfblick, mit dem man unter die Oberfläche sehen kann.

Was sie statt dessen findet, ist eine unmittelbare Zukunft.

Sie kutschiert ziellos durch die Außenbezirke der Stadt, als ihr Blick plötzlich auf der linken Seite von einem langen, hohen, cremefarbenen Fahrzeug angezogen wird. Es steht unter einem großen, rotgrünen Transparent mit der Aufschrift: »Franklins Wohnmobile und Ausrüstung«. Das ist doch was. Sie bremst, wendet und fährt zurück, nur um zu sehen, was genau es ist.

Sie fährt auf Franklins Parkplatz, schaut einen Moment und steigt aus dem Auto. Geht um das Gefährt herum, streicht mit dem Finger an den Seiten entlang, so wie sie es bei David tat (und vor langer Zeit bei Edgar).

Es fühlt sich kühl und glatt an, riecht nach Metall, Glas und Gummi. Sie lehnt sich gegen die Vorderseite, stellt sich auf die Zehenspitzen und späht hinein.

»Hübsch, nicht?« Der Mann, der näher kommt, stellt sich als Ralph Franklin persönlich vor. Mit genau denselben Worten wie

Edgar seinerzeit stellt er ihr den Wagen vor: »Ist es nicht ein Prachtstück?« Aber gerade die unelegante Konstruktion erscheint Gwen so etwas wie höhere Schönheit. »Wollen Sie sehen, wie es von innen aussieht?«

Ralph Franklin schließt die schmale Metalltür auf, klettert drei Metallstufen hinauf, die automatisch ausklappen, und sie folgt ihm blind hinauf und hinein.

»Jetzt schauen Sie sich das einfach mal an.« Glücklich fängt er an, winzige dreieckige Schränke zu öffnen, Betten auszuklappen, die zu Tischen und Sitzen werden und umgekehrt, führt den kleinen schlauchartigen Raum hinter dem Duschvorhang vor, die Funktionsweise der kleinen Toilette, des kompakten, bronzefarbenen Eisschranks, den bronzefarbenen Miniaturherd mit zwei Platten und dem eingebauten, bronzenen Backofen darüber. »Erstaunlich, was? Kein Platz verschwendet, alles absolut bequem, und es läßt sich genauso leicht fahren wie jedes größere Auto. Eigentlich noch leichter, weil man so hoch sitzt. Man kann alles überblicken.«

Stimmt: Sie sitzt auf dem Fahrersitz hinter dem fetten, übergroßen Lenkrad und stellt sich die Aussicht auf Autobahnen und Landstraßen vor.

Sie stellt fest, daß sie Lust auf neue Ausblicke hat.

Und in solch einem Wagen würde man einen Zug schon meilenweit kommen sehen.

»Auch jede Menge Platz«, sagt er, obwohl das nicht ganz zutrifft, wenn er mit im Wagen ist. Er ist ein dicker Kerl, im Mittelgang kommen sie nur schwer aneinander vorbei. »Und übrigens, wenn die Kinder groß sind oder Sie das Gefühl haben, daß es nun genug ist mit dem Reisen, verliert der Wagen kaum an Wert. Sie bringen ihn zurück, und wir zahlen Ihnen einen guten Preis. Vorausgesetzt, er ist noch gut in Schuß.« Ein hervorragender Verkäufer, dieser Ralph Franklin: so zu reden, als sei der Handel schon perfekt.

Gwen selbst ist ganz begeistert, wie klein hier alles ist. Sie glaubt, daß man in diesem kleinen Raum auf ziemlich konzentrierte Weise leben könnte. Nichts ist verschwendet, nichts ist überflüssig. Kein Platz für so etwas wie Täuschung.

»Fahren wir doch damit ein bißchen den Highway rauf.« Der freundliche Ralph in grünen Hosen, die unter seinem Knubbelbauch sitzen. Der nervöse Ralph, ein sehr angespannter Beifahrer, dessen Füße immer nach einem imaginären Brems- oder Gaspedal suchen.

Es ist ziemlich einfach zu fahren, Gwen ist überrascht. Sie hat noch nie hinter dem Lenkrad eines so großen Fahrzeugs gesessen. »Entspannen Sie sich«, sagt sie zu ihm, »es läuft doch alles prima.« Und als sie gewendet hat, zurückgefahren und rückwärts in den Parkplatz eingebogen ist: »Ich nehme es.« Einfach so.

Ungeheuerlich. Lächerlich.

Es gibt ein paar Hürden, ein paar Dinge, die sie Ralph erst eintrichtern muß: daß ihr Mann nicht den Kredit mit unterschreibt, daß es überhaupt keinen Kredit gibt. Das verwirrt und beunruhigt ihn aus irgendeinem Grund. »Ich weiß nicht.« Er runzelt immer wieder die Stirn. »Das ist ungewöhnlich. In bar, ich weiß nicht.«

»Ich möchte«, sagt sie mit fester Stimme, »daß Sie den Wagen hierbehalten, bis ich ihn brauche, und ich weiß nicht genau, wann das sein wird. Außerdem will ich für den Preis noch einen Fernseher und eine Mikrowelle installiert haben, und der Wagen soll vollgetankt und startbereit sein, so daß ich gleich losfahren kann, wenn ich ihn abhole.« Losfahren, wohin? Sie hat keine Ahnung. Es hat etwas mit Wegziehen zu tun, mit woanders Hinziehen. Es stellt sich heraus, daß sie mit dem Symbolischen und nur Metaphorischen nicht ganz glücklich ist; jetzt, wo sie das Wohnmobil gesehen hat, verspürt sie einen Hunger nach Realität.

»Was war das denn, Edgar?« fragt sie, als sie zum Haus zurückfährt. »Was habe ich getan, wie konnte das passieren? Aber eigentlich eine praktische Verwendung für das schmutzige Geld von dir, findest du nicht? Gefundenes Geld für ein gefundenes Heim.«

»Ich nehme an«, fährt sie später fort, als sie nachts wach liegt, »ich werde nie alles über dich herauskriegen, hab' ich recht? Ich glaube, daran muß ich mich gewöhnen. Zu begreifen, daß man etwas nie wissen wird, das ist zum Verrücktwerden. Richtig gräßlich, aber ich kann mich damit abfinden. Inzwischen bin ich, glaube ich, dazu imstande, mich an fast alles zu gewöhnen. Und wenn nicht, kann ich immer noch das tun, was du getan hast: einfach wegfahren.«

Als sie am nächsten Morgen das Haus verläßt, hat sie ein bestimmtes Ziel, und sie kehrt mit einem Stapel Landkarten zurück. Außerdem steht Gloria mit einem Ehepaar namens Greene samt Kind im Vorgarten.

Gloria ist nicht allzu erfreut, Gwen zu sehen, lächelt aber trotzdem. »Don Greene, Tessa, und die süße Kleine heißt Isabel.« Sie haben bereits eine Führung durch das Haus hinter sich und begutachten nun den Garten.

»Der Baum im Garten wäre wunderbar geeignet, um eine Schaukel für Isabel anzubringen«, sagt Don. »Aber es ist ein schrecklich kompliziert angelegter Garten. Es ist, glaube ich, zuviel Arbeit für uns, ihn zu erhalten. Würde es Ihnen sehr viel ausmachen, daß wir das wahrscheinlich nicht können?«

»Kein Problem.«

»Und die Nachbarn sind nett?« fragt Tessa.

»O ja, Sie kommen bestimmt gut mit ihnen aus.«

Wenn sie das Haus kaufen, werden Don, Tessa und Isabel zum gemeinschaftlichen Grillen gehen und an Sommerabenden auf den Terrassen in der Nachbarschaft sitzen, und vielleicht wird man manchmal über Gwen und Edgar sprechen. Edgar starb auf dramatische und schlimme Art, und Gwen wurde ganz schnell ziemlich merkwürdig – so in der Art werden die Gespräche auf der Straße wohl sein, bis man sie dann nach einiger Zeit vergessen hat, selbst von Beth-Ann und Joe.

»Wo ziehen Sie hin?« fragt Tessa.

»In ein kleineres Haus.« Das kann man wohl sagen.

»Es sieht aus, als hätten Sie das Haus sehr gepflegt«, sagt Don, »und mir gefällt, daß es so hell und heiter ist.« Offensichtlich mögen Sie Beige. »Und ein guter Keller für eine Werkstatt.« Er erzählt Gwen, daß er in seiner Freizeit gern Möbel restauriert und kleine Holzgegenstände wie Kerzenständer herstellt.

»Aber warum verkaufen Sie das Haus?« fragt Tessa Greene. Das ist natürlich eine wichtige Information: Es könnte verstopfte Abflüsse geben, Hausschwamm, wacklige Dachsparren.

»Weil mein Mann ums Leben kam. Von einem Zug überfahren. Ich muß also mein eigenes Leben weiterleben.« Im allgemeinen ist das, wie Gwen herausgefunden hat, ein echter Gesprächskiller.

»O Gott. Das tut mir sehr leid.«

Sie gehen alle zurück ins Haus und lehnen sich gegen Küchenschränke und Wände. Während Gwen Kaffee macht, tritt die kleine, vierjährige Isabel rhythmisch gegen einen Schrank. »Wohnen wir jetzt hier?« fragt sie.

»Würdest du das gern?« Von den beiden Elternteilen scheint Don der sanftere, aufmerksamere zu sein, obwohl es auch nur gespielt sein kann.

Anscheinend würden alle gern hier wohnen, denn später am Tag kommt Gloria mit einem Angebot zurück, und obwohl es nicht ganz so viel ist, wie Gwen haben wollte, macht es ihr kaum etwas aus. Sie wollen so bald wie möglich einziehen. Gloria sagt, daß sie große Hoffnungen an Gwens und Edgars Haus knüpfen. Sollten sie auch, denkt Gwen. Sie sind jung und sollten Hoffnungen haben.

Gwen will einfach raus. Dann muß sie nur noch entscheiden, in welche Richtung sie mit ihrem Wohnmobil fährt.

Sie liegt flach auf dem Boden im Wohnzimmer, das jetzt so leer ist, daß sie bereits das Gefühl hat zu zelten. Vor sich hat sie die Landkarten ausgebreitet. Sie spürt, wie ihre Haut vibriert. Mit Fingern und Augen fährt sie über verlockende Ortsnamen, Highways, die das Land oder den Kontinent durchkreuzen, und Straßen, die einfach im Nichts enden.

So ähnlich hat Edgar oben an seinem Schreibtisch vielleicht die Pläne seines Gartens studiert.

»Und das alles innerhalb von ein paar Monaten, Edgar. Ist das nicht seltsam – es scheint nur ein paar Minuten und gleichzeitig eine Ewigkeit her zu sein, daß diese Polizisten an der Tür standen, und so schnell ist alles anders. Aber du wolltest ja unbedingt Veränderung. Und dir ist das Haus wahrscheinlich völlig egal. Die neuen Besitzer erinnern mich ein bißchen an uns, als wir einzogen, außer daß sie ein kleines Mädchen haben. Vielleicht erinnern sie mich auch an das Leben, das wir führen wollten. Ich hoffe, bei ihnen klappt es.

Tut mir leid für deinen Garten – Kinder, Schaukel, sie wollen vielleicht einen Hund. Der Garten wird das alles kaum überleben, oder? Achtlose junge Füße. Die Eltern sind an Gartenarbeit nicht so interessiert, wie du es dir bei einem neuen Besitzer vielleicht gewünscht hättest, aber andererseits, warum sollte es dir was ausmachen? Wieder etwas, das du sowieso schon hinter dir gelassen hast.«

Ihre Stimme hallt in den leeren Räumen. »Erinnerst du dich daran, wie wir ankamen, Edgar? Das Haus war noch so neu, es roch nach Farbe und frischem Holz, erinnerst du dich?« Er tut es sicher. »Erinnerst du dich daran, was wir uns vorgestellt haben?«

Alles haben sie nach und nach angeschafft: das Eßzimmer mit sechs Stühlen, dem Geschirrschrank und dem Tisch, an dem sie und Edgar einander am Ende mit vollkommen gemischten Gefühlen gegenüber saßen, die ausladende Schlafzimmereinrichtung mit dem Bett für ihre mutmaßlichen Freuden aneinander, dem Doppelschrank und der reichverzierten Frisierkommode – alles ist weg.

Wie hat es so geendet?

Ihr bleibt nur noch wenig Zeit hier. Es tut ihr nicht leid zu gehen, aber müßte sie nicht traurig sein?

Statt dessen hat sie das Gefühl, daß sie ihre Freude an dem Haus aufgebraucht hat, und ungekehrt auch das Haus sein Interesse an ihr verloren hat.

Es ist auch immer seltsamer geworden. Während es sich leerte, hat sie immer öfter sonderbare Laute gehört, die sie vorher nie wahrgenommen hatte, und auch draußen gibt es oft komische Geräusche. Wahrscheinlich liegt es nur daran, daß sich die Tiere seit Edgars Abwesenheit wieder trauen, aus ihren Löchern zu kommen; keine Todesstrafe mehr für das Ausgraben von Zwiebeln oder das Kauen an ein paar Blättern und Blüten. Also holt es euch, Eichhörnchen, Waschbären, Stinktiere, freßt euch das Herz aus dem Leib; wenn wirklich ihr es seid, die diese Geräusche machen!?

5

Eichhörnchen, Stinktiere und Waschbären hätten sich in Gwens Garten sicherlich wohl gefühlt beim Nagen und Kauen, beim Graben und Zerstören der Überreste von Edgars Beeten. Doch David, der im Hellen wie im Dunkeln herumstöbert und Schutz sucht, hat unabsichtlich sicher auch einigen Schaden angerichtet.

David vermißt Gwen. Ihre Abwesenheit ist ihm ständig gegenwärtig: als schwarzes Gewicht (eine Kanonenkugel? eine Bowlingkugel?), das schwer in der Gegend unter seinem Herzen hängt. Einer der schlimmsten Momente, an die er sich erinnert, war, als er sie zum letzen Mal fortfahren sah.

Es gibt keinen vernünftigen Grund dafür, warum das zu seinen schrecklichsten Momenten gezählt haben sollte, die ja immerhin Festnahmen, Gerichtssäle, Gefängnis und eine tote Mutter mit einschließen; doch ob vernünftig oder nicht, was macht das für einen Unterschied? Der Grad seiner Trauer bedrückt ihn. Sie entzieht ihm die Energie für seine langen Ausflüge in die Stadt, wobei er sich nicht einmal sicher ist, welche Versuchungen die Stadt noch für ihn bereithält.

Wenn man weiß, daß etwas geschehen wird, ist es nicht immer eine Hilfe. Obwohl er wußte, daß seine Mutter sterben würde, war er überrascht, als sie dann starb; und als er wußte, daß er ins Gefängnis kommen würde, bedeutete das nicht, daß ihn Worte des Richters oder das grausame Schließen der Metalltür hinter ihm nicht schockte. Er wußte zwar, daß Gwen das Haus aufgeben wollte, aber als sie dann wirklich abfuhr, hatte er das Gefühl, als würde sie sein eigenes Inneres hinter sich herschleifen.

Sie hatte ihn mit Vorsätzen, Hoffnung und Begehren gefüllt,

und dann leerte sie ihn aus. Er winkte nicht. Sie wußte nicht, daß er da war, ob er nun winkte oder nicht.

Er kann es immer noch nicht glauben, daß diese Frau mit ihrem weichen Fleisch und ihrem warmen Herzen ihm dies antun konnte. »Was hat sie dir angetan?« hat er die Fotografie ihre Mannes gefragt, die nun auf seinem Nachttisch in der Wohnung über dem Gully's steht.

Gwen kam nie wieder ins Gully's zurück, außer natürlich, um das Auto zu holen. Aber da war David nicht da; sie rief auch nicht an. Nach dieser einmaligen, kostbaren Begegnung trafen sie sich nicht mehr und sprachen auch nie mehr miteinander. Aber bis zu dem Augenblick, als sie das leere Haus für immer verließ, hatte David nie das Gefühl, es bestünde keine Verbindung zwischen ihnen.

In all den Wochen, in denen sie Haushaltsgegenstände in ihr Auto lud, wegfuhr und dann ohne sie zurückkam, oder als das »Zu verkaufen«- und dann das »Verkauft«-Schild auf ihrem Rasen standen, oder wenn sie für ein paar Stunden verschwand und dann am Abend zurückkam, um einen Tee oder einen Wein zu trinken, mit sich selbst redete, packte, manchmal weinte, manchmal lächelte – in all diesen Wochen beobachtete er sie, studierte sie, überlegte, stellte Vermutungen an. Er versuchte herauszufinden, was er von ihr lernen konnte, was Gwen ihm zu bieten hatte.

In der ersten Nacht beobachtetet er, wie sie sich durch ihre hell erleuchteten Zimmer bewegte, – nur ein paar Stunden nachdem er ihr Bett, das sie miteinander geteilt hatten, verlassen hatte. Er ging schließlich weg, entnervt von der Privatheit dessen, was sie tat und warum sie es wohl tat. Er fühlte sich von mehreren Dingen bedroht: nicht nur von wachsamen Nachbarn oder der Polizei, sondern auch von den Straßen und von Gwens eigenen Geheimnissen, die ihm fremd und fern erschienen; unleserlich, nicht entschlüsselbar.

Aber am nächsten Morgen wachte er vor dem Morgengrauen mit einer ganz anderen Einstellung auf: Das Abenteuer, sie zu beobachten, schien ihm nun weniger riskant – was sollte so gefährlich sein an abgelegenen verwinkelten Straßen mit ihren immer gleich aussehenden Häusern aus grauen und rosa Ziegeln, ihren automatisch verschließbaren Garagen für zwei Autos, ihren beschnittenen Hecken und Vorgartenbäumen, ihren kleinen Zwei-Stühle-Terrassen, ihren schwarz asphaltierten Doppeleinfahrten, ihrem makellosen Rasen ohne jedes Unkraut und vor allem ihrer erstaunlichen Stille? Bei Tageslicht würde dieses Viertel, das am Abend zuvor so bedrohlich exotisch erschien, gewiß nahezu sicher sein; wahrscheinlich ebenso sicher wie für die Bewohner, die deshalb hergezogen waren: wegen des Friedens und der sicheren Entfernung zu den Lichtern und Gassen, den blutigen Nasen und ausgerenkten Kiefern, wie sie David von seinem eigenen Viertel her vertraut waren. Komisch, er würde kaum zögern, im Dunkeln durch eine Gasse voller Mülltonnen und Feuerleitern, Glasscherben und verhängnisvoll gebrochener Herzen zu gehen, aber er hatte Angst vor einer Straße in einem ruhigen Wohnviertel und mit einem dunklen Himmel, der von hellen Sternen übersät war.

In seinem Bett betrachtete er noch einmal die Fotografie von Gwens Ehemann. Dieser Mann war über denselben Teppich gegangen wie David, er war dieselben Treppen hinauf- und hinuntergestiegen oder -gerannt, hatte sich unter derselben Dusche gewaschen und im selben Bett mit derselben Frau gelegen: Dieser Mann war an genau denselben Orten gewesen wie David, auch in Gwen und sonstwo, mit Händen und Lippen. Auf dem Foto sieht man keine Hände, aber die dort sichtbaren Lippen – auch sie haben ihre Brustwarzen umschlossen. Dieser Mann fragte sie nach ihren Wünschen und Lüsten oder kannte sie einfach. Auch er war in ihrem Körper explodiert; doch hatte ihn diese Explosion je so verwandelt wie David? Er muß in ihren drallen weißen Armen und über ihren drallen weißen Schenkeln eingeschlafen sein.

Und eines Tages hat er das alles verlassen. Wie konnte er das tun?

Auch David war gegangen; aufgewacht, um im Dunkeln die Treppe hinunter- und aus der Tür hinauszustolpern, zu dem nutzlosen Treffen mit Fink zu hetzen, anstatt dort zu bleiben, wo er etwas von tiefer Bedeutung hatte lernen können. Was hatte das für einen Sinn?

War ihr Ehemann je zurückgekommen? Wollte er denn nie wissen, wie Gwen weiterlebte? Sehen, was sie empfand und wie sie zurechtkam? Hat er nie versucht, Botschaften zu erhaschen, die für ihn vielleicht lebenswichtig waren?

Lebenswichtig. David sprang sofort ins Auto und fuhr zu ihrem Haus zurück, so schnell und so früh, um rechtzeitig da zu sein und zu sehen, wie Gwen in ihrem abgetragenen pfirsichfarbenenen Bademantel und mit ihren ungekämmten rötlichen Locken nach unten ging. Sie stand ganz lange einfach in der Küche, nippte am Kaffee und schaute sich im Raum um, als ob die Gegenstände darin sie überraschten und nichts mit ihr zu tun hätten.

Inzwischen hatte sich David hinter dem Haus versteckt: Er hatte einen sehr guten Platz entdeckt, voller dunkler Ecken, mit riesigen blühenden Pflanzen und üppigem Strauchwerk – alle Arten von unbekanntem Grünzeug. Manches roch so schwer und süßlich wie die Aussegnungshalle beim Begräbnis seiner Mutter. Die Nähe dieser Pflanzen, so nützlich und dicht sie auch sein mochten, mied er.

Mehrere günstige Positionen boten ihm einen guten Einblick in die Zimmer. Er konnte sogar, wenn er nach oben schaute, sehen, wie sie sich im Spiegel über dem Waschbecken im Badezimmer betrachtete. Auch dort stand sie einfach da und starrte sich eine ganze Weile nur an. Als das Fenster mit Dampf beschlug, duschte sie wohl. Er konnte ihre Silhouette durch den Dampf erkennen und sehen, wie sie sich kräftig abtrocknete. Er konnte sogar das tiefe Königsblau ihres Badehandtuchs sehen. Dann war sie im Schlafzimmer, erschien am Fenster, wo sie sich eine schwarzgelbe Bluse zuknöpfte. Er konnte nicht sagen, ob sie unterhalb des Fensterbretts einen Rock oder eine Hose trug.

Er hatte diesen Körper berührt, der jetzt unerreichbar dort im ersten Stock war. Jetzt erschien ihm ihre Haltung, ihre Figur dort am Fenster fast ehrfurchtgebietend. Die Körper und Bewegungen der Frauen umgab etwas, das den Impuls auslöste, der seinen Schwanz erblühen ließ, aber das hier löste ein ganz anderes Begehren aus: eine Erfahrung zu machen, die das, was er sah, hörte und erhoffte, ändern würde – eine tiefe Verwandlung.

Es waren nicht die Worte – er hat ihre Stimme seither öfter durchs offene Fenster beim Telefonieren gehört, und auch wenn sie draußen auf der Straße kurz mit den Nachbarn oder mit einer Frau redete, die sich dann als eine Immobilienmaklerin erwies –, aber ihre Worte waren nicht an ihn gerichtet. Es waren ihr Körper, ihre Bewegungen, ihre täglichen Gewohnheiten und ihre intimen Gesten, die die Verbindung und das Versprechen zwischen ihm und Gwen enthielten: die Aussicht auf eine große Veränderung, die sich, wenn er nur sorgsam und genau genug beobachtete, am Ende offenbaren und ihn retten würde.

Wovor?

Er legte es sich so zurecht, daß sie beide ein stillschweigendes Abkommen geschlossen hatten, daß die wenigen gemeinsam verbrachten Stunden, jene Berührungen der Haut, jene unglaublichen Höhenflüge und Erweiterungen des Geistes und seines Horizonts so gänzlich rein und hoffnungsvoll waren, daß sie dort, wo sie waren – im Gedächtnis und in der Zeit – aufgehoben bleiben sollten. Dies schien auch sie so entschieden zu haben, und selbst wenn er anfangs vielleicht andere Bilder im Kopf trug, erkannte er schließlich, daß alle weiteren Änderungen und Drängeleien ihre Beziehung mit einem kleinen Makel behaften würde; wie ein kleiner Ausrutscher beim Schneiden eines vollkommenen Diamanten.

Wie weise sie war. Das lag wohl an ihrem Alter und ihrer Erfahrung. Aber wie konnte sie dann einfach davonfahren? Es war falsch von ihr, diesen Schritt zu tun und diese erlesene Ruhe aufzugeben.

Wie konnte sie nur diese beigen und wichtigen Zimmer der Geschichte oder neuen Besitzern überantworten? Wenn David das Haus hätte kaufen können, er hätte es getan, und sei es nur, um sich in diesem Wohnzimmer auszustrecken und in diesem Schlafzimmer zu kuscheln. Nur, um diese Räume zu umarmen, sie wie einen Schrein zu verehren. Doch Gwen verließ sie, und noch dazu leichten Herzens, was ihn wirklich verletzte. Wie hätte ihr Ehemann die Leichtigkeit empfunden, mit der sie den ganzen Besitz wegschmiß und dann die Tür hinter sich schloß?

Dennoch, was zählte, war Davids Gegenwart in diesem Haus, nicht die ihres Ehemanns.

Edgar hieß er. Der Ehemann. Armer Kerl, ob ihn die Leute so genannt haben? Es ist einer jener Namen, bei denen David sich freut, daß er David heißt.

David schlug die ganze Geschichte in der Bücherei nach. Er mag Büchereien: die Quellen wahlloser Information, diese wandernde Art des Wissens, das durch zielloses Lesen entsteht, durch Blättern in verschiedenen Büchern, angeregt allein von einem Titel oder einem Umschlag, oder vom Zufall, je nachdem in welche Abteilung der Bücherei er gerade geraten ist. In dieser willkürlichen Form vollzieht sich seine wirkliche Erziehung. Außerdem sind Büchereien Orte, wo es nicht weiter auffällt, wenn jemand allein ist. Nicht wie in Kinos oder Bars, oder auch in der Schule, wo das Alleinsein eher Mitleid erregt.

Büchereien sind auch Quellen für bestimmte Informationen, und so war es natürlich ein leichtes, die Zeitungsberichte über das letzte Abenteuer von Gwens Ehemann zu finden (nebst einer Kopie desselben Fotos, das David auf seinem Nachttisch hat.) Auf jeden Fall starb er spektakulär genug, um in die Zeitung zu kommen. Davids eigene Version, die er Fink erzählt hatte, war weitaus aufregender als das, was berichtet wurde, doch die Fakten standen da, und dazu ein paar farbige Adjektive. Und der Name, Edgar Stone, der zu dem Gesicht im Rahmen gehört.

Wenn er nicht zu Hause ist, läßt David, genau wie Gwen, das Foto umgedreht neben seinem Bett liegen. David glaubt, daß er seinem Vater trauen kann, und dieser eine geschlossene Tür respektiert, aber vollkommen sicher darf man sich nie sein. Und was würde sein Vater denken, wenn er nun doch seine Nase in Davids Zimmer steckte, wenn David einmal nicht da war? »Wer, zum Teufel, ist denn das?« würde er sich wohl fragen. »Was, zum Teufel, bedeutet dieser Fremde meinem Sohn? Kündigt sich da etwa wieder neuer Ärger an?«

Es ist kein großes Bild, und obwohl David es immer wieder angestarrt hat, bleibt es geheimnisvoll. Wer war dieser Mann mit dem leicht gewellten Haar, dem wenig ausgeprägten Kinn, den blaßblauen Augen, der schmalen Nase (wenn auch nicht so schmal wie Davids eigene Nase), den schon etwas hängenden Backen, unter denen aber die Knochen noch erkennbar sind?

Kein Hinweis auf einen dramatischen Tod.

David wäre es lieber, Gwen hätte statt dieses formellen Porträts ein anderes Bild von Edgar in den Rahmen gesteckt (das muß es doch geben?), eins, das ihn fröhlich zeigt, lächelnd, die Stirn runzelnd, wie er die Geburtstagskerzen auspustet, liest, redet, den Rasen mäht, ein Bier trinkt – irgendwas. Sie haben soviel gemeinsam, Edgar und David. Edgar muß Informationen für ihn haben, wenn David sie nur entschlüsseln könnte.

Aber andere als Gwen für ihn gehabt hätte, wenn David nur dazu imstande gewesen wäre, sie rechtzeitig zu entschlüsseln. Es gibt Augenblicke, da könnte David seinen Kopf nach hinten werfen und zu heulen anfangen. Er fragt sich, was neben seiner Stimme dann noch herauskäme. Vermutlich allerlei Unerfreuliches.

Die ganzen letzten Wochen über, zwischen dem Beobachten von Gwen, dem Betrachten von Edgar, der Arbeit im Gully's und dem Einhalten seiner verschiedenen Termine, war er viel zu beschäftigt, um sich in Schwierigkeiten zu bringen; es sei denn, Gwen und Edgar waren die Schwierigkeit. Er mußte Gwen einfach beobachten, egal wie riskant das war. Sie war die Frau, die ihn berührt hatte, die ihm erlaubt hatte, sie zu berühren, und das mußte mehr bedeuten, als bloß die Haut zu berühren, so viel war David inzwischen sonnenklar. Und er war davon überzeugt, daß Gwen das auch wußte, auch wenn man ihr das nicht ansah.

Dreimal (aber nur dreimal) sah er sie weinen. Sie stand einfach irgendwo, etwa in der Küche, betrachtete etwas und fing an zu heulen. David selbst hat nicht mehr geweint, seit seine Mutter ihren letzten, schlimmsten Anfall gehabt hatte. Sie war von einer jener Behandlungen aus dem Krankenhaus zurückgekommen, blinzelte angesichts der plötzlichen Dunkelheit im Gully's, stand dünn und mit dünnen Haaren zitternd am Arm seines Vaters. David fegte gerade die Ecken der Bar und trug sie dann hoch, und sie war so leicht wie sein erfundener Hamster. »Sei vorsichtig«, warnte sein Vater, als er sie oben um die Ecke trug. Als ob er das nicht sein würde.

David setzte sie – es ging erschreckend leicht – in ihren mit den Jahren weich gewordenen Sessel im Wohnzimmer ab. Sie war es, die Mühe hatte, wieder zu Atem zu kommen. Ihre Haut war so durchsichtig, ihre Knochen standen so hervor, und er fand, daß sie bereits jetzt aussah wie jemand, der schon lange tot ist. »David«, sagte sie, »ich muß dir etwas sehr Schlimmes sagen.« Er weinte und weinte, aber er fühlte sich nicht besser dadurch, und sie starb trotzdem.

Auf ihrer Beerdigung weinte er nicht, auch nicht, als andere Leute, eigentlich Fremde, oder jedenfalls nur Kunden, Tränen vergossen. Weinen, fand er, brachte einen nicht weiter und änderte nichts.

Wenn Davids Vater weinte – David hatte es erlebt, als seine Mutter krank war, als sie starb und seitdem noch ein paar Mal –, klang das wie Schlucken und Würgen, so als habe er – genau wie David – wenig Erfahrung damit. Eines ist sicher, niemand sieht beim Weinen gut aus. Wenn David weinte, schwoll sein Gesicht an, bekam an manchen Stellen rosa Flecken und wurde an anderen dünn und blaß. Gwens wurde regelrecht aufgedunsen und fleckig. In einigen Büchern hat David gelesen, daß die Tränen von Frauen Männer zärtlich machen, sie sich zu ihnen neigen, um dann die Tränen mit sanften, liebevollen und sentimentalen Berührungen der Finger oder der Lippen wegzustreicheln oder zu küssen. Nicht so David. Er wollte Gwen nicht häßlich sehen und wandte sich ab.

Das war vielleicht sein Fehler; denn da er sich abwandte, entging ihm vielleicht eine Botschaft.

Sonst aber beobachtete er sie zwei ganze Monate lang, so oft er konnte, bis zum Schluß. So als ob jede Bewegung ihrer Hände, jeder Schritt, jede Veränderung ihres Kopfes oder der kleinen Falten um ihren Mund oder ihre Augen, jeder neue Gesichtsausdruck ihm Erleuchtung bringen könnte.

Was wollte er von ihr? Wenn er das genau wüßte, wäre das fast gleichbedeutend damit, das wirklich zu bekommen, was er wollte. Sie war eine Frau, die – das hatte sie ihm mehr oder weniger angedeutet – lange Zeit ein unbemerktes, unauffälliges Leben geführt hatte. Sie hatte in beigen Räumen gelebt und damit ihre eigene Besonderheit verborgen, bis sie aus diesem Zustand aufgeschreckt wurde. Und sie hatte ihn berührt. Also konnte sie ihm vielleicht – wenn er empfänglich und wachsam war – die Gabe des Normalen vermitteln oder den Anschein normaler Gefühle, Wünsche und Fähigkeiten. Das würde alles verändern.

Und dann fuhr sie davon und hatte ihm nichts vermittelt. Vielleicht ist er ja ein Mann, für den es keine Botschaften gibt, und jetzt auch keinerlei Hoffnung mehr. Oder es hatte eine Botschaft gegeben, und er hatte sie nicht bemerkt, weil er sich in einem entscheidenden Moment abgewandt hatte, oder weil sein eigenes Leben beziehungsweise das, was er dafür hielt, ihn gerade in Anspruch nahm. Er mußte ja immerhin noch zu seinen Schichten im Gully's, zu seinen Treffen mit Keith Miller und mit Fink, dem Seelendoktor. Er mußte gelegentlich seinen Vater beruhigen. »Wo warst du denn«, fragte der ihn manchmal. »Vielleicht denkst du, es geht mich nichts an, aber du mußt verstehen, daß ich mir Sorgen mache. Nach allem, was passiert ist.« Nett von ihm, nicht zu präzisieren, was das alles genau war. Andere junge Männer wären vielleicht mit einem lässigen »Ach, ich bin nur spazierengegangen« davongekommen, aber das hätte Davids Vater wohl kaum beruhigt.

Natürlich wußte David, daß sein Herumschleichen um Gwens Haus weder seinem Vater noch Keith Miller noch Fink oder sonst jemandem als eine Besserung seines früheren Verhaltens erschienen wäre. Ihm war klar, daß er große Schwierigkeiten bekäme, wenn er dabei erwischt wurde, egal was er selbst dabei empfand, oder was er sich davon erhoffte. Es war sogar wahrscheinlich, daß diese Umtriebe von der Polizei, seinem Anwalt oder den Gerichten als eine »Eskalation« seiner früheren Schwierigkeiten angesehen werden würden – und damit sein einziger Pluspunkt dahin wäre, den sein Anwalt beim letzte Mal noch anführen konnte.

Wie in jenen unwiderstehlichen Augenblicken, wenn er seinen Schwanz heraus ins Sonnenlicht zog, vermochte eine Hälfte seines Gehirns sehr gut zu erkennen, daß es gefährlich war (es sei denn, er hatte Glück, und die betroffene Dame lächelte endlich einmal, nickte und verstand ihn einfach), während die andere Hälfte einfach loslegte und Anweisung zum Handeln gab.

Finks Aufgabe – und auf lange Sicht offensichtlich auch Davids – ist es, der umsichtigen und vorausblickenden Hälfte zum Sieg über die impulsive Hälfte zu verhelfen. Es bleiben ihnen noch sechs Sitzungen. Keith Millers Aufgabe ist es, David und sein Gehirn einzuschüchtern – mit demselben Ziel. Mit ihm muß er sich nur noch zweimal treffen, heute mit eingerechnet. Einschüchterung gilt offenbar als die schnellere, unmittelbarere und möglicherweise auch erfolgreichere Methode – immerhin trifft er sich mit Fink wöchentlich und mit Keith Miller nur einmal im Monat. Auf jeden Fall soll es wohl so eine Art Links-rechts-Kombination von Verhaltenstherapie sein, wobei keiner der beiden Männer ahnt, daß in Wirklichkeit Gwen der Schlüssel zur Veränderung ist.

Wenn es überhaupt eine Veränderung gibt. Wenn er nicht zurück in die Katastrophe schlittert – jetzt, wo sie gegangen ist.

Er weiß, daß Gwen fast doppelt so alt ist wie er und zu alt, um schön zu sein. Er weiß auch, daß irgend etwas an ihr seltsam war, jedenfalls an jenem Tag. Er weiß, daß sie vor ihm ein langes Leben hatte, aber nachdem er sah, wieviel sie davon weggeworfen hat, weiß er nicht genau, was sie noch behielt oder was sie bereut.

Sie sah ihn, sie berührte ihn, sie lud ihn sogar ein und hieß ihn willkommen. Ein Wunder, ein Segen, das Ende seiner Jungfräulichkeit; Gwen selbst wird dadurch zu einem Wunder.

Er versuchte, sich in Erinnerung an Gwen einen runterzuholen, aber das war schrecklich. Die Bewegungen dabei, der bloße Gedanke drohten sie zu verunreinigen, sie in seinem Herzen ölig und schlammig erscheinen zu lassen. So geht es nicht: Wenn er an Gwen denkt, muß er seine Finger von sich lassen. Er kann sich immer noch einen runterholen, aber dann darf es nur eine Angelegenheit zwischen ihm und seinem eigenen Körper sein.

Es war einfacher, sie nachts zu beobachten. Spät, nach seiner Schicht in der Bar oder an den Dienstag abenden, wenn er aus Finks Praxis kam, konnte David in der Dunkelheit um das ganze Haus herumgehen, anstatt hinten im Garten zu kauern. Er hat sicher eine Menge Benzin bei all dem Hin- und Hergefahre verbraucht. Aber seinem Vater war allem Anschein nach die Vorstellung angenehmer, daß David im Auto herumfuhr, anstatt durch die Straßen zu spazieren.

Nach der inoffiziellen, aber offenbar unerbittlichen Schlafenszeit in der Straße war meistens nur noch Gwens Haus erleuchtet. Dann fühlte er sich freier, wagte es, in ihrem Hof herumzuschlendern oder sogar ihre Veranda zu betreten, in das Wohnzimmer, das Eßzimmer, die Küche oder einen der anderen kleinen Räume zu gucken, die nur zum Sitzen, Denken, Lesen oder sonst einem ruhigen Zweck da zu sein schienen. Ihm wurde klar, warum Gwen sich dort nicht zu Hause gefühlt hatte. Er sah, daß sie sich dort nicht wiederfand, so bequem und reizvoll er selbst es empfand. Das machte es nur um so bemerkenswerter, daß sie es so lange ausgehalten hatte. Der Ort hatte etwas Gezähmtes, sie aber war nach Davids Meinung aufgeschlossen und kühn, sonst hätte sie sich wohl kaum so verhalten, wie sie es getan hatte. Ihr Mann muß der Sanfte gewesen sein, das offenbarte ja auch die verschlossene und zurückhaltende Unscheinbarkeit der Fotografie. Dennoch muß irgend etwas an ihm zugleich so erdrückend gewesen sein, daß es derart deutliche Spuren in den Zimmern hinterließ. Der schaurig üppige Garten spiegelte, so erschien es David, Gwen viel besser wider als das Haus.

Nur zwei Leute und so viel Platz! Sie hätten herumlaufen können, ohne sich zu begegnen. Ganz im Gegensatz zu David, seiner Mutter und seinem Vater, die immer übereinander stolperten und sich in den kleinen Zimmern und dem schmalen Gang in der Wohnung über dem Gully's aneinander vorbeizwängten. Im großen und ganzen war das nett und gesellig, aber Privatheit gab es kaum. In Gwens Haus, so kam es David vor, konnte fast alles verborgen bleiben, jede Art von Leben geführt werden, ohne daß gefragt, ohne daß es auch nur bemerkt wurde.

David hörte, wenn seine Eltern auf die Toilette gingen, er hörte klapperndes Geschirr, er hörte, wenn sie sich leise unterhielten oder möglichst leise den Liebesakt vollzogen. Das geschah bei Nacht und am Morgen in jenen Stunden, wenn das Gully's geschlossen war. War die Bar geöffnet, drang der Lärm die Treppen hinauf und durch das Haus; dann war alles eine große Kneipe, unten wie oben, überall der Lärm von Menschen, und für David blieben bloß kleine Ecken. In seiner Kindheit summte und lärmte das Haus, seine Mutter und sein Vater zapften Bier, drängelten und rannten, plauderten und scherzten mit deprimierten Kunden, damit sie sich wohl fühlten und Tag für Tag, Nacht für Nacht wiederkamen.

Später hörte er dann nicht nur die normalen Familiengeräusche und den Lärm von unten, sondern auch wie seine Mutter stöhnte und sich erbrach, er hörte die traurig murmelnde Stimme seines Vaters, ihr Weinen.

Es gibt, das weiß er, viele, weitaus größere Menschengruppen, die lange Zeit, sogar ihr ganzes Leben lang, in viel kleineren Räumen leben, ganze Generationen weitverzweigter Verwandtschaften in Lehmhütten oder einem einzigen Zimmer aufeinandergetürmt. Im Vergleich dazu ist die Wohnung mit ihren niedrigen Decken und den vier kleinen Zimmern (plus Küche und Bad), ihren Fenstern zur Straße und den freundlichen, geblümten Schonbezügen, Vorhängen und Kissen, die alle von Davids freundlicher, geblümter Mutter ausgewählt oder genäht wurden, ein Paradies.

David wäre gern so tapfer, entschlossen, hoffnungsvoll und stur wie seine Eltern. Diese Qualitäten sind offenbar nicht vererbbar. Es gibt kein Chromosom, keine DNS für Hoffnung, Mut oder Entschlossenheit, die von ihren Körpern auf seinen übertragen worden sein könnten.

Schließlich kann er sich glücklich schätzen, daß er warm, behütet und liebevoll aufgewachsen ist. »Sagen Sie mir das erste, was Ihnen einfällt, wenn Sie an Ihre Kindheit denken«, fragte ihn der immer hartnäckiger (oder verzweifelter) werdende Fink das letzte Mal. »Ein Ereignis, ein Gefühl. Was Ihnen einfällt.«

»Es war toll. Einfach schön. Wirklich gut.« Ehrlich, David versuchte nicht, ihn zu quälen; es war wirklich das, was ihm einfiel.

Wie kann Fink, der ihn aus seinem schaukelnden Drehstuhl, über seinen breiten dunklen Schreibtisch hinweg mit zusammengekniffenen Augen prüfend ansieht, wie kann er von David erwarten, daß er Jahre voller kurzer, zarter Momente von Farben, Tönen, Eindrücken und Ausdrücken, von Ängsten, Ereignissen und fernen Erinnerungen von Ereignissen in Worte faßt, in eine Luftbewegung zwischen ihnen beiden, um sie sichtbar, real und verständlich zu machen? So verständlich, klar und wahr, daß Fink danach greifen kann und Sinn und Bedeutung, Ursache und Wirkung, Symptom, Diagnose und Heilung einfach aus dieser Luft greift? Ist überhaupt irgendein Patient, irgendein Arzt so begabt, daß so etwas geschehen kann?

Oder so vertrauenswürdig?

David jedenfalls nicht. Und Dr. Fink wohl auch nicht. Selbst wenn David alles, was er weiß, sagen und jede Erinnerung, die er noch hat, hervorkramen würde, kämen – da ist er sich ziemlich sicher – weder er noch Fink einer Antwort auf die Frage näher, warum sein Schwanz immer wieder dieses Bedürfnis hatte, an die

Luft zu kommen. Und selbst wenn es ein solches Eureka gäbe, was dann? Was würde es verändern, wenn sie wüßten, warum?

Gwen hat etwas verändert, aber wohin ist sie gegangen?

Ein einziges Mal – soweit er weiß – wurde er dort fast erwischt, als sich Leute das Haus ansehen wollten. Es war die Vater-Mutter-Kind-Familie, die es dann schließlich kaufte und es inzwischen wohl zu ihrem Heim gemacht hat, indem sie alles neu gestrichen, die Teppiche rausgerissen, neuen Krimskrams und ihre eigenen Erinnerungsstücke überall verteilt und damit Gwens lange Geschichte dort – und Davids viel kürzere – ausgelöscht haben.

Er wachte spät auf, fuhr spät los und kam deswegen entsprechend spät und besorgt bei Gwen an. Zu dieser Tageszeit hätten wirklich Leute da sein können, auch wenn das selten der Fall war; oder Gwen selbst war vielleicht mit etwas beschäftigt, das sie dazu veranlassen könnte, hinauszuschauen und ihn zu sehen.

Er parkte, wie es inzwischen seiner Gewohnheit entsprach, in einer kleinen Fußgängerzone am Rande der Siedlung und machte sich mit seinem blau und braun karierten Hemd, das er über einer beigen Hose trug, auf den Weg zu Gwens drei Straßen entferntem Haus. Er trägt meistens lockere Kleidung: Hemden, die über seine Schultern hängen und seinen Hintern verdecken, Hosen, die weit geschnitten sind, so daß man nicht gleich seine Knochen erkennt, die nahe unter seiner Haut lauern. Seine Kleidung versteckt das, was er für das Schlimmste an seinem Körper hält: dessen Substanzlosigkeit und Mangel an stämmiger und vitaler Realität. Er glaubt, daß es bei Menschen, Frauen vor allem, einen Unterschied gibt zwischen denen, die durch einen Mann hindurchschauen, und einer Frau, die, wie Gwen, in ihn hineinschaut. Wenn er beispielsweise auf einem seiner Spaziergänge war, so schien es, als sei er für die meisten Frauen durchsichtig, bestenfalls trüb. Anscheinend sahen sie nichts an ihm (es sei denn, er erregte in seiner friedvollen, nicht bösartigen, aber doch kriminellen Art ihre Aufmerksamkeit). Gwen war die erste Frau, deren Blick seinen Körper wahrnahm, die sich nicht abwandte und deren Hände an ihm auf und nieder glitten, als sei das ein Vergnügen. Was war das anderes als ein Wunder?

Wie sich herausstellte, war es gut, daß er an diesem Morgen so spät kam. Wäre er früher angekommen, hätte er sich möglicherweise gerade an einer dunklen, kühlen Stelle im Garten befunden, als die Familie und die Immobilienmaklerin dort auftauchten. Und dann wäre das kleine Mädchen – wenn nicht gar jemand anderes – womöglich über ihn gestolpert. Kinder und Tiere wittern Dinge.

David konnte das vor Jahren auch; etwa hinunter in die Bar gehen und dort sofort den Grad der Freundlichkeit oder Spannungen zwischen den verschiedenen Gästen in jeder beliebigen Nacht erkennen, wenn nicht sogar den Grund dafür. Das muß eine Art Scharfblick sein, der später verlorengeht, so daß die Menschen, wenn sie erwachsen sind, praktisch erst einen Schlag auf den Kopf kriegen müssen, bevor ihnen gewisse Ereignisse oder Gefühle auffallen. Wie vielleicht auch jene Frauen, die David auf seinen Spaziergängen begegnet sind und die ihn nie wahrgenommen hätten, wenn er sich nicht so offensichtlich bemerkbar gemacht hätte.

Als er um die Ecke in Gwens Straße bog, sah er Leute aus ihren Autos steigen: die kleine Familie aus einem kleinen kompakten Wagen, die gepflegte Immobilienmaklerin aus einem etwas größeren, dunkleren und eleganteren. Er sah sie gestikulieren, hörte verschiedene Worte, bevor sie alle den Aufgang zur kleinen Veranda hochgingen, wo er sich selbst die Nacht zuvor herumgetrieben hatte. Die Maklerin zog einen Schlüssel heraus und öffnete Gwens Haustür. Durfte sie das so einfach tun? Wo war Gwen?

Die Leute blieben eine ganze Weile drinnen. David bummelte ungemütlich auf dem Bürgersteig herum. Ihm war ziemlich klar, daß er am besten verschwinden sollte, bevor ihn irgendwer bemerken, sich wundern oder sich sein Gesicht einprägen würde. Er wußte, daß das Haus zum Verkauf stand, das unerwartete Schild auf dem Rasen hatte ihm schon einige Abende zuvor einen schweren Schock versetzt. Aber daß jemand es wirklich kaufen würde, damit hatte er bisher noch nicht gerechnet.

Er hatte einfach nicht geglaubt, daß das geschehen würde, aber jetzt wollte er sicher sein, daß diese Leute das Haus schrecklich fänden, daß es überhaupt nicht das war, wonach sie suchten. Er wollte sie schnell entschlossen wegfahren sehen, wollte sehen, wie die Frau das Kind in den Wagen stopft, während der Mann ungeduldig den Anlasser betätigte, und wie dann alle verschwinden. Also beobachtete er alles vom Ende der Straße aus.

Sie traten heraus. Die Hände in die Hüften gelegt, schaute der Mann nach oben zum Dach oder zur Dachrinne Sie gingen um das Haus herum, Richtung Garten, und deuteten auf verschiedene Fenster. Eine Zeitlang waren sie nicht zu sehen, doch dann kehrten sie schließlich wieder zur Vorderseite zurück. Die Frau und der Mann stellten der Maklerin ernsthafte Fragen, und diese nickte und lächelte und erwiderte irgend etwas.

Gwens Wagen fuhr vor. Die Maklerin runzelte kurz die Stirn, und alle fingen an zu reden und zu gestikulieren, Gwen, die Maklerin und die Familie. Das kleine Mädchen zog an der Hand seiner Mutter. Die Mutter sprach lächelnd mit ihm, hatte aber einen Blick, der sagte: »Nun warte und sei brav.« Sie gingen alle zusammen wieder hinein. Da David nicht völlig verrückt war, trat er nicht näher heran, um etwas zu sehen, vermutete aber, daß sie sich in der Küche aufhielten, Gwen einen Tee aufsetzte oder den Filter für einen Kaffee füllte.

Schließlich wurde es dort für ihn zu gefährlich. Aber er überlegte, ob er später, wenn er zurückkäme, an Gwens Tür klopfen, »Hallo, wie geht's« sagen und sie bitten könnte, das Haus doch bitte nicht an diese Leute oder sonstwen zu verkaufen, sondern einfach dort zu bleiben und ihn sie beobachten und auf Botschaften warten zu lassen. Denn sonst wüßte er nicht, was aus seinem Leben werden solle.

Das weiß er immer noch nicht, jetzt, wo sie weg ist, für immer, wie es aussieht, auch wenn es erst ein paar Wochen her ist. Er kann weiter versuchen, sich vorzustellen, wie sie die Sachen packt und aussortiert, sich auszieht und wieder anzieht und wegfährt, Gegenstände in ihrer Hand oder an ihren Wänden und sich im Spiegel betrachtet, zusammengekuschelt liest oder fernsieht, einen Braten in den Ofen schiebt und ihren Nachbarn Pflanzen und Gemälde schenkt. Doch wie lange wird er noch in der Lage sein, sich an ihre Handgelenke zu erinnern oder an die kleinen Linien an ihrem Hals? Er sieht sie noch, wie sie ihre Beine rasiert und mit cremigen Fingern darüberfährt, er sieht noch das kleine Stirnrunzeln, als sie auf dem Boden des Wohnzimmers lag und mit dem Finger auf einer Landkarte Linien zog. Selbst ein tippender Finger hat seine Aufmerksamkeit erregt, oder eine plötzliche Neigung des Kopfes oder eine Drehung ihres Knöchels.

Außer diesem einen Mal lief er, soweit er weiß, nie Gefahr, erwischt zu werden. Andererseits, wie sollte er das wissen? Eine kleine, verstohlene Bewegung im Garten hätte Gwens Aufmerksamkeit erregen können, während sie in ihrer Küche stand. Ein schlechtes Zusammenspiel der Farben seiner Kleidung mit ihren Blumen hätte ihr irgendwie falsch und ungewöhnlich vorkommen können. In der Nacht hätte sein Herumlaufen im Dunkeln sie erschrecken oder die Nachbarn alarmieren können. Sie hätte erstarrt dasitzen und auf das nächste leise oder erkennbare Geräusch warten können, während er im selben Augenblick draußen still und ebenfalls erstarrt dagestanden wäre und versuchte hätte, nicht noch mal ein leises oder erkennbares Geräusch zu machen.

Das Traurige an der Sache ist, daß es jetzt keine Rolle mehr spielt, wie knapp er entkommen ist. Es spielte auch damals keine große Rolle im Vergleich zu dem Bedürfnis, nahe bei Gwen zu sein, aber jetzt ist es wirklich völlig unwichtig, und er weiß nicht, was überhaupt noch einen Rolle spielt. Er könnte zusammenbrechen und das dann Fink erzählen. Wäre er jetzt auf dem Weg zu Fink, würde er das vielleicht sogar tun, so wie er sich jetzt fühlt. Statt dessen aber steht ihm sein vorletztes Treffen mit Keith Miller bevor, und abgesehen davon, daß er schon spät dran ist, ist es sowieso besser, Mut und Entschlossenheit zu zeigen oder zumindest eine Verteidigungshaltung einzunehmen.

Er war sonst immer pünktlich, aber heute bummelt er etwas. Keith Miller residiert in einem kleinen, abgeteilten Raum im Büro für Bewährungshelfer im siebten Stock eines großen, düsteren Regierungsgebäudes im Zentrum. David muß jedes Mal mindestens eine halbe Stunde warten – manchmal auch viel länger –, und das in einem großen Raum, der aus vielerlei Gründen nicht sehr bequem ist. Die Stühle sind aus Plastik, und die Gesellschaft macht ihn irgendwie nervös.

Heute sitzen ein halbes Dutzend Leute im Wartesaal, vorwiegend junge, zwei aber auch im mittleren, also vielleicht in Gwens Alter. Es empfiehlt sich, nicht zu reden, aber das fällt ihm nicht schwer, er ist es gewohnt, sich ausschließlich in seiner eigenen Gedankenwelt zu bewegen, auch wenn es darin manchmal ziemlich schwül und zwanghaft werden kann. Heute etwa fühlt es sich an, als könnten seine Augen herausfallen oder seine Nase zu bluten anfangen, weil alles so heiß und verstopft ist.

Die anderen Leute warten auch auf einen Termin mit Keith Miller oder einem der anderen Bewährungshelfer. David nimmt an, daß in diesem Raum eine ganze Menge Verbrechen versammelt sind, egal was die Älteren verbrochen haben. Denn kaum jemand wird mit dreißig oder vierzig noch kriminell, in diesem Alter hat man das Schlimmste meistens bereits getan. David kann sich nicht vorstellen, daß seine eigenen Missetaten auch nur annähernd an die Schwere der Verbrechen der anderen hier Versammelten heranreichen. Wissen sie das? Er versucht immer genauso grimmig und unbeteiligt dreinzuschauen wie sein Nachbar.

Jeder hier nimmt eine bestimmte Haltung ein und verändert sie dann nicht mehr: die Beine ausgestreckt, die Hände locker und wachsam im Schoß gefaltet; oder den Körper vorgebeugt, die Ellbogen auf den Knien, die Aufmerksamkeit auf den grau gefliesten Boden gerichtet. Ein Typ spreizt sich, die Arme herausfordend und raumgreifend auf die beiden Nachbarstühle gestreckt. Die Augen blicken ins Leere, ohne dabei notwendigerweise nachdenklich zu wirken. Blickkontakt wäre keine gute Idee, genausowenig wie der Versuch, ein Gespräch anzufangen. Diese Leute könnten Mörder sein (wenn auch offensichtlich wieder auf freiem Fuß oder rehabilitiert).

Wenn sie aber nun alle wie David sind? Er glaubt es zwar nicht, aber wenn sie alle nur diese Neigung zu unwiderstehlichen, aber kleineren Vergehen haben? Ein kleiner Einbruch hier, ein Ladendiebstahl da? Kriminell, ja, und vielleicht sogar böse, aber nichts wirklich Bedrohliches. Aber hier sind alle stumm, mit unstetem, grimmigem Blick, schmierig oder tätowiert oder drahtig, oder einfach nur verzweifelt, und versuchen vorsichtig, jede Bewegung, jedes Wort und jeden Blickkontakt zu vermeiden, der bei den anderen gefährliche oder gar mörderische Impulse auslösen könnte. Das wäre ganz schön ungeschickt.

David verabscheut diese Warterei. Er ist zu harmlos und zu klug, um hier zu sein, wenn auch anscheinend nicht schlau genug, um nicht hier zu sein.

Keith Miller vertritt da eine andere Meinung. Bei ihrem ersten Treffen vermutete David kurzzeitig, daß Keith Millers Verachtung der Belanglosigkeit und Bedeutungslosigkeit seiner Vergehen galt. Daß Keith – wie auch Fink – größere Fische an der Angel haben mußte, größere Kriminelle, Räuber, Vergewaltiger, Mörder, die sicherlich auch seine Zeit in Anspruch nehmen, und daß ihn die Energieverschwendung ärgerte, die David für ihn bedeutete.

Aber David irrte sich. »Also«, und Keith Miller blickte von Davids Akte auf. Er ist nur fünf oder sechs Jahre älter als David, hat blasse, distanzierte blaue Augen (wie Edgar, fällt ihm ein) und blondes Haar, das gerade lang genug ist, um es zu einem kleinen Pferdeschwanz zusammenzubinden. »Du bist also eines dieser Arschlöcher, die beim Anblick von Frauen ihren Reißverschluß nicht in Ruhe lassen können.«

Davids eigene Augen – die er selbst übrigens für besonders schön hält, vielleicht sogar für das einzig wirklich Schöne an ihm: warm, braun, samtig und wehrlos, wie die Augen eine Kälbchens oder eines Rehkitz –, diese Augen weiteten sich und seine Kinnlade fiel herunter. »Was?«

»Halt's Maul, du Wichser, und hör mir zu.« Keith Miller beugte sich vor, starrte David einen Moment still an. »Es ist ganz simpel, was ich dir jetzt sage. Mach das nicht noch einmal. Ich warne dich, träume nicht mal davon. Machst du's noch mal, hau ich dir die Hand ab. Oder den Schwanz. Ist mir ziemlich egal, was. Dir womöglich nicht. Also, mach keine Scheiße. Das ist alles. Und jetzt raus mit dir. Und komm wieder her, wenn du wieder hier sein sollst!« Er klappte Davids Akte zu, griff nach der nächsten, öffnete sie und begann zu lesen.

Warum regte Keith Miller sich so auf? David hätte ihn fast gefragt, er holte schon Luft, hielt jedoch inne und ging schweigend hinaus.

Seitdem war Keith Millers Verachtung meistens noch größer gewesen, und er hatte sich noch abweisender gezeigt. Das flüchtige »Also David, Reißverschluß immer noch schön geschlossen?« und ein kurzer Vermerk auf einem der vielen Formulare, die sich in Davids Akte stapelten, vermutlich, um zu notieren, daß er am richtigen Tag und mehr oder weniger zur richtigen Zeit erschienen war und erfolgreich »den Reißverschluß immer noch schön geschlossen« hielt. David wird froh sein, wenn er Keith Miller nie mehr sehen muß. Er spürt aber auch eine gewisse Unruhe und Sorge, daß sein Leben ohne Keith Miller noch unsicherer und unstrukturierter verlaufen könnte.

Heute dauert die Warterei noch länger als gewöhnlich. Ist vielleicht einer während seiner Bewährungszeit von der Bahn abgekommen? Entgleisungen und Abstürze müssen ziemlich oft passieren, und das hier dürfte einer der wichtigsten Orte sein, wo sie aufgefangen und wieder hingebogen werden. Der andere Ort ist vermutlich das Gefängnis. Wie die Schule, nur sehr viel gefährlicher.

Im Gefängnis zeigte David – wie auch anderswo – einen Mangel an Format. Sein Verbrechen erschien den anderen Männern zwar klein, aber lachhaft, unbedeutend, aber eklig, schlimm, aber nicht wirklich böse. All das machte ihn zum Spielzeug der üblen Launen der anderen. Er entdeckte auch eine merkwürdige Art Ehrenkodex bei diesen Männern, die viele schreckliche Dinge tun, aber wenig von jemandem hielten, der ab und zu Frauen belästigte.

»Das soll mal einer mit meiner Braut machen«, knurrte ein riesiger Mann, an den sich David noch immer erinnert, weil dieser ihn schon am ersten Tag nach seiner ersten Verurteilung halb zu Tode erschreckt hatte. »Der würde seinen Schwanz nie mehr wiedersehen. Da kannst du sicher sein.«

Er klang überzeugend. David war sich dessen sicher.

»Du zeigst doch deinen Schwanz so gern her? Wie wär's, wenn du ihn mir mal zeigst? Oder willst du lieber meinen sehen? Umsonst hol ich ihn aber nicht raus. Ich bin nicht so ein Arschloch wie du. Wenn ich meinen Schwanz raushole, dann aus einem einzigen Grund.« Er faßte sich zwischen die Beine. »Ich will was mit ihm anstellen. Verstehst du, was ich meine, du Arschloch? Hol ihn nur raus. Ich sag dir dann, wo du ihn hinstecken kannst. Und wenn ich meinen raushole, sage ich dir auch, wohin du ihn stecken sollst.« Er war ein großer Mann, mit einem großen Bart, großen Beinen, großem Kopf und kleinen Augen. David konnte ihn sich gut vorstellen, wie er auf einer Harley ritt. Er konnte ihn sich auch gut vorstellen, wie er auf David selbst ritt. O Gott. David blickte sich verzweifelt um. Sie befanden sich im Aufenthaltsraum mit vielen Leuten, nicht allein in einer Zelle, wo alles still und gewaltsam geschehen könnte. Die anderen guckten zu, darunter auch zwei Gefängniswärter. Sie schauten amüsiert oder uninteressiert. O Gott!

Der Mann holte aus, und seine riesige Hand bewegt sich schwerfällig auf Davids Kopf zu. David zuckte zusammen; seine Augen blinzelten und schlossen sich. Die Finger des Mannes berührten ganz leicht seine Backe. »Mach dir nicht in die Hosen. Wir mögen es nicht, wenn Arschlöcher sich in die Hosen machen. Wir finden das nicht – reizvoll.« Er tätschelte Davids Backe etwas fester, neigte den Kopf nach hinten und lachte schallend aus dem Bauch heraus. Andere lachten auch, selbst die Wärter.

David, der vorher geglaubt hatte, er werde seine drei Tage mit

Tischtennis oder Kartenspielen in diesem Aufenthaltsraum verbringen und Zeitschriften, vielleicht auch ein, zwei Bücher lesen, verkroch sich nach diesem Erlebnis, soweit es ihm erlaubt war, in seiner Zelle und vermied sonst vorsichtig jeden engeren Kontakt zu Gefangenen und Wärtern. Er wußte, daß Terror für sie Unterhaltung bedeutete. Er ahnte, daß hier, genau wie in der Schule, die Leute auf anderen herumhackten, damit man nicht auf ihnen herumhackte. Es befand sich jedoch, auch genauso wie in der Schule, in einer jener Situationen, in denen es nichts half zu verstehen, warum das alles so war – und Verstehen auch nichts verhindern konnte. Verstehen – so kommt es David vor – ist in sehr vielen Situationen vollkommen nutzlos.

Er lernte auch die Lektion nicht, für die man ihn ins Gefängnis gesteckt hatte. Vielleicht wird das Gedächtnis einfach zu schwach, wenn es mit unmittelbarem körperlichen Verlangen konfrontiert ist; so half selbst das Wissen um die Gefahren des Gefängnisses, samt der möglichen inoffiziellen Mißhandlung durch die Gefangenen, nicht, als es beim nächsten Mal draußen auf der Straße seinen Schwanz nach warmer Luft verlangte.

»David.« Es ist Keith Miller, der ihn endlich aus dem Korridor aufruft, der zu einer Reihe von kleinen, abgeteilten Räumen führt. Entsetzliche Vorstellung, hier ganze Tage zu verbringen! Es ist schon ungemütlich und öde genug in Keith Millers kleinem Büro mit seinem spießigen Keith-Stuhl aus Kunstleder, seinem Schreibtisch aus Holzimitation, seinem orangenen Plastikstuhl für die Klienten, auf oder in dem zu sitzen schwerfällt – es ist unangenehm genug, hier wenige Minuten zu verbringen, wie schrecklich muß das erst sein, wenn man sein ganzes Berufsleben lang darin verbringt. Kein Wunder, daß Miller barsch und unfreundlich ist, mit seinen unnahbaren Augen, seinem kurzen Pferdeschwanz, seinem billigen blauen Hemd, den hellbraunen Hosen und seinem dunkelblauen Blazer auf einem Bügel am Kleiderständer in der Ecke. Sein Schreibtisch ist leer, außer einem Kugelschreiber und einem ordentlichen Aktenstapel. Dazu noch eine Schachtel mit

Papiertaschentüchern. Weinen Männer hier? David hält das für möglich.

Am Abend, wenn Keith Miller diese Akten zusammenpackt und sich die Jacke über den Arm wirft, haut er dann auf den Putz? Wird sein Blick wärmer, rötet sich seine Haut, werden seine Schritte munter, wenn er einen Tag voll mit schlimmen Geschichten hinter sich läßt und sich ins Vergnügen stürzt, bei dem er ein ganz anderer Mensch sein kann? Und wenn das so ist, was für Vergnügungen mögen das sein?

Soweit David weiß, widmet Keith seine Abende den Geschlagenen und Unterdrückten, tätschelt Hände und Köpfe, bietet Rat und Trost. Das würde den Mangel an Sympathie für Menschen wie David erklären, die zugegebenermaßen die Welt nicht unbedingt freundlicher und annehmlicher machen, die aber auch nicht beanspruchen können, zu den Geschlagenen und Unterdrückten zu gehören.

Oder Keith Miller trottet nach Hause zu einer kleinen Frau, die ihn bewundert, zu zwei kleinen Kindern, die ihn bewundern, und zu der Hypothek auf das kleine Häuschen, die sie mühsam abzahlen müssen. In diesem Bild sind alle Menschen in Keith Millers Haus klein, damit sie bewundernd zu ihm aufblicken können. Keith ist nicht besonders groß, aber David sieht in ihm einen Mann, der bewundert werden will.

Am besten kann sich David Keith Miller als eine glattere und erfolgreichere Version von sich selbst vorstellen: ein Mann, der beachtet werden will, der aber über weniger abschreckende Mittel verfügt als David, um dieses Ziel zu erreichen. Vielleicht wirft Keith Miller also nach Feierabend seine Jacke über den Arm und geht in die nächste Bar, wo die anderen Büroleute sind, die tagsüber trist und verbissen schuften und dann in großen, dunklen, lauten Räumen ein bißchen Spaß und Gesellschaft suchen und dabei tief verborgen in ihren Herzen ein große unsichtbare Hoffnung nach Liebe tragen. Die Handtaschen der Frauen passen zu ihren Schuhen, und ihre Strümpfe reichen bis ganz nach oben und haben keine Laufmaschen. Die Frisuren der Männer sind modisch, ihre Krawatten kunstvoll gelockert. Nacht für Nacht mit wachsamen, optimistischen Augen.

»Gut«, beginnt Keith Miller, öffnet eine Akte und blättert sie kurz durch. »Du hast das alles bald hinter dir, nicht wahr?« Er blickt streng hoch – was sieht eine Frau in diesen Augen? Können diese Augen jemals Zuneigung ausstrahlen? »Irgendwelche Probleme?«

David nimmt an, daß ihm die Frage wenig Spielraum läßt, und schüttelt den Kopf.

»Arbeitest du immer noch?«

David nickt.

»Keinen Ärger mehr zwischen den Puppen und deinem Schwanz?« Davids Hand ballt sich zusammen. »Antworte. Probleme oder keine?«

»Keine.«

»Die Termine beim Psychiater hältst du ein, wie ich sehe.« Informiert ihn Fink? Werden Davids Symptome und Finks Diagnosen aufgeschrieben und Keith Miller zur Kenntnisnahme und zu seinem Amüsement vorgelegt? Keith schaut auf. Er muß etwas merken. David staunt darüber, daß er fähig ist, etwas zu merken. »Keine Angst, es ist nur die Aufstellung der Termine, nichts Persönliches. Was du ihm erzählst, bleibt unter euch.« Er beugt sich vor, stützt die Arme auf den Schreibtisch und macht ein ernstes Gesicht. »Es geht darum, daß du, wenn das alles vorbei ist, in der Lage bist, sauber zu bleiben. Du bist für diese Scheiße sowieso zu alt, Dave, mit dem Schwanz herumwedeln, das ist doch was für den Kindergarten, stimmt's?«

Nicht gerade eine Fangfrage, aber auch nicht gerade leicht zu beantworten. David zuckt mit den Achseln.

»Glaubst du, daß dir der Seelendoktor irgendwie geholfen hat?

David zuckt wieder mit den Achseln. Er will weder sich noch Fink auf irgend etwas festlegen lassen. »Vielleicht.«

»Allein die Tatsache, jemanden zu haben, mit dem man sprechen kann, ist doch schon was, nicht wahr? Das hilft, sich manche Dinge von der Seele zu reden. Sie deutlicher zu erkennen und zu überlegen, was man machen kann. Stimmt's?«

Er ist heute erstaunlich gesprächig. »Ja«, räumt David ein, »schon möglich.«

»Siehst du«, Keith Miller lehnt sich vertraulich noch weiter vor, läßt seinen Blick fest auf Davids Augen geheftet und schiebt seine Ellbogen nach vorn. »Es geht nicht nur um Strafe. Wenn du Mist baust, wirst du bestraft, das steht nun mal im Gesetz, und das muß so sein. Aber ein Junge wie du, der raubt keine Banken aus oder verkauft Heroin und Crack oder bringt Leute um, du machst nur einen Riesenblödsinn. Oder hast ihn gemacht.« Das entspricht, mehr oder weniger, Davids eigener Einschätzung: daß er Impulsen gefolgt ist, die nicht unbedingt, höchstens juristisch gesehen, kriminell waren.

»Aber die Menschen müssen in der Lage sein, irgendwie miteinander auszukommen, also geht es auch darum, daß niemand die Rechte eines anderen verletzt. Du kannst nicht einfach aus purer Laune deinen Schwanz zeigen, wenn das jemand anderen erschreckt oder bedroht. Mach, was du willst, wenn du allein bist, aber das Recht anderer Menschen, nicht erschreckt oder bedroht zu werden, darfst du nicht einschränken.«

»Und was ist mit meinen Rechten?« hört David es aus sich herausplatzen. Was in aller Welt meinte er, und klang das für Keith Millers Ohren ebenso gequält wie für seine? Er schüttelt den Kopf und schaut nach unten.

»Deine was? Deine Rechte? Ach du lieber Gott!« Keith Miller lehnt sich zurück, wendet sich damit von David ab. Irgendwie erinnert ihn das an manche Frauen, die ähnlich auf ihn reagieren. Ist er so abstoßend? So widerlich? So dumm? So verrückt?

»Wenn du es immer noch nicht kapiert hast, David, besprich das mit dem Psychiater. Ich bin nicht hier, um dein Händchen zu halten, sondern nur um sicherzustellen, das du nicht wieder Scheiße baust.« Sollte es aber nicht zu seiner Aufgabe gehören zu erklären, warum manche Dinge eindeutig richtig sind und andere eindeutig falsch?

»Wissen Sie«, und wiederum überrascht David sich selbst – was glaubt er zu erreichen, außer daß er Keith Miller noch mehr ärgert? –, »Sie wären vielleicht besser in ihrem Job, wenn Sie die Leute nicht wie Scheiße behandeln würden. Ich bin keine Scheiße. Sie sollten mit mir so reden wie ich bin.« Es erschreckt ihn, daß er hört, wie seine Stimme lauter wird, so als ob er gleich in Tränen ausbrechen würde. Er holt tief Luft. »Sie sollten die Leute gut behandeln. Das ist alles.« Warum verhaspelt er sich, während er doch in seinem Kopf oft in zusammenhängenden und sogar komplizierten Sätzen denkt? Noch ein Grund, lieber still zu sein. Entweder er sagt nicht, was er meint, oder andere Leute können es nicht verstehen.

Keith Millers Kopf schnellt hoch. »Ich werd' verrückt, du kannst ja doch reden. Gut!« Das klingt noch immer spöttisch, aber er fängt an, sich die Stirn zu reiben, so als habe auch er Schmerzen, die gelindert werden müßten. »Du hast recht. Ich entschuldige mich.«

Er hat etwas gehört. In diesem Augenblick existiert David für ihn, und sie beide sind einfach zwei jüngere Männer, die sich an einem billigen Schreibtisch gegenüber sitzen, wie widerwillig auch immer. Vielleicht könnten sie zusammen ein Bier trinken gehen. Vielleicht könnte David sagen: »He, warum kommen Sie nicht mal in die Bar meines Vaters? Ich gebe Ihnen einen aus.«

Diese Möglichkeit paßt allerdings überhaupt nicht zu dem Bild, das sich David von Keith Millers Leben macht. Andererseits kann er sich vorstellen, daß die Aussichten für einen Typ wie Keith Miller vielleicht in zwanzig Jahren so geschrumpft sind und er so entmutigt ist, daß das Gully's für ihn als Stammkneipe durchaus in Frage käme.

Und David wäre vielleicht immer noch dort an der Bar, um ihn zu begrüßen.

So könnte es kommen, mit ihm und Keith Miller. Vielleicht

sind sie sich doch in vielen, noch unerforschten und unentdeckten Dingen so ähnlich, daß sie zusammenkommen könnten, um die ungesagten Worte des anderen zu hören? Denn jetzt sagt Keith, »Glaubst du, daß du das, was du zur Zeit machst, auch in Zukunft machen wirst? Ich meine«, fügt er rasch hinzu, »in Bars zu arbeiten?«

»Ich weiß nicht.« David zuckt die Achseln. »Es gefällt mir. Es ist okay.« Er findet es genauso gut, Barkeeper zu sein wie Pfarrer oder Therapeut oder Sozialarbeiter. Und ganz bestimmt so gut wie Bewährungshelfer oder Psychiater. Denn wenn er in der Kneipe herumläuft und Bier serviert, dann bietet er auch Teile von sich selbst an: seine Ohren zum Beispiel, seine Hand, seine Schulter. Wenn eine alte Frau mit schütterem Haar, furchtbaren Krampfadern und abgetragenen alten Turnschuhen und weißen Söckchen ihn für ein paar Minuten am Arm packt, um ihm ihre verschiedenen Leiden zu erzählen, geht es ihr dann nicht besser als vorher? Profitieren die unrasierten, rotäugigen, watschelnden Männer mit ihren Geschichten von häuslichen Katastrophen, von verhärmten und verbitterten Frauen und der schrecklichen Abhängigkeit vom Schicksal und anderen Substanzen nicht von David, der an der Bar steht und nickt?

David spürt diese Leute in seinen Knochen. Es sind dieselben Leute, die ihn, wie er es Gwen erzählt hat, als er klein war, hochhoben und zum Singen auf den Tisch setzten. Sie sind keine Verlierer, keine Geschlagenen. Sie halten einfach durch und tun ihr Bestes und ihr Schlechtestes, und weder das eine noch das andere ist vermutlich von größerem Interesse. Sie versuchen, nicht zuviel zu leiden, aber sie leiden trotzdem, oft genug an sich selbst, und dennoch haben sie den Mumm, am nächsten Morgen aufzustehen. David gefällt sogar die Vorstellung, daß das Leben nicht besonders sinnvoll sein muß. Das läßt ihn keineswegs verzweifeln. Für ihn ist es so gut wie beschlossene Sache, nicht von jedem Tag zu erwarten, daß er Freude, Befriedigung oder gar strahlende Momente bringt, die alles, wenigstens eine Sekunde lang, in Gold tauchen – er erwartet nichts dergleichen, aber wenn so etwas dann zufällig trotzdem geschieht, wäre er davon natürlich sehr angetan. Ansonsten ist er zufrieden, solange er jeden Tag aufsteht.

Innerhalb von ein paar Stunden war es klar, daß auch Gwen ins Gully's paßte. Sie war vielleicht anders angezogen, hatte eine gepflegtere Frisur und war fremd, aber für die Frau, die sie damals war – ziellos, ein bißchen verloren, dennoch entschlossen, die notwendigen Schritte zu tun, einen oder zwei Drinks zu nehmen und dann weiterzumachen –, war das Gully's genau das richtige. Er hatte den rauhen Klang bemerkt, den sie ihrer Stimme gab, diese Technik, die verwundbare Stellen schützen soll, Stellen, wo es weh tun kann.

Keith sagt: »He Junge, hörst du überhaupt zu? Die Bar? Willst du dort bleiben? Hättest du Interesse an einer Ausbildung in einem anderen Bereich?«

Manchmal können absolut harmlose Sätze David aus dem Nichts herausziehen, so daß er nach unten blickt und seine Füße am Rande eben dieses Nichts schweben sieht. Das passiert gerade jetzt.

Er sieht seinen Vater, der schon fast darauf vertraut, daß David auf dem richtigen Weg und geheilt ist, daß er seine Lektion oder was auch immer gelernt hat. Sein Vater will die Bar verkaufen und endlich in den Norden ziehen, endlich frei sein von der Belastung seines auf Abwege geratenen Sohnes. Vielleicht trifft er eine mollige, muffige Frau, die er David eines Tages als seine neue Stiefmutter vorstellt, und dann schlittern die beiden einem Ruhestand mit Hütte im Wald, Holzmöbeln und offenem Kamin entgegen. Sehr nett und wohlverdient für seinen Vater, aber was wird mit David? Das Gully's wird ein Loch im Boden werden, und David wird hineinfallen. Die neuen Entwicklungen werden ihn überrollen. Er hat sogar mit Gwen darüber gesprochen. Nur hatte auch dieses Gespräch, wie so vieles, anscheinend nicht wirklich stattgefunden. Er schaut Keith düster, vielleicht auch wütend an. »Ausbildung?«

Keith zuckt die Achseln. »Na sicher, hier steht,« er klopft auf die Akte, »daß du bisher nur als Barkeeper gearbeitet hast, und das ist ja auch gut, wenn du nichts anderes willst. Aber wie alt bist du?

Dreiundzwanzig? Und willst raus aus dem Ärger. Und ein bißchen Unterstützung? Dann könnte das doch die Gelegenheit sein, mal was anderes auszuprobieren und eine solide Grundlage für dein weiteres Leben zu schaffen. Würde doch nicht schaden, wenn alles mal ein bißchen in Bewegung gerät, oder?«

Schauspielerei: David erinnert sich plötzlich an die wunderbare Vision am Abend des Tages, als er Gwen traf, als er bewundernde Gesichter sah und bewundernden Applaus hörte. Er erschauert: all diese Leute, die ihn anstarren! Und aus seinem Mund müssen die Wörter in der richtigen Reihenfolge und mit der richtigen Betonung kommen, um bei den Leuten bestimmte Gefühle wachzurufen – was träumte er da? Daß er ein ganz anderer Mensch sein könnte als der, der er ist? Ist das möglich?

Er mag es nicht, wenn Leute ihn betrachten, jedenfalls nicht sein Gesicht oder seine Augen. Schauspielerei verlangt Schönheit in irgendeiner Hinsicht. David ist nicht schön.

»Du könntest«, fährt Keith Miller fort, »ein paar Eignungstests machen. Das kann helfen, deine Fähigkeiten und Interessen herauszufinden und was du mit ihnen anfängst. Manchmal sind das Gebiete, an die du selbst nie gedacht hättest, von denen du vielleicht noch nie was gehört hast.«

Es ist komisch – oder schrecklich –, was ein Mensch zur selben Zeit wissen und nicht wissen kann. »Ich mach' meine Arbeit wirklich gern«, stößt David hervor, und das ist die reine Wahrheit, und er meint dabei ganz besonders das Gully's.

»Dein Leben lang?« fragt Keith. »Willst du das dein Leben lang machen?«

David breitet die Arme aus. »Was dauert schon ein Leben lang?« Aber er kann sich wirklich vorstellen, eines Tages im Gully's zu sterben, beim Zapfen eines letzten Bieres. Er hätte nichts dagegen.

»Wie dem auch sei.« Keith Miller schließt Davids Akte und setzt sich zurück. »Überleg's dir, denk' darüber nach. Wir sehen uns nächsten Monat.« Ihm reicht es offensichtlich. Manchmal haben es Leute satt mit ihm, obwohl es nicht Davids Absicht ist, sie zu reizen oder zu belästigen. Nur gibt es da irgendeinen Trick, wie man mit anderen auskommt, aber er hat davon keine Ahnung, es ist ein Geheimnis, das ihm noch niemand verraten hat.

»Okay.« Er steht auf, und eine Sekunde lang spürt er noch einmal diesen Impuls, Keith Miller ins Gully's einzuladen. Aber er sagt nicht einmal auf Wiedersehen! Noch ein einziges Wort, und er müßte vielleicht weinen.

Ist das nicht seltsam?

Sein Brust ist verkrampft. Sie fühlt sich an, als würde dort eine saure Flüssigkeit überlaufen. Er hat sich selber satt. Der Zustand, in dem er sich befindet, kotzt ihn nur noch an.

Er geht den Gang hinunter tritt durch die Türen, die in den großen Raum führen, wo immer noch die anderen Männer sitzen und auf ihre Termine warten, folgt dem Weg hinaus zu den Aufzügen und fährt hinunter. Die Leute und Autos, die Schilder und Gebäude auf der Straße sehen phantastisch aus: Alles präsentiert sich ihm ganz klar und in leuchtenden Farben, zweidimensional, wie gemalte Requisiten in einem Trickfilm, der hinter seinen Augen abläuft. Bewegt er sich, während die Straße stillsteht, oder steht er still, während sich auf der Straße dieses ganze geschäftige Leben abspielt? Er bleibt stehen und schüttelt den Kopf, um ihn klar zu kriegen oder um etwas freizuschütteln.

Drei junge Frauen in Rock und Bluse kommen mit festen Schritten um die Ecke. Sie gestikulieren, stecken lachend die Köpfe zusammen, ihre Haare fliegen, ihre Handtaschen hüpfen auf den Hüften. Menschen, die Bescheid wissen. Davids Fingerspitzen berühren das kühle Metall seines Reißverschlusses. Da ist es, dieses bebende, elektrisierende Verlangen, nicht direkt nach den jungen Frauen, sondern nach dem, was sie mit sich durch die Welt tragen, vermutlich ohne es überhaupt zu bemerken. Er hält inne und fragt sich, was das nun eigentlich ist, welches Wort es dafür gibt. Und dann gehen sie schwingend an ihm vorbei und verschwinden, und seine Hand fällt hinab, locker und leer.

Für einen Moment ist er verblüfft, fühlt sich betrogen um etwas

Geheimnisvolles, aber auch Gefährliches. Nichts ist mehr greifbar, und er kann sich nicht einmal an seinem Schwanz in der Luft festhalten.

Wieder ist ihm zum Weinen zumute. Er muß zur Arbeit, er ist schon spät dran, sein Vater wird sich Sorgen machen. Er würde zu gern wissen, was Gwen mitgenommen hat, das seins hätte sein können. Er sehnt sich nach Haut und danach, warm in einen anderen Körper eingebettet zu sein. Seine Rippen sehnen sich nach dem Spiel von Fingern, und seine Hüftknochen dürsten nach warmem Fleisch, um darin zu versinken. Er würde gern eine kleine weibliche Hand auf seinem Kopf oder seiner Schulter spüren. Nur eine Berührung. Eine einfache menschliche Berührung. Das aber wird für ihn, so scheint es, nie einfach sein.

6

Ich wünschte«, seufzte Edgar einmal denkwürdigerweise, »es würde dir mehr Spaß machen.« Im Bett meinte er. Worte, die wider- und nachhallten, obwohl Gwen sie nur unpassend fand, sie ihm nicht übelnahm. Außerdem hatte sie das Gefühl, er habe unrecht. Sie empfand Wärme, wenn auch nicht immer Hitze, und sicher gab es in ihren frühen Jahren so etwas wie Raserei, ein Fieber des Erforschens und neuen Erlebens. Aber es ist doch wohl nur natürlich, daß auf das Erforschen eine Beruhigung folgt, und wiederholtes Erleben ist nun mal nicht mehr neu.

Abgesehen davon war sein Timing manchmal daneben und störend. Es gab zum Beispiel Momente, in denen er nach ihr verlangte, wenn sie völlig verstört war, weil sie gerade Sarah oder John verloren hatte und Angst hatte, sich neues Unglück aufzuladen.

»Sag mir, was ich tun kann, damit du lockerer wirst«, fragte er.

Diese Erinnerungen an ihn flackern zur Unzeit wieder auf. Dennoch sagt Gwen, die in diesen Tagen nur in Gedanken mit ihm spricht, »ich glaube, du hattest wieder einmal recht, Edgar, ich hätte wirklich mehr Spaß haben können. Bin ich jetzt so locker, wie du mich gern gehabt hättest, oder könnte ich noch lockerer sein, was meinst du?«

Es ist komisch, wenn man sich klarmacht, daß alle Personen, die sie jetzt trifft, für Edgar immer Fremde bleiben werden. Das erschwert es, ihn immer auf dem neuesten Stand der Dinge zu halten, zum Beispiel darüber, daß gerade Jack auf ihr liegt, entspannt, aber ohne seine Umarmung zu lösen.

Wie überschwenglich er ist. Vielleicht war das, was sie und Edgar brauchten, keine neue Technik, sondern einfach mehr Begeisterung. Jacks Begeisterung und Davids bemerkenswerte Konzentration haben ihre Einstellung zum sinnlichen Vergnügen verändert. Hinzu kommt vielleicht eine neue, früher nie gekannte Bereitwilligkeit ihrerseits.

Und, wie sie vermutet, die zeitliche Begrenztheit. Daß sie keine gemeinsame Zukunft haben, die sie erdrücken könnte.

Jack erzählt ihr, daß er Dichter sei. Sie hat nicht unbedingt eine Schwäche für Dichter (außer daß sie ganz buchstäblich bei ihm schwach wurde) und noch keins seiner Werke gesehen. »Eine gute Buchhandlung in einer anständigen Stadt«, versprach er, »müßte eins haben.« Sie beobachtete ihn heute früh, wie er in einem ihrer Plastikgartenstühle kauerte und Wörter auf einen Block mit liniertem Papier schrieb. Er zeigte ihr nicht, was er schrieb. »Es ist zu früh«, sagte er, und sie sah ihn die Stirn runzeln, radieren, aufgeben und wieder anfangen.

»Ich glaube, ich würde es sowieso nicht verstehen.« Ihre Kenntnis von Poesie ist spärlich und beschränkt sich auf die Pflichtlektüre der Schulzeit. Früher dachte sie nicht, daß Poesie viel mit dem Leben zu tun haben könnte, und hielt Poeten deswegen auch eher für lebensfremd.

Jack hat Arme wie ein Schweißer, Beine wie ein Ringer, einen Kopf, der nach hinten fällt und brüllt. Was sie an ihm interessiert, ist nicht seine Lebensgeschichte, obwohl er fünfzig ist und ganz offensichtlich eine sehr farbige Vergangenheit hat. Auch was er alles erreicht hat, will sie nicht unbedingt wissen. Sie sieht Freundlichkeit, massige Sanftheit, geschickte Hände, einen großzügigen, aufmerksamen Mann mit Leib und Seele.

»Ich würde dich gern glücklich machen«, sagt Jack, ein Ziel, das größer ist, als er ahnt, und das ihn wahrscheinlich auch überfordern würde. Aber andererseits fallen diese Worte in einer ganz bestimmten horizontalen Lage. »Wenn du glücklich bist, kann ich es auch sein.«

Jetzt hört sie, wie sein Atem in dunklere Rhythmen fällt. Er ist groß und sie ist klein, aber selbst im Schlaf macht er irgend etwas mit seinem Gewicht, so daß er sie nicht erdrückt. Im Augenblick hat sie das Gefühl, sie könne ewig so liegenbleiben.

Möglicherweise irrt sie sich, sie sind erst seit fünf Tagen zusammen, wenn man den stürmischen Tag, an dem sie sich kennenlernten, mitrechnet. Und bis jetzt haben sie weiter nichts getan, als einander zu retten, Wohnmobil zu fahren und diesen kleinen Raum zu erforschen und zu bewohnen. Tagsüber, wenn sie unterwegs sind, reden sie und singen, manchmal sogar zweistimmig; seine Stimme hat eine Art, ihre Stimme zu umschmeicheln, die recht angenehm ist, zumindest für ihre Ohren. Sein Ein-Mann-Zelt liegt ordentlich zusammengerollt in einer Schublade unter einem der Betten, sein grüner, schmutziger Rucksack in einem Schrank über ihren Köpfen. Seine wenigen Kleider liegen zusammen mit ihren wenigen Kleidern im schmalen Schrank und in mehreren praktischen Schubladen. Sie haben einander bereits, wie er es ausdrückte, in ihrer jeweils schlimmsten Verfassung erlebt und in einer Art Krise. »Bei manchen Leuten braucht so etwas Jahre und kann dann ein Riesenschock sein!«

Dem könnte Gwen kaum widersprechen.

Wenn sie sich in ihm irrt, wenn er nicht das ist, was sie denkt, wäre das weder schrecklich noch lebensverändernd. (Es sei denn, erinnert sie der vorsichtige Edgar, sie irrt sich ganz gewaltig und ihr droht Gefahr.) Bei ihr und Jack ist das Ende eingeplant, sie haben ein absehbares Ziel und sie hängen nicht sehr aneinander. Außer in diesem Moment.

Sie haben einander ihre Lebensgeschichten erzählt oder zumindest die kurzen Abschnitte, die in ihrem Leben deshalb wichtig waren, weil sie gewisse Wendepunkte darstellten. Gwens interessanteste Geschichte scheint Edgars Geschichte zu sein – was sagt das über sie aus? Egal, ihre Lebensgeschichte gewinnt, dank Personen wie David und Jack, sprunghaft an Spannung. Ereignisfülle überholt Ereignislosigkeit, sogar bei Edgar, der immer noch sehr wichtig zu sein scheint.

Aber nicht so wichtig wie Jack, der sie wie ein Bär umfängt und in regelmäßigen Zügen über ihr und um sie herum atmet.

Ihr makelloses beiges Haus scheint Millionen Meilen und Millionen Jahre weit entfernt; es ist Teil des Lebens einer anderen Person in einer anderen Zeit. Das Ganze ging so schnell – eigentlich innerhalb von Tagen –, daß es fast schon erschreckend ist. Obwohl die Abfahrt selbst nicht so leicht war. Aber wer fühlte keinen Stich oder Schmerz unter solchen Umständen? Es war eher so wie bei Edgars Beerdigung, als sie auf ihn hinuntersah. Oder als werde man von Emotionen erfaßt, wie Kriegsveteranen sie haben, die an einem Ehrengrab salutieren – zumindest eine Anerkennung erlebter Geschichte.

Sie hatte Beth-Ann angerufen, um sich zu verabschieden, aber Beth-Anns Stimme klang distanziert. Beleidigt vielleicht. Oder verletzt.

Sie hatte einen letzten Rundgang durch Edgars Garten unternommen, konnte aber immer noch nicht erkennen, was er ihm bedeutet haben muß, nur daß sie davon ausgeschlossen war.

Natürlich wäre auch er nicht in der Lage zu erkennen, was ihr das neue rollende Zuhause bedeutet, wenn er es sähe, aber sie lenkt es jetzt und läßt die letzten zwanzig Jahre immer weiter hinter sich, beherrscht das Ungetüm immer besser, obwohl man sich daran erst gewöhnen muß. So viel hinter sich und so wenig vor sich zu haben und dann noch so hoch zu sitzen – da verließ sie anfangs hin und wieder der Mut, und auch jetzt verliert sie manchmal den Überblick, wenn sie den Wagen um Ecken und Kurven steuern muß oder ihn auch nur zum Stehen bringen will. Es war entspannend, sich in den letzten paar Tagen mit Jack beim Fahren abwechseln und auch ein paar andere Lasten teilen zu können, auf die Ralph Franklin sie erst in letzter Minute hingewiesen hatte. Er bezweifelte, ob sie mit dem Propangas für Kühlschrank und Herd richtig umgehen und die diversen Batterien in Schuß halten konnte. Die chemische Toilette, erklärte er, sei ein wissenschaftlicher Balanceakt eigener Art. Offenbar hatte er vorher versäumt, darauf hinzuweisen

– und sie hatte versäumt, es sich klarzumachen –, daß auch ein rollendes Heim noch mit der Erde verbunden ist.

»Sie müssen also vorsichtig sein«, warnte Ralph. »Es ist alles so sicher wie ein Haus, aber Sie müssen gewisse Dinge richtig handhaben, mit Propangas ist nicht zu spaßen, glauben Sie mir.« Es gibt jedoch Bedienungsanleitungen, und sie muß den einzelnen Schritten nur genau folgen. Sie hat eine lange Erfahrung mit Vorsicht, was sich endlich einmal als nützlich erweist.

Es war eine Sache, schnell von zu Hause wegzufahren, ohne zurückzublicken. Eine andere war es, ein paar Stunden später Ralph Franklins Parkplatz zu verlassen und der unmittelbaren Zukunft ins Auge zu sehen. Eine Zeitlang lang saß sie verfroren und ängstlich am Rande des Highway. Was machte sie hier, was hatte sie getan? Menschen warfen doch nicht aus einem Impuls heraus ihr ganzes Leben, ihr ganzes Dasein über den Haufen!

Aber das stimmte natürlich nicht, denn manche Menschen, Edgar zum Beispiel, taten genau das. Aber Menschen wie Gwen stürzten sich ganz bestimmt nicht in ein völlig ungewisses, unüberlegtes Abenteuer.

Na gut, aber warum eigentlich nicht? Was hinderte sie daran? Verantwortlichkeiten vielleicht. Loyalitäten und Beziehungen. Außerdem Trägheit; eine Art Antriebslosigkeit.

Und Schichten um Schichten aus Lügen. Winzig kleine Falschheiten, die sich anhäufen, sich über Jahre hinweg aufeinander- und umeinanderstapeln, bis sie eine Art geologische Formation bilden. Einzeln sind sie nicht viel, aber mit der Zeit werden sie zu einem Fels und wachsen bis zur Größe der Bergkette in weiter Ferne an, auf die sie zufährt.

Sie legte den Gang ein und fuhr los Richtung Westen. Vor allem deshalb, weil es von ihrem Ausgangspunkt mehr Westen als Osten auf der Karte gab, bevor sie in einen Ozean kippen würde. Und dann könnten noch Tausende Meilen Süden in Frage kommen oder, wenn auch unwahrscheinlich, der riesige Norden.

Im Augenblick jedoch kuschelt sie sich tiefer unter Jack. Er riecht ein bißchen so wie das Gully's: dunkel, nach Bier und Rauch. Etwas Würziges, das zu ihm gehört.

Highways sind eine eigene Welt, eine Nomadengemeinschaft, die ständig unterwegs ist. Andere Wohnmobilfahrer geben ihr oft Zeichen mit der Lichthupe oder winken aus dem Fenster, nicht weil etwas nicht stimmt, sondern um sie zu grüßen. Bald nachdem sie auf dem Highway war, begann Gwen zurückzuwinken und selbst die Lichthupe zu betätigen.

Edgar hat früher immer solche Zeichen gegeben, nachdem er gerade an einer Geschwindigkeitskontrolle vorbeigefahren war, ein brüderliches Warnsignal unter Autofahrern.

Beim Fahren klappern die Töpfe unter dem kleinen Herd. Die Teller scheppern leicht im Einbauschrank. Alle Schränke und Haken und Behälter sind so exakt und platzsparend gebaut, daß kaum etwas zu Bruch gehen kann. Die kleinen Geräusche hinter ihr haben einen Rhythmus und wirken tröstend. Häusliche Geräusche vermutlich und von daher vertraut. Eine rhythmisch getrommelte Brücke zwischen dem einen und dem anderen Leben.

Jack, der gerade sanft von ihr wegrollt, fängt an zu schnarchen – ebenfalls ein tröstliches Geräusch, zumindest im Moment noch. Da zwischen ihnen Dauerhaftigkeit kein Thema ist, kann sie getrost nur die angenehmen Seiten sehen, selbst des Schnarchens. Auch als Reisebegleiter bei Tageslicht ist er wunderbar, zufrieden schweigend oder Geschichten erzählend in seinem nordenglischen Tonfall. Er singt mit ihr und ohne sie und braucht kein Radio.

Vom musikalischen Gesichtspunkt aus betrachtet war Reisen mit Edgar eine echte Qual. Er fand nie ein Lied oder ein Gespräch, das er bis zu Ende hören wollte, immer drehte er am Radio herum, ein Gewirr von Rock-Blues-Gequatsche-Predigt-Ballade. Manchmal fiel ihm ein, »Entschuldigung« zu sagen, aber bei Fahren hatte er immer die eine Hand am Steuer und die andere am Senderregler.

Rückblickend empfindet sie ihr Verhalten als ausgesprochen willensschwach. Aber das lag nicht an ihrer Angst, etwas zu sagen, sondern sie fand es nicht der Mühe wert, sich damit zu befassen.

Was, wie sich dann herausstellte, vielleicht das Hauptproblem in ihrer Beziehung war.

Es waren die Tage, an denen sie einen Sonntagsausflug mit dem Auto unternahmen oder in Edgars Heimatstadt fuhren, wo sein Vater in einem Pflegeheim lebte und besucht werden mußte, auch wenn er weder seinen Sohn erkannte, noch seinen eigenen Namen wußte. Er war der letzte ihrer beiden Elternpaare, der noch lebte. Ihre Eltern und seine Mutter waren inzwischen gestorben. Es waren die Tage, an denen Gwen in den Beifahrersitz sank und sich sofort schwach fühlte, dumpf und matschig im Kopf. Sie saß nie am Steuer, weil Edgar sagte, er fühle sich nicht wohl als Beifahrer. »Du kannst navigieren« sagte er, obwohl sie nicht wußte, was es bei einer Fahrt, die man schon hundert Mal auf identische Weise unternommen hatte, zu navigieren gab. Wahrscheinlich fühlte er sich in ihren Händen nicht sicher. Er muß ihr nicht vertraut haben.

Und noch ein Problem gab es, wenn man mit Edgar Auto fuhr: Er haßte es anzuhalten, wenn sie aufs Klo mußte, außer er mußte selber auch. »Warte noch«, sagte er, »in einer halben Stunde kommt eine Raststätte. Wenn wir jetzt vom Highway abfahren, verlieren wir fünfzehn Minuten.« Allem Anschein nach konnte er sich nur in seine eigene Blase einfühlen.

Was das betraf, regte sie sich natürlich auf. »Okay, aber du verlierst wesentlich mehr als fünfzehn Minuten beim Reinigen der Sitzpolster, wenn ich in die Hose mache. Ganz zu schweigen von den Arztrechnungen, die es in ein paar Jahren wegen der Harnverhaltung geben wird.«

Manchmal, wie in diesem Fall, sagte Edgar dann: »Du kannst manchmal sehr gehässig sein, Gwen.« Zweifellos.

Was waren eigentlich seine guten Eigenschaften, die erfreulichen Seiten, die sie all die Jahre in diesem Haus an ihn banden?

Ach, wen interessiert das schon? Es könnte sie aber auch zu sehr interessieren. Sie will nicht über Edgars guten Seiten nachdenken.

Ihre erste Nacht unterwegs verbrachte sie an einer dieser Raststätten, an denen er so zu hängen schien. Sie parkte am Ende einer

Reihe von Lastern, von denen einige still, andere eindeutig leer, aber mit laufendem Motor dastanden. Hinter einer Mauer lag die Welt der müden Familien, die Pause machten und die Beine ausstreckten; Gwen selbst gehörte jetzt zu den Profis, zu den wirklichen Königen der Landstraße.

Es gibt schreckliche Geschichten, grausame Schicksale, besonders von alleinstehende Frauen. Solche Dinge geschehen. Es wäre unvernünftig anzunehmen, daß sie einem selbst nicht auch zustoßen können. Dennoch kletterte sie sorglos hinunter, schloß die Türe hinter sich und ging in die Raststätte, um den grellen, belebten Waschraum zu benutzen. In dem gnadenlosen Spiegel sah sie ihre Haare in alle Richtungen abstehen, als sei sie mit der Hand hindurchgefahren. Dabei kann sie sich nicht erinnern, ihre angespannten Hände je vom Lenkkrad genommen zu haben.

Aber sie sah auch etwas in ihrem Gesicht, das frisch wie eine Blume wirkte.

Keine Blume; zu sehr Edgar. Frisch wie ein Baby? Auch nicht richtig, zu unschuldig, zu neu. Zu ersehnt.

Sie machte sich fürs Bett zurecht; eine kurze Angelegenheit, Zähneputzen, Gesicht waschen, wonach ihre Haut rosa und leicht aufgerauht wirkt. Früher war ihre Abendtoilette ein längeres Procedere gewesen – mit Make-up-Entferner und Cremes und Fingermassagen in bestimmten, durchblutungsfördernden Richtungen. Sie hatte auch Pflegelotionen für ihre Beine und andere für die Hände besessen. All das landete im Mülleimer, genauso wie Edgars Entwürfe vom Garten und alte, unnütze Korkenzieher.

Jetzt war sie die nackte Königin der Straße, ein Highway-Schätzchen, eine Wohnmobilmama. Sie grinste und zwinkerte sich im Spiegel zu, sah, wie sie ein Teenager beobachtete und zwinkerte ihm auch zu. Was soll's.

Erschöpft und ausgehungert holte sie sich ein Steak auf Toast mit Pommes frites. Jenseits der Mauer auf dem Parkplatz schrien sich müde Kinder an, und ein Baby weinte.

Sie blieb einen Moment stehen, um sich das anzuhören.

Vier Lastwagenfahrer hockten an einer geschützten Stelle zwischen zwei Lastwagen an einem Klapptisch und spielten Karten. Ihre rauhen Stimmen klangen im Dunkeln angenehm männlich. In ihrem Wohnmobil schloß sie die Tür hinter sich, ließ die kleinen weißen Jalousien herunter, öffnete die beiden Dachschlitze wegen der Luftzufuhr, kuschelte sich unter ein Laken und machte es sich mit ihrem Essen gemütlich. »Verdammt! Scheiße!« hörte man auf dem Parkplatz, gefolgt von Männerlachen.

Sie war allein in einem realtiv ungeschützten Fahrzeug, fühlte sich aber viel furchtloser als in den alten Tagen – vor ein paar Monaten – an einem dieser Abende, an denen Edgar bis spät in der Nacht arbeitete oder sonstwas tat. Damals lag sie mit weit aufgerissenen Augen da und hätte schwören können, daß sie ein Knarzen an der Eingangstür hörte, Flüstern in der Diele, verstohlene Schritte auf dem Teppich, die die Treppe herauf und immer näher und näher kamen, auf sie zu, die sie hilflos im Bett lag. In ihrer Vorstellung trug die Person, die die Stufen hinaufkam, immer eine Axt in der Hand.

Das glaubte sie nicht wirklich. Sie genoß den Nervenkitzel, das ist alles, und manchmal war sie frustriert, wenn sie dann Edgars Schlüssel in der Tür hörte, wie er nachts so verstohlen wie ein Raubmörder nach Hause kam. Nachdem er sie verlassen hatte, war dieser Nervenkitzel nicht mehr lustig. Sie konnte es sich nicht mehr leisten, Alpträume zu fabrizieren; vor allem, weil undefinierbare Nachtgeräusche sie, hätte sie es zugelassen, wirklich beunruhigt hätten.

Trotzdem ist es sehr angenehm, hier mit Jack zu liegen, selbst wenn er schnarcht. Sie muß zugeben, daß sie allein ein paar Mal etwas Angst hatte, zum Beispiel auch während des schrecklichen Sturms, als sie sich kennenlernten.

Sie blieb nicht lange auf dem Highway, nur bis sie das Gefühl hatte, außerhalb der Reichweite jener Stadt und jenes Hauses zu sein, die ebenso wie ihre Vergangenheit mit der Entfernung einfach von ihr abfallen würden. Danach benutzte sie langsamere und interessantere Straßen, zumal sie ja kein spezielles Ziel ansteuerte. Diesen Straßen war sie vielleicht damals mit dem Finger auf der Landkarte gefolgt, als sie auf dem Wohnzimmerboden lag, und hier waren sie nun, zum Leben erwacht, mit grasbewachsenen Straßengräben, immer wieder ausgebesserten Belägen und kleinen Schildern, ihren verkümmerten Bäumen, wilden Blumen und Unkraut.

Sah Edgar so seinen Garten, wenn er von den Entwürfen auf die Blumen hinunterblickte? Vom öden Plan zur üppigen Realität?

Ein paar Tage später fuhr sie erschöpft auf einen kleinen, primitiven Campingplatz, dessen einzige Annehmlichkeiten in Waschräumen und verdorrtem Kieferngestrüpp bestand. Offensichtlich versuchte da ein gescheiterter Farmer aus einem steinigen Acker noch etwas Geld rauszuholen. Am Abend wurde der Himmel auf einen Schlag plötzlich tiefschwarz. Wassermassen stürzten herab, und dazu kamen ohrenbetäubender Donner und Blitze, die das Herz zum Stillstand brachten. Zusammengekauert saß Gwen in ihrem Heim aus Blech, und die Möglichkeit, der wahllos niedergehenden Elektrizität ungeschützt ausgeliefert zu sein, erschreckte sie zu Tode.

Aber Wohnmobile durften doch bestimmt nicht durch die Landschaft fahren, wenn sie kein heftiges Unwetter aushielten? Andererseits waren sie immer die ersten, die bei Hurrikanen und Tornados zertrümmert wurden und davonflogen. Als schaue Gott mit Unwillen auf die Fahrenden und Wurzellosen.

Der Sturm dauerte die ganze Nacht an, bis in den nächsten Tag hinein, flaute kurz ab und brandete dann wieder auf. Durch einen Dachschlitz, der in leicht geöffnetem Zustand klemmte, flossen kleine Wasserrinnsale auf ihren Tisch. Sie hatte Handtücher parat, um die Pfützen aufzusaugen, aber sie kam damit nicht nach. Sie war schon ziemlich verzweifelt, als sie in einer Sturmpause beschloß, sich nach draußen zu wagen, auf das Dach zu klettern und das verdammte Ding zu reparieren.

Sie war erschöpft, durchnäßt, am Fluchen, der Verzweiflung nahe und wollte schon mit der Faust auf den Dachschlitz hauen, als ein durchnäßter, fluchender Jack – er schien keine Begabung zur

Verzweiflung zu haben – im Dreck auftauchte. »Scheißzelt«, sagte er, »Scheißwetter. Scheißland.« Aber als er nach oben schaute und sie erblickte, lachte er los. So hörte sie zum ersten Mal dieses volltönende Lachen aus dem Bauch heraus. »Sie sind ein ruhmreicher Anblick, meine Dame«, rief er zu ihr hinauf. »Rosa wie die Morgenröte und prächtig wie die Göttin der Ausdauer. Wer immer das war. Wenn Sie nicht allzusehr zur Sturheit neigen, könnte ich Ihnen meine Hilfe anbieten.« Es stellte sich heraus, daß er manchmal wirklich so spricht, sie hat sich daran gewöhnt, obwohl es ihr anfangs affektiert vorkam. Jetzt erscheint es ihr nur als ein charmantes, übertriebenes Bemühen, an etwas festzuhalten, das er in dieses Land mitgebracht hat.

»Obwohl ich die Warnung aussprechen sollte, daß meine Hände nicht die praktischsten sind. Sie kennen sich nicht zufällig mit der Reparatur von einem Zelt aus, das mehr Löcher hat als ein Sieb, oder?« Er sah traurig auf den Haufen Zeltplane herab, den er auf dem Arm trug. Dann breitete er die Arme weit aus, ließ die Plane auf den Boden fallen und gab ihr einen Tritt. »Mein Fall ist hoffnungslos, aber vielleicht ist der Ihre es nicht.« Daraufhin kletterte er die an der Rückseite des Wohnmobils angebrachte Metallleiter hoch und war bereits halb auf dem Dach, bevor sie sich fragen konnte, ob es durch das Gewicht von ihnen beiden vielleicht einbrechen könnte, was weiteres Unheil bedeutet hätte. Bang! machte seine geschlossene Faust, und der Dachschlitz schloß sich, womöglich irreparabel und jetzt nach innen eingebogen. »Tut mir leid«, sagte er.

Edgar sagte immer, der erste Kratzer an einem neuen Auto sei am schwersten zu ertragen, und Gwen glaubte ihm; sie fuhr gebrauchte Autos. Jack fügte dem ersten Fahrzeug, das sie je für sich selbst gekauft hatte, die erste Wunde zu, und sie zuckte die Achseln. »Wenn es nicht mehr hereinregnet, bin ich glücklich.« Und sie war es. »Darf ich Ihnen zum Dank einen Drink anbieten?«

»Das und ein kurzer Schutz vor dem Sturm wären ein großer Segen. Ich wäre überaus dankbar.«

Er füllte einen großen Teil des Raums aus, als sie drinnen waren. Aber als er nach ein paar Stunden, in denen sie ihm mehr oder weniger die Geschichte ihres Lebens in letzter Zeit erzählte, ihr Haar küßte, ihre Brüste berührte und sie zu dem schmalen Bett zog, empfand sie seine Größe als sehr angenehm, massig, aber äußerst flexibel.

Hat sie gezögert? Sicher. Einen Augenblick lang. Aber eigentlich war der einzige Grund, der sie zurückhielt, Gewohnheit. Eine jahrzehntelang eingeübte Zurückhaltung; eine automatische Verweigerung. Oder, um ehrlich zu sein, daß ihr, solange sie Edgar kannte, nichts Verleichbares widerfahren war, und seitdem nur einmal. Himmel, was wenn Edgar ihr Keuschheitsgürtel war und sie jetzt, nachdem er endlich unverschlossen ist, anfängt, sich in alle offenen Arme zu werfen oder sinken zu lassen?

Nun, so weit, so gut.

Jacks Einstellung gegenüber seiner eigenen Ehevergangenheit ist zumindest milder als ihre. Sein Ziel, der Grund seiner Reise ist die Teilnahme an der Hochzeit seiner Exfrau, und bei dieser Gelegenheit der Besuch seiner beiden Kinder und seines Enkelkinds. »Ich freue mich ziemlich darauf«, erzählte er ihr am zweiten Tag, als sie einen kleinen, netten und wunderbarerweise wenig besuchten Campingplatz erreicht hatten. Er lag ein paar Kilometer nordwestlich von dem durchnäßten Platz entfernt, an dem sie sich begegnet waren, hinter Felsen und Büschen. Sie saßen draußen, genossen die bleiche frühe Abendsonne und nahmen einen Drink, während sie auf die Steaks warteten, die auf dem kleinen Grill brutzelten, den sie in einem Trödelladen an der Straße gekauft hatten.

Im Gegensatz zu Edgar ist Jack, was spontane Einfälle unterwegs betrifft, hervorragend.

»Ist das nicht etwas übertrieben?« fragte Gwen. »Ich kann mir nicht vorstellen, daß Edgar mich zu seiner zweiten Hochzeit eingeladen hätte, wenn er es noch dahin gebracht hätte. Oder daß ich gekommen wäre, wenn er es getan hätte. Oder ihn zu meiner eingeladen hätte.«

»Warum denn nicht?« Jack zog seine dichten Augenbrauen hoch. Es gibt Momente, in denen er, abgesehen davon, daß er so haarig ist, aussieht wie ein Kind: ehrlich erstaunt über ihre Einschätzung normaler menschlicher Gefühle.

»Na ja, erstens weil es sicher zu schmerzlich ist.«

»Warum sollte es das sein?«

»Wenn man sieht, wie jemand, den man einmal geliebt hat, egal wie sehr, jemand anderen heiratet? Es wirkt wie ein letzter Schnitt, ein endgültiger Bruch mit der Vergangenheit. Ein Ende der Geschichte.« Wenn auch kaum solch ein Schnitt wie ein herannahender Zug. Worauf Jack gnädigerweise nicht hinweist. »Ich meine, wenn man eingeladen wird – ist das nicht wie ein letzter Schlag ins Gesicht? Wenn mir das passiert wäre, hätte ich es, glaube ich, als Edgars letztes ›Ätsch!‹ empfunden.«

»Du wärst eifersüchtig?«

»Vermutlich. Beleidigt, daß er beschlossen hat, jemand anders sei besser als ich. Liebenswerter. Begehrenswerter. Genaugenommen wäre ich eher verletzt als eifersüchtig.«

»Ja.« Er nickte. »Ich verstehe. Vielleicht liegt der Unterschied in der Zeit. Meine Zeit mit Sylvia ist lange vorbei, und da gibt es nicht mehr viel, was wir beide bereuen. Jetzt wünsche ich ihr einfach Glück, und«, er grinste, »sie wünscht sich, daß ich zu ihrer Hochzeit komme, aus welchen Gründen auch immer. Vielleicht ist es auch ihr ›Ätsch!‹, aber das glaube ich nicht, und selbst wenn, es wäre mir egal. In fünf oder zehn Jahren hätte es dir vielleicht auch nichts mehr ausgemacht, wenn dein Mann wieder geheiratet hätte. Jedenfalls habe ich meine eigenen unreinen Gedanken: Ich bin durchaus kein Versager, verstehst du, und ich habe ein gewisses öffentliches Ansehen, wenn auch überhaupt kein Geld. Ich glaube also wirklich, daß ich im Vergleich mit dem neuen Ehemann gut abschneide. Nicht daß sie bedauern soll, mich verloren zu haben, aber ich habe vor, dem Ereignis einen bohèmehaften Glanz hinzuzufügen.« Er lächelte, selbstironisch natürlich.

Gwen auch. »Ich verstehe, was du meinst. Ich muß mir vorgestellt haben, daß Edgar eine Frau heiratet, die aufregender ist als ich. Dabei könnte ich die viel Interessantere sein.«

»Ich habe überhaupt keinen Zweifel daran, daß du das wärst.«

Jack tut ihr in vielerlei Hinsicht gut, nicht zuletzt durch seine offene Bewunderung, seinen Glauben, daß sie interessant und der Mühe wert ist. Sie – was ist das passende Wort? – aalt sich darin. Und spürt auch, wie fremd ihr das ist.

Die Hochzeit seiner Exfrau ist noch einen halben Kontinent entfernt, den ganzen Weg bis zum Ozean, quer durch die restlichen Prärien und über die Berge. »Ich habe mir viel Zeit für die Reise genommen, denn ich hatte vor zu trampen und zu campen, mir das Land wieder mal richtig anzusehen. Aber von solch einem Luxus habe ich nicht geträumt. Und dazu rechne ich auch deinen wunderbaren Charakter. Ich bin sehr froh, daß du so freundlich warst, deine Reise mit mir zu teilen. Das«, und er macht eine Geste, die sie beide einschließt, »entspricht überhaupt nicht der Vorstellung, die ich mir von meiner Reise gemacht hatte. Mit dem erbärmlichen Zelt und meinen wenigen Klamotten, die im Schlafsack eingerollt sind.«

»Ich hatte nie die Absicht, unbequem oder mit Entbehrungen zu leben«, sagte sie zu ihm. »Ich wollte nur fahren.«

»Es ist beruhigend, stimmt's? Der Rhythmus der Straße ist ein Trost.«

Vielleicht. Schreiende Babies lassen sich durch eine Autofahrt beruhigen, hat sie gelesen. Vielleicht hat er das gemeint.

»Was ziehst du bei der Hochzeit an?« Denn, offen gesagt, hat sie unter seinen Sachen nichts Passendes gesehen, keinen Smoking, nicht einmal einen Anzug, und alles, was er besitzt, ist zerknittert.

»Ich habe noch keine Ahnung. Ich dachte mir, daß es keinen Sinn hat, feine Sachen unterwegs mitzuschleppen, darum warte ich einfach, bis ich dort bin, und dann schaue ich mal, was für eine Hochzeit das ist. Wenn es irgendwie förmlich zugeht oder in der Kirche stattfindet, habe ich Probleme. Aber vielleicht ist die Feier auch in einem Garten. In diesem Fall bügle ich einfach ein Paar Shorts, was denkst du?«

»Ich glaube, der neue Ehemann fühlt sich beim Anblick deiner nackten Beine sofort im Hintertreffen. Aus Freundlichkeit ihm gegenüber solltest du dich bedecken. Was weißt du über ihn?«

»Sehr wenig. Nur daß meine Kinder sagen, er sei ein guter Mann. Und Sylvia würde nur aus Liebe heiraten, vor allem jetzt, wo die Kinder erwachsen sind und sie nicht mehr um Geld kämpfen muß.« Er machte kurz ein trauriges Gesicht. »Ich glaube, es war das Geld beziehungsweise der schreckliche Mangel an Geld, was uns vor allem auseinandergebracht hat. Was, wie ich höre, nicht selten vorkommt.«

Bei Gwen und Edgar war es das nicht. Geld war nie ihr Problem, auch nicht in früheren Jahren, als sie noch aufpassen mußten. Keiner war leichtsinnig oder verschwenderisch, jedenfalls nicht bis am Ende, als Edgar mit seinem Auto durchdrehte und Gwen anschließend mit Bargeld für dieses Wohnmobil um sich warf.

Aber sie weiß, daß viele Ehen am Geld zugrunde gehen: zu wenig, zuviel, falsch ausgegeben. »Willst du es mir erzählen?« Sie hatte mit solchen Fragen immer gezögert, nicht aus Angst, aufdringlich zu sein, eher davor, kleine und gewöhnliche Dinge über Jack zu erfahren. Denn es müssen die Kleinigkeiten sein, die Pingeligkeit und die Achtlosigkeit des Alltags, die alles verderben. Dennoch lächelte sie ihn warm an und lud ihn ein, ihr zu vertrauen; aber es ist genau solch ein kleines Lächeln, das, auch wenn es im Augenblick wahr ist, leicht zur Gewohnheit wird, falsch wird und zu schrecklichen Mißverständnissen führt.

»Es ist eine furchtbar normale Geschichte, fürchte ich«, warnte er sie, als wüßte auch er um die Gefahr, klein zu erscheinen. Aber plötzlich lächelte er. »Ich fände das schon deprimierend genug, selbst wenn es das einzig Deprimierende gewesen wäre. Als junger Mann hatte ich den Eindruck, daß das Leben von Dichtern immer einzigartig und dramatisch sein müßte, daher war es ziemlich ernüchternd, mich mitten in einer so gewöhnlichen Situation zu finden.«

»Ich weiß, was du meinst.« Irgendwie. Im Gegenteil. Sie war erstaunt, sich mitten in Situationen zu finden, die ihr außergewöhnlich erschienen.

Jack beugte sich vor und fuhr mit dem Finger über ihre Wange und ihr Kinn. Aus irgendeinem Grund erinnerte sie diese Geste kurz an David. »Ich glaube, du weißt sehr viel, meine liebe Gwen.« Auch er muß große Utopien haben, weitreichende Perspektiven. Er lehnte sich wieder zurück.

»Weißt du, ich habe sehr jung geheiratet, mit gerade zwanzig. Sylvia war einundzwanzig. Ein nettes Mädchen an meiner Universität, studierte englische Literatur wie ich. Sie wollte, wie viele andere, Lehrerin werden. Es war zwar nicht aufregend, schien aber die aussichtsreichste Lebensperspektive zu sein. Ich nannte mich schon damals Dichter, und meine Absicht war es, Poesie zu machen, obwohl mir heute klar ist, wie arrogant das war, da ich kaum damit begonnen hatte und nichts wußte, rein gar nichts. Aber ich hatte lange, wilde Haare, meine Kleidung war unordentlich, und dann kam dieses süße kleine Mädchen, das meine Ziele interessant fand, mich anbetete und meine Worte liebte, wie sie sagte. Da erkennt man bereits die Saat des Scheiterns, stimmt's?«

Gwen runzelte leicht die Stirn: Sie erkannte eigentlich gar nichts.

»Und ich war der glückliche Gefangene ihrer Zärtlichkeit. Das klingt jetzt vielleicht grausam, aber wenn ich zurückblicke, glaube ich, daß sie eher wie meine Haare und meine Kleidung war: ein Teil der Vision von mir selbst. Daß sie schlank war, mit Haaren, die bis zu ihrer Taille herabfielen, großen Augen, schmalen, feinen Händen und zarten Fingern, die aussahen, als sollten sie nichts Schwereres als eine Blume heben oder zum Beispiel einen Gedichtband – sie schien mir genau die richtige zu sein, die Partnerin eines Dichters. Ebenso wie ich ihr vielleicht auch als der richtige erschien. Jugend ist natürlich nicht so vorausschauend oder weise, und Lust und Hoffnung sind eine mächtige Kraft. Und so, um es kurz zu machen, heirateten wir.«

Jack schüttelte den Kopf. »Und es ging gut. Es ist mir eigentlich nie ganz klargeworden, ab wann es nicht mehr gutging. Sylvia unterrichtete, ich schrieb meine Gedichte und wurde hin und wieder veröffentlicht. Wir bekamen unseren Sohn, dann unsere Tochter. Wir sahen uns um und fanden, daß es mit dem Land abwärtsgeht, und damit meinten wir nicht nur für Lehrer und Dichter. Ich glaube, als die Macht des Landes in der Welt sank und verlorenging, richtete sie sich gegen das eigene Volk und wurde wie die Stadt, in der ich aufwuchs, oft grausam und böse. Jungen Leuten wie uns erschien es jedenfalls, als gäbe es viel zuviel Vergangenheit und nicht genug Zukunft. Viele unserer Freunde waren schon lange fort, als auch wir fortgingen.

Und so kamen wir hierher. Wir waren damals acht oder zehn Jahre verheiratet, eine Zeit, in der man in einer Ehe oft eine Durststrecke durchmacht. Sylvia hatte mich noch nicht völlig satt und die Kinder schon gar nicht, aber sie war müde. Wir müssen wohl geglaubt haben, daß sich an einem neuen Ort neue Perspektiven eröffneten, und so war es auch.

Sie bekam Arbeit, und ich schrieb und lektorierte ein bißchen und veröffentlichte mal hier, mal da eigene Sachen. Hin und wieder wies mich Sylvia darauf hin, daß wir keine Ersparnisse hatten, daß wir die Ausgaben von heranwachsenden Kindern zu tragen hätten und fast ausschließlich von ihrem Gehalt lebten, aber ich war der Überzeugung, sie hätte es nicht anders erwartet. Und das hatte sie auch nicht, glaube ich. Aber ihre Meinung dazu hatte sich geändert. Und ich verstehe, daß ein Dichter in der Jugend etwas Romantisches haben mag, man Armut ertragen kann, aber wenn man älter wird und immer noch mühsam um das tägliche Brot kämpfen muß – vielleicht hat sie das entmutigt. Obwohl ich für die Kinder da war, diesbezüglich beklagte sie sich genausowenig wie ich.« Seine Augen wurden weich und traurig. »Die Kinder zu verlieren war das schlimmste, viel schlimmer als Sylvia zu verlieren.

Aber ich kann nicht sagen, sie hätte mich nicht gewarnt. Anders als dein Edgar. Sie hat mir gesagt, ich sollte mir mal überlegen, mich nach einer Arbeit wie der ihren umzusehen, ich könnte ja unterrichten, sogar in einer Universität, zum Beispiel über die Kunst, Gedichte zu schreiben – aber, stell dir vor, Gwen, ich glaubte, das sei mein Tod. Ich sagte: ›Du wußtest doch, wie es sein würde, als wir geheiratet haben.‹« Jacks Grinsen verzerrte sich. »Ich muß geglaubt haben, daß am Hochzeitstag die Zeit stehenbleibt: daß die Regeln, die damals aufgestellt wurden, für immer gelten. Nicht besonders klug, was meinst du?«

Nicht besonders, Gwen nickte.

»Aber ich begriff es schnell an dem Tag, an dem sie die Kinder nahm und fortging, um mit einem Mann zu leben, an dessen Existenz ich nicht im Traum gedacht hatte, ein Typ, mit dem sie arbeitete, auch ein Lehrer, den sie lieben lernte, während ich so damit beschäftigt war, meine feinen Wörter niederzuschreiben, und nicht aufmerksam genug war. Meine Überraschung war ungefähr so groß wie deine, auch wenn die Gespräche anders verliefen. Dein Edgar hat dich wenigstens nicht wegen einer anderen verlassen. Sylvia sagte, der Mann liebe sie, er sei aufmerksam, würde für unsere Kinder sorgen und obendrein noch gut verdienen. Sie sagte: ›Es tut mir leid, ich weiß, was ich versprochen habe, aber ich habe vergessen zu berücksichtigen, daß man erwachsen wird‹. Und ich muß sagen, das tat weh.

Den Kindern tat es noch mehr weh. Sie waren damals acht und zehn, und wir hatten eine sehr enge Beziehung – und haben sie immer noch –, aber sie wußten Bescheid und erzählten mir nichts. Sie wußten, daß sie umziehen würden, um bei diesem Mann zu leben – sie wußten, daß der Mann existierte, zum Teufel, und das war sehr viel mehr als ich wußte –, und wegen Sylvia hielten sie das geheim. Ich brauchte eine ganze Weile, um mich davon zu erholen, das kann ich dir sagen.

Aber weißt du, Sylvia hatte recht, die Dinge können sich ändern und trotzdem nicht ganz kaputtgehen. Meine Kinder und ich lernten, weiterhin eine enge Beziehung zu haben. Ich war da, wenn sie mich brauchten, ich war bei ihren wichtigen Auftritten, bei ihren Abschlußfeiern und Hochzeiten, und ich war da , oder zumindest im Krankenhaus, als mein Enkel geboren wurde, und jetzt fahre ich zu Sylvias Hochzeit, was in gewisser Weise auch ein historischer Moment in der Familiengeschichte ist.« Er zuckte die Achseln. »Das sind nur einige der Dinge, die im Leben geschehen. Und es hat mich weiser gemacht, es machte Sylvia glücklicher, und die Kinder sind jetzt schon weiser und glücklicher als wir beide. Also, du siehst«, er hob, die Handflächen nach oben, seine Hände, »es war ein Fortschritt, und es war im Endeffekt nicht tragisch, für keinen von uns.«

»Trotzdem.« Gwen blieb skeptisch. »Auf die Hochzeit gehen – und warum heiraten sie erst jetzt? Nach all der Zeit?«

»Oh, sie heiratet nicht den Typen, mit dem sie mich verlassen hat. Das dauerte ein paar Jahre, aber jetzt ist es wieder ein ganz anderer. Zugegeben, ich würde vielleicht nicht so unbeschwert zu der Hochzeit fahren, wenn es die von Sylvia und Jeremy wäre. Den Mann habe ich nie gemocht. Gut, man könnte sagen, wir hatten schlechte Ausgangsbedingungen, er ist schließlich mit meinen Kindern abgehauen, von meiner Frau gar nicht zu reden. Schwer, ihn dann als einen netten Kerl zu sehen, der er ohne Zweifel war. Aber Sylvia hat ihn auch verlassen, einfach weil er ihr nach einiger Zeit auf die Nerven ging, wie sie mir erzählte, nicht weil er irgend etwas Schlimmes getan hat oder, so wie ich, die Familie nicht versorgen konnte. Ich gebe zu, daß ich eine gewisse Freude verspürte, als sie es mir erzählte.

Ich hoffe, der neue Ehemann ist ein guter Mann, und ich hoffe, er geht ihr nie auf die Nerven. Sylvia ist eine sehr nette Frau, vielleicht nicht mehr ganz so nett wie in der Zeit unserer Ehe, aber viel netter als an dem Tag, an dem sie mich verließ. Also wünsche ich ihr nur das Beste. Und ich bin geschmeichelt und erfreut, daß sie mich zur Hochzeit eingeladen hat.«

»Du klingst, als hättest du sie ziemlich gern.« Hätte Gwen Edgar später gern gehabt? Hätte sie zu irgendeinem Zeitpunkt von ihm sagen können: »Er ist ein ziemlich netter Mann«? Es klang wie eine sanfte, freundliche Verheißung, ein angenehmer, würdiger

Ausgang. Aber dazu hätte sie ihn wohl erst einmal kennenlernen müssen.

»Ja, sehr gern. Auch wenn es nicht nur schmeichelhaft ist zu wissen, daß jemand ein besserer und glücklicherer Mensch wird, weil er nicht mehr mit mir zusammen ist.«

Sagte Edgar ihr nicht so etwas voraus, das sie damals eher für verzweifelt und kaum überzeugend hielt? »Du wirst herausfinden können, wer du sein willst. Worauf es dir ankommt und was du machen willst.« Und ist sie nicht tatsächlich ziemlich feurig genau dem nachgelaufen, worauf es ihr ankam und was sie wollte? Wenn auch nur im Augenblick?

»Vor allem«, fuhr Jack fort, wobei seine Stimme in der Dämmerung zart klang, »habe ich die Menschen gern, die wir einmal waren. Ein Gefühl der Süße für mein eigenes verlorenes Wesen ebenso wie für ihres. Es ist ein bißchen so, als erinnere man sich an jemanden, der gestorben ist.« Seine Stimme wurde plötzlich hart. »Meine Kinder allerdings sind mir immer noch das Wichtigste. Für sie würde ich töten. Oder sterben.« Und es klang so, als würde er das.

Man stelle sich eine Leidenschaft vor, die sich nie ändert und nie nachläßt. Genau das ist ihre größte Sehnsucht, die Sehnsucht, die ihr am wenigsten erfüllt wurde.

»Gwen?« fragte er. »Du weinst doch nicht?«

Nein, nicht wirklich. Aber sie fühlte sich nicht wohl. Genau genommen fühlte sie sich ein bißchen krank. »Siehst du sie oft?«

»Zweimal im Jahr, vielleicht, zur Zeit, aber dann immer gleich ein paar Tage. Manchmal einen Monat lang, aber diesmal wird es nicht so lange, ich muß in ein paar Wochen zu Hause sein.« Sein Zuhause ist übrigens, wie es sich manchmal so trifft, eine Wohnung im dritten Stock eines alten Hauses in einer Stadt, die zwei Stunden von Gwen entfernt liegt. Eine Stadt, in die Edgar und sie ein- oder zweimal im Jahr wegen einer Theateraufführung, einer Versammlung oder übers Wochenende fuhren, einfach um weg zu sein. Einfach weg. Und das hielten sie für ein Abenteuer!

Sie hat sich immer gefragt, wer in solchen Häusern wie dem, das

Jack beschrieb, wohnte. Sie hatte geglaubt, Studenten oder Arme. Jack hatte zugegeben, arm zu sein. Oder sich vielmehr zur Armut bekannt, ohne ein Zeichen der Verlegenheit. »Man wird mit einem Gedicht nicht reich«, sagte er, und sie konnte sehen, daß es stimmte.

Sie wünschte, sie hätte auch eine so leidenschaftliche Sehnsucht nach etwas so Wichtigem, das Entbehrungen und sogar Leid wert war. Kinder. Das war es.

Jack sagte: »Himmel, hast du ein veränderliches Gesicht. Dein Ausdruck verändert sich von einem Augenblick zum nächsten. Ich sollte Fotograf und nicht Dichter sein, dann bestünde die Hoffnung, dich auf Papier zu bannen.«

»Hast du die?«

»Solch eine Hoffnung? O ja, die habe ich. Und ich werde es tun.«

Sie wird in der Zukunft nach seinem Namen suchen müssen und beim Lesen auf dem laufenden bleiben.

Was wird er über sie schreiben? Was für Worte wird er verwenden? Ihre gemeinsame Zeit ist sehr kurz, um Urteile geht es nicht. Vielleicht ist das der Grund, warum sie immer noch wach unter ihm liegt, um nur ja nichts zu versäumen.

Die Zeit, die sie zusammen hatten, war jedoch sehr gut ausgefüllt. Heute haben sie nackt in einem kleinen, kalten See gebadet. Er ist ein Reisegefährte, der sagt: »Ich möchte wissen, wohin dieser Weg führt? Willst du es ausprobieren?« Auf diese Weise sind sie schon des öfteren in Sackgassen und in ziemlicher Wildnis gelandet. Gwen hat gelernt, ihr Wohnmobil in sehr engen Gassen zu wenden oder den Atem anzuhalten, wenn Jack es tat.

Heute nachmittag wanderten sie abseits des Highway über einen kleinen Weg, der, ehrlich gesagt, nicht besonders reizvoll war, bis Jack nach links auf einen blauen Fleck deutete. »Hast du Lust?«

Na klar.

»Ich bin zweiundvierzig Jahre alt«, sagte sie zu ihm, als sie bibbernd im eiskalten Wasser einander die Haut rubbelten, »und ich habe so etwas noch nie getan.«

»Was?« Er lachte. »So etwas?« Ein großer Arm umschlang ihren Rücken, seine andere riesige Hand hob ihren Hintern hoch und setzte sie, die auch lachte und um Gleichgewicht rang, auf seinen Schwanz. Ihre Augen wurden groß. Hitze und Kälte kollidierten in sich widersprechenden gegensätzlichen Empfindungen, die sich genau auf einen Punkt konzentrierten. »Mein Gott!« sagte sie.

Hat Edgar *davon* geredet?

Jack hob und senkte sie mit seinen großen Händen und starken Armen, hob und senkte sie, wobei er ihre Augen betrachtete, bis seine eigenen verschwommen und starr wurden und sich ihre Beine hart um seine Hüften preßten. »Wie haben wir das gemacht?« fragte sie, als sie sich voneinander gelöst hatten.

»Wir passen zusammen. Wir balancieren. Und außerdem«, er grinste, »berühren meine Füße den Grund.«

Und Edgar hatte nicht einmal das Auto angehalten, damit sie pinkeln konnte! Sie lachten beide laut auf; natürlich nicht aus demselben Grund.

»Sag mal«, fragte sie, als sie wieder trocken und angezogen waren und nah beieinander in der engen Küche standen, »was würdest du nicht tun? Hast du vor irgend etwas Angst?« Sie machten sich Schinkenbrote mit Senf, denn beide, vor allem aber Jack, waren ausgehungert. Erstens ist er ein großer Mann, und außerdem scheint es ihr, als bewege er sich in einem eigenen Energiefeld. Wenn er Hitze abgibt, muß er auch wieder eine große Menge aufnehmen.

Er wirkte überrascht. »Oh, meine Liebe, es gibt tausend Sachen vor denen ich Angst habe!«

So etwas hätte Edgar nie zugegeben: sie erinnert sich allerdings auch nicht, ihn je danach gefragt zu haben. »Was denn?«

»Schwimmen zum Beispiel. Im Wasser fühle ich mich nicht wohl. Das kommt davon, daß ich es zu spät gelernt habe. Ich nehme an, ihr Nordamerikaner müßt es bald nach der Geburt lernen, ihr seid wie Delphine, aber ich war schon über dreißig, und Wasser ist für mich überhaupt keine natürliche Umgebung.«

»Aber heute bist du doch geschwommen. Und es war deine Idee.«

»Nennst du das Schwimmen?« Die Augenbrauen gingen wieder nach oben. »Ich fand, es hatte nichts damit zu tun, mir einen Weg durch die Wellen zu bahnen, gar nichts. Es war der Anblick deiner lieblichen weißen Brüste, groß genug, uns beide über Wasser zu halten. Das wollte ich genießen, das hatte nichts mit Schwimmen zu tun. Übrigens jagst du mir Angst ein, obwohl ich das zweifellos nicht sagen sollte, seit ich den Eindruck habe, daß Frauen Männer verlassen, die so etwas zugeben. Hältst du jetzt weniger von mir, nachdem ich gebeichtet habe?«

Dies war eines jener seltsamen Gespräche, die halb spielerisch und halb ernsthaft sind.

»Tja, ich nehme an, wenn du Angst gehabt hättest, ich könnte dich verprügeln, dann würde ich denken, dir fehlt jeder Realitätssinn, und das, ja, das würde mich abstoßen. Aber was könnte dich denn an mir ängstigen?«

»Du unterschätzt dich, meine liebe Gwen. Du bist wie, ach, wie diese Dosen, in denen du das Essen aufbewahrst«, er machte eine Bewegung in Richtung der Plastikbehälter mit Salat, Fleisch, Resten von Tomatenscheiben und Zwiebeln. »Siehst du? Alles ist sicher versiegelt und geheimnisvoll, und du kommst nicht an die Sachen heran, ohne den Deckel aufspringen zu lassen, aber innen findest du dann Dinge, die gut und nahrhaft sind, kühl und frisch. Du hast eine ähnliche Kraft der Verschlossenheit; es ist vielleicht ein wenig riskant einzudringen, aber innen ist es köstlich.«

Schmeichelhaft. Auch eine übertrieben hohe und ziemlich romantische Meinung über eine Frau, die vielleicht gerade zwanzig Jahre mit einem zu fest verschlossenen Deckel verbracht hat.

»Aber warum gehst du an einen See, wenn du nicht schwimmen willst? Und warum kommst du zu mir?«

»Also, du bist schon mal unwiderstehlich.« Er versank in ein kurzes Schweigen. Sie konnte sehen, wie er über etwas nachdachte. »Laß uns draußen Picknick machen, ja? Und ich erzähle dir eine Geschichte über mich und die Angst, wenn du willst.« Anscheinend macht es ihm Spaß, Geschichten zu erzählen.

Als sie in den Gartenstühlen saßen, mit den Tellern auf dem Schoß und einer Flasche Wein auf dem kleinen runden Klapptisch zwischen ihnen, holte er tief Luft. »Man sieht es mir jetzt nicht mehr an, aber im Alter von ungefähr vierzehn war ich ein schmächtiger Junge, klein, mit schmalen Schultern und einer Hühnerbrust.« Er hatte recht, es war schwer vorstellbar. In seiner Massigkeit hätten jetzt drei kleine Jungen Platz.

»Und unsere Stadt im Norden Englands war ein rauher Ort, der sich nur auf ein paar kleine, dreckige Industriebetriebe stützte, die bereits damals nicht mehr zeitgemäß waren und immer kurz vor dem Zusammenbruch standen. Inzwischen sind sie zusammengebrochen. Selbst die Besitzer waren nicht mehr so reich, auch wenn es eine Zeit gab, in der sie es mal waren. Uns erschienen sie immer noch reich. Im übrigen waren die Männer fast immer arbeitslos, die Frauen mühten sich ab, und es gab viel Gewalt zwischen den Geschlechtern. Jetzt sehe ich, daß es überall geschieht, daß Menschen, die sonst nichts bestimmen können, sich gegeneinander wenden; aus der Distanz ist es einfach, Gründe und Muster zu erkennen.

Meiner Mutter und meinem Vater ging es gut, er war Lehrer und hatte Arbeit, aber um uns herum herrschten überall Verzweiflung und Wut, natürlich auch in der Schule. Wenn alles zusammenbricht und wenig Hoffnung auf Besserung im Leben besteht, dann werden Kinder roh. Ihre Herzen bekommen eine rauhe Schale, und sie richten Schaden an, weniger weil sie böse sind, sondern vielmehr weil sie versuchen, ihren Kummer auf jemand anderen abzuladen, wobei es ihnen egal ist, auf wen oder wie. Sie müssen ihn nur loswerden. Das glaube ich jedenfalls heute.

Vierzehn ist ein seltsames Alter für einen Jungen. Für Mädchen zweifellos auch, aber für einen kleinen Jungen kann es ein furchtbarer Umbruch sein. Da mein Vater Lehrer war, hatten wir zu essen und ein Dach über dem Kopf, aber man betrachtete uns als weich, verstehst du, man meinte, wir hätten es zu einfach. Manche fanden, wir seien in jeder Hinsicht wohlhabend, während es ihnen jeden Tag schlechter ging, und dafür wurde ich bestraft.

Obwohl ich lange, lange Umwege durch Höfe und Gassen machte, gelang es mir nie, zur Schule und zurück nach Hause kommen, ohne Prügel bezogen zu haben und irgendwo zu bluten. Die Rowdys haben mich immer gekriegt. Ich glaube, ich war für sie das ideale Opfer. Meine Mutter nahm das furchtbar mit, sie beschwerte sich bei meinem Vater und den Eltern und allen anderen, aber das waren schreckliche Jungen in schlechten Zeiten, und sie hatten viel schlimmere Probleme als ein kleiner Junge, den sie auf dem Kieker hatten.

›Begleite ihn zur Schule und zurück‹, sagte sie zu meinem Vater, ›wenn du dabei bist, werden sie ihm nichts tun.‹ Aber das machte er nicht. Es gebe immer noch Samstage und Sonntage, erklärte er, und ich könne nicht die ganze Zeit sicher zu Hause bleiben. Er könne nicht immer da sein, und wenn er dann mal nicht da wäre, würden sie mir am Schluß nur noch schlimmer zusetzen. Jedenfalls sagte er das.« Jack machte eine Pause. »Er war – ein komplizierter Mann, mein Vater. Vielleicht selbst ein bißchen ein Schlägertyp. Ich nehme an, daß ich mich immer mehr zu einem dieser eingeschüchterten Jungen entwickelte, die man schon deshalb treten will, weil sie so eingeschüchtert sind, und das fordert besonders heraus. Möglicherweise empfand mein Vater das auch so.

Ein paar Mal ließ mich meine Mutter gegen den Willen meines Vaters zu Hause, und an manchen Wochenenden steckte ich meine Nase nicht zur Tür hinaus, aber das wollte mein Vater nicht zulassen. ›Geh raus, Junge‹, sagte er, ›du kannst nicht nur drinhocken, das ist nicht gesund.‹ Als sei es draußen für mich gesund. Aber er war daran gewöhnt, Lehrer zu sein, und er konnte Kerle mit seinem Blick bezwingen, egal wie groß sie waren und was sie wollten. Ihn kümmerte es nicht, daß man ohne die Macht der Schule und seiner Stellung – vor allem wenn man klein war und sein Sohn – nicht über diesen Blick verfügte, um jeden damit zu bezwingen.

Es schien ewig so weiterzugehen, obwohl ich weiß, daß es nicht so war; allerdings sind ein paar Wochen im Leben eines Jungen eine Ewigkeit. Aber kennst du dieses Gefühl, Gwen, daß plötzlich etwas vorbei ist? Daß es einfach nicht mehr weitergehen wird, weil es nicht weitergehen kann?«

Das kannte sie, ja.

»Erstaunlicherweise schaffte ich eines Morgens den ganzen Weg in die Schule, und das war fast eine Meile, ohne daß mir jemand weh tat oder mich bedroht hätte. Inzwischen machte das kaum noch einen großen Unterschied. Ich war so ein Angsthase und zuckte bei jedem Schatten oder Geräusch zusammen, daß ich trotzdem völlig fertig war, als ich ankam. Aber diesmal war ich nicht verletzt und blutete nicht. Den ganzen Tag dachte ich daran, daß ich dafür am Abend nicht heil nach Hause kommen würde. Niemals würde ich beide Wege unversehrt schaffen.

Ach, Gwen, du wirst so schlecht von mir denken, von diesem armseligen, ängstlichen Geschöpf – verderbe ich es mir jetzt mit dir?«

Sie konnte verstehen, was er meinte: daß es passieren konnte, daß sie statt Jack dieses furchtsame, feige Kind, das er beschrieb, sehen würde und Verachtung oder Mitleid empfände. Jedenfalls etwas, das man einem anderen Erwachsenen nicht entgegenbringen sollte. Aber sie sagte, »Nein«, und sprach langsam, als wäge sie die Wörter vor ihm ab. »Ich sehe den Mann, den dieser Junge aus sich gemacht hat, und möchte gern hören, wie er das angestellt hat.«

Er beugte sich vor, nahm ihre Hände, ließ sie dann los und kehrte zu den Bildern in seinem Kopf zurück. Das ist es, was geschieht: daß derjenige, der eine Geschichte erzählt, diese sieht, während der Zuhörer nur die Worte aufgreifen und seine eigenen Bilder dazu formen kann, die vielleicht völlig falsch sind. Gwen wußte nicht, ob die Straßen, die der junge Jack entlanggeeilt war, gepflastert waren oder Schlammwege, ob sie breit oder eng waren, dicht von Häusern gesäumt oder an leeren Grundstücken und Parks vorbeiführten. Sie wußte nicht, ob die Schule klein oder groß war, und sie hatte keine Vorstellung, wie seine Eltern aussahen oder in was für einem Haus und Haushalt sie lebten.

In ihrer Vorstellung waren die Straßen breit und grob gepflastert, hauptsächlich von schmalen Reihenhäusern gesäumt, die nah an der Straße standen, winzige Gärtchen und kleine Zäune hatten und Blumenkästen. Es gab ein paar stoppelige, verwahrloste offene Flächen, ein oder zwei Kneipen, ein paar Läden und die finstere Gasse, die besonders für einen kleinen Jungen bedrohlich wirkt. Seine Mutter war sicher auch klein und nervös. Gwen stattete sie mit kräftigen Händen aus. Seinen Vater stellt sie sich auch nicht groß vor, aber er hatte vielleicht einen Bart und strenge Augen: Das Bild eines Patriarchen.

Sie glaubte nicht, daß es einen große Rolle spielte, ob all diese Einzelheiten genau zutrafen.

»Ich glaubte, ich sei gestorben und gen Himmel gefahren, als ich den ganzen Tag, zwei Turnstunden und die große Pause hindurch, überstand, ohne die Aufmerksamkeit der Rowdys auf mich gezogen zu haben. Aber ich fühlte mich natürlich nie sicher, bevor ich nicht bei mir zu Hause, vorzugsweise in meinem eigenen Zimmer, untergeschlüpft war.

Kaum war ich also aus der Schulhaustür, schaute ich nach links und rechts und sauste in einem Affentempo los. Ich sah die Kerle etwas abseits der Schule in ihren Lederjacken und Springerstiefeln stehen, wie sie etwas anschauten, was ich nicht sehen konnte. Ich dachte, ›Was für ein Glück‹, und raste mit großer Geschwindigkeit weiter, um dann, ich weiß nicht warum, einfach stehenzubleiben. Ich weiß nicht, ob ich irgendein Wort aufschnappte oder ein Geräusch hörte oder irgendein Gefühl hatte, aber aus irgendeinem Grund drehte ich mich um und ging zurück. Bei jedem Schritt dachte ich: ›Du bist ein Idiot, Jack. Was tust du? Es ist nicht zu spät, dreh um und hau ab, was, zum Teufel, hast du vor?‹

Ich weiß nicht, ob du je so ein Gefühl hattest, Gwen: als sei man zwei verschiedene Personen, die zwei völlig andere Dinge wollen, aber man sieht sich selbst wohl oder übel nur eins davon tun.« Wieder nickte sie. »Nicht daß ich auffallen wollte, ich wollte nur gukken, keine Aufmerksamkeit auf mich ziehen, also schlich ich mich heran, hinter die Jungen, an eine Stelle, wo sie mich nicht sehen konnten. Aber als ich sah, was sie anschauten, was sie taten, ging in meinem Kopf etwas los. Mein Gehirn explodierte.

Sie hatten einen Hund, weißt du – oh, es ist eklig, Entschuldigung –, da war dieser große Hund, der einem der Schüler gehörte, und der sich manchmal am Nachmittag beim Schulhof herumtrieb.«

Er machte eine Pause. »Sie haben ihn gequält?« fragte Gwen.

»Ich weiß nicht, ob man das Quälen nennt oder nicht, wenn man es aus seiner Perspektive sieht. Was sie getan hatten, war, daß sie sich ein armes, fettes, blasses Mädchen geschnappt und ihr die Kleider vom Leib gerissen hatten. Zwei hielten sie fest, während ein paar andere versuchten, den Hund dazu zu bringen, sie zu besteigen.«

»O Gott.«

»Ich habe keine Ahnung, ob es möglich gewesen wäre, aber darum ging es nicht. Und das Mädchen – ich weiß nicht, wie lange sie schon dort waren, jedenfalls war es für sie lange genug, glaube ich. Sie weinte nicht mal mehr. Sie wand sich nur ein bißchen und zappelte unter ihren Händen, ihr armes Fleisch wackelte und wabbelte und sie gab jämmerliche, wimmernde Laute von sich, etwas zwischen einem Jammern und einem Stöhnen – ich habe seitdem nie wieder etwas Vergleichbares gehört.«

»Wo waren die Lehrer? Wo war dein Vater?«

Jack zuckte die Achseln. »Drinnen. Und beim Haupteingang. Das Ganze spielte sich seitlich des Schulgebäudes ab, in einem schmalen Durchgang zwischen der Schule und einem Drahtzaun, der sie von einem Baugelände trennte. Keine richtige Gasse, eher ein Durchgang, mit Schotter und Glasscherben und zerbrochenen Ziegeln und weggeschmissenem Bonbonpapier.

Jedenfalls, als es in meinem Kopf explodierte, ließ ich einen Schrei los und warf mich auf sie, ich bestand nur noch aus Fäusten und Stiefeln und einer Stimme, die ich selbst noch nie von mir gehört hatte, als würde sie in diesem Augenblick von der Knaben- zur

Männerstimme, so wie man von Leuten hört, die durch einen Schock über Nacht weiße Haare bekommen. Es herrschte große Aufregung, aber ich sah nur Körperteile, die ich schlagen, treten oder beißen konnte. Ich wollte so viele wie möglich verletzen. Meine eigene Stimme kam von weit her und war ganz fremd. Es muß ziemlichen Eindruck gemacht haben. Auf alle Fälle erregte es die nötige Aufmerksamkeit.«

Er machte wieder eine Pause. »Und dann?« fragte sie vorsichtig.

»Na ja. Nachdem man uns alle auseinandergezerrt hatte, das Mädchen bedeckt und weggebracht worden war und der Junge, dem der Hund gehörte, diesen heimführte, warf mein Vater die Kerle auf der Stelle von der Schule und holte die Polizei. Sie kamen alle vor Gericht und landeten einige Zeit später schließlich im Gefängnis.

Ich habe meinen Vater noch nie so wütend gesehen. Kalkweiß und zitternd, auf seine Art genauso außer Kontrolle, wie ich es gewesen war. Aber er war nicht da gewesen, verstehst du. Er lobte mich später, sagte mir, wie tapfer ich gewesen sei, aber ich wußte, daß es kein Mut war, sondern diese Bombe, die, nicht nur wegen des Mädchens, in meinem Kopf losging. Danach fürchtete ich mich nie mehr vor meinem Vater. Und ich hatte überhaupt keine Angst mehr vor Rowdies, denn ich dachte, ich könne mich auf das Ding in meinem Kopf verlassen; sie würden mich nie verprügeln, solange ich eine solche Waffe in mir trug.

Und wenn ich keine Angst vor meinem Vater und vor den Rowdies hatte, dann schien es langsam so, als bräuchte ich mir überhaupt keine Gedanken mehr über Angst zu machen. Ich habe also immer noch vor vielen, vielen Dingen Angst – auch vor dir, meine liebe Gwen, und davor, in unbekannten Seen herumzuplanschen –, aber ich habe keine Angst mehr davor, Angst zu haben. Verstehst du? Es ist nicht so, daß ich es oft darauf anlege, aber ich schrecke nicht davor zurück, weil ich Angst haben könnte.«

Er grinste. »Abgesehen davon fing ich kurz nach dieser jugendlichen Epiphanie an, zu der Größe heranzuwachsen, die du jetzt siehst, das war sowieso schon mal eine Hilfe. Das Traurige an Rowdies ist, daß sie sehr wahrscheinlich schlecht ernährt sind und wahrer Muskelkraft kaum etwas entgegenzusetzen haben. Was Kraft angeht, verlassen sie sich hauptsächlich auf die Gruppe und auf einen drohenden Blick.«

Ihr fiel David ein: Würde Jack ihn, der so schmächtig und schlecht ernährt war, als Rowdy betrachten? So hatte sie ihn selber zuerst eingeschätzt, an der Bar, ein paar Stunden bevor sich ihre Meinung änderte.

»Was ist aus dem Mädchen geworden?«

Jack zuckte die Achseln. »Sie kam nicht wieder, sie wurde auf eine andere Schule geschickt. Aber von so etwas erholt man sich wohl nie mehr, egal wohin man geht.« Gwen nickte; sie konnte sich vorstellen, daß solch ein Ereignis das ganze Leben dieses Mädchens immer wieder überschattete.

»Und mit dem Hund war es auch traurig. Niemand wollte mit ihm danach mehr etwas zu tun haben, außer natürlich der Junge, dem er gehörte, und immer wenn er hinter der Schule auftauchte, wurde er verjagt, niemand warf mehr Stöckchen für ihn. In seinem kleinen Hundegehirn muß er sich gefragt haben, was er eigentlich angestellt hatte. Denn er hat natürlich gar nichts gemacht, er war nur das Folterwerkzeug in den Händen dieser Kerle. Ich konnte das zwar erkennen, brachte es aber auch nicht fertig, den Hund noch einmal anzufassen oder ihm in die Augen zu schauen.« Jack erschauerte. »Wenigstens ist er jetzt schon gestorben. Das Mädchen nicht, nehme ich an. Sie war ein paar Jahre jünger als ich, aber der Hnd ist von seinem Leiden erlöst.« Er seufzte.

»Aber wie schrecklich der Tag auch für den Hund und für das Mädchen gewesen sein mag, für mich war es der Tag, der mich gerettet hat, ist das nicht furchtbar? Es klingt grausam, ich weiß, und herzlos gegenüber dem Mädchen, aber glaube mir, ich vergesse weder die groteske Tat dieser Typen noch die Angst des Mädchens. Und es ist auch nicht so, daß ich seither nie mehr Blut gesehen oder nichts mehr auf die Nase bekommen hätte. Aber was ich meine, ist folgendes: Ich glaube, wenn man gewisse Schmerzen einmal ertragen und dabei gelernt hat, daß sie zu ertragen sind, dann sieht man das Leben ganz anders. Du gelangst an einen Punkt, und irgend etwas geschieht, wodurch du deinen Weg findest. Und alles stellt sich plötzlich ganz anders dar. Ist anders!«

»Ich weiß«, sagte sie ruhig.

»Ich weiß, daß du es weißt. Darum habe ich es dir erzählt.«

Da ihre gemeinsame Zeit kurz ist, sind ihre Geschichten zu Aufzählungen entscheidender Momente komprimiert: die Höhe- und die Tiefpunkte. Ihre Gespräche müssen wie Gedichte sein, oder wie sie sich Gedichte vorstellt: kurze Zeilen, kodiert, jedes Wort enthält viel mehr als sich selbst.

Miteinander zu schlafen ist ein weiterer Code. Er schläft jetzt tief und hat sich leicht von ihr abgewendet. Sie berührt sein Haar, das langsam grau wird, aber voll, sogar buschig ist. Sie versucht, sich die Wahrnehmung dieses Haars einzuprägen und dieses Kopfs unter ihrer Hand; Erinnerung ist auch ein Code.

Liebe, in welcher Form auch immer, ist schließlich nie einfach. Sie kann klar sein und voller Leidenschaft und, zu ihrer Überraschung, durchaus auch zeitlich begrenzt, aber nie – so scheint es – unkompliziert. Dieser Mann in Gwens Armen wird in ein paar Tagen wieder bei seinen Kindern sein. Und bei seinem Enkelkind! Das muß die klarste, reinste Form der Liebe sein.

Plötzlich fällt Gwen ein – und darüber erschrickt sie so, daß ihre Augen aufspringen –, daß ihre eigenen verlorenen Babys einfach das geblieben sind: Babys. Außer bei so sonderbaren Gelegenheiten wie Edgars Beerdigung, wo sie ganz erwachsen neben ihr auftauchten, und ihre tröstende Gegenwart sie stützte. Aber wie wären John und Sarah mit vier, sieben, zwölf oder sechzehn gewesen?

Ihre Vorstellung von ihnen scheint ebenso verkümmert gewesen zu sein wie ihre versickerten Existenzen. Sie sieht, daß sie auf mehr als eine Art versagt hat, ihnen das Leben zu schenken.

Was für Menschen wären sie in der Realität gewesen, mit ihren individuellen Tugenden und Fehlern und Temperamenten? Was hätten sie von ihren Eltern geerbt, die, selbst füreinander, letztendlich Chiffren waren? Was für ein Vorbild wäre sie einer Sarah oder einem John gewesen? Was für eines Edgar?

Wenn es eine Sarah oder einen John gegeben hätte, wären diese auf jeden Fall geliebt worden. Auch Edgar hätte sie geliebt. Und wenn es diese Variante der Liebe in ihrem und Edgars Leben gegeben hätte, wären sie selbst auch zu anderen Menschen geworden und anders miteinander umgegangen.

So viel verloren und unbekannt und unerfahrbar. Es ist lächerlich, wie ihr ohne Vorwarnung die Tränen aus den Augen schießen. Hier liegt sie mit einem großen, warmen Mann in den Armen, und ihre Tränen fließen auf seine ahnungslose Schulter. Was würde sie ihm sagen, wenn er aufwachte? Daß sie um verlorene Kinder weint, um nicht existierende Teile ihres Lebens? Das ist ein Mann, der, soweit sie weiß, das feiert, was ist, und nicht lange um das trauert, was nicht ist. Ebenso wie Edgar könnte er durchaus sagen: »Du mußt weiterleben, Gwen. Genieße es und erfreue dich an dem, was du hast.«

Und sie hätten recht, Jack und Edgar.

Oje, sie hofft, daß sie nicht anfängt, nun auch noch Jack in ihrem Kopf zu hören: ein Baßduett, das sie ermahnt, ihre Sorgen zu vergessen und vorwärtszumarschieren. Hinauf und weiter. Diesen Lärm und Radau könnte sie wirlich nicht ertragen.

Wie still die Landschaft ist. Nachts ist es oft gar nicht still, es gibt Rufe und Rascheln, Laubfrösche, rauschendes Wasser, aber heute nacht ist die Dunkelheit vollkommen still, wartet vielleicht und hält den Atem an.

Endlich schläft sie und wacht im Hellen mit dem Geruch von Speck auf. Jack dreht sich vom Herd zu ihr um und lächelt breit, glücklich mit der Aussicht auf den Tag, wie er es offenbar meistens ist. Er ist nicht unbedingt das, was sie fröhlich nennen würde. Das wäre zu heiter. Doch er scheint eine große Fähigkeit zur Hoffnung zu haben, Vorfreude auf das, was immer der nächste Augenblick bringen mag. Ansteckende Freude. Sie lächelt zurück, obwohl sie sich schon wieder nicht ganz wohl fühlt.

»Hungrig? Lust auf Kaffee und Frühstück?«

Eigentlich auf keins von beidem. Der Geruch nach Speck ist ein wenig zu stark. »Ich glaube nicht. Nichts, danke.«

Er runzelt die Stirn. »Bist du krank?«

»Mir ist ein bißchen übel, das ist alles. Kein Grund zur Sorge.« Dennoch ist sie froh, daß er hier ist. Als sie losfuhr, hatte sie nicht daran gedacht, daß sie unterwegs krank werden könnte, ganz allein. Nicht, daß er viel tun könnte. Aber wenn sie Hilfe braucht, würde er ihr helfen. Er ist da. Bald wird das nicht mehr der Fall sein. Vielleicht ist es das, weshalb es sie fröstelt. Das geht nicht. Sie kann es sich nicht leisten, einsam zu sein, und auf keinen Fall will sie Angst bekommen. Sie hat bereits viel zu viele Jahre in vager, unvernünftiger Abhängigkeit zugebracht.

Er kommt und setzt sich neben sie auf das schmale Bett und streichelt ihr Haar. Sie versucht sich daran zu erinnern, was sie gestern gegessen hat und er nicht, geht die Mahlzeiten in ihrem Kopf durch.

Sie fragt sich, wie seine Exfrau aussieht. Sie fragt sich, wen er zu Hause mit diesen kundigen und geschickten Fingern berührt, in wessen Körper sein dicker, stumpfer Penis eindringt, wer die Laute der Lust in seinem Bett hört und von sich gibt.

Ist es seltsam, daß die vielen leidenschaftlichen Intimitäten, die sie ihm unterstellt, sie in Aufregung versetzen? Daß diese Spekulationen, diese Bilder sie erregen?

Vielleicht ist es nur Fieber. Auf jeden Fall muß sie auf die Toilette. »Du solltest was essen«, sagt er. »Deinen Magen beruhigen.«

»Ein gekochtes Ei auf einer trockenen Scheibe Toast. Das vielleicht.«

Aber sie sieht, daß sein besorgter, nachdenklicher Blick nicht nur ihr allein gilt. Er richtet sich auch auf einen anderen Ort und andere Erlebnisse, die nicht zu lange hinausgezögert werden dürfen.

Sie selbst hat immer noch keine genaue Vorstellung davon, wohin sie eigentlich will, außer noch tiefer in die Prärie, dann ins Vorgebirge, in die Berge und schließlich ans Meer. Reine Geographie. Oder ob es überhaupt Sinn hat, über ein bestimmtes Ziel nachzudenken.

Sie fahren jetzt durch die fast unendliche Weite der Prärie, eine Unendlichkeit, eine Ewigkeit von Gold-Grün-Weiß-Blau, deren Helligkeit ihr Tränen in die Augen treibt und ihren Kopf schwindlig werden läßt. Jack summt leise am Steuer; Gwen schließt hin und wieder die Augen vor der vorbeirauschenden Aussicht. Sie ist sich der Einzelheiten an ihm bewußt: seiner volltönenden Stimme, der Farbe seiner stacheligen grauen Haare in seinem Gesicht und auf seinen Armen, auch der grauen Tiefen seiner klaren, wachsamen Augen.

Seine Zehen sind breit und plump, seine Finger und Hände selbstsicher. Geschickt. Seine Interessen sind sowohl breit gefächert als auch speziell. Sein Herz ist groß, sein Mitleid tief. Was sind seine schattigeren, weniger fröhlichen Seiten?

Es ist sicher gut, daß keine Zeit mehr bleibt, das herauszufinden. Vielleicht ist es die Geschwindigkeit der Reise, die diesen Schwindel verursacht. Der Reise von der einen Gwen, die vor nicht allzu langer Zeit noch eine recht angenehme, vorhersehbare Existenz vor sich hatte, zu der anderen Gwen, die keine Ahnung hat, was geschehen wird. Letztlich war es also doch gut, daß Edgar sie verließ und damit in dieses neue Leben beförderte. Und daß sie auch noch in diese flinken, starken, geschickten Arme geriet, die sie hochheben und umarmen, und die im Moment gerade das Steuerrad umfassen.

7

David hat keine Ahnung, was es ihm bringen soll zu wissen, wie man dieses komische Zeug herstellt, das er gerade mixt. Ein rosaflaumiges Etwas, in dem oben kleine Schirmchen und Kirschen stecken, oder ein Gebräu, das mal blau, mal grün wird, wenn man es zusammenmixt. Von solch einem Zeug hat er im Gully's nicht mal geträumt oder es auch nur vermißt.

Anderseits ist das etwas, was er beherrscht: ein Schuß von diesem, ein Schnapsglas von jenem – es ist ein bißchen wie im Chemieunterricht, doch ohne explosiv zu sein. Er kann sich, so stellt er fest, Drinks merken. Außerdem ist er endlich in einer Klasse, wo er nicht der einzige ist, der von seiner Begabung weiß. Schüler, die weniger begabt sind als er, blicken zu ihm auf. Das ist derart ungewöhnlich, daß es ihm fast leid tut, daß der Kurs, den er jeden Nachmittag drei Stunden lang besucht, nur zwei Wochen dauert. Und am Ende winkt als Belohnung ein Diplom.

Wäre die richtige Schule so gewesen, würde einiges anders sein; doch Davids Erziehung hatte mit »einer leichten Störung im Sozialverhalten« begonnen, wie Fink es letzte Woche nannte.

Er meinte damit, David sei als kleiner Junge daran gewöhnt gewesen, in der Ecke zu leben: im Gully's, und sogar oben in der kleinen Wohnung mit seiner Mutter und seinem Vater. Doch es waren freundliche, behagliche Ecken. Und auch wenn ihm keiner besondere Aufmerksamkeit schenkte, war man ihm nie übel gesonnen. Schon vor seinem ersten Schultag hatte er gelernt, was Erwachsene taten – manche jedenfalls.

Aber er wußte fast nichts über andere Kinder. Er wußte nicht, wie laut sie schrien, wie schnell sie rannten, wie flink sie sich Spielsachen schnappten oder beleidigt waren. Auch seine Mutter, die ihn am ersten Tag zur Schule brachte, schien nervös zu sein. Sie saß in dem hellen, lärmerfüllten Klassenzimmer auf einem kleinen Stuhl an der Wand, und auch sie guckte sich das eine Weile an. Dann ging sie. Sie tätschelte seinen Arm, drückte seinen Schulter und sagte: »Jetzt sei ein braver, großer Junge. Viel Spaß.« Und ging einfach fort.

Es schien ihm, als sei er nie aus den Ecken herausgekommen. Wie sehr er sich auch an der Wand entlangdrückte, Schulhöfe und Klassenzimmer kamen ihm als ausgesprochen feindlich vor, wenn auch nicht unbedingt gefährlich. Aber ganz sicher fühlte er sich dort nie. Er beobachtete alles, jahrelang beobachtete er nur. Seine besondere Aufmerksamkeit galt jenem Geheimnis, das die anderen kennen mußten, vor allem die, die einander wie ruhige Flüsse umströmten. Auch sie trafen mitunter auf felsige Stellen – Streit und wechselnde Bündnisse waren deutlich erkennbar –, aber manche umschifften auch solche Hindernisse, sie waren flexibel, nahmen einfach neue Positionen ein.

Er sah zwar, was sie taten, aber er wußte nicht, wie sie es machten. Er wußte nicht, wie Leute seiner Altersgruppe miteinander umgingen und miteinander auskamen. Vermutlich hat er das nie gelernt.

Man lud ihn nicht zum Spielen oder zu Partys ein, es sei denn, die ganze Klasse war eingeladen. Man quälte ihn aber auch nicht besonders. Er wurde wahrscheinlich einfach nicht beachtet. Unsichtbar zu bleiben muß eine seiner Stärken gewesen sein, wenigstens dieses Talent besaß er.

Aber dumm war er nicht, jedenfalls nicht dümmer als jetzt. Er weiß, daß er die Informationen, die er erhielt, aufnahm und speicherte, selbst wenn sie nicht sehr nützlich waren. Dennoch müssen auch die Augen der Lehrer über ihn hinweggeglitten sein, seine Prüfungen und Aufsätze wurden immer nur beiläufig kommentiert, während die Arbeiten anderer Schüler mit langen Bemerkungen versehen wurden, die oft den ganzen Rand füllten, so als hätten sie etwas wirklich Wichtiges abgeliefert.

Er stellt sich vor, daß sich die Lehrer beim Zeugnisschreiben den Kopf zerbrachen, welches Kind er war. Und er erinnert sich besonders gut an die hübsche und dunkelhaarige Ms. Cross, seine Lehrerin in der fünften Klasse, mit ihrer großen runden Brille, ihren lächelnden und, wie er fand, freundlichen Augen, die immer helle Kleider trug, so als gehöre es zu ihrem Beruf, die Schüler nicht nur zu unterrichten, sondern sie auch aufzuheitern.

Er erinnert sich, daß sie manchmal, wenn sie an seinem Platz vorbeikam, ihre Hand in einer Art auf seine Schulter legte, die er wie eine Liebkosung empfand. Er erinnert sich, daß sie süß wie eine Blume roch. In dem Zeugnis, das er von ihr am Jahresende bekam, stand: »David erfüllt seinen Aufgaben gut und tüchtig, aber er ist sehr zurückgezogen und trägt wenig zum Unterricht bei. Seine sozialen Fähigkeiten müssen noch beträchtlich weiterentwikkelt werden.«

Er erinnert sich noch genau an diese Worte und daran, wie bloßgestellt er sich fühlte, verraten von einer Frau, der er, offenbar grundlos, vertraut hatte. Seine Mutter schaute besorgt und fragte, »Was meint sie denn? Geht es dir nicht gut? Bist du unglücklich in der Schule?«

»Nein, es geht mir gut«, sagte er. »Ich weiß nicht, was sie meint. Vielleicht hat sie mich mit jemandem verwechselt.«

War es wirklich so, übertreibt er oder tut er sich im nachhinein nur leid? »Die Fortschritte«, so hatte ihn Fink gewarnt, »die wir hier erzielen, sind kein Grund für Selbstmitleid.«

Eigentlich findet David, daß das alles eher traurig als schlimm war. Und daß er es heute besser machen würde.

Und das tut er ja auch!

Weil er älter ist? Oder weil er hier weiß, was er tut? Oder weil ihn jemand vor ein paar Monaten endlich voller Begehren angesehen hat? Jedenfalls befindet er sich hier hinter einer selbstgebauten Theke in einem Klassenzimmer, hantiert wie ein Zauberer mit einem Shaker und ist sich des Erfolgs und der Bewunderung der Gruppe für seine Leistung sicher.

Es ist keine große Gruppe: ein Umschulungsprogramm, Leute die irgendwann um die falsche Ecke gebogen und in einer Sackgasse gelandet sind, nun aber nach neuen Wegen suchen und auf etwas Besseres hoffen. Diesen speziellen Weg kennt David besser, auch wenn er keine Erfahrungen mit flaumigen rosa Drinks hat, oder grünen oder blauen. Und überhaupt: In wie vielen Bars bestellen Leute eigentlich so etwas? Einen Martini, okay; einen Manhattan, ja vielleicht sogar einen Black Russian. Aber rosa Dinger mit Papierschirmchen?

Bei seinen Nachtschichten beschreibt er den Stammkunden im Gully's diese Drinks, und die halten sich die Nase zu, tun so, als müßten sie kotzen, lachen und hauen auf den Tisch.

Aber das meiste, was man in der Schule lernt, erweist sich als lächerlich nutzlos. Die Hauptsache ist, daß er in diesem Kurs ein Einserschüler ist: der Klassenbeste. Der Erfolg macht ihn manchmal sogar ein wenig ausgelassen. Und das verdankt er wohl Keith Miller.

Keith Miller fiel ihm mit der Sache richtig auf die Nerven, bis er ihn vor einem Monat sogar im Gully's anrief: »Ich habe nachgeforscht. Es gibt noch Plätze im nächsten Kurs, und wenn Sie wirklich Barkeeper sein wollen, schadet es doch nichts, wenn Sie eine richtige Ausbildung dafür machen. Mit einem Diplom haben Sie immer die Nase vorn.«

Wer hätte geahnt, daß es Diplome für Barkeeper gab. »Hier im Gully's kann ich das wohl kaum gebrauchen«, versuchte David zu argumentieren.

»Aber werden Sie immer dort bleiben? Sie haben noch viele Jahre vor sich, und niemand weiß, was alles geschehen kann.« David fühlte wieder dieses Frösteln, seine Füße am Abgrund.

Manchmal aber gibt es auch angenehme Überraschungen. Gwen war eine, zumindest bis sie ihn betrog, als sie davonfuhr. Und das hier ist gut. Es ist, wie Fink vor ein paar Wochen gesagt hat: »Es scheint mir, David, daß Sie – mit Ausnahme ihre kleinen Sünden, ihrer Vergehen, die Sie offenbar unrealistischerweise auf die leichte Schulter nehmen – dazu neigen, die Dinge eher düster zu sehen. Sie denken immer an das Schlimmste, anstatt an das Beste. Kommt Ihnen das auch so vor?«

Ja, wahrscheinlich. »Aber das Schlimmste passiert ja auch ständig. Menschen sterben. Sie gehen fort. Und immerhin war ich im Gefängnis.« War das auch so ein schwarzes Loch in Finks Phantasie?

»Das stimmt. Aber Sie könnten auch mal überlegen, ob nicht einige dieser unschönen Ereignisse vor allem deshalb eintreffen, weil Sie damit rechnen. In gewissem Sinne fordern Sie sie sogar heraus, indem Sie damit rechnen. Und vielleicht wäre es ja möglich, daß Sie, wenn sie statt dessen etwas Schönes erwarten würden, eben auch öfter etwas Schönes erleben würden. Könnten Sie sich das nicht mal überlegen?«

Wahrscheinlich nicht. Doch David nickte.

»Gut, denken Sie an etwas, wovor Sie sich fürchten.«

Damals war das dieser Kurs.

»Nun denken Sie daran, was er Gutes bringen könnte.«

Wer hätte gedacht, daß er an Worten wie Grenadine, an Substanzen wie Angostura Bitters solchen Gefallen finden würde? »Das Diplom, würde ich mal sagen.« Hätte er sich vorstellen können, wie cool es war, hier oben zu stehen, leuchtende Drinks in ein Glas zu gießen, es Joe Myers, dem Lehrer, zu reichen, ihn nippen und dann nicken zu sehen. Und zu wissen, daß neun andere das auch sehen, manche vielleicht etwas neidisch, in jedem Fall aber voller Bewunderung?

Er wünschte, Gwen könnte ihn so sehen.

Seit ihrer Abreise ist er ein paar Mal an ihrem Haus vorbeigefahren, aber es ist ganz offensichtlich nicht mehr ihr Haus, sondern frisch angemalt, umgebaut und mit einem Dreirad auf der kleinen Veranda, wo er im Dunkeln auf Beobachtungsposten gestanden hatte.

Vielleicht will er lieber doch nicht, daß Gwen ihn sieht. »Warum«, so könnte sie fragen, »sollte ein Jurastudent einen Kurs für

Barkeeper machen?« Manchmal vergißt er, was sie alles nicht über ihn wußte.

Edgar hingegen, Gwens Mann, beobachtet still von Davids Nachttisch aus, was in Davids Leben passiert; sein Foto ist Zeuge der Dinge, die David Gwen nie erzählt hat und die er Fink kaum anvertraut, geschweige denn Keith Miller, und ganz bestimmt nicht seinem Vater, der sein eigenes Leben und seine eigenen Sorgen hat.

Und, auch das muß gesagt werden, seit neuestem auch seine eigenen Freuden. David hatte dieses unbehagliche Gefühl seinem Vater gegenüber noch nie; ein weiterer guter Grund, hierherzukommen und jeden Tag eine Weile von zu Hause weg zu sein.

Tina schaut David an. Ist das etwa eine Einladung in ihren Augen? Tina verliert Punkte, weil sie beim Mixen ihres Drinks Kaugummi kaut. Sie versucht, sich von ihrem Job als Kellnerin in einer, wie sie es nennt, »fettriefenden Spelunke« hochzuarbeiten. Jeder mußte am ersten Tag von seiner Vergangenheit und von seinen Hoffnungen erzählen, auch David. Was er sagte, entsprach durchaus der Wahrheit: »Ich will mich in dem Beruf, den ich bereits ausübe, weiterqualifizieren.« Daß die Kneipe, in der er arbeitet, seinem Vater gehört, daß es eine normale Bierpinte ist, erwähnte er nicht, und viele, viele andere Dinge auch nicht.

Tina ist okay, doch die Art ihn anzusehen, ist vielleicht nur eine Art von Geistesabwesenheit. Wenn David nun seine eisgekühlten Hände in seine Hose steckte und seinen Schwanz in ihre Richtung schwenken würde? Zöge das ihren Blick an, fiele ihr die Klappe runter, purzelte ihr Gaumen über ihre Zungenspitze? Wäre ihr Blick in solch einem Fall überhaupt klar zu beschreiben?

Doch sie vollführt nicht diese bestimmten Bewegungen, und allzu attraktiv ist sie auch nicht. In ihren engen T-Shirts wirkt sie dürr, und der blonde Pferdeschwanz läßt ihre Nase zu spitz erscheinen.

Dürr und kantig – sie könnte Davids Schwester oder Cousine sein.

Drei Frauen nehmen am Kurs teil. Das ist immerhin fast ein

Drittel der Teilnehmer. Selbst im Gully's bediente Davids Mutter und stand nur in Notfällen hinter dem Tresen. Es ist ein harter Job, und daher fast unverständlich, daß Frauen ihn machen wollen. Die Frauen hier sind jedenfalls mutig. Er kann sich vorstellen, wie jede von ihnen reagieren würde, träfe er sie auf der Straße und würde auf seine hoffnungslose Art versuchen, ihre Aufmerksamkeit zu erregen. Was das für einen Szene gäbe! Er erschauert, und das hat nichts mit seinen eisgekühlten Händen zu tun.

Nicht, daß er mutige Frauen nicht gewohnt wäre. Viele Kundinnen im Gully's sind nicht gerade schüchtern und führen ein nicht gerade abgeschiedenes Leben. Aber sie sind anders: älter (aber war Gwen das nicht auch?), mit einer anderen Beziehung zu ihm. Sie sind so etwas wie ehrenamtliche Tanten. Die Frauen hier sind ihm gleichgestellt. Daß er ihnen überhaupt in die Augen schauen kann, ist schon eine Leistung. Jetzt versucht er, Tinas Blick zu erhaschen. Er zwinkert ihr sogar zu. Was ist in ihn gefahren? Aber es weckt sie auf. Jetzt sieht sie erschrocken aus.

»Ausgezeichnet, David«, sagt Joe Myers. » Aber Sie sollten vielleicht ihren Ellbogen beim Mixen noch etwas stärker anwinkeln. Bringen Sie noch ein bißchen mehr Schwung hinein. Und lächeln Sie, und halten Sie das Lächeln.«

David hat noch nie darüber nachgedacht, welche Rolle Show bei einem Barkeeper spielen kann. Im Gully's geht es nur darum, in möglichst kurzer Zeit eine Menge Bier durch den Raum zu schleusen und ein Auge auf Gefühlsausbrüche zu haben, die den allgemeinen Frieden stören könnten. Und es geht natürlich darum, zuzuhören. Sie haben zweimal drei Stunden mit Joe Myers damit verbracht, verschiedene Situationen durchzuspielen, um zu sehen, wie die Schüler damit fertig würden. Auch dabei war David der Beste: Er bugsierte den krakeelenden Joe freundlich, aber bestimmt hinaus, er beruhigte den unangenehm werdenden Joe, er tröstete den weinerlichen Joe. Für David, der im Gully's aufwuchs, ist die Fähigkeit, so etwas zu tun, derart natürlich, daß er bis heute nicht einmal wußte, daß das eine besondere Fähigkeit ist.

Doch offensichtlich gibt es Orte, wo die Kundschaft mehr will, wo der Barkeeper wie auf einer Bühne agiert und eine ziemlich komplizierte Show aufführt. Wird er dieses Wissen und diese Fertigkeiten im Gully's, wo sie ganz fehl am Platz sind, behalten? Wird dieses Wissen nicht irgendwann wieder aus seinem Kopf und aus seinem Leben verschwinden, wie bei einer Sprache, die man lernt und dann nie benutzt?

»Genießen Sie es einfach«, könnte Fink dazu sagen, »denken Sie nicht soviel über alles nach.«

Würde Fink so etwas sagen? Eigentlich ein unwahrscheinlicher Rat von einem Psychiater, selbst von einem, der versucht, seinen Patienten dazu zu bringen, den schönen Dingen mehr Beachtung zu schenken.

In ein paar Tagen findet die Abschlußfeier des Kurses statt, nur für die Teilnehmer und die Leute, die sie dazu einladen wollen. David ist es fast ein bißchen peinlich, daß er sich darauf freut, aber er hat noch nie irgendeinen Abschluß gemacht. Und sein Vater hat gesagt: »Ich komme sehr gern. Ich bin wirklich stolz auf dich.« Sein Vater wirkt zur Zeit lockerer, wofür es zwar ganz persönliche Gründe gibt, aber es hat auch mit Davids Erfolgen zu tun. »Du bist in den letzten Monaten ein gutes Stück vorangekommen.« Den Erfolg schreibt sein Vater Fink und Keith Miller zu, warum auch nicht?

»Irgendwelche netten Mädchen im Kurs?« Zweifellos noch eine Hoffnung seines Vaters, auch wenn er nicht oft darüber spricht. Auch Davids Mutter tat das selten, doch als sie starb, sagte sie, »Ich weiß, daß du die richtige Frau finden wirst, wenn die Zeit gekommen ist. Es tut mir leid, daß ich sie nicht mehr kennenlernen werde, aber ich weiß, du wirst eine gute Wahl treffen. Du wirst wunderbare Kinder haben, David. Ich hätte so gern meine Enkelkinder gesehen.« Obwohl er damals verstand, wie traurig das für sie war, und daß sie ihm damit auch eine Art Segen gab, konnte David mit den Bildern, die sie sich ausmalte, wenig anfangen: die richtige Frau, Kinder. Für ihn war das unvorstellbar.

Seit seiner Begegnung mit Gwen, dieser Frau, die ihn wirklich sah, ist erstmals die Vorstellung einer richtigen Frau für ihn in den Niederungen seiner Träume aufgetaucht. Zumindest die Vorstellung. Die Möglichkeit, daß es so etwas gibt. Aber Kinder? Nein. Das ist zu weit weg. Auch das könnte sich ändern, aber was müßte da nicht alles geschehen? Viel zuviel und jenseits aller seiner Möglichkeiten, von seinen Wünschen einmal ganz abgesehen.

»Ja«, sagte er zu seinem Vater, »die Mädchen sind okay. Keine, die einen umhaut. Aber es ist sowieso wenig Zeit neben der Arbeit. Es ist ein ziemlich anstrengender Kurs. Ich meine, nicht direkt anstrengend, aber es gibt eine Menge Stoff, den wir lernen müssen.«

David verbringt seine freie Zeit damit, sich Rezepte einzuprägen. Das Lehrbuch ist nicht dick, aber es enthält die Angaben für etwa hundert Drinks mit einem Bild von jedem einzelnen, damit auch jeder weiß, wie er am Ende aussehen soll. Dazu gibt es auch noch eine Beschreibung, wie er schmeckt, die ist aber nie so klar wie das Bild – was genau bedeutet »leicht, aber mit einem Schuß Herbheit«? Was soll er sich bei solchen Worten vorstellen?

Joe Myers sagt: »Es hängt von dem Job ab, den ihr bekommt, was ihr mit dem, was wir hier lernen, anfangen könnt. Aber das hier ist Grundwissen, egal in welcher Bar ihr arbeitet. Selbst wenn ihr nicht alles braucht, müßt ihr verstehen, wie die verschiedenen Bestandteile zusammenwirken, denn es geht nicht darum, Drinks zu mixen, sondern sie zu kennen. Können und Vertrauen, das ist die Grundlage, die ihr braucht.« Sie glauben ihm, was er sagt, denn, abgesehen von dem Kurs, den er dreimal im Jahr hält, führt er eine Bar in einem der großen Hotels. Das heißt, er ist der Chef von einer Reihe von Barkeepern, und manchmal arbeitet er auch für das Catering-Unternehmen eines Freundes, das exklusive Privatfeste organisiert. Wenn also irgend jemand weiß, was ein Barkeeper wissen muß, dann ist es Joe Myers. »Deswegen lege ich ebensoviel Wert auf den Stil wie auf den Inhalt«, sagt er. »Die Art, wie man einen Drink mixt, ist ebenso wichtig wie das, was man hineintut.«

Nachts, hinter dem Tresen vom Gully's, übt David die Neigung des Kopfes, die geschickten eckigen Bewegungen der Arme, die Joe empfiehlt. Mit diesen übetriebenen Gesten bringt er manchmal die Stammkundschaft zum Lachen.

Sein Leben findet zur Zeit an vielen verschiedenen Orten statt: noch ein paar Tage hier im Kurs, im Gully's, in Finks Praxis und in Keith Millers Büro noch etwas länger – und immer und ewig in seinem eigenen Kopf. Und überall passiert etwas, warten Herausforderungen. David hat das Gefühl, als führe er plötzlich ein sehr aktives Leben.

Allerdings kein erfülltes. Erfüllt ist etwas anderes als aktiv.

Aber etwas hat sich jedenfalls geändert, denn heute, am Ende des Kurses, sagt Greg zu ihm: »Wir gehen noch ein Bier trinken, Dave, willst du mitkommen?« Der schlanke Greg und der pummelige Andy stecken immer zusammen und machen den Kurs, wie sie am ersten Tag erzählten, weil sie selbst eine kleine Bar mit Grill aufmachen wollen. In der Zwischenzeit spart Greg soviel er kann bei einem Aushilfsjob im Ministerium, während Andy für Geld Rasen mäht und noch bei seiner Familie lebt. Niemand hier hat einen High-School-Abschluß. In dieser Hinsicht sind sie alle wie David. Vielleicht haben sie auch harte Zeiten hinter sich.

»Ich kann nicht, tut mir leid. Ich muß arbeiten. Vielleicht morgen? Da habe ich meinen freien Tag.«

Nicht alles hat sich geändert. Es ging zu schnell. Keith Miller hat ihn praktisch zu diesem Kurs gezwungen, und es hat sich als guter Vorschlag erwiesen. Er beherzigt auch Finks Ratschlag, aber trotzdem fragt sich David zur Zeit, wie oft er dieses vorschnelle, fast automatische »Nein« auch in anderen Situationen gesagt hat, die vielleicht gut verlaufen wären. Etwas, an dem er vielleicht – wie Fink sagen würde – »arbeiten sollte«? Er hätte ja zu Greg sagen, hätte seinen Vater anrufen und ihn fragen können: »Ein paar Leute haben mich zum Bier eingeladen, ist es okay, wenn ich etwas später komme?«, und sein Vater hätte nicht nein gesagt. Er wäre froh gewesen. Erleichtert, es sei denn, er hätte selbst etwas Dringendes vorgehabt.

Es ist erstaunlich, daß David es geschafft hat, ja zu Gwen zu sagen. Allerdings war sie schnell und ließ ihm nur wenig Möglichkeiten, nachdem die Ereignisse einmal ins Rollen gekommen waren. Wenn sie schon im Gully's gefragt hätte: »Hättest du Lust, mit mir ins Bett zu gehen?«, wäre er sicher in Panik geraten.

Greg schüttelt den Kopf. »Nein, morgen kann ich nicht. Aber übermorgen, wenn wir das Diplom haben, feiern wir dann alle zusammen, ja?«

Also wird David seinem Vater das Diplom geben, ihn ins Gully's schicken und dann mit seinen Klassenkameraden einen trinken gehen. »Ja, prima«, sagt er. Und das ist es auch, oder könnte es werden. Er ist vorsichtig in seinen Hoffnungen, aber zumindest gibt es Hoffnungen.

Auch als er auf die High-School ging, hatte er Hoffnungen: Er war eine neue, unbekannte Person an einem neuen, unbekannten Ort. Das war zu diesem Zeitpunkt die Chance seines Lebens – er war ganz gespannt.

Im Gully's müssen ihm die Leute Glück gewünscht haben, vielleicht erinnerten sie sich auch an ihre eigenen Hoffnungen, denn am Abend, bevor er mit der High-School begann, sagte einer der Stammgäste, ein Friseur im Ruhestand namens Sam, ein netter Kerl, der ihm vor langer Zeit, einfach weil er großzügig war oder vielleicht manchmal viel getrunken hatte, immer Vierteldollarmünzen zugesteckt hatte, dieser Sam sagte also: »Los, Junge, wir werden dir einen guten Start verpassen.«

Also wurde ein Stuhl in die Mitte des Raums gestellt, ein Geschirrtuch von der Bar um Davids Hals gebunden und eine Verlängerungsschnur für Sams Haarschneidemaschine gefunden. Ein wohlüberlegtes, ein gutgemeintes Geschenk. »Ist schon ein Weile her«, sagte er. »Der Stil hat sich geändert. Aber ich schaue mir die Jungs an, ich weiß, wie ihr Kerle heute aussehen wollt, obwohl ich selbst es nicht immer so schön finde. Also los«, und er führte die Schermaschine in seinem Nacken nach oben.

Das Haareschneiden dauerte eine Weile. Die Leute guckten zu, schweigend und voller Respekt für Sams Bemühungen und seine Geschicklichkeit. Als er fertig war, konnte David das Resultat nicht so richtig einschätzen. Er kam sich selber fremd vor, aber das war nicht unbedingt schlimm. Und er sah die Ähnlichkeit mit Frisuren, die auch er auf der Straße gesehen hatte.

In dieser Nacht konnte er kaum schlafen, weil er sich andauernd fragte, wer er, falls er einschlief, sein würde, wenn er wieder aufwachte.

Wie sehr er da an Magie geglaubt haben muß. Und wie sehr er auf Wunder vertraut haben muß.

»Keine Angst«, rief ihm seine Mutter vom Treppenabsatz zu, als er ging, »es wird schon klappen.« Daran merkte er, daß sie wußte, wie selten es meistens geklappt hatte, wenn er diese Treppen einmal hinuntergegangen war. Sie redete so, als sei es ganz einfach, daß alles klappt. Als er zur Schule ging, pochte sein Herz ganz schnell vor Sehnsucht und vor Furcht, doch seine Schritte wurden langsam und er scharrte unruhig mit den Füßen, als er vor sich jenes unheimliche Schauspiel von Leuten sah, die bereits mit anderen Leuten sprachen. Aber konnte er dieses Mal, mit all seinen Wünschen nach einem neuen Leben, nicht einfach zu einer dieser lauten, lachenden, sich auf die Schulter klopfenden Gruppen gehen, sich dazugesellen, eine witzige, eine treffende oder eine freundliche, wenn auch nicht zu freundliche Bemerkung machen? Warum sollten sie ihn unbedingt kühl anstarren, ihn ignorieren oder einfach weggehen?

Es gibt Momente des Scheiterns, die ihm immer noch Bauchkrämpfe verursachen; Erlebnisse, die seinem Leben wie ein Stempel anhaften: Demütigungen, vernichtende, fatale Unfähigkeit. So läppisch und kurz, daß sich vermutlich niemand anderer daran erinnert; schlimmer noch, vielleicht hat nicht einmal irgendwer bemerkt, daß sie eine Bedeutung hatten. »Übertreib nicht, David«, pflegte sein Vater ungeduldig zu sagen, als David klein war, sich Geschichten ausdachte und sie vielleicht auch ausschmückte, wie es Kinder tun, um Ereignisse besser zu verstehen. Vielleicht übertrieb er weiter, aber die Auswirkungen waren real. Und auch, was nach bestimmten Ereignissen aus ihm wurde.

Die ganze Schule versammelte sich zum ersten Schultag. Hunderte von Kindern, die sich nach Klassen geordnet aufstellten, aber schnell in die Anarchie der freundschaftlichen Bindungen verfielen: in Paare und Gruppen. Die Aula war riesig, halbkreisförmige, abgestufte Sitzreihen um eine Bühne, auf der sich die Erwachsenen – der Direktor und die Lehrer – versammelt hatten, auch sie paarweise und in Gruppen. Ein Kerl hinter David knuffte ihn in die Schulter. »He, Mann, coole Frisur.«

In welchem Ton sagte er das? David hörte Spott heraus. Er hatte sich schon mit erhobenen Fäusten umgedreht und sogar sich selbst damit erschreckt, oder vor allem sich selbst, und knurrte ohne zu überlegen: »Verpiß dich, Arschloch.«

»He!« Der Kerl streckte David die Handflächen entgegen. »Was soll das?« Dann drehte er sich zu den hinter ihm Stehenden, sagte: »Der hat sie doch nicht alle«, und das war's dann. David war abgestempelt und erledigt, und wenn nicht, so fühlte er sich jedenfalls so. Heute, fast ein Jahrzehnt später, glaubt er, daß er gar nicht so wichtig war, daß niemand es so genau mitbekam. Und war es nicht möglich, daß dem Jungen seine Frisur wirklich gefiel? Oder Davids Mut, sie in diesem wilden Stil zu tragen?

Geschlagen war er in jedem Fall, und wenn auch nur durch sich selbst. David erholte sich nicht mehr davon. Drei Jahre später verließ er Schule und ging nie wieder hin.

Als er heute das Klassenzimmer verläßt, spricht ihn Tina im Gang an. »Hast du mir zugezwinkert?« Sie klingt – nicht unglücklich.

»Ich glaube, ja.« Aus der Nähe sind ihre Augen klein und schmal, wie der Rest von ihr. Sie macht eine Bewegung, so daß ihr Oberarm den seinen berührt, ihn drückt, ihm einen kleinen Stups versetzt.

»Du bist wirklich gut. Ich bewundere das echt, wie du dir alles merken kannst, und es dann so gut machst. Bei mir ist es manchmal hoffnungslos. Ich bilde mir ein, ich habe einen Drink gelernt, und dann fange ich an, ihn zu mixen, und werde ganz verwirrt, versuche zu lächeln und meine Arme richtig zu bewegen und nichts zu vergessen, was hineingehört, und er wird nie so, wie er sein soll. Wie machst du das nur?«

David wird rot. »Weißt du, ich arbeite schon in einer Bar. Aber ich glaube, anfangs ist es schwer.« Eine lange Pause. »Aber es geht doch ganz gut bei dir.«

»Gut genug, um die Prüfung zu bestehen, vielleicht, aber nicht so wie bei dir.« Wieder eine lange Pause. »Also. Arbeitest du heute?«

»Ja, ich muß los, ich bin schon spät dran.«

»Aber am Freitag kommst du mit, wenn wir alle einen trinken gehen, oder?«

»Klar. Und außerdem«, sagt er schon im Weggehen, »sehen wir uns morgen.«

Schwerfälliger ging es wohl nicht? Was ist los mit ihm, das war doch wohl eindeutig genug? Spielt doch keine Rolle, ob sie hübsch ist oder sich richtig bewegt oder sonstwas, sie zeigte Interesse, und er hat wieder nur dumm mit den Füßen gescharrt. Scheiße.

Vielleicht kann er sich darauf vorbereiten, damit es am Freitag besser wird. Er scheint nicht besonders geschickt zu sein, wenn er von den Ereignissen überrascht wird. Außer im Fall von Gwen natürlich; mit dieser Überraschung ist er gut fertig geworden. Er ist kein hoffnungsloser Fall. Seine Schultern heben sich, als er daran denkt, daß er kein hoffnungsloser Fall ist.

Als er im Gully's ankommt, herrscht der spätnachmittägliche Hochbetrieb. Sein Vater hinter der Bar pfeift. Das gehört zu seiner neuen allgemeinen Fröhlichkeit, die sicher mit David zu tun hat, aber auch mit Beryl. Noch eine Überraschung, keine ganz so positive.

Beryl ist die neue Freundin seines Vaters. Nicht mehr ganz neu, genaugenommen, denn sie ist schon ein paar Wochen lang da, und außerdem ist sie Ende fünfzig. Sie verbringt nicht viel Zeit im Gully's, was nach Davids Ansicht daran liegt, daß sie und die

Kneipe nicht zusammenpassen: Das Gully's ist schäbig, dunkel und verwittert wie die Gäste, aber auch so robust wie sie. Beryl dagegen ist adrett, hat schmale Fesseln, blaue Augen und silberne Haare, kaum Falten, ist auf ungewöhnliche Weise feminin, lächelt viel, ist bescheiden und gleichzeitig stahlhart.

David weiß noch, wie er sich ausmalte, daß sein Vater eines Tages eine neue Frau fände, die dann Davids Stiefmutter werden würde, mit all den dazugehörigen unerfreulichen Hänsel-und-Gretel-Begleiterscheinungen, aber daß es wirklich passieren würde, hat er wohl nicht geglaubt.

Und vielleicht passiert es auch nicht. Beryl und sein Vater haben einander auf einem Treffen von Gundstückseigentümern kennengelernt, bei dem es um mögliche Bebauungsspläne für diesen Stadtteil ging; sein Vater war dort, weil das Gully's davon betroffen sein konnte, Beryl, weil sie zwei Häuser von ihrem verstorbenen Mann besaß, auch wenn sie selbst woanders in einer Mietwohnung lebte.

Nun taucht sie öfters im Gully's auf, verschwindet aber immer schnell oben in der Wohnung, um dort zu warten, bis Davids Vater frei hat. Oder sie und Davids Vater gehen ein paar Stunden aus, ins Kino, auf andere Versammlungen, in andere Kneipen, die besser sind als das Gully's. David kann sich vorstellen, daß es sein Vater auf lange Sicht nicht gut findet, wenn sie so selten im Gully's ist. Im Moment aber ist es sehr seltsam, seinen Vater pfeifen zu hören, oder zu sehen, wie sich Beryl und er wie zufällig oft und zärtlich berühren. Er kann sich nicht daran erinnern, daß seine Mutter und sein Vater sich je so berührt haben. Er zweifelt nicht daran, daß sie sich geliebt haben, aber wenn das zwischen seinem Vater und Beryl Liebe ist, dann muß das eine etwas andere Art von Liebe sein: eine entschlossenere, bewußtere. Eine, die aufmerksamer ist und die keine Zeit verliert.

Vielleicht liegt es am Alter. Vielleicht an den Verlusten, die sie schon erlebt haben.

Mit David redet Beryl freundlich und respektvoll, so als verstünde sie seine größeren Rechte, doch ihr Interesse gilt seinem

Vater. Sie ist schon zweimalige Witwe, was David einmal zu der scherzhaften Bemerkung veranlaßte, daß sein Vater aufpassen sollte. Doch sein Vater schaute ihn nur scharf an, und seitdem ist David sehr vorsichtig, wenn Beryl da ist. Sie hat einen Sohn und eine Tochter, beide sind erwachsen und leben weit entfernt.

Sein Vater wird Beryl über David berichtet haben, wenn auch nur über die wichtigsten Ereignisse. Sie müssen eine Reihe von Jahren aufholen, und Davids Privatangelegenheiten werden dabei keine Rolle spielen. Beryl hat seinen Vater vielleicht getröstet: »Es war nicht dein Fehler. Manchmal haben junge Menschen einfach diese merkwürdigen erschreckenden Phasen, das ist alles. Es wird sich wieder legen. Schau, wie gut es ihm jetzt schon geht. Und du hast wirklich dein Bestes getan.«

»Der arme Junge«, hört er seinen Vater sagen. »Er hat schwere Zeiten hinter sich. Er hing so sehr an seiner Mutter, da war es besonders schwer für ihn, obwohl die Probleme schon anfingen, bevor sie starb. Also, ich weiß nicht.« Er könnte auch gesagt haben: »Vielleicht hängt es auch damit zusammen, daß er in einer Bar aufgewachsen ist, vielleicht war das der falsche Umgang für ihn. Und er hatte immer Schwierigkeiten, Freunde zu finden. Vielleicht war es ihm peinlich, jemanden hierherzubringen. Vielleicht fehlten ihm Geschwister – es gibt so viele Dinge, die eine Rolle spielen, es ist schwer, genau zu sagen, weshalb etwas schiefläuft.«

Beryl, die kein wirkliches Interesse an David haben kann, würde sagen: »Aber du hast alles getan, was du tun konntest, und er weiß doch, daß du hinter ihm stehst, egal was passiert. Und das Gully's ist ein anständiges Geschäft, das niemandem peinlich zu sein braucht.«

Beryl hat nie auch nur durch die kleinste Bemerkung gemacht, die darauf hindeutet, daß sie Davids Geschichte kennt. Sie ist nie vor ihm zurückgeschreckt oder ihm ausgewichen und ist nie in seiner Gegenwart nervös geworden. Sie war immer nur freundlich zu ihm. »Du bist ein gutaussehender junger Mann«, sagte sie erst letzte Woche, als sie ihm oben in der Küche begegnete, wobei sie ihre

Hände auf seine Schultern legte und ihn feierlich an sah. »Du hast sehr schöne Augen. Ich weiß, du wirst jemanden kennenlernen und glücklich werden.« Ohne es zu wollen, zuckte er zurück. Aber was bildete sie sich eigentlich ein, etwas für ihn zu erhoffen und ihn anzusehen wie eine Frau, die ihn abschätzt und dann ihr Urteil verkündet?

David und sein Vater sind nicht sehr redselig, aber manchmal gibt sich sein Vater Mühe. Letzten Sonntag morgen bereiteten er und David oben ihr Frühstück zu, wobei sie so geschickt und unbewußt umeinander herumglitten, wie sie es auch unten in der Bar tun. Schließlich fragte ihn sein Vater zögernd und besorgt: »Magst du Beryl eigentlich?«,

»Klar, warum nicht?« Er würde seinen Vater um nichts in der Welt verletzen.

»Nun, es könnte dich ja stören, daß sie plötzlich so oft hier ist. Du könntest denken, daß ich vergessen habe, was gewesen ist, aber das tu ich nicht, und ich möchte, daß du das weißt. Deine Mutter war immer ein Teil meines Lebens und wird es immer sein. Nur kann man nicht einfach aufhören, wenn andere Dinge aufhören, man muß weiterleben und das Beste daraus machen. Ich glaube nicht, daß es für dich besonders leicht war, als Beryl so einfach auftauchte, aber das hat nichts mit deiner Mutter und mir zu tun. Nur, deine Mutter ist nicht mehr da, und ich will nicht für den Rest meines Lebens allein sein.«

Das müßte er nicht sein, er könnte David haben. Aber das ist natürlich nicht das, was er meint. »Solange du glücklich bist. Ich bin mit allem glücklich, was du willst.« Und das ist er wirklich, das muß er sein. Sein Vater hat jedes bißchen Liebe von Beryl verdient und jede Loyalität von David. Soviel sie beide nur aufbringen können.

Als ihn sein Vater fragt: »Ist es okay, wenn Beryl und ich für eine Weile verreisen? Würdest du dann den Laden übernehmen?« nickt David natürlich.

Eigentlich ist es manchmal ganz nett und interessant, sich im Gully's umzusehen, wenn er allein dort ist, und sich vorzustellen, wie es wäre, wenn er wirklich der Chef, wenn es sein eigener Laden wäre. Wenn er ihn eines Tages von seinem Vater übernehmen und mit diesen Kunden weitermachen würde, die ihm, selbst wenn sie zum ersten Mal da sind, so vertraut und so nah sind; und wenn er wüßte, daß ab nun nichts mehr verändert werden müßte, daß er nun der König seines eigenen Schlosses ist, aus dem ihn niemand vertreiben kann.

Die Vorstellung macht ihn überschwenglich. Und dieser Überschwang löst Großzügigkeit aus. »Die nächste Runde geht aufs Haus«, ruft er, und sofort herrscht Hochbetrieb; Hände mit leeren Gläsern strecken sich ihm entgegen, ein Bild von hungernden Kindern im Fernsehen, die um Nahrung betteln. Davids Hände, naß vom Bierschaum, fliegen hin und her über die Bar, von den Händen zum Zapfhahn und zurück. Was wird sein Vater sagen, wenn er davon erfährt, denn er macht so etwas nur ganz selten und nur bei ganz besonderen Anlässen.

»Danke, Kleiner«, sagen die Leute zufrieden, als sie mit dem Bier abziehen, oder: »Du bist ein guter Junge.« Kein Wunder. Am Ende hat seine Großzügigkeit das Gully's und seinen Vater einige Dollars gekostet.

Davids Vater und seine Mutter mußten schwer und viel arbeiten, um diesen Laden in Schwung zu bringen. Als er noch ein Kind war, wuschen sie spät nachts die Gläser mit der Hand im dampfenden Wasser ab, am Morgen vor dem Aufmachen schrubbten sie den Boden, wischten Tische und Wände ab. Lange Zeit machte Davids Mutter alles allein, auch das warme Mittagessen, das mit dem ersten Bier des Tages zusammen verkauft wurde. Sie haben jeden Penny umgedreht, und das war auch nötig.

Die abgearbeiteten Hände seiner Eltern, ihre müden Füße, die die Treppen hochsteigen. Ihr Geruch, wenn sie ihn ins Bett steckten: nach Bier, nach Rauch, nach Dampf. Ihre erschöpften, leisen Stimmen im Nebenzimmer. Die Entschlossenheit seiner Mutter, wenn David krank wurde, streichelnd, tröstend, aber auch nach unten eilend, um auszuhelfen, dann wieder nach oben, um ihm

Saft oder Suppe zu geben und mit ihrer Hand, die so weich war wie Flannell, seine Stirn zu fühlen. Unten lächelten und lachten sie, aber oben wurden ihre Gesichter matt, waren schwer zu lesen, ruhten vielleicht aus.

Er ist verschwenderisch, gedankenlos, undankbar. Der Schaden, den er anrichtete, der Kummer, den er verursachte, die Tränen, die seinetwegen vergossen wurden – ach! Wie gut sie zu ihm waren. Wenn er an ihre Mühen denkt, könnte er gleich hier, gleich jetzt losheulen, zu spät.

Er könnte auch – so furchtbar ist es – auf die Straße gehen und sich vor dem ersten besten Passanten einen runterholen. Scham weckt in ihm das Bedürfnis, etwas zu tun, wofür er sich wirklich schämen muß. Etwas, das er aber offenbar auch erregend findet.

Er ist ein schlechter Mensch und in großen Schwierigkeiten. Er sieht die freudigen Gesichter, er hört das Lachen der vielen Leute mit dem Freibier, und in diesem Moment kann er keine Verbindung zwischen sich und etwas so Unschuldigem und Menschlichem wie dem Gully's sehen.

Und diese Leute nennen ihn »Kleiner« oder »Junge«. Was bedeutet das für jemanden, der bald vierundzwanzig wird? Falsch und jämmerlich ist das. Endlich sieht er die schreckliche Wahrheit – wie konnte er nur so gefühllos, so egoistisch und blind sein? So viele Leute, Polizisten, Anwälte, Richter, Sträflinge, sein Vater, Fink, Keith Miller, haben versucht, es ihm zu sagen: Er hat absolute Scheiße gebaut.

Kein Wunder, daß die Frauen schreien und böse werden.

Sie haben geschrien, sie wurden böse. Schon seit geraumer Zeit ist nichts Schlimmes mehr passiert. Er ist keine Jungfrau mehr. Er wird ein Diplom bekommen. Er hat Bekannte, mit denen er am Freitag einen trinken gehen wird. Es bestehen durchaus Aussichten.

Und am Freitag wird sein Vater stolz sein. Seine Mutter wäre es wohl auch, obwohl er glaubt, daß sie größere Hoffnungen in ihn gesetzt hat. Vielleicht ist es gemein, aber er hat Beryl nicht eingeladen. Davids Abschluß ist eine Familienangelegenheit.

Da kommen sie zurück, sein Vater und Beryl. Von was auch immer, von wo auch immer. Sie waren nicht sehr lange weg. Sie bleiben einen Moment in der Tür stehen, stecken die Köpfe zusammen und reden ernst miteinander. David sieht, wie Beryl schließlich seinen Vater an die Schulter faßt, lächelt und David kurz zuwinkt, während sie sich zur Treppe wendet. Sein Vater kommt zum Tresen und legt seine Hand auf Davids Schulter. »Alles okay, mein Junge?«

»Ja. Außer daß ich eine Dummheit begangen habe.« Er muß es gestehen, um es wiedergutzumachen. »Ich habe eine Runde aufs Haus ausgegeben. Ohne nachzudenken. Tut mir leid. Die Einnahmen werden heute nicht so toll sein.«

Es gibt nur eine winzige Pause, bevor sein Vater sagt: »Ach, zum Teufel, wird schon reichen. Wir machen das sowieso zu selten. Hast du das in deinem Kurs gelernt? Die Leute freundlich stimmen, damit sie wiederkommen?«

Was für ein netter Mann, was für ein guter Vater. Wie konnte David, von seiner Mutter und diesem Mann erzogen, nur so aus der Bahn geraten? Andererseits hätte sein Vater in einer anderen Stimmung auch ärgerlich, wenn nicht sogar böse werden können. Vielleicht ist es Beryls Einfluß: ein guter Einfluß. »Ich möchte wetten, es gibt eine Menge Dinge in deinem Kurs, von denen ich noch nie gehört habe.«

»Eine Menge Dinge, von denen kaum jemand etwas gehört hat, und nur wenige würden gern was davon hören.«

Davids Vater lacht und klopft ihm auf die Schulter. Der Witz gefällt ihm. David schaut die Hände seines Vaters an: Die Venen auf seinem Handrücken sind violett und treten hervor, die Haut ist lose und faltig. Sein Vater ist erst 62, seine Hände sollten nicht so alt aussehen. Wieviel davon ist Davids Schuld?

Was sieht Beryl, wenn sie seinen Vater ansieht? Jemanden, der hübsch und attraktiv ist, oder nur einen stabilen Mann zum Anlehnen? Sie kann vermutlich noch seine einzelnen Gesichtszüge erkennen. David kann das nicht mehr. Er sieht die ganze Person, die seinen Vater ausmacht, nur ab und zu fallen ihm noch Einzelheiten auf, wie etwa diese Hände. Die sich nun hinter der Bar zu Davids gesellen, womit alles wieder in die richtige Bahn gelenkt wird.

Als die Zeit zum Zusperren gekommen ist und die letzten Kunden gegangen sind, sind, wie so oft, nur noch sie beide unten: Sie stellen die Stühle auf die Tische, wischen den Tresen ab, räumen die Gläser in die Geschirrspülmaschine, die das Leben im Vergleich zu den frühen Jahren so sehr erleichtert und verändert hat. Heute setzt sich sein Vater auf einen Barhocker – Gwens Barhocker – und klopft mit der flachen Hand auf den daneben. »Hast du ein paar Minuten Zeit, mein Junge? Ich möchte mit der reden.«

Oje. Ist er in der letzten Stunde wegen des Freibiers doch ärgerlich geworden? »Klar«, sagt David vorsichtig. Der Blick seines Vaters ist unruhig, ihm ist nicht wohl in seiner Haut, er ist unsicher, zögernd. Was auch immer es ist, es kann nichts Gutes sein.

»Du kennst Beryl.«

Was? »Ja, natürlich.«

»Sie und ich, wir haben uns unterhalten, als wir heute zusammen weg waren. Eben deswegen sind wir ausgegangen, um etwas zu besprechen. Du weißt, daß sie mir etwas bedeutet, nicht wahr?«

»Ja.« Es kommt etwas Schlechtes. Genau jetzt müßte die Zeit stehenbleiben, damit keine weiteren Worte fallen, alles so bleibt, wie es ist.

»Und du weißt noch, daß ich dir sagte, daß es nichts mit deiner Mutter zu tun oder daß sie mir jetzt womöglich nichts mehr bedeutet, es ist nur so, daß das Leben weitergehen muß?«

»Ja.« Also ging es bei all diesem »niemals vergessen« nur darum, David weichzuklopfen.

»Okay.« Tiefer Atemzug. »Also. Was wir heute abend besprochen haben, ist die Frage, ob Beryl hier einziehen sollte. Oben. Sie hat sowieso daran gedacht, aus ihrer Wohnung auszuziehen, das Haus geht den Bach runter, und sie will raus, es wäre also eine gute Gelegenheit, hier einzuziehen. Um zu sehen, wie es geht. Sie wird ein paar ihrer Sachen einlagern, bis wir klarer sehen und deutlicher erkennen, wie wir miteinander auskommen. Das wäre unsere Vorstellung. Aber es ist auch dein Zuhause, und wenn du jemanden hierherbringen wolltest, würdest du auch mit mir darüber reden, also tue ich das auch mit dir. Das ist nur recht und billig. Wenn du absolut dagegen bist, dann werden wir das verstehen. Wir stellen uns das für uns so vor, aber da hast du auch mitzureden.«

Beryl oben. Ihre Kleidung in den Schränken, ihre Unterwäsche in den Schubladen, ihr Blümchenduft, das Parfum, das sie trägt, in der Luft, ihre Kleider über einen Stuhl geworfen, so wie es seine Mutter machte, ihre ganzen Sachen in der Wohnung verstreut, selbst wenn sie ihre Möbel irgendwo einlagert. Einlagert! Sie haben sogar schon solche Details besprochen.

Das Gesicht seines Vaters: besorgt und alt. David kann sich nicht erinnern, daß sein Vater je anders aussah; dazu die Vertrautheit eines Gesichts, das er täglich sieht. David ist ein Spätgeborener, deshalb sah sein Vater für ihn immer alt aus, selbst als er es noch gar nicht war.

David darf also mit entscheiden. Das ist nett und auch nur gerecht, wie sein Vater sagt, aber natürlich kann er nicht wirklich entscheiden. Was wäre denn, wenn er nein sagen würde? Und mit welcher Begründung könnte er das tun, und was würde er dann im Gesicht seines Vaters lesen? David hat seinem Vater schon manchen Kummer und manche Enttäuschungen bereitet, aber er hat nie gesagt: »Nein, natürlich will ich, daß du glücklich bist, aber das, was dich glücklich machen würde, kann ich nicht ertragen. Also nein.«

»Ich glaube«, sagt David statt dessen, wobei er sich bemüht, so aufrichtig wie nur möglich zu klingen, »du solltest das tun, was du tun möchtest. Es ist lieb von dir, mich zu fragen, aber ich kann dazu nur sagen, daß Beryl ein feiner Kerl ist, und wenn du es so willst, dann habe ich auch nichts dagegen.«

Diese Lüge – ist das verwunderlich? – tut weh, aber sie gibt ihm auch das Gefühl von Edelmut. Er hat etwas Gutes getan, und ist der Erlösung von seinen Sünden und Fehlern ein Stück nähergekommen.

»Bist du sicher?« Wie angespannt sein Vater gewesen sein muß, erkennt David daran, wie erleichtert er jetzt aussieht, wie sein Gesicht sich entspannt, seine Augen und sein Mund weich werden. »Willst du nicht lieber eine Weile darüber nachdenken? Beryl ist, wie du sagst, eine nette Frau, aber wenn sie einzieht, wird es natürlich Veränderungen geben. Eine neue Person bedeutet immer auch eine neue Situation.«

Ach wirklich? »Ich weiß. Das ist schon okay.« Wie genau achtet sein Vater auf Davids Gesichtsausdruck, auf den Ton seiner Stimme? Erkennt er die wahren Gefühle, oder sieht er nur, was er sehen will?

Offensichtlich das Letztere. »Danke, mein Sohn, ich war mir ziemlich sicher, daß du das sagen würdest, und ich bin froh, daß ich recht behalten habe. Beryl und ich, wir werden nicht jünger. Mir gefällt die Vorstellung, daß sie hier ist und wir soviel Zeit wie möglich zusammen verbringen.« Davids Vater hat Glück. Beryl hat Glück. Sie haben einander gefunden, und das – so scheint es – auf ganz natürliche Weise: Man geht zu einer Versammlung, trifft auf einen Fremden, verbringt ein bißchen Zeit miteinander, und plötzlich ist man ein Paar, das zusammenlebt. Wenn alte Leute dazu in der Lage sind, was hindert David daran? Wissen, Anziehungskraft, vielleicht sogar irgendeine Chemie?

»Woher weißt du das?« bricht es aus ihm heraus, und er bemerkt gleich, daß sein Vater keine Ahnung haben wird, was er meint. »Wie geht das, daß du einfach jemanden triffst und sich dann alles wie von selbst ergibt, daß du weißt, das ist es?« Und – die vielleicht noch interessantere Frage – wie kommt es, daß dasselbe auch andersherum klappt, im Kopf und im Herzen von Beryl? Wie wird es gegenseitig?

Sein Vater sieht ihn etwas verwundert an, aber schließlich ist es auch ein ziemlich gewichtige Frage, die eine Menge Unklarheiten beinhaltet und viel Raum für Unverständnis oder auch Mißverständnisse bietet. Sie beide sind auch mehr daran gewöhnt, ihre Zuneigung eher mit Handlungen zu zeigen als mit Worten, etwa in der rücksichtsvollen Art, wie sie miteinander arbeiten. Es muß schwer für seinen Vater gewesen sein und ihn viele Mühe gekostet haben, ein so persönliches Thema wie Beryl in Worte zu fassen.

»Also, eins ist sicher«, sagt sein Vater langsam, »es passiert nicht allzu oft. Als ich deine Mutter traf, da waren wir jung, und ich erinnere mich noch daran, daß ich damals dachte, ›Die ist es‹, aber ich hätte dir damals nicht sagen können, warum. Auch jetzt kann ich dir nicht sagen, warum, aber es ist vermutlich sowieso ganz anders, wenn du jung bist. Vielleicht passiert so etwas aber auch nur einmal. Als ich Beryl traf, dachte ich nur, daß sie eine attraktive und redegewandte Frau ist, und das erschien mir Grund genug, sie zu fragen, ob sie mit mir ausgehen wolle, aber das war kein Instinkt, wie bei deiner Mutter. Mit Beryl ist es eher ruhig und stetig. Ein langsames Sichkennenlernen. Mit deiner Mutter war es eher umgekehrt, wir lernten uns erst kennen, nachdem wir uns, ich weiß nicht wie, ineinander verliebt hatten. Das war es wohl. Wie auch immer es geschieht, es kommt nicht sehr oft vor, und wenn es geschieht, ist es vielleicht einfach Glück. Der richtige Ort, die richtige Zeit. Vielleicht muß man das Glück auch suchen. Bereit sein. Ich weiß, daß es vermutlich eine Menge netter Frauen gibt, die ich gar nicht bemerkt habe, weil es gar nicht in meinem Kopf war. Ich habe sie nicht wahrgenommen.«

»Also warst du bereit, als du Beryl trafst?«

»Ich nehme es an. Ich möchte nicht, daß du denkst, ich hätte gesucht, aber ich muß gespürt haben, daß die Zeit gekommen war. Ich fühlte mich immer einsamer, weißt du. Nach dem Tod deiner Mutter habe ich mich lange nach niemand anderem gesehnt als nach ihr, und ich habe nur sie vermißt. Aber das Gefühl der Einsamkeit wurde stärker.«

Das Wort »einsam«, das so nackt und wahr und vertrauensvoll ist, hängt zwischen ihnen in der Luft. Sein Vater war einsam – natürlich muß er das gewesen sein, ein Mann, der so vollständig an eine Gefährtin, eine Helferin, eine Ehefrau gewöhnt war –, wie konnte das David nicht bewußt gewesen sein? Er und sein Vater, sie beide sind, auch bei der ganzen Geschäftigkeit hier unten, einsam;

denn beim Hören des Wortes spürt David, daß es auch seinen eigenen Zustand beschreibt, auch wenn ihm das vorher nicht bewußt war und er den hohlen Klang dieses Wortes nicht ertragen hätte. Und es ist hohl, denn sein Echo kommt immer wieder.

Wäre das der geeignete Augenblick, um zu sagen: »Ich bin auch einsam, ich habe das Gefühl, daß ich immer einsam war, und ich weiß nicht, wie ich dieses Gefühl überwinden kann.«

Nein. Sein Vater darf das Wort aussprechen, weil es für ihn vorbei ist. Für David ist es immer noch ein zutreffendes Wort, etwas Chronisches, wie Muskelschwund, der die Leute zum Krüppel macht. Er könnte es wohl kaum aussprechen. Schon steigen in ihm Tränen auf. Sein Vater streckt seine Hand nach ihm aus und berührt seinen Arm. »Natürlich ist es ein Risiko. Ich weiß nicht, wie das mit mir und Beryl wird, vielleicht klappt es auch nicht, aber deswegen soll sie ja auch hier einziehen, damit wir sehen, wie es geht.« Er hat Davids Gesichtsausdruck mißverstanden. Er muß darin eine Art Sorge um ihn erkannt haben. Was meint er außerdem mit »um zu sehen, wie es geht«? Ist da vielleicht noch etwas?

David gleitet von seinem Barhocker und entzieht sich der Berührung. »Natürlich wird es klappen«, sagt er so herzlich wie möglich. »Es wird bestimmt schön für dich. Ich bin froh, daß du jemanden gefunden hast.«

Und wieder hört sein Vater, was er hören will, er seufzt und steigt ebenfalls von seinem Hocker, Gwens Hocker. »Du wirst auch jemanden finden, wenn die Zeit gekommen ist, und dann hoffe ich, daß es wie das Gefühl ist, das ich bei deiner Mutter hatte, als wir so jung waren wie du jetzt. Ich glaube, wir sollten hinaufgehen. Beryl wartet oben. Sie wollte wissen, was du denkst, und jetzt können wir es ihr sagen. Es ist spät. Vielleicht bleibt sie gleich hier. Kann sie ja jetzt auch.«

Sie gehen die Treppe hoch. David folgt seinem Vater nach oben, und doch wird er dabei das Gefühl nicht los, als würde er immer tiefer sinken. Was ist das Diplom als Barkeeper, sein eigener kleiner Triumph, verglichen mit einem solchen unfreiwilligen Umbruch, der sein Schicksal wieder in die Hände von anderen legt? Auch wenn es gütige Hände sind, wie die seines Vaters.

Als sie das Wohnzimmer betreten, tauschen sein Vater und Beryl ein stilles Signal aus. Sie lächelt so strahlend und, wie es scheint, ehrlich, daß es Davids Herz erweicht. Er hat etwas Gutes getan, er hat Glück ermöglicht. »Danke«, sagt Beryl und greift seine beiden Hände. »Es ist sehr großzügig von dir, dein Zuhause mit mir zu teilen. Ich hoffe, du hilfst mir dabei, mich hier einzuleben. Du mußt mir deine Gewohnheiten sagen. Ich will nichts durcheinanderbringen, und ich will dich ganz bestimmt nicht stören.«

Sie klingt zu milde. Dabei ist sie keineswegs ein Mäuschen. Davids Augen werden schmal; doch sie will zweifellos beruhigend wirken und ihm das Gefühl geben, daß er sicher ist und nichts zu befürchten hat. Auch das ist nett.

Wäre es etwa besser, wenn er sie nicht mögen würde?

Womit verbringt sie eigentlich ihre Zeit? Wenn sie hier eingezogen ist, was wird sie dann tun, während sein Vater unten ist und David oben in der Wohnung oder in der Praxis von Fink oder bei Keith Miller oder herumspaziert und herumfährt? Kann er ihr vertrauen? Wird sie – zum Beispiel – sein Zimmer respektieren? Nicht alle Bücher untersuchen, die dort herumliegen, oder seinen Schreibtisch durchsuchen, das Foto von Edgar Stone von seinem Nachttisch nehmen und sich fragen, wer das wohl sein mag? Was wird sie dazu sagen – oder schlimmer, darüber denken –, wie er seine Zeit, all die freien Stunden allein in seinem Zimmer mit Lesen, Denken oder Fernsehen verbringt. Wird sie denken, er sei zu sonderbar und auf einem falschen Weg? Er weiß, daß es von außen betrachtet so wirken könnte. Er hat nicht sehr viele Geheimnisse, aber er legt Wert auf seine Privatsphäre.

»Freitag ist ein großer Tag für Beryl«, sagt sein Vater in dem jovialen Ton, den er gewöhnlich unten im Gully's pflegt. »Sie wird die Bar ein paar Stunden lang allein machen, wenn ich zu deiner Abschlußfeier gehe. Morgen werden wir mit ihr üben.« Er lächelt sie beide an. »Die Leute werden glücklich sein. Es ist eine Weile her, seit wir da unten eine Frau hatten.«

Eine lange beklemmende Pause: Sie alle denken wohl daran, daß die letzte Frau, die im Gully's gearbeitet hat, seine Frau, Davids Mutter war. Wie kann Beryl das tun, einfach an die Stelle einer anderen Frau treten, so als könne sie Jahre, eine ganze Familiengeschichte auslöschen? »Ich weiß, David«, sagt sie ruhig, »daß ich nicht deine Mutter ersetze. Und ich hoffe, du weißt, daß ich es auch niemals beabsichtige.«

Er nickt, weil es dazu nichts zu sagen gibt, außer vielleicht: Woher wußtest du, was ich dachte? Entweder ist sie ziemlich klug, oder er ist sehr leicht zu durchschauen.

Sein Vater wirkt unruhig. Es ist ihm vielleicht unangenehm, daß sie alle drei hier heute abend zusammen sind. Vielleicht will er auch mit Beryl allein sein; es ist hier ihre erste Nacht zusammen, und vielleicht sogar überhaupt ihre erste Nacht zusammen. David betrachtet wieder die Hände seines Vaters, dann Beryl, und es gruselt ihn. Er fühlt sich wie ein Voyeur, wie jemand, den man übergeht, wie einen unwillkommenen Gast. Wie alles zusammen.

Er tut so, als müsse er gähnen. »Ich glaube, ich pack's mal. Es war ein langer Tag.« Er kann Beryl nicht berühren, er kann ihr keinen Kuß auf die Wange geben oder sie umarmen, um ihr gute Nacht zu wünschen; deshalb verläßt er das Wohnzimmer verlegen, so als ließe er auch noch einen nicht beendeten Satz zurück. Es bleibt etwas in der Schwebe zwischen ihm, Beryl und seinem Vater.

Aus seinem Zimmer kann er ihre leisen Stimmen im Wohnzimmer hören. Beryls Stimme ist höher und nicht so rauh wie die seiner Mutter, dennoch ist es merkwürdig, ein Gespräch da drüben zu hören. Von seinem Bett aus hört er, wie Beryl und sein Vater nacheinander ins Bad gehen und dann, wie sich die Tür zum Zimmer seines Vaters öffnet und schließt.

Was werden sie da drinnen tun? Was tun sie gerade jetzt, in dieser Sekunde? Ist es etwas, das David selbst jemals wieder tun wird?

Es ist verkehrt, daß sein Vater Sinnesfreuden nachgeht, die

David kaum kennt. David sollte Haut berühren, während sein Vater sich in ein würdevolles zölibatäres Leben zurückzieht.

Der stille, selbstgefällige Edgar bietet keinen Trost, keinen Rat. David könnte die Fotografie an die Wand schmeißen, aber er darf sie nicht stören und könnte es auch nicht ertragen, seine Verzweiflung zu offenbaren. Er weiß, daß es dumm ist, oder etwas bedeutet, daß es sogar weniger beschämend war, sich auf der Straße zu entblößen, als mit zerschmissenem Glas zu zeigen, wie unglücklich er ist.

Er wünschte sich so sehr, daß wenigsten eine Sache klar wäre; nur eine. Oder besser, er wünschte sich so sehr, daß nicht alle Dinge gleichzeitig so unklar wären. Er schafft das nicht, alles gleichzeitig. Das Zeug in ihm schwillt an und brodelt und will heraus aus seinen Poren, seinen Zehen, seiner Kopfhaut. Es ist nicht zu bändigen. Aber es muß gebändigt werden.

Berührt sein Vater Beryls Brüste, gleiten seine Lippen über ihre Brustwarzen, so wie es David mit Gwens gemacht hat? Fragt er sie nach ihren Wünschen oder kennt er sie schon?

Laken aus Baumwolle, das kühle Glas einer Fotografie, das ist das einzige, was Davids Haut berührt. Er versucht sich selbst zu berühren, aber das ist nicht sein wirkliches Verlangen, und er hört wieder auf. Er scheint im Augenblick weder Verlangen nach Fremden auf der Straße noch nach Gwen zu haben, auch wenn sie es ihm gezeigt und ihm einen Namen, ein Bild und ein Gefühl dafür gegeben hat. Sein Verlangen richtet sich auf etwas Unbekanntes, Unberührbares, das es irgendwo da draußen vielleicht gibt, vielleicht aber auch nicht.

Was immer sein Vater und Beryl gerade machen, sie tun es zu leise, als daß er es mithören könnte. Es ist still, sehr still mitten in der Nacht in Davids Bett.

8

Wenn Edgar am Steuer saß, wurde nicht angehalten – weder wenn Gwen pinkeln mußte, noch für einen Orgasmus am Straßenrand, sie hielten auch nie für Anhalter. Edgar raste gefährlich schnell an Anhaltern vorbei, anscheinend aus Angst, einer von ihnen könnte ihm gefährlich werden.

»Man kann nie wissen, was passiert«, sagte er und sauste an einem Rucksacktouristen oder einem erschöpften jungen Paar vorüber, wobei Gwen und er es vermieden, sowohl die Tramper als auch einander anzusehen. »Du weißt es einfach nicht«, sagte er nochmal mit Nachdruck, als habe Gwen Einspruch erhoben. »Sie können auch nicht wissen, worauf sie sich einlassen. Nur ein Idiot macht das heute noch.« Er meinte, daß der Rucksacktourist oder das erschöpfte junge Paar damit rechnen müßten, daß er und Gwen nach Beute suchten, unschuldige Menschen jagten und darauf aus waren, die Ahnungslosen zu grotesken Handlungen zu zwingen, zu foltern und zu töten.

Nun ja. Wenn man die Leute nur ansah, gab es wirklich keine Gewißheit. Also würde Gwen allein nie jemanden mitnehmen. Man hörte schließlich immer wieder von solchen Verbrechen. In der harmlos aussehenden Person mit dem freundlichsten Lächeln konnten durchaus die gräßlichsten Begierden stecken, das mußte sie zugeben. Man schaue sich nur Edgar an, was da alles zu Tage getreten ist! Ganz zu schweigen von völlig Fremden!

Jack ist da, wie sie mitten in der Prärie erfährt, ganz anderer Ansicht. Er hält tatsächlich für zwei Tramper an! Und noch dazu ohne zu fragen! Inmitten der endlosen Kornfelder, die unter dem strahlendblauen Himmel wie Gold schimmern, hält er am Straßenrand für zwei Jungen, die ihre Daumen hochstrecken. Jetzt rennen sie zur Tür und ziehen sie auf. Was denkt er sich bloß?

Beide tragen Rucksäcke und tief hängende Jeans. Einer hat eine kunstvolle Tätowierung auf dem Unterarm, die sie nicht ganz entziffern kann, und beide haben kleine, goldene Ohrringe. Was machen sie hier draußen mitten in diesem Niemandsland? Vielleicht ist es für sie ja gar kein Niemandsland. »Tu's nicht!« warnt Edgars Stimme sie eindringlich in ihrem Kopf – und dabei meldet er sich sonst so selten. »Vielleicht haben sie Messer und finstere Absichten. Oder sie sind ausgerissen.«

Wie lästig, daß Edgar in ihren Kopf gelangt und immer noch zu bestimmen versucht. »Hau ab«, denkt sie. »Du hast hier nichts verloren.«

Sie selbst hat Jack schließlich auch mitgenommen, oder? Zweifellos hätte sie das nicht getan, wäre er ihr am Straßenrand, statt auf einem überfluteten Zeltplatz begegnet, wo er das Wetter verfluchte und ihr half, aber jetzt kann sie eigentlich keinen Unterschied erkennen. Ihn mitzunehmen bedeutete, ein Risiko einzugehen, und man sieht ja, was herausgekommen ist: nichts Schlechtes, nur sehr Gutes, abgesehen von der eigenmächtigen Entscheidung, die er gerade getroffen hat. Hätten sie eine gemeinsame Zukunft, müßte sie etwas sagen. Aber sie haben ja keine.

Komisch. Bei Edgar hat sie oft genug gerade deshalb nichts gesagt, weil sie annahm, sie hätten eine gemeinsame Zukunft, und ihr die Harmonie innerhalb der Beziehung wichtiger war als eher nebensächliche Angelegenheiten. Diesen Fehler würde sie nicht noch einmal begehen. Sie blickt Jack mißbilligend an. Eine Geste.

»O Gott«, sagt der erste Junge, der einsteigt. »Danke! Ich dachte schon, wir müssen hier draußen sterben, wir stehen schon eine Ewigkeit da. Wir wußten nicht, daß Trampen so schwer ist!« Das liegt an Leuten wie Edgar und Gwen.

»Entschuldigung«, sagt der zweite. »Unsere Sachen sind ein bißchen dreckig.« Allerdings. Als sie sich selbst und ihre Rucksäcke abklopfen, wirbelt Staub hoch. Gwen verzieht erneut kurz das

Gesicht. Offenbar kommen manche Veränderungen schnell, andere sehr langsam.

Hat sie das Edgar angetan? Wenn er von der Arbeit nach Hause kam oder vom Garten ins Haus, zog er sofort die Schuhe aus. Entsprach er damit einer alten Forderung von ihr? Das ist durchaus möglich. Sie dreht sich im Sitz herum und lächelt die Jungen an. »Legt euer Zeug einfach auf den Tisch. Ist schon in Ordnung.« Sie lächeln zurück, und sie denkt: Es sind eben Jungen, nur jung, sehen eher süß aus und sind bestimmt harmlos.

»Vielen Dank.«

Sie heißen Jason und Tony. Sie schütteln Jack und ihr die Hand. Sie haben faltenlose, offene Gesichter. Aus der Nähe sehen sie für Gwen wie Babys aus. Sie sind sechzehn und siebzehn, Schulfreunde aus einer nordöstlich der Straße gelegenen Stadt. Sie sind gestern aufgebrochen, um zu einem Ort im Gebirge zu fahren, in dem ein riesiges, dreitägiges Konzert stattfinden soll. Sie sind immer noch aufgeregt, aber etwas entmutigt durch die Situation, aus der Jack und Gwen sie nun dankenswerterweise befreit haben.

»Ich habe eine ganze Anzahl Anhalter bemerkt«, sagt Jack über die Schulter. »Liegt das an diesem Konzert?«

Gwen sieht, wie sie die Achseln zucken. »Anzunehmen. Wahrscheinlich.« Ihre Füße stecken in riesigen Turnschuhen. Sie lassen sich auf das Bettsofa plumpsen und verfallen in sofortige Trägheit. Gwen fragt sich, ob sie wohl eine nörgelnde Mutter geworden wäre. Sie hofft nicht. Sie war immer sicher, ihre Beziehung zu Sarah oder John würde wunderbar gütig, sanft, verständnisvoll und vertrauensvoll sein.

Hätte sie erlaubt, daß Sarah oder John einfach losziehen, um per Anhalter zu einem Konzert zu kommen, das so weit entfernt von zu Hause stattfindet? Und das mit sechzehn oder siebzehn? Egal in welchem Alter? Was ist denn mit den Eltern dieser Kinder los, sind sie ihnen egal, lieben sie sie nicht?

Ihre Rucksäcke ähneln dem von Jack: Sie sind stabil, praktisch, haltbar und häßlich. Gwen besaß früher ein sechsteiliges Set aus zueinander passenden Koffern mit Blumenmuster, von denen die beiden größten Räder hatten. In all den Jahren wurde die Koffer eigentlich nicht oft gebraucht. Das ganze Set auf einmal war mit Sicherheit nie im Einsatz. Sie und Edgar reisten nie so weit oder so luxuriös, daß sie soviel Sachen benötigten.

Sie hat nur die Hälfte des Sets behalten: den größten Koffer, den kleinsten und die Schultertasche, die jetzt alle leer und ineinander verstaut in dem Schrankfach liegen, unter dem es sich die Jungen bequem gemacht haben. Edgar hat natürlich sein kostbares Kalbslederset gepackt und mitgenommen, als er ging, voller Kleider, Toilettenartikel und anderen Dingen. Als die Zeit kam, gab sie es fort.

Die Jungen sehen nicht aus, als seien sie bewaffnet, und auch böse Absichten lassen sie bisher nicht erkennen. Sie sind höchstens ungehorsam, zumindest Jason. »Du wirst ganz schöne Schwierigkeiten kriegen«, sagt Tony gerade.

»Vielleicht kriegen sie es nicht heraus.« Jason zuckt die Achseln.

»Meine Familie erzählt es ihnen, wenn meine Schwester dich verpfeift.« Tony sieht, daß Gwen zu ihm herüberblickt und spricht etwas lauter. »Unsere Eltern sind alle auf so eine Farmerkonferenz gefahren. Jason durfte eigentlich nicht mitkommen.«

»Also werden sie es herausbekommen – und was können sie dann tun?«

»Dich für immer einsperren, wette ich. Schau dich um, Kumpel«, Tony beugt sich vor, um Jason auf die Schulter zu klopfen, »daraus wird dein zukünftiges Leben bestehn: Weizen!« Sie lachen rauh, als sei alles, was nichts mit dem Erreichen ihres Reiseziels zu tun hat, nicht real. Das mag an ihrer Jugend liegen. Es könnte aber auch mit dem süßlichen Geruch zu tun haben, den der Rauch einer bestimmten Zigarette verbreitet, die sie gerade angezündet haben. Gwen atmet tief ein. Sie hat das jahrelang nicht mehr gerochen. Auch Jack schnuppert, sieht Gwen an und grinst.

»Und wie steht's mit Ihnen?« fragt Jason. Ein höflicher Junge, wenn auch schmuddelig und ungehorsam. »Wo fahren Sie hin?«

»Ich«, sagt Jack über die Schulter, »ich fahre an die Küste zur Hochzeit meiner Exfrau. Meine Freundin hier ist von zu Hause ausgebüchst und weiß noch nicht, wo sie landen wird.«

Die Jungen sind verblüfft – Erwachsene, die so ziellos in der Gegend herumfahren? Dann verwandelt sich Tonys dünnes Gesicht, auf dem sich ein Lächeln ausbreitet. »Wollen Sie mit uns mitkommen?« fragt er Gwen. »Wenn Sie sowieso weggelaufen sind?« Ganz offensichtlich halten sie das für absurd, was es auch ist. Wenn Tony auch nur einen Augenblick ernsthaft geglaubt hätte, sie würde zustimmen, hätte er nicht gefragt.

»Danke, aber ich glaube, ich habe mein letztes großes Rockkonzert schon hinter mir.« Das zugleich ihr erstes war. Mit Edgar – wem sonst? Das war noch vor ihrer Heirat, und sie sollte etwas Nützlicheres daraus gelernt haben, als den Geruch von Marihuana zu erkennen. Sie hofft, daß die Jungen nicht irgend etwas anbrennen.

Jetzt fährt Jack langsamer, weil weiter vorne drei Mädchen am Straßenrand stehen. »Zu mehreren ist man sicherer«, sagt er mit leiser Stimme. »Und sie werden sich gegenseitig beeindrucken wollen.« Hoffentlich nicht mit einer kleinen jugendlichen Kriminalitätsorgie, denkt Gwen; aber zumindest hat er ihre unausgesprochenen Bedenken registriert, so daß sie fast wieder mit ihm versöhnt ist.

Ebenso wie die Jungen tragen alle Mädchen Jeans, aber dazu Schlapphüte, enge Trägerhemdchen und darüber weite Hemden über Busen unterschiedlicher Proportionen. Jede hat außerdem zwei Ohrringe in einem Ohrläppchen und drei im anderen und einen Nasenring. Es sieht so aus, als hätten sie das alles gemeinsam gemacht, um zueinander zu passen. Freundinnen. Was Freundinnen eben so machen, in diesem Fall mit einem verblüffenden Effekt, zumindest empfindet Gwen das.

Beim Hereinklettern bleiben sie stehen, peilen die Lage, erschnuppern die Atmoshäre, buchstäblich und im übertragenen Sinne. Sie sind vernünftigerweise vorsichtig und sich, genauso wie

Gwen, zweifellos der Gefahren bewußt. »Das ist Jack, und ich bin Gwen. Das da hinten sind Tony und Jason. Sie fahren zu einem Konzert, ihr auch?«

»Ja. Ich bin Janice. Das ist Tracy«, sie deutet mit dem Daumen über ihre Schulter. »Ganz hinten ist Sarah.«

Gwens Herz macht einen Sprung. Ihre Augen weiten sich. Sie fällt fast aus dem Sitz, als sie sich nach hinten beugt, um das Mädchen zu sehen.

Janice und Tracy sind dünn, schmal, mit straffer Haut. Sarah ist rundlicher, rosiger, brauner, hat breitere Hüften und vollere Lippen. Ihr dunkles Haar ist hinten zusammengebunden. Ihre ebenfalls dunklen Augen sehen Gwen auf eine rätselhafte, beinahe feindselige Weise an, als habe Gwen ihr irgendeine Ungerechtigkeit vorgeworfen. Warum sollte sie das?

Vielleicht hat ein sonderbares Leuchten in Gwens Augen sie zur Vorsicht gemahnt.

»Danke, daß Sie uns mitnehmen.« Es ist Tracy mit ihrer hohen Stimme und ihren spitzen Gesichtszügen. Sie erscheint Gwen als die am wenigsten Reizvolle, diejenige, die wahrscheinlich nicht allzuviel Spaß beim Konzert haben dürfte. Man sieht ihr ihre Ängstlichkeit an. Janice stellt sich selbst, Tracy und Sarah den Jungen vor, und Sarah wirft ihren Rucksack mit einem leichten Knall auf den Tisch, wühlt kurz in ihrer Tasche und sagt dann zu ihnen: »Ich habe auch Stoff.« Woher kriegen sie das Zeug, hier so weit draußen?

Aber natürlich, hier ist Farmland, sie bauen es vermutlich selber an.

Als sie ihre Hüte abnehmen, sieht Gwen die stoppeligen Haare von Janice und Tracy; ein Kontrast zur Fülle von Sarahs Haaren. Ist Sarah eine Art Rebellin, die sich gegen eine Mode stellt? Das ist die Art Tochter, die Gwen gemocht hätte: eine, die nicht hungert, eine, die sich ihrer Schönheit bewußt ist. »Sie könnte unsere sein, Edgar.« Aber auch das ist ein zu melancholischer Gedanke; außerdem zu unheimlich. Sie darf nichts durcheinanderbringen, nicht dumm sein. Vielleicht liegt das an dem Rauschgift in der Luft.

»Rauchst du?« fragt Jack.

Schon lange nicht mehr. Vermutlich (obwohl es wenig gibt, was sie über Edgar sicher sagen kann) hielt er Rauchen für etwas, was ein Rechtsanwalt nicht tun sollte. Den letzten Joint hat sie wahrscheinlich an diesem Wochenendkonzert geraucht, zu dem sie und Edgar fuhren, bevor sie heirateten. Sie campierten mit Tausenden anderen auf einer entlegenen, verfallenen Farm. Weder Flo noch Gwens Vater machten Theater, weil sie und Edgar zusammen zu dem weit entfernten Konzert reisten. »Seid vorsichtig«, sagte ihr Vater, während Flo typischerweise den Ratschlag gab: »Viel Spaß!«

Gwen erinnert sich, wie sie in der Sonne briet und ewig vor den Toiletten und Duschräumen Schlange stand. Sie erinnert sich, daß sie nach ein paar Stunden die Musik kaum noch wahrnahm, die blechern von einer entfernten Bühne schmetterte. Sie erinnert sich, daß die Leute trotzdem tanzten, und wie sie sich Edgar griff, um mit ihm zu tanzen, barfuß, mit geschlossenen Augen. Sie erinnert sich an öffentliche Liebesbezeugungen – die Leute vögelten sogar mehr oder weniger in der Öffentlichkeit. Sie erinnert sich, wie sie Edgars Hand auf ihren Busen legte (und blitzartig fällt ihr ein, daß sie mit David dasselbe getan hat), wie Edgar sich (im Gegensatz zu David) zurückzog, obwohl er später in der Dunkelheit unter dem Schutz der Plane durchaus glücklich war, nach ihr zu greifen.

Er war vielleicht einfach scheu. Damals sagte sie ziemlich stoned zu ihm: »Was für ein verklemmter Arsch du bist«, was ihn wütend machte.

Sie erinnert sich, daß er am zweiten Tag über die Hitze, das Essen, die Schlangen, die Menschenmasse und den Lärm meckerte – was hatte er denn erwartet! »Hier hat es doch niemand bequem, oder?« argumentierte sie. »Es geht nicht um Bequemlichkeit. Es geht um Spaß.«

Was ist aus dieser frechen, kühnen, Flo-ähnlichen Gwen geworden?

Rauchen machte Edgar schläfrig. Sie wurde davon locker und leidenschaftlich. Als sie nach hinten blickt, wird sie an die Freuden junger Körper erinnert und denkt wieder, was sie eigentlich selten tut, an David.

Diese Jungen, ungefähr ein halbes Jahrzehnt jünger als David und mehr als drei Jahrzehnte jünger als Jack, befinden sich noch im Wachstum: Ihre Beine werden länger, ihre Brustkörbe weiten sich, die Schultern werden breiter – aber was denkt sie da? Sie sollte ihre Augen auf Jack richten oder auf die Straße. Als sie jedoch konzentriert und gleichmäßig beobachtet, wie die Straße unter den Rädern hinwegrollt, fühlt sie sich nach kurzer Zeit schläfrig und unwohl. Sie stößt auf und muß sich beinahe übergeben, hat einen bitteren Geschmack im Mund.

Etwas ist noch immer nicht in Ordnung.

Als sie nach dem Konzert mit Edgar nach Hause fuhr, war er mißmutig und bedrückt. Sie hatte einen Sonnenbrand und Kopfweh, und sie redeten nichts. Sie hätte ihn nicht einen verklemmten Arsch nennen sollen; er hätte nicht soviel meckern sollen. Aber unangenehme Augenblicke gehen vorüber oder werden von angenehmeren genauso überdeckt wie von Hoffnung. Sie müssen diese drei Tage mehr oder weniger vergessen haben, heirateten trotzdem und freuten sich auf Abenteuer, die sie vielleicht miteinander verbinden würden, statt ihre Unterschiede zu offenbaren.

Ihr Magen meldet sich erneut mit einem warnenden Schlingern. »Schnell, halt bitte an!« Jack wirft ihr einen Blick zu, drosselt die Geschwindigkeit, rollt in den Kies und bremst scharf. Sie reißt die Tür auf, stürzt hinaus und übergibt sich am Straßenrand.

Die heftigen Krämpfe zwingen sie auf die Knie und lassen sie zittern. Unheimlich und sonderbar: Ihr wird fast nie schlecht. Dennoch ist ihr erster, lächerlicher Gedanke, als das Würgen endlich aufhört, daß es ihr lieber gewesen wäre, Jack hätte sie nicht so gesehen. Ihr zweiter Gedanke ist, daß sie nicht nur von ihm, sondern von fünf jungen, besorgten Gesichtern genau beobachtet wird. Und daß es Tracy ist, nicht Sarah oder etwa einer der anderen, die zusammen mit Jack ihren Arm ergreift. Tracy hat eine kleine Hand, aber ihr Griff ist so fest und ermutigend wie Jacks. Gwen blickt in ihre Gesichter, auf denen sie sowohl Besorgnis als auch einen Anflug von Ärger sieht. Sie ist eine Frau über vierzig – alt für sie –, und ihre Übelkeit hält sie auf.

Sie schaut vor allem Sarah an und sieht eine gerunzelte Stirn, die Sorge ausdrücken könnte, gäbe es da nicht zwei Falten an ihrem Mund, die wie Ungeduld aussehen.

Kinder wenden sich ab; sie lassen einen im Stich. In ihren rosigen Phantasien dachte Gwen darüber nie wirklich nach.

Vielleicht entsprach nichts von dem, was sie sich vorstellte, je der Realität.

Sie befürchtet, in Ohnmacht zu fallen. Ihr ist schwindlig, und sie ertastet sich ihren Weg durch die Kinder zum Bett, legt sich, ohne auf die Unordnung und das Gepäck zu achten, hin und schließt die Augen. Gehört der Wohnwagen etwa nicht ihr? Und ist es nicht ihr Bett, darf sie sich etwa hier nicht hinlegen?

Sie zittert wie vor Wut. Einer von ihnen legt etwas Warmes über sie, eine Jacke, eine Decke, dabei ist es ein heißer Tag, an dem sie nicht frieren sollte.

Sie sollte auch nicht wütend sein, aber es sieht so aus, als sei sie es.

Es scheint ein rasch anwachsender, umfassender Zorn zu sein, der sie ebenso mächtig überkommt wie die Übelkeit, und in seltsamen, heißen, hohen Wellen über sie hereinbricht. Der Zorn richtet sich zuerst gegen diese Kinder, die ihr rollendes Zuhause zumüllen, er richtet sich gegen Jack, weil er sie alle mitgenommen hat, und bald auch gegen dieses Wohnmobil selbst, vollgestopft und in Bewegung, immer in Bewegung; vom Wohnmobil aus greift der Zorn auf ihr weit entferntes beiges Heim über, das so viele Jahre unschuldig gehegt und gepflegt wurde, er trifft auch die kühle Sarah, das leidenschaftlich ersehnte Kind, das sie verlassen hätte, und er landet schließlich bei – Edgar.

Zwanzig Jahre! Kein neuer Gedanke, aber einer, der jetzt als wilde, heftige Wut in einer neuen Dimension wieder aufflammt.

Das halbe Leben mit einem Mann, der seine Geheimnisse hütete, seinen Garten entwarf, ein bißchen Geld stahl, seine Frauen vögelte und sie mit ein paar windigen Worten verließ. Und einfach wegstarb, ohne die Geheimnisse gelüftet zu haben. Sie könnte ihn umbringen. Wäre er hier, täte sie es. Wenn er sie berührte, würde sein Fleisch verdorren. Es ist eine Wut mit einem eklig ätzenden Geruch, wie verbrannte Haare oder Haut; Wut mit einem Kranz von glänzendem weißen Licht. Wenn sie die Augen öffnete, würden sie blubbern und kochen.

Aus einem verborgenen Winkel ihres Gehirns sagt eine Stimme laut und deutlich: »Das reicht jetzt. Übertreib's nicht. Paß auf, daß du dich nicht zu sehr gehenläßt.«

Aufpassen! Gwen hat so lange aufgepaßt – wie kann es eine Stimme wagen, und sei es ihre eigene, ihr Vorsicht anzuraten? Was hat Vorsicht ihr denn gebracht? Zwanzig Jahre Hirngespinste; tödliche Hirngespinste, die wie unsichtbare, nicht aufspürbare Gase sind. Natürlich explodieren sie, natürlich zerstören sie. Und selbstverständlich werden dabei auch Vorsicht und Sorge vernichtet.

Fängt Wahnsinn so an? Oder hört er so auf? Wird sie daran sterben?

Es scheint unerträglich. Sie hat sehr, sehr große Angst.

Und die Angst macht sie eisig, läßt sie frösteln und zittern, läßt ihre Glieder schmerzen. Sie nimmt Stimmen wahr, Stimmlagen, das Gewicht auf ihr wird schwerer, sie fühlt Hände und Decken, die sie niederhalten. Sie geht unter, brennend und frierend. Unterzugehen ist ein Betäubungsmittel. Genau wie Lügen? Ist es das, was Edgar mit seinen Lügen wollte: sie schützen? Ihre Schmerzen sind zu groß, um nachdenken, empfinden oder sich Sorgen machen zu können. Schluß.

Eine Zeitlang ist also Schluß damit.

Sie liegt ziemlich still da, als sie erwacht. Etwas, so real wie ein Arm oder ein Bein, fühlt sich gebrochen an, aber sie kann den Ort nicht genau bestimmen, wo sich der Bruch befindet. So als sei sie aus dem Gleichgewicht geraten, verrutscht, mit einem gebrochenen Arm oder Bein, obwohl sie jetzt schräg liegt, umgekippt.

Ihr unbekannte Menschen, also zur Zeit alle Anwesenden, wissen das nicht. Es liegt eine Art Freiheit im Unvertrauten.

Die kleine versteckte Stimme meldet sich wieder: Es ist nur ein Fieber, nur ein Frösteln, nichts Dramatisches, so wie du es hinstellst. Du übertreibst, du gehst zu weit.

Die Stimme könnte Edgar gehören, oder es ist ihre Version seiner Stimme. Auf alle Fälle lügt sie. Sie verharmlost. Sie ist schief und gebrochen. Ihr ist immer noch sehr kalt, aber der Schlaf hat einige der heißen Zornesstacheln abgefeilt.

Edgar hatte unrecht mit Anhaltern, so wie er bei vielen anderen Dingen unrecht hatte, viel öfter, als sie vermutete. Wahrscheinlich wußte er es nicht besser, hat sich nicht nur in ihr geirrt, sondern auch in sich selbst, und wie hätte einer von ihnen das merken können? Wo lag die Schuld?

Vielleicht nirgends. Oder überall. Vielleicht ist die Schuldfrage sowieso nicht mehr von Bedeutung.

»Ich will ein Heim, Gwen«, sagte er am Anfang zu ihr. Da er mit einem Vater aufgewachsen war, der von seiner Firma alle paar Jahre versetzt wurde, wollte er natürlich einen Platz, an dem er sich seßhaft fühlte, von dem aus er erfolgreich und friedlich nach außen strahlen konnte. Genoß Gwen damals nicht das Bild von sich selbst als Zentrum eines solchen Strahlenkranzes? War es nicht ein zärtliches, beschützendes Bild, das sie vor ihrem inneren Auge sah?

Gefährlich mütterlich.

»Mein Vater«, sagte Edgar, »tat wohl, was er tun mußte. Er war so, wie er meinte, daß es von ihm verlangt wurde. Also war er immer ziemlich bestimmend.« Gwen hörte darin Widerwillen und fast eine Klage, aber sie muß sich verhört haben, denn auch Edgar übernahm die Entscheidungen. Wie bei vielem anderen ergab sich ein solches Verhalten bei beiden wie von selbst; es war nicht sein Fehler, denn sie machte mit. Erleichtert? Es ist schwer, Verantwortung zu tragen; die Versuchung, Verantwortung abzugeben, ist groß. Und wie schnell das geht: hier mal dem anderen eine Entscheidung überlassen, dort auf eine Meinung oder eine Handlung verzichten – wer merkt das schon? Wie kann sie also Edgar in das Zentrum ihrer Wut stellen, ohne sich selbst daneben zu stellen, wie das Brautpaar aus Pappe auf dem Hochzeitskuchen?

»Armer Edgar, warst du erschöpft? Warst du am Schluß einfach zu müde, um noch aus dem Auto zu klettern?

Als sie die Augen öffnet, sieht sie sich selbst in diesen Mädchen, natürlich ohne die Nasenringe, und erkennt auch Edgar in den Jungen, wenn auch ohne deren Kühnheit – er hätte sich an einem fremden Ort nicht so schnell wie zu Hause gefühlt. Er war höflich und hätte nie einen Joint angezündet, ohne um Erlaubnis zu fragen. Und hätte er einen angezündet, hätte er ihn auch geteilt. Gwen streckt den Arm unter dem Berg von Mänteln und Decken aus, die sie über sie gehäuft haben. »Darf ich?« fragt sie und fängt damit das Weiterreichen des Joints von Tony zu Janice ab.

Sie springen auf. »Oh, he!« sagt Tony. »Sie sind wach. Geht es Ihnen besser? Gott, Sie haben uns wirklich einen ganz schönen Schreck eingejagt.« Gwens ausgestreckte Hand bleibt fest. »Oh. Richtig. Entschuldigung.« Er gibt ihr den Joint. Gwen inhaliert tief. Es soll gut gegen Übelkeit sein; oder war das bei Krebs? Sie hat ihn kaum an Janice weitergegeben, als sie schon wieder einschläft.

Als sie das nächste Mal aus der Schwärze auftaucht, thront die ferne, schöne Sarah am Fußende ihres Bettes und beugt sich vor. Die anderen hocken zusammengepfercht auf der kleineren Sitzbank gegenüber dem schmalen Gang und beugen sich ebenfalls vor. Das Licht ist gedämpft, man hört ein sanftes Klatschen von Spielkarten und eine leise Stimme flüstert »Gin!« Er ist sehr verraucht und warm. Gwen greift nach oben, um ein paar Decken abzuwerfen. Wie kaputt sind diese Kinder? Sie sollten wenigstens die Fenster öffnen. Das will sie sagen, aber sie schlüpft wieder zurück, als sie Edgar sagen hört: »Du hast Glück. Du hast einfach Glück.« Unter ihr summen die Reifen auf dem Highway, fest und tröstlich.

Sie summen immer noch, als sie wieder aufwacht, diesmal ist es dunkel. Sie glaubt die Umrisse dreier Kinder zu erkennen, Janice, Tracy und Tony, die ihr gegenüber, aneinander gelehnt, schlafen.

Grelle Stoffpuppen. Wie kommt es, daß sich Dunkelheit soviel ruhiger als Licht anfühlt? Auch wenn es nicht still ist, fühlt es sich so an, als würde die Nacht die Straße und diesen rollenden schaukelnden Raum umhüllen und einwickeln. Als sie sich rekelt, treffen ihre Füße auf etwas Weiches und Dickes, und sie erinnert sich: »Ach ja, Sarah!«, aber als sie den Kopf hebt, stellt sie fest, daß es Jack ist, der am Fußende des Bettes hingesunken ist.

Er wird sofort wach, sieht sie prüfend und besorgt an; und plötzlich ist auch sie besorgt, denn wenn er hier ist, wer fährt dann? Jemand sitzt am Steuer, der Wagen bewegt sich. O Gott, ist das Sarah da oben? Und Jason auf dem Beifahrersitz? Sie setzt sich auf, zu schnell.

»Wie geht's dir?« Jack legt ihr die Hand aufs Knie. »Besser?« Er folgt ihrem Blick. »Schon gut, sie haben beide den Führerschein, und ich habe ihnen gezeigt, wie alles funktioniert. Jason ist schon eine Weile gefahren und hat es gut gemacht. Abgesehen davon ist die Straße so flach und gerade, daß sogar ein Blinder Schwierigkeiten hätte, etwas falsch zu machen.« Also gut. Aber trotzdem. Eine Luftblase steigt wieder in ihrem Hals hoch, denn er hat ihr Wohlgefühl und ihren Besitz schon wieder nicht respektiert. Seine überschäumende Energie scheint nicht nur ein reiner Segen zu sein.

»Wie spät ist es? Wie lange habe ich geschlafen?«

»Mitternacht. Du hast uns einen ganz schönen Schreck eingejagt, weißt du. Wir haben ein paarmal wegen allem möglichen angehalten, aber du hast dich nicht gerührt. Und wir konnten dich nicht warm bekommen, du hast so geschlottert, aber wenn man dich angefaßt hat, warst du heiß. Komm, laß mich deine Stirn fühlen.« Er legt seine große, geschickte Hand auf sie wie ein Gesundbeter und nickt. »Ja, besser, glaube ich. Wir hätten auch Pause machen können, aber wir wußten nicht, ob wir dich nicht vielleicht ins Krankenhaus bringen sollten, und die jungen Leute wollen auf jeden Fall so schnell wie möglich weiter, darum hielten wir es für die beste Lösung, uns beim Fahren abzuwechseln. Sie sind stolz auf sich, Sarah und Jason. Daß man ihnen vertraut. Es wird ein schöner Teil ihrer Reise sein. Sie erinnern mich an meine Kinder in diesem Alter.«

O ja. Jacks Kinder, die in seiner unmittelbaren Zukunft existieren. Auch er will sicher schnell weiter.

Gwen hat zehn, zwölf Stunden verloren, versunken in einen dunklen Zustand, der jedenfalls mehr war als nur Schlaf.

Sie muß dringend pinkeln.

Sie setzt sich auf, dann steht sie auf, sowohl ihr Kopf als auch ihr Körper sind fast wieder im Gleichgewicht, allerdings nicht ganz stabil. »Leg dich hin, Jack, schlaf. Ich geh aufs Klo, dann schaue ich nach, wie die da vorn zurechtkommen.«

»Es geht dir also wirklich wieder gut?«

»Viel besser. Mir geht es gut.« Gut ist übertrieben, aber, ja, sie fühlt sich auf jeden Fall besser: Der Ärger ist nur mehr ein Trommeln, sie sitzt nicht mehr in einem Hochofen aus Wut; und sie hat auch nicht mehr soviel Angst, ist nur normal menschlich besorgt.

Da ist auch diese geheimnisvolle und nicht meßbare Entfernung, die sie in den letzten Stunden zurückgelegt hat. Es gibt jetzt eine Lücke, die sie allerdings nicht genau definieren kann. Es gibt nur das, was vor dieser lodernden, eiskalten, schwarzen Reise lag. Und alles, was jetzt kommt, ist danach. Alles, was sie im Augenblick von Zeit und Vergangenheit begreift, unterliegt dieser Einteilung.

Jack streckt sich auf dem warmen Platz aus, auf dem sie lag. »Danke. Es stimmt, meine Muskeln haben schon angefangen, sich zu verkrampfen, und«, er lächelt, »ich weiß nicht genau, ob es meinem Gehirn nicht ebenso geht.« Dann schließt er die Augen und ist weg. Was hätte sie ohne ihn getan, allein auf sich gestellt? Sie betrachtet ihn mit großer Dankbarkeit und Zärtlichkeit. Sie ist sehr froh, ihm begegnet zu sein. Sehr wahrscheinlich wird er ihr fehlen, und darum betrachtet sie den Schlafenden auch etwas traurig.

In dem winzigen Waschraum verbringt sie ein paar Minuten damit, ihr Gesicht zu untersuchen. Es ist aufgedunsen, aber das kommt vielleicht nur von den vielen Stunden der Bewußtlosigkeit.

Doch ihr Mund sieht verhärmter aus; nicht direkt verdrießlich, aber betrübt. Ihre Augen funkeln, ein Überbleibsel des Fiebers?

Ihre Haut ist glatt und feucht. Da sie das Bad für sich allein hat, nimmt sie einen nassen Waschlappen und wäscht sich. Der arme Jack muß in ihrem verschwitzten Bettzeug liegen. Sie will nicht, daß er bei der Hochzeit seiner Exfrau oder beim Wiedersehen mit seinen Kindern und Enkeln krank wird. Nicht daß die Wut selbst ansteckend ist, aber vielleicht ihre Symptome und Rückstände.

Zeit, Verantwortung zu übernehmen, erwachsen zu sein, Zeit, sich ihren Weg nach vorn zu bahnen, vorbei an einer Armee von Beinen der Schlafenden. In dem trüben Licht des Armaturenbretts erkennt sie in der Haltung von Jason und Sarah Unbeschwertheit. Sie wirken entspannt, wie sie leicht einander zugewandt dasitzen, auch wenn Sarahs Blick auf die Straße gerichtet ist und ihre beiden Hände das Steuer fest umfassen. »Hi«, sagt Gwen leise, als sie sich zwischen sie beugt. »Wie geht's euch? Wo sind wir?«

»Hi!« Sie schauen auf, überrascht – weil sie sie sehen oder wegen der Störung ihrer trauten Zweisamkeit? Jason entfaltet eine Karte und zeigt mit seinem langen, dünnen, jungen Finger auf eine leere Stelle. »Ungefähr hier. Wir erreichen gleich das Vorgebirge. Wie fühlen Sie sich?«

»Viel besser, danke.« Aber wie sind sie so weit gekommen? Sie hat viele, viele Meilen verpaßt, einen wichtigen Abschnitt ihrer Reise.

»Sarah und ich finden, daß wir in den Bergen lieber nicht fahren sollten. Zu schwierig.« Haarnadelkurven, erinnert sich Gwen. Steile Abhänge, schwierige Steigungen.

Sie schüttelt den Kopf, auch um ihn klar zu bekommen. »Schon gut. Ich kann übernehmen. Jack hat sich schlafen gelegt, und vielleicht ist hinten noch Platz zum Pennen für einen von euch. Es tut mir leid, ihr müßt beide müde sein.« Müde, allein schon wegen der Verantwortung. Vielleicht war für diese zwei Kinder, die nur nach einem freien, wilden Wochendende und einem Abenteuer suchten, diese Reise inzwischen schon Abenteuer genug. Vielleicht möchten sie nach Hause.

»Ich habe vor ein paar Stunden geschlafen«, sagt Sarah. »Ich bin nicht müde. Geh du, Jason. Ich bleibe hier.«

Ja, denkt Gwen, geh du, Jason. Laut fragt sie: »Bist du sicher, Sarah?« Wie warm der Name immer noch auf der Zunge perlt. »Hast du es auf dem Beifahrersitz bequem genug?« Am liebsten würde sie noch mal »Sarah« sagen, aber das klänge kaum natürlich.

Sie halten an und tauschen Plätze. Jason macht sich zögernd auf den Weg nach hinten, Sarah stemmt die Füße gegen das Handschuhfach, und Gwen setzt sich auf dem Fahrersitz zurecht. »Schau mal, die Sterne!« In der schwarzen samtenen Dunkelheit sind sie wirklich ein riesiges, erstaunliches, funkelndes Spektakel. Was für ein Glück hat Gwen, das nicht versäumt zu haben.

»Ja, irre.« sagt Sarah. Vielleicht ist sie daran gewöhnt. Oder vielleicht drückt sie Begeisterung wirklich so aus, wer weiß? Gwen weiß es nicht, denn sie hat nicht nur weite Strecken der Prärie verpaßt, sondern auch alle Geschichten, die diese Kinder ihr möglicherweise anvertraut hätten. Sie haben ziemlich wenig Narben, außer denen, die sie sich selbst beibrachten, aber weder Katastrophen noch Freuden haben viel mit der Menge an Zeit zu tun, die man auf dieser Erde verbracht hat. Sicher fanden in jedem dieser raschelnden und murmelnden Leben Krisen statt. Was weiß Gwen schon? Jason könnte von seinem Vater verprügelt, von seinem Bruder gequält und auf dem Schulhof lächerlich gemacht worden sein. Tony oder Janice sind vielleicht schwul und hoffen, so lange zu überleben, bis sie in eine Stadt ziehen können, und Tracy ist vielleicht krank oder hat gerade erfolgreich eine Krankheit überstanden. Sarah könnte eine High-School-Königin sein oder eine Stipendiatin, oder sie ist zum ersten Mal verliebt.

Gwen ist voreingenommen und zudem immer noch sentimental: Sie stattet Sarah mit den glücklichsten, positivsten Prognosen aus.

Einer der Jungen schnarcht hinten, ein viel schwächeres Geräusch als das von Jack. Jemand anders kichert. Gwen starrt nach vorn in die Dunkelheit, die weiße Linie fliegt unter den Rädern hindurch. Sie spürt, wie die Straße ansteigt, dann wieder abfällt. Als sie einen Blick zur Seite wirft, sieht sie, daß auch Sarah mit großen Augen nach vorn in die Nacht starrt. Es ist wie ein Fluch, eine Trance, immer weiter und weiter zu fahren in das schwarze Unbekannte.

»Erzähl mir, wo du herkommst, Sarah«, sagt Gwen leise. Eigentlich wollte sie fragen, wer Sarah ist, aber das klänge aufdringlich und wäre auch nicht zu beantworten.

»Aus einem kleinen Ort. Sie kennen ihn nicht. Er wurde mehr oder weniger um die Silos herumgebaut. Getreidesilos, wissen Sie?« Als erkläre sie es jemandem aus einer fremden Kultur. Und das ist Gwen ja auch, zumindest beim Thema Getreidesilos.

»Hast du vor, dort zu bleiben?«

»Ich? Auf keinen Fall! Es ist ein Dreckloch. Nichts los.« Sarah seufzt. »Außer wenn zuviel los ist. Ich gehe jedenfalls so schnell ich kann zur Uni, und wenn ich danach öfter als zu Weihnachten zurückkomme, ist das auf jeden Fall zu oft.«

»Du klingst wütend.« Gwen hält ihren Ton sorgfältig neutral, obwohl sie bestürzt ist. Ihre Sarah würde nicht wütend sein müssen, ihre Sarah hätte, als natürliche Folge, ein Wunschkind zu sein, ein volles, glückliches Herz.

Sarah zuckt die Achseln. »Na ja, stimmt, es ist beschissen. Außer uns gibt es keine coolen Leute. Ich meine mich und Janice und Tracy, wir sind so cool, wie es eben geht, und dann gibt es noch so ein beschissenes altes Kino und ein paar Läden und ungefähr hundert Eisenwarengeschäfte. Und Bars. Wir haben Bars und einen Spielsalon – ich meine, Scheiße!« Sie seufzt. »Ich würde am liebsten jetzt gleich immer weiter fahren und nie zurückgehen.«

»Da ist so ein Sog, stimmt's?« pflichtet Gwen bei. »Eine Straße wie diese in der Nacht. Aber deine Familie, würde sie dir nicht fehlen? Ich meine, wenn du wirklich weggehen würdest?«

»Nein.« Sarahs Stimme ist flach wie eine Ohrfeige. Gwens Sarah – würde auch von zu Hause fortgehen, das versteht Gwen jetzt, aber nicht glückstrahlend, nicht mit bitterer Erleichterung. »Meine

Eltern sind gestört. Sie sind Scheißbekloppte. He, Jason hat erzählt, Jack hätte gesagt, daß Sie von zu Hause weggelaufen sind, aber das klang zu sonderbar, ist das wahr?«

Das ist nur fair: einem etwas erzählen, damit man auch etwas erzählt bekommt, Vertrauen gegen Vertrauen. »Eigentlich habe ich mein Haus verkauft, wenn ich also zurückwollte, hätte ich gar keinen Ort, an den ich gehen könnte. Mein Mann hat mich verlassen und wurde dann von einem Zug überfahren, also habe ich alles verkauft, mir dieses Ding hier angeschafft und bin losgefahren. Ich nehme an, daß ich irgendwo landen werde, aber ich wollte einfach eine Zeitlang unterwegs sein, irgendwohin fahren, auch wenn ich kein besonderes Ziel vor Augen habe. Das alles ist vor noch nicht allzu langer Zeit passiert, ich weiß also wirklich nicht, ob ich gerade erst anfange. Oder nicht.«

Sarah starrt sie an, Gwen besitzt nun ihre volle Aufmerksamkeit. Gut.

»O Mann, ist das cool. Sie müssen Mut haben.«

Ein reizvoller Gedanke; aber: »Ich glaube nicht. Verzweifelt vielleicht, aus dem einen oder anderen Grund, aber nicht mutig. Ich tue eher, was mir notwendig erschien. Auch wenn ich nicht glaube, daß es für einen anderen danach aussieht.«

»Sind Sie dafür nicht etwas ...« Sarahs Stimme verebbt.

». . . zu alt?«

»Na ja ...«

»Ganz bestimmt. Aber das heißt nur, daß ich mir Verschwendung nicht leisten kann. Ich meine Zeit, nicht Geld. Erfahrung. Aber du bist jung, und ich wette, du fühlst dich so ähnlich.«

»Auf alle Fälle kann ich es kaum erwarten wegzukommen.«

»Wovon? Außer daß es in einem kleinen Ort langweilig ist.«

Es entsteht eine lange Pause, bevor Sarah weiterspricht. Ihre Stimme, die schon leise war, wird jetzt auch wieder hart. »Sehen Sie nicht, daß ich halb indianisch bin?«

»Eigentlich nicht. Es ist mir gar nicht in den Sinn gekommen. Warum?« Es würde allerdings die Hautfarbe erklären, die einen tieferen Farbton hat als die ihrer Freundinnen, und auch ihr sehr dunkles Haar. »Ist das ein Problem?«

»Na ja, schon, für meine Eltern ist es ein Problem. Meine richtigen Eltern, das Haus von meinen richtigen Eltern ist abgebrannt, als ich ein Baby war, jemand hat mich herausgeholt, aber sie sind umgekommen. Mein Vater war Indianer, und meine Mutter war weiß, sie waren nicht verheiratet, aber sie haben mich bekommen, und ich glaube, niemand von beiden Seiten der Familie wollte mich dann nehmen. Also wurde ich zur Adoption freigegeben, und dann kam dieses Ehepaar, das ein Kind suchte, das sie für Gott aufziehen konnten. Nicht daß sie das irgend jemandem erzählen konnten, sie müssen geschwindelt haben, sonst hätte man ihnen, glaube ich, kein Kind gegeben. Hoffe ich.«

»Für Gott? Was meinst du damit.«

»Ich meine, daß sie solche komischen Christen sind, und sie haben Gott ein Versprechen gegeben, ein ungerettetes Heidenkind aufzunehmen – so drücken sie sich aus, nicht ich –, es aufzuziehen und zu retten. Raten Sie mal, wer diese Lotterie gewonnen hat?«

Gwen nimmt den Fuß vom Gas und dreht sich in ihrem Sitz zu Sarah. »Bist du sicher? Nicht aus Liebe?«

»Ja, Liebe. Irgendwie. Aber nicht für mich. Ich bin so was wie ihr Projekt, das sie in den Himmel befördern soll. Und es wohl auch würde, wenn ich nicht so böse geworden wäre und ihre beschissenen Pläne durchkreuzt hätte. Das bringt sie ziemlich auf die Palme.« Sie grinst. »Ich habe zum Beispiel eine Nachricht am Eisschrank gelassen, auf der steht, wohin ich gefahren bin, also nehme ich an, daß sie im Moment gerade beten und hoffen, daß ihre Errettung nicht schon ins Klo gewandert ist.« Neben der Genugtuung glaubt Gwen auch Angst herauszuhören.

»Was glaubst du, werden sie machen, wenn du zurückkommst?«

Sarah zuckt die Achseln. »Nicht viel. Beten. Mir sagen, daß ich gottlos bin. Sagen, daß ich ein schlimmer Irrtum bin, von so niedriger Herkunft, daß nicht mal sie mich erretten können.«

»Mein Gott.«

»Ja. Gut. Scheiß drauf. Ich weiß, was ich tue. Ich bin nicht wie Janice, ich laß die Scheiße nicht an mir aus, ich laß sie an denen aus.«

»Janice?«

»Ja. Sie tätowiert sich selbst. Haben Sie nicht ihre Arme gesehen? Mann, kaum zu übersehen.« Außer man hat wie Gwen die Möglichkeit verschlafen.

»Was meinst du damit, tätowiert?«

Gwen kommt sich begriffsstutzig vor, wie jemand, der hartnäckig dumme Fragen mit naheliegenden Antworten stellt.

»Schnitte. Keine schönen Bilder, ich meine, sie schneidet sich mit Rasierklingen in die eigene Haut. Mann.« Sarah schüttelt den Kopf. »Das würde ich nie tun. Wenn ich gehe, und das ist vielleicht in sechs Monaten der Fall, nehme ich sie mit. Tracy auch, wenn sie will, aber bei ihr ist nicht alles so völlig im Arsch, darum will sie vielleicht gar nicht so dringend weg. Janice ist nicht wahnsinnig gut in der Schule, darum nimmt sie vielleicht einen Job an, aber ich gehe an die Universität und mache einen Doktor oder zwei, und dann werden sie schon sehen.«

»Was?«

»Als erstes suche ich die Familie meiner richtigen Mutter und die Familie meines richtigen Vaters und mache ihnen allen die Hölle heiß, weil mich niemand haben wollte. Und dann kaufe ich mir die Ärsche, die mich adoptiert haben.«

Auf der Abschußliste dieser jungen Frau möchte Gwen nicht stehen. »Wie willst du das anstellen?«

»Nichts Gesetzwidriges, das meine ich nicht, aber ich könnte zum Beispiel eine Anwältin für Bodenrecht sein und meine Ansprüche auf die ganze beschissene Stadt anmelden? Oder nur auf ihr Haus, mir egal. Oder auf ihre Kirche. Oder ich werde berühmt und schreibe über sie. Irgend so' ne Öffentlichkeitsscheiße.«

Das klingt vage und sogar phantastisch. Ein jugendlicher Traum von Rache. Anderseits wäre Gwen nicht erstaunt, noch einmal von ihr zu hören, wenn sie Sarahs energisches Kinn betrachtet. Vielleicht sollten sie wirklich weiterfahren. Vielleicht sollte sie Sarah behalten, sogar Janice und möglichweise auch Tracy, Jason und Tony. In der Dunkelheit scheint dieser Gedanke nicht völlig abwegig zu sein.

Und was würde sie mit ihnen anfangen? Diese fast erwachsenen Menschen beschützen, ernähren und heilen? Menschen, die jetzt schon viel erfahrener darin sein müssen, eine Zukunft, eine Gefühlsregung und eine Entscheidung von einer anderen zu unterscheiden, als sie es vermutlich je sein wird? Gwen muß beinahe laut lachen. »Ist es nicht seltsam«, sagt sie und denkt dabei an Flo, »welche Kontrolle sogar Menschen, die wir nicht mögen, über uns haben können? Ich habe zum Beispiel, glaube ich, ohne es zu wollen, ein paar wirklich dumme Entscheidungen getroffen, nur weil ich nicht viel von meiner Mutter hielt.« Im Grunde hätte es viel, viel schlimmer sein können. Sarah wäre erleichtert gewesen, wenn sie eine so schwungvolle Mutter wie Flo gehabt hätte.

»Ja?« Sarah interessiert sich nicht für Gwen oder andere Perspektiven, warum sollte sie auch? Sie hat selbst genug am Hals. »Jedenfalls«, sie rekelt sich und rollt sich dann im Sitz zusammen, »so wird's gemacht. Das ist der Plan. Ich glaube, ich penn' jetzt mal 'ne Runde.« Erschöpft von Racheplänen? Das ermüdet zweifellos.

Es ist jetzt zwar lange her und liegt weit hinter ihr, aber Gwen kann sich nicht erinnern, daß ihr Rachegedanken durch den Kopf gingen, als Edgar sie verließ. Leiden, ja, Schock und Kummer und Bestürzung und natürlich Wut, die ihr, verglichen mit dem Zorn, der sie vor ein paar Stunden überkam, im Rückblick recht milde vorkommt. Aber keinen Augenblick lang trug sie sich mit der Absicht, seine Reifen zu durchstechen, seine Wohnung oder sein Büro zu zertrümmern oder ihn auch nur öffentlich anzuschreien. »Leidest du, Edgar? Quälst du dich wegen David oder Jack? Hat dich mein heiliger Zorn aufgeregt, oder ist es für dich am schlimmsten, daß ich nicht wirklich um jemanden trauern kann, den ich nie richtig gekannt habe? Wenn ich du wäre, würde mich das am meisten verletzen, glaube ich: ungenügende, unangemessene Trauer.«

Sarah atmet bereits, als schlafe sie tief. Sie muß sich an ihr schweres Herz gewöhnt haben, wenn es ihre Ruhe nicht stört.

Sie ist schön und lebendig, aber sonst ähnelt sie Gwens Sarah nicht. Es ist tragisch, wie Kinder an die denkbar falschesten Eltern verschwendet werden können. Aber in dieser Art dunklen Schweigens brechen einem möglicherweise viele Dinge das Herz.

Einsamkeit eingeschlossen. Mit den melancholischen, leisen Schlafgeräuschen um sie herum wird sich Gwen plötzlich bewußt, daß sie selbst völlig allein ist. Isoliert, einsam, einmalig wie ein Einhorn. Was wird sie tun? Was wird aus Gwen, die ganz allein ist? Sie hat das Bedürfnis, ihren Kopf auf das Lenkrad zu legen und immer nur zu weinen.

Aber das kann vielleicht auch noch eine Nachwirkung der Krankheit sein; was sonst könnte solch schwankende Gefühle wie Wut, Angst und jetzt Selbstmitleid auslösen, die sie erst in eine Richtung und dann in die andere schleudern?

Trotzdem. Aus welchem Grund auch immer, das sind Tränen.

Als die Straße ein wenig abschüssig wird, beginnt sich ihr Herz, wie als Erwiderung darauf, wieder zu heben. Die Sonne geht auf; eine bemerkenswerte rotgoldene Pracht erhebt sich über drohend aufragenden Bergen. Allein die Aussicht birgt zu viele Empfindungen, vielleicht macht die Aussicht sie krank.

Auch Jack erhebt sich und kommt, sich rekelnd und gähnend, um ihr Gesellschaft zu leisten. Sie ist nicht mehr allein, und es ist auch nicht mehr dunkel. Natürlich wird sie manchmal einsam sein. Zweifellos wird sie oft genug Angst haben und bis zum äußersten verunsichert sein. Im Morgenlicht erscheint das nicht unwahrscheinlich, aber auch nicht unkontrollierbar.

»Wie lange fährst du schon?«

»Ein paar Stunden. Seit es gebirgig wurde.«

»Ging es gut mit Sarah?«

»Ja. Aber sie ist müde.« Beide sehen Sarah an, die schlafend und entspannt im Sitz neben Gwen liegt. Sie klingen wie Eltern.

»Was ist mit dir? Meinst du, du solltest in der nächsten größeren

Stadt in ein Krankenhaus gehen?« Er berührt ihr Haar; sie ist überaus dankbar für diese Zärtlichkeit. Daß er da ist.

»Ich würde lieber warten, bis wir die Berge hinter uns haben. Mir geht es jetzt besser, das viele Schlafen hat viel geholfen.«

»Das war mehr als Schlafen. Ich bin sehr froh, daß du wieder unter uns weilst.«

»Verschlaf dein Leben nicht«, hat Flo immer gesagt, wenn sie sie für die Schule wachschüttelte. Hat sie das gemeint? Offensichtlich hat Gwen einen unkalkulierbar großen Teil ihrer Zeit mit Edgar versäumt, und jetzt hat sie wertvolle Zeit mit Jack versäumt, die immer weniger wird. Andererseits hätten sie sich mit den Kindern an Bord sowieso nicht sehr leidenschaftlich umarmen können. Ist das auch Teil dessen, was Eltern fühlen?

Jack weckt Sarah, die ins Bett stolpert. »Jetzt bin ich wieder mit Fahren dran, glaube ich.« Gwen hält an, damit Jack am Straßenrand pinkeln kann und sie die Plätze tauschen. Es wird ein Tag der Steigungen werden: Sie schrauben sich ins Gebirge, sogar bis hinauf zu den Wolken und dann natürlich steil hinunter. Gwen ist froh, wieder Beifahrer zu sein; die Aussichten machen sie schwindelig.

Das Fahren hat sie wohl davon abgehalten, sich auf ihren Körper zu konzentrieren. Kaum denkt sie an Übelkeit, fühlt sie sich auch schon wieder krank und muß mehrere Male ihre Zähne zusammenbeißen und die Lippen aufeinanderpressen. Sie darf sich nicht übergeben, sie darf nicht. Aber am späten Vormittag muß sie es doch, gibt Jack ein Zeichen, daß er halten soll, rast zur Tür und übergibt sich, diesmal nicht am Straßenrand, sondern irgendwo hinunter ins Leere. Sie überlegt, was sich wohl in der Tiefe dieses Abgrunds befindet und hofft, daß es zumindest nichts Lebendiges ist. Es ist interessant, das Erbrochene in Einzelteilchen hinunterregnen zu sehen, individuelle, unerfreuliche Einzelheiten.

»Ich glaube«, sagt Jack, »du mußt ganz schnell zum Arzt.«

»Geh ich auch. Wenn wir dort sind.« Sie will nicht allein irgendwo in den Bergen festsitzen, während alle anderen dringend bestimmte Orte erreichen müssen. Andererseits machen sie die Berge vielleicht kränker. Sie sind sensationell, aber auch überwältigend, und außerdem ist es in dieser Höhe so luftig, daß sie wieder ganz benommen wird.

Sie ist nicht wieder in die Dunkelheit gefallen und empfindet auch keine Wut, also geht es ihr zumindest besser. »Aber ich würde lieber nicht fahren. Es könnte nicht ganz sicher sein. Macht es dir was aus?«

Und so verbringen sie den größten Teil des Tages damit, gefährliche Kurven entlangzukriechen. Sie stoßen auf ein Universum aus Höhen und Tiefen, aus nahen und fernen schneebedeckten Gipfeln, Hängen, die von Kiefern umsäumt und durchsetzt sind, steilen Abgründen und tiefen Tälern. Ein blauer See tief unten funkelt in plötzlichem und blendendem Glanz, als auf einmal der Himmel aufklart. »Oh!« ruft Gwen und hält sich die Hand vor den Mund.

»Irre«, sagt Jason hinter ihr. »O Mann, schau dir das an!«

Immer weiter hinauf fahren sie, und natürlich wieder tief hinunter. Sogar Jack ist jetzt hin und wieder angespannt, das erkennt sie an seinem Kiefer und an seinen Armen. Wie könnte sie, falls sie das wollte, diese Strecke jemals allein zurückfahren, sich allein durch diese Kurven, Abhänge, engen Steigungen manövrieren, durch ein Panorama, das sich in ein springendes, stürzendes, achterbahnartiges Kaleidoskop verwandelt?

Sie halten an, legen eine Pause ein, vertreten sich die Beine. Die Muskeln sind verkrampft, und auch die Kinder reden nicht viel, nicht einmal miteinander. Gwen versucht Sarahs Blick zu erhaschen, aber das Mädchen weicht ihr aus. Vielleicht meint sie, zuviel erzählt zu haben, und da Gwen sie nicht errettet, hat sie zudem das Gefühl, es sei vergeblich gewesen. Selbst wenn man von dieser atemberaubenden Schönheit umgeben ist, kann die Stimmung fallen wie ein Stein; wie die Felsen auf den Schildern, die immer wieder vor Steinschlag warnen.

Riesige beladene Laster donnern an ihrem Rastplatz vorbei, und Autos voller Reisender. Sind diese Menschen gereizt, deprimiert, fühlen sie sich gefangen mitten auf der Reise? Läßt sie ihre eigene Schwäche angesichts dieser rauhen, urtümlichen Landschaft verstummen?

Als sie wieder auf der Straße sind, ruft Jack zu den Kindern nach hinten: »Es ist nicht mehr weit, Leute. Wir sind bald da, wo ihr hinwollt, und sogar noch rechtzeitig, glaube ich.« Sie johlen Beifall. Was hätten sie gemacht, wenn Jack nicht angehalten hätte? Wie wäre es ihnen ergangen?

Und vor allem, wie kommen sie wieder nach Hause zurück? Und wenn sie zu Hause ankommen, was wird dann geschehen? Probleme für Sarah und Jason, und vielleicht auch für Janice – wer weiß, was mit den anderen wird?

Jetzt spürt Gwen, daß es langsam wieder abwärts geht. Die fünf jungen Leute sammeln sich hinter ihr. Ein einziges Aufspringen und Gedrängel, als sie ihre Besitztümer zusammenpacken, ein Summen elektrisierter, erneuerter Erwartung. Ihr Leben, wie sie erkennt; mit Gwen hat das nichts zu tun. Gwen dreht sich um, damit sie alle beobachten kann, aber besonders die trotzige, entschlossene, rachsüchtige Sarah.

Die kleine Stadt, die sie ansteuern, liegt in einem von Bergen umgebenen Talkessel. Sie quillt über von Jugendlichen, von denen viele noch viel sonderbarer aussehen als Gwens und Jacks Mannschaft, die begierig und Hals über Kopf nach draußen purzelt. Aber sie bleiben stehen, um sich zu bedanken. »Sie gehen zum Arzt, ja?« fragt Tracy und zieht die Brauen hoch.

»Sehr bald.«

Sarah sagt: »Danke, daß ich fahren durfte. Es war ein bißchen gruselig, aber es hat wirklich Spaß gemacht.«

Es hatte zwar nichts mit Gwen zu tun, aber: »Ich weiß, was du meinst. Viel Glück, Sarah, mit allem.« Sarah macht eine kurze wegwerfende, winkende Bewegung und ist fort. Gut, was nützen ihr schließlich gute Wünsche? Sie sind ihr wahrscheinlich ebenso willkommen oder dienlich wie Gebete.

Gwen schaut ihnen nach, wie sie weggehen. Sie kleben noch immer zusammen, bilden immer noch eine Gruppe, nicht mehr das Jungenduo und das Mädchentrio, das Jack mitgenommen hat. Als sie auf ihrer eigenen bewußtlosen dunklen Reise war, hatten sie ganz andere Erlebnisse, die sie sie miteinander teilten; Edgar nicht unähnlich, der sein unsichtbares Leben direkt neben dem ihren führte. Ob sie wohl zusammenbleiben oder sich mit neuen Bekannten zusammentun und die Aufmerksamkeit leichten Herzens verlagern?

Sarah und Jason gehen eng nebeneinander; die Stunden am Steuer, vermutet Gwen.

Was für eine Art Mutter wäre Gwen letztlich gewesen?

Besser als Sarahs auf jeden Fall!

Sie und Jack allein verbringen ihre letzte gemeinsame Nacht wieder auf einem kleinen ruhigen Zeltplatz. Sie kochen zusammen und schlafen miteinander, wie sie es taten, bevor sie von Kindern unterbrochen wurden, und sie sind sanfter miteinander als in all den vorangegangenen Nächten oder Tagen. Wieder liegt Gwen wach und hört Jack atmen, betrachtet den dunklen Himmel aus dem Fenster, spürt die letzten Berge um sie herum und fühlt sich immer noch ein wenig eingeengt. Vielleicht ist sie einfach eine echte Städterin, sowohl für die Leere als auch für die übermächtige Gegenwart der Natur ungeeignet, oder überhaupt für die Natur.

Wie kostbar Jack ist. Wie kostbar letzte Augenblicke sind. Das heißt, wenn sie liebevoll, leidenschaftlich und ehrlich sind, so wie sie es bei ihr und Jack sind, auf eine ganz andere Art auch bei ihr und David, es aber ganz bestimmt nicht bei ihr und Edgar waren.

Man kann nicht sagen, wie sich zukünftige letzte Augenblicke darstellen; außer daß sie an Qualität zuzunehmen scheinen.

Sie berührt Jacks Haar, speichert in ihrem Gedächtnis, wie es sich anfühlt, merkt sich die Geschwindigkeit seines Atems, macht sich die Länge und Breite sowie das Gewicht seines Körpers im Vergleich zu ihrem bewußt. Weder an David noch an Edgar vermag sie sich genau zu erinnern. Warum es bei David so ist, versteht sie, aber bei Edgar – sich nicht daran zu erinnern, wie sich sein Haar unter ihren Fingern anfühlte oder wie sein Körper sich formte, wenn er schlief, oder welche Teile sie davon auf welche Art an ihrem Körper spürte – was für eine Art Erinnerungslücke ist das?

Die Prärien liegen hinter ihnen, die Kinder sind fort, die Berge nahezu überwunden. Sie und Jack trennen sich morgen, und diese ganze seltsame Reise mit ihren vielen Kilometern, ihrer Geographie, Geologie, mit den Gesprächen, Berührungen, Offenbarungen, Abschieden, mit der Wut, der Angst, der Krankheit und Einsamkeit, all das wird Edgar für immer unbekannt bleiben und ewig von ihm entfernt sein; und endlich, so scheint es jetzt, heute nacht, sie ebenso.

9

Und zum dritten: Mit einem Wimmern und dem Schlag des Auktionshammers geht heute Davids Welt zugrunde.

Er ist froh, daß seine Hände beschäftigt sind, denn wer weiß, was ihnen sonst einfiele. Es ist sonnig und warm draußen, einer jener herrlichen Frühlingstage, an denen Frauen mit schwingenden Hüften und wehenden Haaren ihre Sommerkleider und Shorts ausführen und dabei vielleicht jene geheimnisvollen Bewegungen vollführen, die er immer noch nicht ergründen kann, die jedoch früher einmal auf seine Finger und seinen Schwanz unwiderstehlich wirkten. Seit dem letzten Mal ist es wirklich sehr lange her, all die langen Monate nach Gwen, aber heute fühlt er sich sehr unsicher: der Versuchung, dem Verlangen und gefährlichen Launen ausgeliefert.

Es ist also nur gut, daß er nicht draußen im Sonnenschein auf dem Prüfstand steht (oder sich beweisen muß), sondern im düsteren Gully's hinter der Bar Gläser einwickelt und in Kartons packt. Die Tische und Stühle, das bunte Fenster, die alte Musikbox, der Pooltisch, die Mikrowelle, der Tresen – alles geht heute weg. Und morgen geht Davids Vater, wie schon Gwen zuvor, fort aus diesem Leben in ein anderes.

Sein Vater sagt, er hoffe, David freue sich auf die neuen Aussichten, Freuden und Herausforderungen, die auf diesen Umbruch folgen. David weiß, daß diese Hoffnungen ehrlich sind, glaubt aber, daß sie mehr ihm selbst gelten als David. Und daß sie übertrieben sind. Seine Hoffnung bezüglich David ist vermutlich viel simpler: daß er überlebt und nicht mehr in Schwierigkeiten gerät.

David möchte seinen Vater nicht belasten. Er möchte, daß sein

Vater leichten Herzens und mit einem guten Gefühl davonfährt, das ist das einzige Abschiedsgeschenk, das er ihm machen kann. Nach den bestandenen Prüfungen bei Dr. Fink und Keith Miller hat er nur noch Cecile, der er seine Ängste erzählen kann, aber dafür fehlt ihm der Mut. Er kennt sie noch nicht lange. Sie kennt ihn noch nicht so gut, und vielleicht ist das auch besser so.

Dann ist da auch noch Edgar. Aber sein Bild stellt Davids Verbindung zu Gwen sicher, und obwohl sie natürlich eine wichtige Figur in seinem Leben bleibt, verschwindet sie allmählich aus seinem Gedächtnis, so daß er sich manchmal schon nicht mehr an ihre Haut, ihren Geruch und ihre Stimme erinnert. Das ist schade, aber es bedeutet auch, daß die Verbindung zu dem, was ihrem Mann widerfahren ist, nicht mehr so eng ist, wie sie einmal war.

Fink ist natürlich nicht ganz aus der Welt. »Wenn Sie sich irgendwann einmal unsicher fühlen oder einfach reden wollen«, sagte Fink an ihrem letzten Abend, als er David zum letzten Mal zur Tür brachte und ihm dabei den Arm um die Schulter legte, »rufen Sie mich an. Sie können mich jederzeit besuchen, wenn Sie es für nötig halten. Sie haben sich sehr gut entwickelt, David. Und das werden Sie doch nicht gefährden wollen.«

Es war fast ein Moment des Stolzes: Er hatte sich »sehr gut« entwickelt. Aber es gab eben diesen winzigen Zweifel, ob es auch weiter so gutgehen würde.

Jedenfalls dachte Fink, er – und nicht Gwen – habe David geheilt. Der Triumph, so dachte er, gebühre ihm – und nicht David.

Triumph erscheint ihm heute ein zu großes Wort zu sein, zu endgültig.

Eigentlich wäre es schön, wenn Cecile hier wäre, neben ihm stünde, ihm beim Verpacken der Gläser zur Hand ginge und seine Aufmerksamkeit von anderen, gefährlicheren Dingen ablenkte, aber er wird sie erst morgen treffen. Zum einen gehört sie nicht an einen Ort wie dem Gully's, zum anderen könnte sie auch nicht verstehen, was ein Tag wie dieser bedeutet.

Er sollte sich aufs Packen konzentrieren: eins nach dem anderen.

Wie viele Lippen jedes dieser Gläser berührt haben mögen, an wie vielen kleinen Geschichten, Feiern und Sorgen jedes einzelne wohl beteiligt war?

Abgesehen von ihm selbst tun David vor allem die Gäste leid. Die Stammgäste müssen sich ähnlich entwurzelt und vertrieben fühlen wie er. Auch sie haben hier Tag für Tag und Nacht für Nacht eine Heimat gefunden. Im Gully's hatten sie Freunde und Feinde, sie trugen Fehden aus, sie stritten und umarmten sich, lachten und zürnten. Ein Unbekannter, der wegen einer Frau Ärger machte und den Davids Vater mit Hilfe von ein paar Gästen hinauswarf, kam einmal mit einer 22er wieder und schoß durch die Scheibe. Aber dieser schreckliche Vorfall, bei dem sogar die Polizei kommen mußte, blieb ein Einzelfall und hatte wirklich nichts mit den Stammgästen zu tun. Natürlich wird in der Kneipe eine Menge Mist geredet, aber David betrachtet das meistens als eine Art sauberen Mist. Das Gully's war wie ein dunkles, etwas vergammeltes Wohnzimmer; und das empfindet David nicht nur deshalb so, weil es tatsächlich sein Wohnzimmer ist.

Wie kann sein Vater einfach weggehen? Er hat sein ganzes Leben in diesem großen Raum zusammen mit diesen Leuten verbracht, und oben in der kleinen Familienwohnung mit David und seiner Mutter – wie kann er da einfach mit seiner ganzen Vergangenheit brechen?

Gwen hat es getan. Vielleicht tun andere Leute es auch. Vielleicht wissen alle außer David, wie man Dinge hinter sich läßt.

Oben auf einer Leiter, wo er eine der großen grünen Lampen abschraubt, die heute verkauft werden, pfeift Davids Vater wieder. Dahinter steckt natürlich Beryl. Er pfeift »It's a long way to Tipperary«, obwohl das ein altes Kriegslied ist und Davids Vater keinerlei Verbindung zu irgendeinem Krieg hat.

»Du wirst froh sein«, sagt er seit dem Tag zu David, an dem das Gully's zum Verkauf angeboten wurde. »Und ich möchte, daß du uns besuchst, so oft du magst. Dann nehmen wir das Boot und gehen fischen und jagen.« Ein ganz neues Bild ihres Vater-Sohn-Verhältnisses, sie beide allein in der Sonne auf einem See, als hätten sie nicht schon zusammen an der Bar gearbeitet und dabei ohne Worte gewußt, was zu tun war. David glaubt, daß sie einander so gut kennen, wie es überhaupt möglich ist, und das wird sich auch mit ein paar Angelruten und einem Boot nicht ändern.

Beryl hat sich den Träumen seines Vaters so gern angepaßt, als hätte sie kein eigenes Leben, das sie aufgeben müßte. Ist das nicht seltsam? Aber David hätte dasselbe gemacht, wenn er gefragt worden wäre. Es ist vielleicht ein etwas abgelegener und etwas sonderbarer Ort zum Leben, aber er bedeutet auch Sicherheit. Vielleicht denkt Beryl ebenso, wer weiß? Aber wird sie nicht ihre Freunde und manch andere Dinge, die sie gern macht, vermissen?

Zu Davids Erstaunen ist sie seit ihrem Einzug ziemlich oft ausgegangen: zum Essen, ins Kino, zum Bowling und zum Bridge, mit oder ohne Davids Vater. Sie war nicht genug zu Hause, um Davids ereignisloses Leben mitzubekommen, und an den Tagen und Abenden, an denen sie sich zur selben Zeit am selben Ort aufhielten, sind sie sehr behutsam miteinander umgegangen, ohne sich zu nahe zu kommen. Ihr gemeinsames Interesse ist natürlich Davids Vater sowie der Wunsch, ihm keinen Kummer zu bereiten. Alles in allem war es weniger störend, als von David erwartet, nicht so verbissen und fremd wie befürchtet.

Aber wie stellt sie sich das Leben mit seinem Vater in dieser Hütte vor, die noch nicht einmal fertig ist? Endlose Vormittage, Nachmittage, Abende und Nächte, nur sie beide – was werden sie tun? Womit wollen sie sich beschäftigen? »Natürlich werden wir oft wieder herkommen«, hatte Beryl gesagt. »Gewiß wird es Dinge geben, die wir unternehmen wollen, und die man da oben nicht machen kann.« Sie meint den Norden; dort, wo sie hingehen, wo es, soweit David weiß, vor allem Bäume, Wasser, Wildnis und Leere gibt.

Sein Vater sagt:«Ich bin froh, daß es vorbei ist mit dem Geschäft. Und schau, du kannst jetzt alles machen, was du willst. Alles hat sich zum Besten gewendet.« Und einmal klang es sogar wie ein

Segensspruch. »Deine Mutter wäre sehr glücklich darüber gewesen, wie du dich verändert hast.« David sagte nicht, was ihm sofort in den Sinn kam: daß sie wohl kaum glücklich darüber gewesen wäre, wie sich sein Vater verändert hat.

Hat sie, als sie im Sterben lag, je daran gedacht, daß ihr aufopfernder Ehemann innerhalb weniger Jahre einfach seine Pläne von ihr auf eine andere Frau übertragen würde? Aber vielleicht haben sie und Davids Vater auch genau darüber gesprochen. Nicht über Beryl, denn niemand wußte damals von ihrer Existenz, aber über eine Person wie Beryl. Soviel David weiß, sagte seine Mutter so etwas wie: »Ich hoffe, du findest noch einmal dein Glück, wenn ich nicht mehr bin. Fühl dich nicht verpflichtet, allein zu bleiben. Du bist ein Mann, der jemanden an seiner Seite haben sollte.«

Sein Vater antwortete vielleicht: »Nein, nein, so etwas könnte ich nie tun. Du warst immer die einzige Frau für mich.« Vielleicht glaube er das sogar, aber es erwies sich als falsch.

Als seine Mutter im Sterben lag, wurde sie distanzierter und verständnisvoller zugleich, die Verbindung verlor an Intensität. David hält es für möglich, daß sie in dieser Ablösungsphase seinem Vater zu Dingen riet, die ihr den Tod weniger bedrückend erscheinen ließen, weil weniger Verantwortung auf ihr lastete. Aber meinte sie auch wirklich, was sie sagte?

Wer weiß, was sie und sein Vater nachts hier oben und dann zum Schluß im Krankenhaus miteinander flüsterten, als sie immer magerer und durchscheinender wurde, und sein Vater immer erschöpfter und hilfloser?

Die Gläser, die David in Papier einrollt und in Kartons packt, werden vor allem andere Barbesitzer kaufen, vielleicht auch einige sentimentale Kunden. Bald wird man hier nur noch stehen können, denn sogar die Stühle und Tische werden verkauft. David und sein Vater werden das Bier aus dem Zapfhahn in Gläser füllen, die die Leute aus ihrer eigenen Küche mitbringen. Zum letzten Mal werden sie sich auf die Schulter klopfen und – so gut sie können – einen herzlichen und hoffnungsvollen Ton anschlagen. Morgen wird oben der Rest zusammengepackt, sein Vater und Beryl werden aussortieren, dann kommen die Möbelpacker, und das Gully's wird endgültig leer sein. So viele Jahre – und auf einmal ist alles vorbei.

Schluß auch mit Davids Vision, sein Leben lang hier zu bleiben – bis ihn der Tod beim Zapfen seines letzten Biers ereilt.

Das Leben in der Zweizimmer-Hochhauswohnung, in die David vor einem Monat mit Hilfe seines Vaters einzog, hat etwas von Campen im Freien. Nachdem das »Verkauft«-Schild vor dem Gully's aufgestellt wurde, hatte David plötzlich kaum noch eine Wahl. Noch sind die Räume ziemlich leer, aber morgen machen die Möbelpacker auf ihrem Weg zur Hütte im Norden kurz bei ihm Station und liefern noch ein paar Sachen, die er braucht, sowie einige Erinnerungsstücke: zwei Lampen, den Lieblingsstuhl seiner Mutter, einen Tisch und vier Stühle aus der Bar, einige Bilder und Besteck, Töpfe und Pfannen. Vielleicht fühlt er sich dann langsam geborgen und wie zu Hause. Die neuen Sachen, die er sich gekauft hat, vermochten ihm dieses Gefühl nicht zu vermitteln; obwohl ihn Cecile dabei mit Rat und Tat unterstützt hat.

»Es tut mir leid, mein Junge«, hatte sein Vater gesagt. »Aber die Zeiten haben sich geändert. Kneipen wie das Gully's können sich einfach nicht mehr lange halten. Jetzt ist unsere letzte Chance, einen guten Preis dafür zu bekommen, bei dem auch noch was für uns übrigbleibt.«

Mit »dem, was übrigbleibt« unterstützt er David eine Zeitlang bei der Miete für seine neue Wohnung und bei den Möbeln. »Bist du sicher?« fragte er, als sich David für die Wohnung im fünften Stock eines langweiligen, nichtssagenden Hochhauses entschied. »Es ist eine ziemliche Veränderung im Vergleich zu dem, was du gewohnt bist.«

»Warum nicht?« David zuckte die Achseln. So wie er es sah, spielte es keine große Rolle, wo er war, wenn er nicht mehr im Gully's war. Und das hier war zumindest harmlos, anstößig höchstens wegen seiner Belanglosigkeit. Dennoch findet er es auch nach einem Monat immer noch seltsam, durch eine Eingangshalle zu gehen, deren wenige Möbelstücke am Boden festgekettet sind, einen Aufzug zu benutzen und durch einen Korridor zu seiner eigenen Wohnung zu gehen. Es kann immer noch vorkommen, daß er durch die ungewohnten Schritte aus der Wohnung über ihm aufwacht oder daß ihn abgestandene Küchengerüche im Korridor stören. Er nimmt an, daß man sich an so etwas gewöhnt.

Bei diesem Neubeginn gab David sein altes, schmales Bett der Heilsarmee und kaufte sich ein überbreites Kirschholzbett mit zwei passenden, geschichtslosen Nachttischen. Er fragt sich, ob sein altes Bett irgendwo den Schlaf eines Jugendlichen stört, der zunächst vielleicht hocherfreut war, es zu besitzen, den inzwischen aber die Qualen durcheinanderbringen, die aus der Matratze aufsteigen.

Cecile half ihm bei der Suche nach einem Sofa und einem Sessel für das Wohnzimmer. Der Verkäufer sprach von praktischem, haltbarem Material, doch nach Ceciles Ansicht ist das Wichtige daran die nachtblaue Farbe mit dem blassen moosgrünen Muster. »Es ist so friedlich, Daviid, so heiter.« Cecile nennt ihn reizenderweise »Daviid«, weil sie Französin ist. Sie ist ihm übrigens in mancher Hinsicht fremd, nicht zuletzt, weil sie, seit sie sich vor 12 Tagen trafen, nicht müde wird, ein zärtliches Interesse an ihm zu zeigen, ohne dafür einen für ihn nachvollziehbaren Grund zu haben.

Wieder ist es wie ein Wunder, wie bei Gwen, nur anders. Er fürchtet sehr, daß es, wie bei Gwen, mit ihrem Verschwinden endet.

Cecile versteht sich außerdem darauf, kleine Dinge aufzuspüren, die der Wohnung seine und, wie er bemerkt, auch ihre persönliche Not geben: kleine Keramikdosen, Körbe mit Gras, einen Messingbehälter mit hohen silbrigen Seidenblumen und ein Bild über dem Sofa, einen Kunstdruck, um genau zu sein, der etwas darstellt, das andeutungsweise an ein Feld von pastellfarbenen Blumen an einem pastellfarbenen See erinnert, aber eben doch nicht einfach nur Blumen am See darstellt. »Am besten gefällt mir das ganz Einfache«, sagt Cecile. »Nicht so viele Muster. Mein ganzes Leben lang habe ich es wegen der Arbeit meiner Mutter immer mit zu vielen Mustern zu tun gehabt.«

Ihre Mutter ist Stoffdesignerin, ihr Vater irgendein wichtiger Geschäftsmann. Alle drei kamen vor knapp einem Jahr aus einer Stadt südlich von Paris, die Cecile ihm auf einer Karte gezeigt hat. Von so weit her sind sie gekommen, um dann ausgerechnet an diesem Ort und zu dieser Zeit hier zu landen, wenn das kein Wunder ist!

David hat ihre Eltern noch nicht kennengelernt.

Cecile hat ihm zwei kleine Kerzenhalter aus Kristall geschenkt, jeder mit einer zierlichen gelben Kerze. Sie haben ein paarmal im Schneidersitz auf dem Boden in Davids Wohnung gegessen, mit ausgeschaltetem Deckenlicht, nur die beiden Kerzen brannten zwischen ihnen. Das sieht romantisch aus.

David weiß nicht, was sie in ihm sieht, aber er möchte keinesfalls, daß sie ihn im Gully's sieht.

Hier ist alle bestens organisiert. Vor allem Beryl, aber auch sein Vater haben jedes Detail genauestens geplant. Beryl, die als einzige von ihnen viel Erfahrung mit Umzügen besitzt, äußerte bereits ihre Ansicht zu den dabei auftretenden Gefühlen: »Am besten ist es, schnell und entschlossen wegzugehen. Sonst sitzt man nur herum und wird immer trauriger, aber das ändert nichts, und am Ende muß man doch weg.« Sie muß es wissen, denn sie hat zwei Männer begraben und ist dann nicht sitzengeblieben.

Sind Frauen so? Auch Gwen vertat keinen Zeit. Wenn Frauen wirklich so unsentimental sind, warum sollte David dann unbedingt ein schlechtes Gewissen haben, bloß weil einige von ihnen schrien oder weinten? Wie betroffen konnten sie wirklich gewesen sein, wenn ihre Herzen so kalt waren?

Aber seine Mutter war nicht so; sie zeigte, daß es möglich war, zärtlich zu sein. Nur, was hätte seine Mutter getan, wenn sein Vater gestorben wäre?

Das Gully's verkauft. Weitergemacht.

Aber sie hätte David wohl auch weiterhin irgendeine Form von Schutz geboten. So aber mußte er nicht nur eine neue Bleibe finden, sondern auch einen neuen Arbeitsplatz, den Fulltimejob, den er jetzt hat, wo er richtigen Lohn bekommt (plus Trinkgeld), nicht nur einem Betrag, den er immer als eine Art Taschengeld ansah.

Den Job, den er aufgrund seines Barkeeper-Diploms bekam, weil er Klassenbester war und weil Joe Myers ihm half, übt er in einer weitläufigen, dunklen Bar im Keller eines Hotels aus, das zu einer Kette gehört. Natürlich spricht man nicht von einem Keller: Die Bar heißt »The Downstairs«, und die Schilder sind in kalligrafischer Neonschrift.

Die Stammkunden im Gully's sind der Meinung, daß das für ihn ein ziemlicher Schritt nach oben ist. Sie erwarten nicht, ihn wiederzusehen, und auch er glaubt das nicht. Es schmerzt ihn allerdings etwas, daß ihnen das nichts auszumachen scheint. Natürlich sind die meisten von ihnen mit weitaus schwierigeren Verlusten fertig geworden als mit dem einer Stammkneipe oder dem Abschied von einem Kind, das an ihren Tischen und auf ihren Knien aufgewachsen ist. Sie denken wahrscheinlich, gut für ihn, er kommt weiter in der Welt, gelangt an einen Ort, der zu fein ist, als daß sie dort überhaupt noch willkommen wären. Sie bewundern auch seinen Vater: daß er wegzieht, wegen seiner Hütte, seiner Pläne und wegen Beryl. Insgesamt scheinen sie die guten Aussichten anderer glücklich zu machen.

Der Unterschied für David besteht darin, daß nichts davon seine eigene Entscheidung ist, sondern nur das Ergebnis der Entscheidungen anderer für ihn. Er wurde durch die Pläne seines Vaters hier hinausgeworfen und dadurch zwangsläufig in seinen neuen Job und in seine neue Wohnung gedrängt.

»Wie geht's dir, mein Junge?« Sein Vater geht an ihm vorbei. Er ist auf dem Weg zum Keller, wo immer noch Erinnerungen und Überreste sortiert werden müssen, Wertvolles und Abfall, mehr letzteres als ersteres. Er legt kurz seinen Arm um Davids Schulter. Wieviel weiß er? »Alles okay hier?«

Es gibt verschiedene Arten zu fragen, diese Frage verlangt nach einer vergnügten Antwort. »Alles klar, Dad.« David lächelt munter. Sein Vater will nichts von Einsamkeit hören, und warum sollte er auch? Er muß mit ganzem Herzen hoffen, daß David auf dem richtigen Weg ist und seine eigenen Mühen beendet sind, daß es keine überraschenden Anrufe von der Polizei mehr gibt, keine Anwaltskosten, keine Gerichtstermine. Keinen Ärger mehr, nur noch ein ruhiger, friedlicher Ruhestand an einem Ort, der ihm gefällt, mit einer Frau, für die er offensichtlich etwas empfindet.

Wie lange wird es dauern, bis er sich nach Stimmen und Lichtern sehnt, wie lange, bis er Fische und Landleben satt hat?

Aber selbst wenn er zurückkäme – sein Entschluß, überhaupt wegzugehen, war zu einschneidend, um die Dinge ungeschehen zu machen.

»Mit den Gläsern bin ich fast fertig. Was ist als nächstes dran?«

»Hilfst du mir, ein paar Sachen aus dem Keller hochzutragen? Das meiste kann hierbleiben, wenn das Haus abgerissen wird, aber es gibt noch ein paar Sachen, die wir behalten sollten. Ich habe vergessen, daß deine Mutter dort ein paar Dinge eingelagert hatte, weil oben kein Platz war. Das gute Geschirr ihrer Mutter – deine Mutter wollte es nie benutzen, deshalb lag es all die Jahre im Keller. Es sind lauter Blümchenmuster, nichts, was ein Mann benutzen würde, aber zum Wegschmeißen zu schade. Ich dachte, du solltest es behalten.«

»Willst du es nicht?«

Sein Vater schaut ihn gequält an. »Ich glaube nicht, daß das richtig wäre. Wegen Beryl. Sie hat ihre eigenen Sachen. Außerdem stammt das Geschirr von der Familie deiner Mutter.«

Kommt es weder seinem Vater noch Beryl in den Sinn, daß, abgesehen von David, von dem sie sich auch trennen, Davids Vater selbst die größte Erinnerung an Davids Mutter ist? Sie scheinen deswegen keine Skrupel zu haben. Wenn sie den Körper seines Vaters berührt, denkt Beryl dann nie daran, wie lange dieser Körper mit einer anderen Frau zusammen war? Wenn das Geschirr seiner Mutter schon unpassend ist, was ist dann mit ihrem Ehemann?

Wenn sein Vater Beryl berührt, empfindet er das nicht als seltsam und fremd? Denkt er nicht wenigstens manchmal, daß seine Hände da nicht hingehören?

David weiß, daß seine eigenen Wünsche unvernünftig sind. Wie Fink bei ihrem letzten Treffen sagte: »Es ist nicht leicht, auf eigenen Füßen zu stehen.« Damals schien das eher eine Platitüde als eine Belehrung zu sein. Heute ist dieser Satz von bestechender Klarheit. Heute fühlt sich David den entmutigenden Anforderungen, die das Erwachsensein an ihn stellt, nicht im entferntesten gewachsen. Andere Vierundzwanzigjährige, die sich von ihren Eltern unterdrückt, von Regeln und kleinen Zimmern beengt, in ihren Wünschen und Sehnsüchten unnötig beschränkt fühlen, sind nicht so widerstrebend und ängstlich. »Endlich«, schreien sie, »bin ich mein eigener Herr!« Aber was machen sie dann mit ihrer Einsamkeit? Wie gehen sie mit ihrer Angst um? Was machen sie, wenn sie anfangen zu kippen und es keine Arme mehr gibt, die sie auffangen oder stützen?

Fink sagte ihm auch: »Versuchen Sie immer an Dinge zu denken, auf die Sie sich freuen können. An das Schöne, das vor Ihnen liegt.«

Cecile. Sie wird morgen abend am Ende seiner Schicht im Downstairs vorbeischauen, wie sie es jetzt regelmäßig macht.

Cecile ist so klein, so reizvoll, so dunkelhaarig und elegant – was findet sie an ihm? Was sah sie, als sie und drei Freundinnen vor zwei Wochen ins Downstairs reinschneiten, am Eingang Halt machten, um sich in dem gedämpften Licht zurechtzufinden, den Blick schweifen ließen und die Lage prüften? Es war Cecile, die Davids Blick auffing und ihre Augenbrauen hob – bei ihm Rat suchte, ob die Bar sicher und bequem war –, und als er nickte und ein wenig lächelte, erwiderte sie sein Lächeln.

Es hilft, daß sie Ausländerin ist. Sie weiß nicht immer, was sie erwarten kann, und wirkt auch schutzlos, wobei er nicht zu sagen vermag, ob das daran liegt, daß sie Französin ist oder weil sie Cecile ist. Als er ihre Bestellungen aufnahm, streckte sie ihm ihre Hand entgegen, um seine zu schütteln, eine merkwürdige Geste. Ihre Hand war, wie ihr ganzer Körper, klein, aber sehr fest. Sie trug an fast jedem Finger einen Ring und mehrere glitzernde, tanzende

Ohrringe. Selbst als sie durchs Downstairs schritt, bewegte sie ihren Körper wie eine Tänzerin, ihre Schritte waren betont leicht und hoch, in einer zugleich oft geübten und doch unbewußten Art.

Wie sich herausstellte, studiert sie Tanz, »auch wenn ich nicht sehr gut bin, glaube ich«, erzählte sie ihm. »Jedenfalls niemals gut genug, um etwas zu werden, und ich bin auch nicht groß. Es wird nie mein Beruf, sondern es ist nur etwas, was ich gerne mag.« Wenn sie so redet, schaut sie mit ihren großen braunen Augen direkt in Davids große braune Augen, feierlich, vertrauensvoll, ehrlich. Nicht immer erwidert er ihren Blick.

Sie blickt ihn mit einer solchen Freimütigkeit und Offenheit an, als erwarte sie dasselbe auch von ihm, als könne sie dunklere Seiten gar nicht wahrnehmen. Wenn sie das täte, würde sich etwas in ihrem Blick verdüstern. So wie es ist, hat er das Gefühl, seine dunklen Schatten könnten sich bei dieser warmen Direktheit verflüchtigen, und wenn das geschieht, wenn seine Schatten weg sind, er weiß, daß seine Absichten so klar sind wie ihr Blick, dann wird er in der Lage sein, weitaus mehr zu halten als ihre Hand.

Zumindest weiß er, daß, wenn die Zeit gekommen ist, sein Körper mit ganzem Herzen und sogar mit Geschick dabeisein wird. Das verdankt er Gwen. Auch wenn sie so alt war. Und die geschmeidige Cecile ist jung – mit ihren zweiundzwanzig Jahren genau richtig für einen Mann, der gerade vierundzwanzig geworden ist.

Auch Cecile hatte einen Liebhaber. Nur einen? Wenn sie sagt: »Ich glaube, du bist ein ganz besonderer Mann«, wie viele Vergleichsmöglichkeiten hat sie dann?

Sie hat diesen Liebhaber in Frankreich zurückgelassen. So wie sie es darstellt, fiel es ihr verblüffend leicht, auch wenn sie vielleicht mit Rücksicht auf David nicht in die Details der Qualen gegangen ist. Die Eltern des Jungen – oder Mannes –, so berichtet sie, waren Algerier, sein Vater war Arbeiter, »keine Familie, die meine Eltern gutheißen konnten, sie waren nicht einmal dazu imstande, über dieselben Dinge sprechen«. Damit meinte sie wohl, daß sie nichts miteinander gemein hatten. »Ihre Religion, ihre Gebräuche, ihre Bildung, alles ist anders. Mein Freund ist ungehobelt, sagen meine Eltern, er passe nicht zu mir, weshalb ich nicht dortbleiben durfte, und damit ich keine Dummheiten mache. Und nun bin ich hier.« Sie redete so ruhig, als ob das alles nicht weiter wichtig sei. »Aber jetzt erkenne ich, daß sie recht haben. Ich bin hier glücklich. Dort wäre ich nicht sehr lange glücklich gewesen. Das verstehe ich jetzt, wo ich ihn nicht mehr sehe, und selbst damals wußte ich es vielleicht schon. Er war irgendwie anders, es war aufregend mit ihm, aber kein tiefes Gefühl. Verstehst du das?«

David versucht sich vorzustellen, wie sich dieser Mann jetzt als Zurückgelassener fühlt. Wütend? Verwirrt? Oder ist er wie Cecile und sieht nur das Gute daran? David fragt sich auch, ob Cecile daran denkt, wie sich dieser Mann fühlt. Und ob ihre Eltern David durch dieselbe Brille sehen werden, durch die sie Ceciles »ungehobelten« Freund mit seiner algerischen Arbeiterfamilie sahen. Was hat er reichen, eleganten Ausländern zu sagen, mit denen ihn nichts verbindet? Sie werden es sicher merken: Er meint nicht seine besonderen, anstößigen Geheimnisse – aber seine Kleidung wird nicht die passende sein, seine Bewegungen, seine Manieren, seine Ausdrucksweise. Nicht, daß das alles völlig daneben ist, doch Leuten wie ihnen wird so etwas nicht gefallen.

»Du wirst sie mögen«, behauptete Cecile, »sie sind Genießer, schätzen gutes Essen, sie lachen gern, wir können alle zusammen zum Abendessen gehen, ja? Oder zu ihnen nach Hause? Sie haben eine hübsche Wohnung, ganz oben und sehr groß«, und sie breitete ihre schmalen, schönen Arme aus.

»Wir machen das, wenn sie einmal beide da sind und Zeit und Ruhe dafür haben.« David weiß, daß das nicht sehr oft der Fall ist, denn Ceciles Vater fliegt ständig in der Weltgeschichte herum, und ihre Mutter ist mit ihren Designs beschäftigt. Vielleicht wollen sie sich auch aus dem Weg gehen. »Sie sind, wie sagt man, lebhaft, alle beide, aber sie sind nicht oft zusammen. Sie haben unterschiedliche Vorlieben. Mein Vater mag Geld, Business und solche Sachen. Und er fliegt überall hin, in Hotels zu Meetings, er raucht gern Zigarren und trifft sich oft mit Frauen, glaube ich. Meine Mutter mag hübsche Sachen, sie stellt sie gern her, und sie sieht sie gern an, deshalb arbeitet sie und geht ins Theater und zum Tanzen und kauft schöne Kleider, und«, Ceciles Mund verzog sich zu jenem Lächeln, das David auch irgendwie für französisch hält, »sie raucht Zigaretten und trifft sich oft mit Männern.«

Das klang sehr seltsam für David. »Aber sie sind noch jung«, erklärte Cecile, als hätte er das Entscheidende nicht begriffen. »Wenn sie alt sind, dann können sie sich all die lustigen Sachen erzählen, die sie gemacht haben. Es sei denn«, sie runzelte kurz die Stirn, »einer von ihnen verliebt sich. Aber bis jetzt vergnügen sie sich nur.« Damit meinte sie wohl, daß sie sich mit anderen Leuten vergnügten; mit anderen und nicht miteinander.

»Für mich klingt das verwirrend«, wagte David zu bemerken. »Nicht nach Glück.«

»Ach, Glück, was ist das? Für mich – passen sie zueinander, ja. Sie respektieren sich. Sie ...«, und sie hob ihre dünnen Arme ein wenig, »sie gehören zusammen, kennst du das?«

Eigentlich nicht; aber was kannte David schon? Nur seine so einträchtig miteinander verbundenen Eltern, wobei man an Beryl sieht, zu welcher Flexibilität und unerwarteten Veränderung des Gefühls zumindest sein Vater fähig ist. Und dann gab es noch Gwen, die – verdammt noch mal! – am Tag der Beerdigung ihres Mannes mit David ins Bett ging; was konnte noch komplizierter sein als das? Ihm scheint es, als würde er nicht sehr viel verstehen. Aber er versucht es.

Es ist eine ganz schöne Schufterei, die zwei Kisten mit dem Geschirr, das erst seiner Großmutter und später seiner Mutter gehörte, aus dem Keller vom Gully's hochzuschleppen. Als er sie öffnet, hat er eine Orgie von rosa und malvenfarbenen Blumen auf Tellern und Tassen vor Augen, die so dünn sind wie die Haut seiner Mutter, als es mit ihr zu Ende ging. Es gibt sogar eine Soßenschüssel und Teller in drei verschieden Größen, dazu Tassen, Untertassen, Schalen, eine

Teekanne, einen kleinen Milchkrug und eine Zuckerdose. Aber es ist schön – warum hat seine Mutter das in den Keller verbannt? Warum meinte sein Vater, es sei für David nicht geeignet – nicht männlich? Was macht das schon, wenn etwas so schön ist?

Allerdings ist ihm klar, daß auch er dieses Geschirr kaum benutzen wird. Es ist zu zerbrechlich und nur geeignet für leichteste und zarteste Gerichte und Gelegenheiten.

Er kann sich nicht daran erinnern, daß seine Mutter viel über ihre Mutter sprach. Sie packte ihre Erbschaft, das Geschirr ihrer Mutter, in den Keller. Er hat nie etwas davon gesehen. Gut, alle Kinder sind egozentrisch. Heranwachsende müssen es aber nicht sein und Vierundzwanzigjährige schon gar nicht. Das ist es vielleicht, was Keith Miller meinte, als er, weitaus direkter als Fink, David aufforderte, »endlich erwachsen zu werden«.

Vielleicht läuft ihm Keith Miller mal im Downstairs über den Weg; es wäre ein Ort, wo ein Mann wie er möglicherweise hingeht, ein bißchen muffig, aber mit dem Flair von etwas Besserem. Ein diskreter Ort, abgedunkelt und unter der Erde, damit geeignet für alle Arten von Verabredungen politischer, geschäftlicher oder romantischer Natur, die das Tageslicht scheuen. Als Kunde würde sich David im Downstairs nicht wohl fühlen, als Barmann mit ganz bestimmten Aufgaben ist es für ihn okay.

Bei ihrem letzten Treffen klappte Keith Miller Davids Aktenordner zu und sagte: »Ich muß sagen, Dave, es sieht so aus, als sei mit dir wieder alles okay. Ich habe den Eindruck, daß du deine schlechten Angewohnheiten wirklich abgelegt hast. Denn, weißt du, eigentlich glaube ich, daß es im wesentlichen nur darum geht, etwas so lange nicht zu machen, bis man aufhört, daran zu denken. Und deine schlechte Angewohnheit war ziemlich übel, viel schlimmer als Nasenbohren in der Öffentlichkeit oder sich am Arsch kratzen, aber wenn es darum geht, es sich abzugewöhnen, ist es im Grunde dasselbe. Stimmt's?«

David zuckte die Achseln. Wie Fink wußte auch Keith Miller nichts von Gwen.

»Und«, fuhr Keith Miller fort, »das mit dem Kurs war toll. Daß wir was gefunden haben, was du machen wolltest, und daß du es durchgezogen hast. Das hast du wirklich gut gemacht.«

Wie bei Fink schämte sich David ein wenig seines Stolzes: daß es ihm, obwohl er sich dafür verachten sollte, doch irgendwie wichtig war, was Keith Miller von ihm dachte. »Na ja, so schwer war's ja nicht.«

»Vielleicht nicht die Arbeit als Barmann, bei all deiner Erfahrung. Aber den Kurs durchzuziehen. Es ihnen zu zeigen ...«, Keith Miller grinste plötzlich, »und zwar nicht das, was du vorher gezeigt hast. Ich glaube, damit hast du gleich zweimal etwas Wichtiges erreicht.«

Das war wieder typisch Keith Miller, der wichtige Dinge nicht ernst nahm und seine Witz über die schlimmsten Probleme riß. Wieso kam es David nicht in den Sinn, ihm eine zu verpassen? Aber ihm war auch klar, daß Keith Miller es nicht mehr böse meinte. Diese letzte Bemerkung zu Davids Problem war eher heiter als scharf, eher ein augenzwinkernder Scherz als eine Drohung.

»Danke«, sagte David, »Ja, das glaube ich auch.«

»Ich habe nicht so viele Fälle, die gut ausgehen«, sagte Keith Miller, »darum freue ich mich über deinen.« Das war das Persönlichste, das er in dem Jahr ihrer monatlichen Treffen je zu David gesagt hatte: daß er nicht so viele Fälle hatte, die gut ausgingen. Und daß er David für einen solchen hielt. David bedauerte Keith Miller und all die anderen Leute, die häufiger, vielleicht sogar täglich, mit kleinen oder großen Fällen zu tun haben, die nicht gut ausgehen.

Das alles passierte natürlich, bevor das Gully's verkauft wurde. Aber auch vor Cecile. Manchmal liegen Gut und Schlecht auch sehr nah beieinander.

Jetzt hört er, wie sein Vater oben noch mehr Sachen umräumt. Es ist ein merkwürdiges Geräusch, wie mit einem Echo. Das Gully's wirkt sowieso nicht mehr vertraut: mit seinen aufgestapelten Tischen und Stühlen, den aus den Löchern in der Decke hängenden Drähten, den beschrifteten Kisten, den nackten Wänden. Während

David gepackt hat, ist etwas verschwunden. Wie bei Beryl, die jetzt statt seiner Mutter oben ist, verändert ein grundsätzlicher Wandel die Sicht der Dinge. Wie bei Gwen kann er sich jetzt auch nicht mehr so ohne weiteres an das Bild seiner Mutter und seines Vater erinnern, wie sie sich beim Frühstück gegenüber saßen. Er hört ihre Stimmen nicht mehr zusammen.

Aber er hört noch den Aufschrei der fremden Frauen, sieht die Angst, den Schock oder die Wut in ihren Gesichtern. Das hat an diesem hilflosen Tag etwas Befriedigendes, und es versetzt seinen Schwanz in eine gewisse Ruhelosigkeit.

Er könnte es tun. Er könnte sich eine Stunde frei nehmen und einen Spaziergang in der Sonne machen. Er könnte aufmerksam auf dieses schwer zu definierende Signal achten, darauf warten und dann zur Tat schreiten. Er könnte sich noch einmal einen Ausflug gönnen. So etwa muß sich ein Alkoholiker fühlen: nur noch einen Schluck. Was wäre daran so schlimm, was würde es ändern? Er verdient doch eine Entschädigung, eine Belohnung, oder nicht? Wo er doch nun so lange so brav gewesen ist. Er könnte jetzt einfach über diesen leeren Fußboden gehen, zur Tür hinaus ins Licht und an die Luft.

Und dann? Würde hier das Telefon klingeln, sein Vater würde abheben, sein Gesicht würde fahl werden, sein Herz sich zusammenziehen. Er würde zusammensacken, sich verzweifelt die Stirn reiben; dann würde er sich wieder fangen und den Anwalt anrufen. Und er würde Beryl erklären, daß sie all ihre Pläne in den Wind schreiben können.

David könnte alle Hoffnungen seines Vaters mit ein paar Schritten, ein paar Handbewegungen begraben. Eine nicht unbedingt positive Art von Macht, aber dennoch Macht. Doch auch die Macht seines Vater erscheint David nicht positiv, wohl aber erheblich.

Und wäre das nicht ein tolles Gefühl zu wissen, daß er alles zerstört hat? Würde ihn im Gefängnis der Gedanke wärmen, daß auch sein Vater furchtbar gestraft worden war? Es wäre einfach saublöd.

Fink und Keith Miller wären sehr angetan davon, daß er endlich über die Konsequenzen seines Tuns nachdenkt. Irgendeine Frau, die draußen herumspaziert, kann jetzt ihren Tag ohne eine dramatische Begegnung mit David verbringen. Obwohl ja immer die Möglichkeit besteht, daß genau heute der Tag ist, an dem er eine trifft, die nur freundlich lächeln und ihn in ihr Leben einladen würde.

Mit Cecile wäre es dann natürlich aus. Und in ihrem Leben spielt er schon eine Rolle, wenn auch noch keine sehr große. Genügt das nicht? Sie ist noch nicht die Frau, mit der er nach der Arbeit vor dem Fernseher zusammensitzt, die Füße auf den Couchtisch legt und darüber spricht, was am Tag passiert ist, und welche Träume sie haben. Sie gehen nicht noch nicht zusammen ins Bett, um sich zu lieben, noch stehen sie nicht am nächsten Tag gemeinsam auf, um das Bad und die Küche zu teilen, noch kocht sie keinen Kaffee, während er sich rasiert, noch duscht sie nicht, während er die Cornflakes in ihre beiden zueinander passenden Schüsseln schüttet. Noch nichts davon – bis jetzt.

So ein Leben führt sogar sein Vater mit Beryl.

Beryl wird die meisten ihrer untergestellten Sachen zur Hütte in den Norden mitnehmen: Kristallgläser, feines Silber, eine Eßzimmereinrichtung aus Nußholz, dessen Eleganz dort sicher fehl am Platz ist. Vielleicht ist auch Gwen, die ihr eigenes vergangenes Leben und ihren Besitz hinter sich gelassen hat, inzwischen mit jemandem zusammengezogen. Ähnelt er vielleicht Edgar, dessen Foto jetzt auf dem Schreibtisch in Davids neuem Schlafzimmer steht, oder ähnelt er David? In all den Wochen, in denen David sie beobachtete, gab es keinen Mann. Gut so. Es wäre furchtbar für ihn gewesen, mit anzusehen, wie sie die Hand eines anderen auf ihre Brüste legt, wie sie jemand anderen auf den Teppich zieht.

Gwen wollte David. Eine attraktive Frau, die sich ihm, so unwahrscheinlich das erschien, ohne Zögern zuwandte, um ihren Spaß mit ihm zu haben. Und Cecile mag ihn. »Du bist so nett«, sagt sie zu ihm, »so lieb und so hübsch«, auch wenn er nicht versteht, was sie mit all dem meint.

Als Beryl einzog, tauchten auf den Regalen und Tischen oben Fotografien von Beryls Familie auf, auch ein paar Schnappschüsse ihrer toten Ehemänner waren dabei – nicht alles wurde eingelagert. Ihre Ehemänner ähneln sich nicht sehr, sie ähneln auch nicht Davids Vater, aber schließlich sind sie auch alle in unterschiedlichem Alter. So bleibt etwa der Mann, der starb, als sie noch sehr jung war, für immer schlank, dunkel und helläugig. Ihre Kinder stammen aus ihrer längeren zweiten Ehe mit einem Mann vom zeitlosen Typ eines Menschen, der ewig im mittleren Alter verharrt, etwas rundlich und offenbar wohlhabend, mit silbrigen Strähnen im Haar. Ihr Sohn ist Manager in einem Haushaltswarengeschäft im Westen, das zu einer Kette gehört. Er ist selbst in zweiter Ehe verheiratet und hat drei Kinder; zwei von seiner ersten und bisher eins von seiner zweiten Frau. Ihre Tochter ist Anwältin im Osten und hat ein Kind, ebenfalls eine Tochter.

Beryl erzählt mit Stolz von ihnen. Später in diesem Jahr, wenn das Wetter im Norden ungemütlich wird, haben sie und ihr Vater vor, jedes ihrer Kinder ein paar Wochen lang zu besuchen, und dann wird Davids Vater auch zu ihren Familien gehören. Für David werden sie zweifellos Fremde bleiben, selbst wenn sie mal hierher zu Besuch kommen. Sein Vater wird neue Gewohnheiten annehmen, die David unbekannt sein werden. Er wird plötzlich Enkel haben, seine Verpflichtungen und Zuneigungen werden sich ausweiten.

All das. Zuviel. Zu schnell.

»Deine neuen Geschwister«, sagte Beryl zu David, als sie oben Platz für die Fotos machte und sie ihm zeigte. »Und das sind deine Nichten und Neffen.« Zum Onkel dürfte er sich kaum eignen; und erst recht nicht, wenn sie mehr über ihn wissen. Was vermutlich auch zu den Konsequenzen gehört, die Fink und Keith Miller meinten: daß eine unerfreuliche Tat viel später unvorhergesehene Wellen schlägt und dem Leben unerwartete Verwicklungen beschert. Welche vernünftigen Eltern würden ihre Kinder mit einem neuen Onkel herumtollen lassen, der Davids Vergangenheit hat?

Und was kann er je Cecile erzählen? Und wie? Er kann sich direkt vorstellen, wie ihr süßes Gesicht sich vor Entsetzen verzerrt ..., wie sich ihr kleiner Körper abwendet, wie jede Bewegung Abscheu ausdrückt. Wann könnte er ihr klarmachen, daß er keine schlechte Absichten hatte, nie jemandem Schaden zufügen wollte, sondern ihn nur gewisse Regungen überkamen, die er nicht mehr hat? Daß mit Gwens Hilfe und durch Ceciles bloße Existenz und Gegenwart diese früher einmal unwiderstehlichen Begierden völlig verschwunden sind.

Allerdings nicht ganz, wie es scheint.

Er kennt sie erst zwei Wochen; es ist für beide noch zu früh, eine ganze Lebensgeschichte zu beichten.

»Es ist Zeit«, sagt sein Vater von unten an der Treppe.

Das war's also.

Die Gläser sind gepackt, die Mikrowelle verstaut, die Tische und Stühle stehen hoch übereinandergestapelt an der Wand des Raums. Der Fußboden ist leer und wirkt riesig, die abgehängten Lampen liegen aufgereiht an der Bar. Die alte Musikbox steht in der Ecke, wo sie immer stand; wer immer sie kauft, braucht nur den Stecker herauszuziehen und kann sie dann wegtragen, aber heute abend werden die Leute Musik hören wollen. Auch der Pooltisch steht noch an seinem Platz, alle Kugeln und Queues liegen aber bereits in Schachteln verpackt nebeneinander auf dem grünen Filz.

Das war es dann. Das jetzt trostlose und kahle Gully's ist nur noch Geschichte.

Sein Vater schüttelt den Kopf, auch er sieht trostlos aus. »Seltsames Gefühl, nicht? So viele Erinnerungen, so viel von unserem Leben.« Zu seinem Leidwesen bemerkt David, daß er Tränen in den Augen hat, er möchte nicht, daß sein Vater weint, will auf keinen Fall, daß er traurig ist. Bei dem Versuch, ihn zu trösten, legt er einen Arm um die Schultern seines Vaters. Berührungen sind für sie etwas Ungewohntes.

Sein Vater ist geschrumpft. Er ist kleiner als David. Sein Haare sind zum größten Teil grau. Manche sogar schon weiß. Seine Figur hat nicht mehr dieses Tonnenförmige, dem David nie geähnelt hat. Er ist alt, jedenfalls in diesem Moment.

Aber jetzt richtet er sich auf. Sein Körper strafft sich, und er wird größer, seine Schultern heben sich unter Davids Arm. »Trotzdem«, sagt er, »das Leben geht weiter, stimmt's? Es gibt immer etwas Gutes, das vor einem liegt, ebenso wie hinter einem. Auch für uns beide.«

»Ich weiß. Es wird schön werden für dich.«

»Ich hoffe nur«, sein Vater runzelt ein wenig die Stirn, »Beryl weiß, worauf sie sich einläßt. Sie hat nie auf dem Land gelebt. Ich allerdings auch nicht, aber ich bin mir ganz sicher, daß ich es will. Deine Mutter und ich haben immer von diesem Tag geträumt: zusammenpacken, alles verkaufen und dann dorthin ziehen. Stundenlang haben wir darüber geredet und Pläne geschmiedet. Dieser Tag hat eine jahrelange Vorgeschichte.«

War es wirklich der Traum seiner Mutter? Sie hätte sicherlich nicht gelogen, aber vielleicht hat sie sich nur den Visionen seines Vaters angepaßt. Weil sie keine eigenen hatte, oder weil sie glaubte, er habe es sich verdient. »Wollte Mutter das wirklich?«

Sein Vater sieht überrascht aus. »O ja. Sie sagte immer: ›Ich kann es kaum erwarten. Stell dir vor, vom Gesang der Seetaucher zu erwachen, zu faulenzen und einfach zu tun, was einem gerade einfällt.‹ Manchmal, bevor sie wußte, wie krank sie war, malte sie es sich aus, wenn sie müde war. Ich erinnere mich noch, wie sie, als sie es erfuhr, sagte: ›Nun werde ich die Hütte nie sehen.‹ Es hat mir das Herz gebrochen. Denn es stimmte, und ich konnte nicht so tun, als ob es nicht stimmte. Dennoch«, sein Gesicht hellt sich auf, »all die Jahre hatte sie diese Vorstellung. An etwas Gutes in der Zukunft zu denken, half ihr über die harten Zeiten hinweg.«

Welch harte Zeiten? War sie oft unglücklich, auch schon vor ihrer Erkrankung?

Sein Vater dreht das Schild an der abgenutzten Eingangstür um. Damit ist das Gully's nun zum letzten Mal offiziell geöffnet. Auf dem Parkplatz fahren Lastwagen vor, die Fahrer sind Männer mit gierigen Blicken, die gekommen sind, um die Einrichtung vom Gully's zu kaufen und abzutransportieren. Und dann kommen die Stammgäste, die in der ungewohnten Situation ungemütlich herumstehen, weil sie keine Tische mehr haben, an denen sie herumhängen, sich festhalten oder sich ausruhen können. Einige haben daran gedacht, sich eigene Gläser mitzubringen, für diejenigen, die keine dabeihaben, packt David wieder ein paar von denen aus, die er den ganzen Tag eingepackt hat.

»Prost, mein Junge«, sagen sie und heben ihr letztes Bier. Und: »Der Ort wird uns fehlen.« Und: »Hinaus ins schöne Leben, nicht wahr?«

Die Auktion selbst verläuft merkwürdig gedämpft, eher gespannt als stürmisch, wie David es erwartet hatte. Der Auktionator ist geschäftsmäßig, nicht einer von diesen Jodlern. David hatte ein dramatisches, elektrisierendes Ereignis erwartet, das sich schmerzhaft in seine Haut eingraben würde. Statt dessen sieht und hört er alles distanziert, wie von weitem. Diese Leute, ob er sie kennt oder nicht, sind für ihn Schauspieler in einem schlechten Stück, das endlich zu Ende geht. Nichts davon ist real: nicht das Geld, das den Besitzer wechselt, nicht das Mobilar, das zur Tür hinausgetragen wird, nicht der seltsam gedämpfte Ton und das leise Lachen. Auch nicht die vierundzwanzig Jahre seines Lebens, die er hier verbracht, oder die, die er hier noch erwartet hat. Wie ist das möglich?

Beryl steht unten an der Treppe, die zur Wohnung hinaufführt, sie ist kaum zu sehen. Sie beobachtet ihn, nicht unfreundlich. Er lächelt sie vorsichtig an. Was denkt sie gerade? Daß er bald nicht mehr zu ihrem Alltag gehören wird? Daß er seinem Vater keinen Ärger mehr machen wird, und sein Vater, weit weg von hier, in ihren Armen einen friedlichen Ruhestand genießen wird?

Vielleicht aber auch, daß dies hier die Aufräumarbeiten sind und das Ende eines Lebens, von dem sie nichts weiß. Daß hier zahre- und jahrzehntelang ein anderes Familienleben geführt wurde, ihre eigene Verbindung dazu sehr spät zustande kommt und auch nur zu einem Mitglied dieser Familie besteht. Vielleicht, daß es traurig ist, oder ein Triumph.

Unter Umständen wird sie aber auch genauso wie David bei dem Gedanken von Panik ergriffen, worauf sie sich da einläßt: auf ein Leben, das ihr völlig fremd ist, zwar mit einem netten Mann, den sie aber noch nicht allzu lange kennt, und das auch noch an einem ungewohnten, fast primitiven Ort. Sie fürchtet sich vielleicht genauso wie David. Einem Impuls folgend geht er zu ihr und berührt leicht ihren Arm. »Es wird schon gutgehen.«

Sie ist überrascht und etwas verwirrt, aber sie lächelt. »Ich weiß. Wir alle wollen nur das Beste, auch wenn es eine große Veränderung ist und ich mir nicht vorstellen kann, wie es sein wird. Und das hier«, sie deutet auf den großen, dunklen, immer leerer werdenden Raum, »ich weiß, daß es das Leben deines Vaters war. Es hat ihm soviel bedeutet. Wie dir. Ich denke, es wird schwerer für ihn werden, als er erwartet. Ich glaube, er wird es mehr vermissen, als er jetzt meint. Dich auch. Dir wird er doch auch fehlen?« Sie schaut auf, direkt in Davids Augen.

»Ja. Vieles wird anders sein, und ich weiß nicht wie.« Für sie beide ist das ein vertrauliches Gespräch. Und diese kleine Enthüllung, dieser kleine Zweifel ist vielleicht nur deshalb möglich, weil sie sich nach diesem Abend wohl eher selten wiedersehen werden.

Beryl legt ihre dünne, manikürte Hand auf seinen Unterarm; er schaut auf die schmalen Finger, auf diese Hand, die seinen Vater genauso sanft und weitaus zärtlicher berührt. »Du bist ein guter Junge, und du wirst es schon hinbekommen.« Sie sagt das mit einer solchen Überzeugung, als sei es eine Feststellung und ein Befehl zugleich.

»Weißt du Bescheid?« wagt er zu fragen.

»Über deine Schwierigkeiten?« Zwei Falten erscheinen zwischen ihren Augen. »Ein wenig. Ich bin sicher, es war für euch alle eine schwierige Zeit. Ich meine, deine Mutter war ja so krank. Krebs ist eine furchtbare Sache; er hat alle möglichen Auswirkungen auf die Menschen, abgesehen von der Krankheit selbst. Als mein zweiter

Mann daran starb, war es für uns alle auf sehr unterschiedliche Weise schwer.« Mit »uns« meint sie ihre eigentliche Familie, die Leute auf ihren Fotos. Ein Mensch kann viele Leben haben, unter vielen verschiedenen Umständen und an verschiedenen Orten. Sie sind wie Felder voneinander getrennt, aber gelegentlich gibt es Durchgänge.

Wenn man einen Durchgang passiert hat, ist es nicht möglich, zurückzukehren. David weiß das jetzt, aber es fällt ihm immer noch schwer.

»David! Dave?« Er hat den alten Mann da draußen mit der Kundschaft allein gelassen. Er schenkt Beryl ein halbes Lächeln, ein Nicken und kehrt zur Arbeit zurück.

»Entschuldige, Dad. Ich habe mit Beryl geredet.«

»Hast du das? Das ist gut.« Er sieht rührend erfreut aus. »Kannst du ein paar Biere verteilen? Sie gehen aufs Haus, wir sind so ziemlich fertig.«

Die Übriggebliebenen sind der harte Kern der Stammgäste; sie schwanken ein wenig und blicken sentimental und verlassen drein; wegen des Alkohols, des ungewohnten langen Stehens und wegen der Einsicht, daß dies nun wirklich ein endgültiger Abschluß ist. Als David die Gläser füllt, singen sie eine etwas krächzende Version von »For He's a Jolly Good Fellow«, die sich an Davids Vater richtet, der sich seinen letzten Kunden zuwendet. »Hipp, hipp, hurra!« ruft einer aus der Ecke. »Auf das Gully's!«, und die Gläser werden erhoben. »Auf die guten alten Zeiten und auf das Gully's!« Ein paar Leute rufen: »Eine Rede!«, und schließlich tritt Davids Vater vor.

»Meine lieben alten Freunde«, beginnt er, und David spürt, wie auch in ihm Tränen aufsteigen. »Ich habe mein ganzes Erwachsenenleben mit euch hier unten und mit meiner Familie oben verbracht, deshalb ist es sehr schwer, auf Wiedersehen zu sagen. Wir alle müssen jetzt weitermachen, aber wenn ich für mich sprechen darf, dann möchte ich euch allen dafür danken, daß ihr ein Teil meines Lebens wart, und daß ihr mich und meine Familie zu einem Teil eures Lebens gemacht habt.« Er hält plötzlich inne und dreht sich mit der Hand über den Augen weg. David sieht seine Schultern zittern. In die Stille hinein hebt David sein Glas und ruft: »Auf meinen Vater!«

Das Ende des Abends, an dem die Leute seinem Vater die Hand schütteln und einige ihn umarmen, erinnert David an die Beerdigung seiner Mutter, als die Leute ebenfalls anstanden, um ihm die Hand zu schütteln und ihn zu umarmen. Auch dies hier ist eine Art Ritual für ein notwendiges Ende, und eine Art Trost. Doch seinen Vater versetzt es in eine merkwürdige Stimmung.

»Endlich«, sagt sein Vater, als der letzte widerstrebend hinausgegangen ist und in der Tür noch einmal traurig zurückgeschaut hat. »Die erste Nacht, in der wir nicht saubermachen müssen. Es gibt nicht das mindeste zu tun.« Er klingt fast ungehalten; und warum auch nicht? David ist selbst ein wenig ungehalten.

Aber als sein Vater ihn ansieht – was sieht er? –, wird seine Stimme wieder sanft. »Komm nach oben, Junge. Sag dem Haus auf Wiedersehen!«

Oben ist auch fast alles zusammengepackt, überall stehen beschriftete Kisten; es liegen nur wenige Dinge herum, die sein Vater und Beryl für die letzten Stunden brauchen. Von Davids Leben oder dem seiner Mutter ist nichts mehr da: nur noch, wie sein Vater – treffender, als er es vielleicht wollte – sagte, das Haus selbst, um ihm auf Wiedersehen! zu sagen.

David berührt eine blaßgelbe Wand, legt seine Hand auf ein weißes Fensterbrett, beide sind vor langer Zeit von seiner Mutter zum letzten Mal gestrichen worden. Die schirmlosen Lampen werfen ein grelles Licht auf die ungewohnten Kistenformen. Er schaut auf die vertraute nächtliche Straße und empfindet – nichts. Oder er empfindet einen schwachen, etwas wirren Kummer darüber, daß es nichts zu empfinden gibt.

Er schüttelt Beryl die Hand, berührt ihre Schulter. Aber sein Vater hat wieder Tränen in den Augen, und seine Lippen zittern – was hat er denn erwartet? Trotzdem. Dieses Mal legt David beide Arme um seinen Vater, und er fühlt dessen Arme um sich. David fällt überhaupt nichts Bedeutungsvolles ein, was er jetzt sagen könnte.

Wie fühlte sich Gwen, als sie wegfuhr? Was war mit Edgar, als er das letzte Mal das Haus verließ?

Wenn das der Abschied ist, dann muß es die, die zurückbleiben, mehr schmerzen; und hier bleibt niemand zurück. Also. Es ist wirklich vorbei.

Als er die fünf Straßen zu seiner Wohnung geht, stellt sich David seinen Vater und Beryl vor, wie sie ihre Schuhe im Wohnzimmer ausziehen. Beryl wird viel weniger zum Nachdenken haben als sein Vater, aber auch sie muß sich von etwas verabschieden, nur ist das nicht mit diesem Raum verbunden. Nach einiger Zeit werden sie in ihr Schlafzimmer gehen, sich müde ausziehen, sich umarmen und leise miteinander reden, so wie David früher seinen Vater mit seiner Mutter hat reden hören. An der Tür zu seiner Wohnung denkt er, als er den Schlüssel herumdreht, zum ersten Mal: »Hier lebe ich jetzt.« Als er sich umblickt, sieht er, daß er hier, selbst wenn die vertrauten Möbel morgen kommen, nicht sehr lange bleiben wird. Sein Vater hatte recht. Das ist nichts für ihn.

Es gibt doch auch elegante, alte Häuser, die in gemütliche, altertümliche und etwas heruntergekommene Wohnungen aufgeteilt worden sind. Vielleicht würde es Cecile Spaß machen, ihm beim Suchen zu helfen.

Es ist interessant und ungewohnt, über seine Wünsche nachzudenken, es hält ihn eine Weile wach.

Er erwacht bei hellem Tageslicht von einem bohrenden Geräusch, das ihn förmlich aus dem Bett wirft und aufspringen läßt. Er steht schon mitten im Zimmer, als ihm klar wird, daß es die Gegensprechanlage ist. Sind das schon die Spediteure? Besuche bekommt er nicht.

»Bist du wach Daviid? Ich bin's nur, darf ich raufkommen?

Was macht Cecile hier? Wie schnell kann er sich anziehen, sich die Haare kämmen und sich den Schlaf aus den Augen waschen? Aufräumen, das Bett machen, wie spät ist es? Sie ist noch nie einfach so hereingeschneit. Er dachte, er würde sie erst heute abend sehen; und morgen abend, seinem freien Abend, wollten sie zusammen ins Kino gehen. Im Kino hält Cecile im Dunkeln seine Hand und stupst ihn mit dem Ellbogen, manchmal legt sie auch ihren Kopf auf seine Schulter, und nach dem Film geht sie gern einen trinken oder auf einen Kaffee, um zu diskutieren, was sie gesehen haben.

Die Überraschung verstört und verwirrt ihn, auch wenn es eher eine angenehme Überraschung ist.

Die Möbelpacker werden jetzt im Gully's sein. Sollte ihm das ein besonderes Gefühl geben? Er denkt statt dessen wieder an die Zukunft und an seine nächste Wohnung.

Als Cecile klopft, knöpft er sich gerade das Hemd zu. »Daviid!« ruft sie und streichelt seine Wange, »ich habe dich aufgeweckt! Das tut mir aber leid. Ich dachte, du bist vielleicht traurig, weil du dein Zuhause verlassen hast, und darum habe ich uns ein Frühstück mitgebracht, siehst du? Croissants und drei kleine Marmeladen, und starken Kaffee, das gefällt dir doch, oder?«

Er steht im Eingang, starrt sie an. So was! Sie hat an ihn gedacht. Sie dachte, er könne traurig sein, und hat etwas unternommen, um ihn aufzuheitern. Womit hat er die Fürsorge dieser anmutigen jungen Frau verdient, die jetzt an ihm vorbeiwirbelt und die jeden Tag stundenlang mit jungen Männern verbringt, die ebenso anmutig sind wie sie.

Er möchte dem Bild entsprechen, das sie sich von ihm macht.

Als sie in die Küche gehen, bemerkt er, daß ihre Schritte genau so lang sind wie seine, obwohl sie so klein ist. Hängt das damit zusammen, daß sie Tänzerin ist? Er genießt es, in ihren Rhythmus eingeschlossen zu werden, und damit vielleicht auch in ihre Anmut.

Gwen müßte etwa so alt sein wie Ceciles Eltern. Das mag im Moment etwas peinlich erscheinen, hat aber auch etwas Außergewöhnliches und ist in jedem Fall besser als, noch Jungfrau zu sein.

Davids alte Neigung, ausufernde Geschichten zu erfinden, ist offensichtlich verlorengegangen, zumindest wenn es um Cecile geht. Statt dessen will er, wenn er mit ihr zusammen ist, die Wahrheit meistens so bescheiden wie möglich machen, will sie schrumpfen lassen. Nur nichts Großes, nur nichts Ungeheuerliches. Wenn sie ihn verlassen würde – vor zwei Wochen hat er noch nicht einmal von ihrer Existenz geträumt, und schon wagt er nicht mehr, sich vorzustellen, wie schrecklich es wäre, wenn sie ihn verlassen würde.

»Und dein Vater?« fragt sie, als sie den Frühstückstisch deckt. »Ist er sehr traurig? Ich hätte ihn gern früher kennengelernt, aber wir könnten ihn und seine Freundin ja bald besuchen, oder?«

Sie spricht von der Zukunft. »Auf jeden Fall.« Eltern besuchen ist etwas, was seriöse Menschen tun, oder nicht? Und sein Vater wäre entzückt, wenn David mit dieser lebhaften jungen Frau auftauchte. Er fände nicht nur Cecile selbst entzückend, sondern würde in ihr auch eine Art weiteres Diplom für David sehen. Könnte er aber etwas verraten? David müßte ihm anvertrauen, was Cecile alles nicht weiß.

Weder Cecile noch sein Vater wissen von Gwen: nichts darüber, wie sie einander kennengelernt haben, nichts über das kleine Muttermal auf ihrem rechten Schenkel, nichts darüber, wie das Licht ihre Haut veränderte, dunkel in der Bar, warm und golden im Bett, oder wie sie ihm sagte, er solle die Tür schließen, als er hinaus in die Dunkelheit trat, oder wie er sie später beobachtete. Cecile gefiele das nicht, sie würde sein Herumschleichen um das Hauses merkwürdig finden, für sie klänge es sogar gefährlich oder verrückt. Es wäre schwierig, ihr zu erklären, daß er auch damit nichts Böses beabsichtigte, sondern nur nach möglicherweise lebensrettenden Botschaften suchte.

Ceciles Körper ist nicht so fleischig wie Gwens. Er ist geschmeidig und athletisch und wird sich, wenn die Zeit dafür gekommen ist, ziemlich anders anfühlen.

Sie könnte vielleicht auch hohe Erwartungen haben, Erwartungen, die Gwen, soweit er es bemerkt hat, nicht zu haben schien. Gwen, die frischgebackene Witwe, dürfte andere Dinge im Kopf gehabt haben als seine Fähigkeiten, obwohl – so rühmt er sich noch immer – diese Fähigkeiten, wenn man es richtig bedenkt, durchaus beachtlich waren. Was sich an diesem Tag entwickelt hatte, schien sie ebenso wie ihn angenehm zu überraschen. Mit Cecile werden die Umstände deutlich anders sein; sie wird auch andere Erfahrungen haben und deshalb andere Maßstäbe an ihn anlegen. Ein Algerier! Oder ein Franzose mit algerischen Wurzeln – welche Techniken der Lust mag solch ein Mann kennen?

David starrt Cecile an, wie er es manchmal tut, wenn er gern Einblick in ihre Erinnerungen und ihre Wünsche hätte. Er könnte sie, in diesem Moment, zu sich, durch den Raum, durch die Tür zu seinem Bett, in sein Bett ziehen und sich auf ihren Körper legen.

Sie hätte, so denkt er, nichts dagegen.

Alles hat seine Zeit: die falsche Zeit und die unabweisbare, unwiderstehliche Zeit. Von der unwiderstehlichen Zeit versteht er ein bißchen. Er wartet auf die unabweisbare.

In der Zwischenzeit faßt er sie bei den Schultern, dreht sie zu sich, legt seine Arme um sie, so daß ihre Lippen seinen Hals berühren und seine Wangen auf ihrem dunklen Kopf zu liegen kommen. »Daviid«, sagt sie. Wenn die Zeit gekommen ist, wird er so sicher und so geläutert sein, daß der Liebesakt ein Akt der Erlösung für ihn ist.

So wie er, das erkennt er plötzlich, auf eine etwas andere Art Gwens Erlösungsakt gewesen sein muß.

Es sind schöne, immer wiederkehrende, heilige Geschenke.

Cecile tritt zurück und schenkt ihm ein wunderbares Lächeln. Sie ist nicht der Typ, der lange feierlich bleibt. »Hast du jetzt Hunger? Du mußt essen, damit du stark bist, wenn die Möbel kommen, deine neuen Sachen, die wir dann einrichten werden.«

Sie ist ganz schön entschlossen. Ihr Platz in seinem Leben ist für sie eine ausgemachte Sache, und seiner in ihrem ebenfalls. Das ist für ihn, auch wenn es etwas überraschend sein mag, ein tröstliches Gefühl.

Hätte er sich vor einem Jahr, vor sechs Monaten einen Tag wie heute vorstellen können? Sich selbst so, wie er heute ist?

Vor einem Jahr hat er sich den Reißverschluß aufgemacht und fremde Frauen erschreckt. Vor sechs Monaten hat er beobachtet, wie Gwen davonfuhr. Selbst gestern noch war er im Begriff, nicht nur eine verlorene Vergangenheit zu beklagen, sondern auch eine ungewisse Zukunft. Und heute – ist die Zeit nicht was Seltsames und Wunderbares –, heute, in diesem Moment, ist seine Hoffnung grenzenlos.

10

Hallo, Benny!
Benny, hallo!

Ob er wohl vorübergeht, dieser Zwang, Benny nah bei sich haben zu wollen, in Sichtweite? Im Moment ist er noch so überwältigend neu, und beide sind so unwiderruflich miteinander verbunden, daß es unmöglich ist, ihn nicht unwiderstehlich zu finden. Gwen hatte in der Vergangenheit womöglich geglaubt, ein paar Menschen gut zu kennen, zum Beispiel Edgar, aber im Vergleich zu Benny ist der Unterschied offensichtlich.

Sie glaubte auch, alles Notwendige über die fleischlichen Genüsse mit Männern bereits gelernt zu haben, vor allem von Jack, aber auch darin irrte sie. Bennys Fleisch ist glatt wie Seehundfell, zart und saftig wie Kalbfleisch, oh, sie könnte ihn glatt auffressen.

Sie liebt es, ihn beim Schlafen zu beobachten, und meistens vergöttert sie ihn auch in seinen Wachphasen. Es ist ein komplettes Wunder, wenn seine Finger die ihren berühren, oder wenn sie ihre Nase in seine Schultern, seinen Bauch gräbt oder an seiner Brust reibt.

Wenn er schläft, sieht er niemandem ähnlich, den sie kennt: ein völlig Fremder. Wenn er wach ist, sieht sie, daß seine Augen denen Davids sehr ähnlich sind: groß und tief. Sie könnte sofort in der Tiefe dieser Augen versinken, die alles zu wissen scheinen. Oder wenn er einen besonders faltigen, zerknitterten Ausdruck bekommt, dann sieht er ungefähr so aus, wie er wahrscheinlich als ganz alter Mann aussehen wird. Zu anderen Zeiten wird er Benny sein, Ben, sogar Benjamin. In dieser Hinsicht hat er mehr Glück als jemand mit dem unveränderlichen Namen Gwen.

In Augenblicken wie diesen, in denen sie sich in einem abgedunkelten Raum im Stuhl vorbeugt und ihm beim Schlafen zusieht, fühlt sie sich wie in einem Kanu mitten auf einem sehr ruhigen See: Es ist zu friedlich, um auch nur einen Paddelschlag zu tun. Alles, was sie sich jetzt wünscht, ist, sich treiben zu lassen; nur keine Störung, keine Wellen.

Solche Momente dauern nicht lange. Sie ist auch so müde, daß ihr sogar die Kopfhaut weh tut, selbst ihre Haare sind erschöpft. Sie ist bis auf die Knochen müde. Das Problem ist, daß ihr großes Entzücken sie davon abhält zu schlafen, selbst wenn es Benny tut. Sie döst ein, bis ihr neonglänzend das Wort Benny in den Sinn kommt, und schon ist sie wieder wach.

Aber ein paar Mal in den letzten paar Wochen ist sie so tief eingeschlafen, daß sie voller Schreck darüber aufwachte, daß sie etwas verpaßt haben könnte: etwas Unheilvolles oder Gefährliches, was ihre sofortige Gegenwart verlangt.

Könnte sie wirklich eine stille Katastrophe verschlafen?

Zum ersten Mal in ihrem Leben hat sie sich dabei ertappt, daß sie dachte: »Ich bin zu alt dafür«; sowohl für die unerwartete Anstrengung wie für die Freude. Dr. Ogilvie hat sie gewarnt: »Es wird hart für Sie, Sie müssen gut auf sich aufpassen!« Und das würde sie auch, wenn sie könnte, aber sie ist nicht sehr diszipliniert, und Bennys Forderungen sind ziemlich nachdrücklich.

Ihre Interessen sind beschränkt: sich und Benny durch den Tag bringen. Das bedeutet unter anderem, daß sie nicht staubgesaugt hat und sich nicht erinnern kann, wann sie wohl das letzte Mal geputzt oder dem großen Schmutzrand in der Badewanne Beachtung geschenkt hat.

Wenn sie es je wieder schaffen sollte zu putzen, müßte ihnen ihre Wohnung bis weit in die vorhersehbare Zukunft hinein genügen. Aber außer wenn es um Benny geht, hat Gwen ihren Sinn für die vorhersehbare Zukunft weitgehend verloren. Die Wohnung hat zwei Schlafzimmer und sehr viel Licht, und der Garten wird sowohl von buschigem Strauchwerk als auch von einem wackligen

Holzzaun begrenzt. Vielleicht reparieren sie den Zaun und schaffen sich einen Hund an, einen Neufundländer oder einen Spaniel mit großen tiefen Augen, so wie Bennys. Oder Davids.

Sie will nicht an David denken. Sie weiß nicht, was sie seinetwegen unternehmen soll.

Sie glaubt eigentlich nicht, daß sie gar nichts tun wird. Eher quält sie die Frage, ob es nicht vielleicht ihre Pflicht ist, ihn zu informieren.

Ob Benny einen Hund mag? Oder ein anderes Haustier? Er wird seine eigenen Meinungen haben, und es wird interessant sein, sie zu berücksichtigen.

Die Wohnung ist abartig teuer, aber hier scheint alles teuer zu sein, hier draußen an der milden, schönen Küste. Nachdem sie und Jack endlich die Berge hinter sich gelassen und Abschied genommen hatten, wurden eine Menge Entscheidungen plötzlich unerwartet dringend, einschließlich der, eine Bleibe zu finden. Aber sie ist zufrieden hier, mehr als zufrieden.

Edgar hätte ihren feudalen Westküstengarten geliebt, in dem die Pflanzen eher explodieren als wachsen, und das ohne jede Mühe ihrerseits. Manchmal ist ihr eine Blume so ungezähmt üppig vorgekommen, als sei es eine Art außerirdisches Gewächs. Als sie Anfang Herbst im vergangenen Jahr einzog, war der Garten noch ein Dschungel: üppig wuchernd, monströs. Jetzt zu Frühlingsbeginn zeigt er Ansätze einer furchterregenden Erneuerung.

Aber vielleicht hätte Edgar auch der Mangel an Herausforderung abgeschreckt, daß die Pflanzen hier zu leicht blühen. Außerdem ist der Garten viel kleiner als seiner. Für Gwen jedoch ist er gerade richtig, denn sie hat nicht vor, viel Arbeit in den Garten zu stecken, würde ihn höchstens mal zurechtschneiden. Sie hofft, daß Benny ihn auch mag.

»Junge, Junge«, sagt sie und schaut auf den Schlafenden hinunter. »Junge, Junge.«

Der Ausdruck ist vollkommen wörtlich zu verstehen. Er ist ihr Junge.

In den letzten Monaten hat sie oft an Flo denken müssen: an die Flo vor über vierzig Jahren, die immer dicker und plumper wird, an Flo, die die Hand über ihren Bauch gleiten läßt und darüber nachsinnt, was da wohl in ihr heranwächst; und wie vielleicht Gwens Vater seinen Kopf und seine Hände auf Flos Bauch legt, um dem inneren Rhythmus zu lauschen.

Eine Erfahrung, die David natürlich versäumt hat.

Benny gehört Gwen. Er hat Davids Augen, aber, soweit sie sehen kann, sonst nichts von ihm. Außer natürlich einen Penis, aber das gilt wohl kaum als »seinem Vater nachschlagen«.

»Vater« ist nicht das richtige Wort. Es gibt kein Wort für David.

Was dachte Flo, was hat sie empfunden, als sie das erste Mal auf Gwen hinuntersah? Als sie Gwen an ihre Brust und ihre Schulter hob und sie zart in ihrem Bettchen umdrehte? Gwen dachte: »Benny« – ein Name, den sie nie in Betracht gezogen hatte, bis sie schließlich dieses dicke, lila Gesicht sah, das erst heftig und gequält wimmerte und dann plötzlich einen Ausdruck von so etwas wie verblüffter Unschuld annahm. Offensichtlich war er keine Sarah, aber es war auch klar, daß er kein John war. »Benny« kam ihr in den Sinn und setzte sich dort fest.

Sie weiß nicht, wie David mit Nachnamen hieß. Heißt. Bestimmt nicht Gully. Jedenfalls hat David sein eigenes Leben, seine eigene Freundin, seine eigenen Perspektiven, seine eigene Zukunft. Er ist jung und braucht auch keinen Benny. Sehr wahrscheinlich wäre er nicht einmal besonders erfreut, wenn er von Benny erführe.

Trotzdem ist es nicht ganz richtig; andererseits gibt es, wie so oft, auch nichts eindeutig Richtiges.

Sie kann sich nicht vorstellen, je wieder zurückzukehren. Wie sollte sie zum Beispiel durch dieses Gebirge kommen, ganz zu schweigen davon, ihren Weg durch diese Unendlichkeit der Prärie zu finden? Gut, es gibt natürlich Flugzeuge. Aber die Weite des Landes, das nun jenseits des Gebirges liegt, ist inzwischen ein fremdes Universum, ein entferntes Leben, eine Geschichte, so fern wie die normannische Eroberung oder die Inquisition.

Mittlerweile betrachtet sie die Dinge lieber so: Sie ist geläutert, hat sich in Gräben und Gletscherspalten von allen Arten von Krankheiten gereinigt, um für Benny Platz zu machen. Sie ist Gwen mit jetzt dreiundvierzig Jahren, und sie ist ebensosehr Kind wie er – am Beginn einer neuen, ungeformten, ungeplanten, unbekannten, unsicheren und unerforschten Zukunft.

Sie übertreibt, romantisiert und schwelgt, eine Angewohnheit, in die man leicht verfällt. Sie hat Erfahrung, viele nützliche Erfahrungen, und verfügt über beträchtliches defensives und eher wenig offensives Wissen. Sie hat Benny. Sie ist nicht dumm. So weit ist sie gekommen.

Das Problem ihrer weit zurückliegenden früheren Existenz lag vor allem darin, daß sie zuviel vorausgesetzt hat. Sie betrachtete zuviel als selbstverständlich; und was ist daran ungewöhnlich? Machen das nicht die meisten Menschen? Die Menschen haben Erwartungen, meistens klare, wenn auch ziemlich bescheidene, und sie hoffen, nicht unangenehm überrascht zu werden. Das ist alles. So soll das Leben sein, und warum auch nicht? Man braucht überhaupt Mut, um morgens aus dem Bett zu kommen, sich auf verläßliche Muster zu stützen, aber zugleich zu wissen, daß immer die Möglichkeit besteht, daß statt dessen irgendeine Umwälzung geschieht, wodurch alles für immer anders wird. Aber die Menschen stehen trotzdem auf.

Und ihr Lohn? Meistens ein armseliges Leben. Für die meisten gibt es keine Wunder mehr oder auch nur die Hoffnung auf Wunder. Und sie und Edgar hatten eindeutig nichts mehr zu erwarten.

Vielleicht ist Edgar genau wegen dieser Suche nach einem Wunder losgezogen. Aber es ist Gwen, die letztlich eins gefunden hat.

Edgar hätte Benny angebetet. Abgesehen von Davids Augen hätte er dieses dickbäuchige Baby geliebt, dessen Finger beim Schlafen über seinem rosa Mund gespreizt sind, dessen Locken feucht an seiner Stirn kleben und dessen winzige Decke mit den roten und blauen Clownsfiguren bis zu seinen pummeligen Schultern hochgezogen ist.

Diese Schultern haben sie fast umgebracht, aber dann wand und schlängelte er sich frei in das Universum zwischen ihren Beinen und hinaus in die Welt, in ihre Arme.

Woraufhin sie hinuntersah und aus dem Nichts heraus »Benny« sagte.

In den zwei Wochen seit seiner Geburt scheint er ein im allgemeinen glückliches Baby zu sein. Aber wenn er schreit, fuchteln seine kleine Fäuste hilflos, seine Wirbelsäule streckt und biegt sich, sein Gesicht ist zerknittert wie eine Dörrpflaume. Gwen überlegt, wie vertraut ihm vielleicht bereits die Nichterfüllung von Wünschen ist. Bis jetzt mußte sie seine Wünsche, die klar, freimütig und einfach sind, noch nie länger als für einen Augenblick ausschlagen. Aber der Tag wird kommen.

Nicht nur ihre Interessen, sondern auch ihre eigenen Wünsche haben sich seit dem Augenblick auf ihn verengt, in dem sie von seiner möglichen Existenz erfuhr. Mit diesem Wissen gehörte Jack, nur einen Tag, nachdem sie sich in einer Buchhandlung am Hafen verabschiedet hatten, ebenso wie die körperliche Lust der Vergangenheit an. Geblieben ist ihre Lust an Benny.

Jacks Worte stehen auf einem Regal in Gwens Schlafzimmer: sein Abschiedsgeschenk, wie versprochen, zwei Sammlungen seiner Gedichte. »Ich will dir etwas geben«, sagte er. »Abgesehen von meiner Dankbarkeit dafür, daß es dich gibt, meine ich, und für diese unerwartet tolle Reise. Ich werde für diesen Sturm ewig dankbar sein, ich möchte, daß du das weißt.«

Die Buchhandlung, in die er sie führte, hatte Regale bis zur Decke und eine dieser rollbaren Holzleitern, die in einer Schiene oben eingehängt wird. Jack schaute mit den Händen in die Hüfte gestemmt hinauf, bevor er endlich hochkletterte und mit zwei Bänden wieder herunterkam. Wie dünn sie waren! Sie war erstaunt, wie mächtig er sich offensichtlich aufgrund von etwas so Kleinem fühlte. Aber inzwischen weiß sie besser, wie sehr etwas Kleines einen tatsächlich auszufüllen vermag.

Auf die erste Seite des einen Buchs, das einfach *Wunden* hieß, schrieb er: »Für Gwen, die den Reisenden forttrug und den Leidenden Liebe gab.« In das andere mit dem Titel *Lobgesang* schrieb er: »Für Gwen, eine einzigartige Stimme auf der Straße, dem Highway, dem Weg – und dem See.«

Auf der Rückseite von *Lobgesang* war ein Foto eines Mannes, den sie nicht erkannt hätte: der junge Jack, schwarzhaarig, eindringlich ernst; ein Mann, der zu der Zeit verheiratet gewesen sein muß, dessen Kinder noch klein waren, ein Mann mit einem Leben, das sie nie nachvollziehen könnte, egal wie viele Geschichten er ihr erzählt hatte. Eigentlich ein Fremder.

»Danke«, sagte sie. »Es tut mir leid. Ich habe nichts für dich.«

»Erinnerungen.« Er klopfte an seinen Kopf. »Deine Geschenke werden immer hier drin sein.« Er berührte die Oberseite ihres Kopfes, als sei sie ein Kind, und beugte sich hinunter, um sie leicht zu küssen: ihre letzte Berührung. »Also, du versprichst mir, daß du einen Arzt aufsuchst?«

»Ja, das verspreche ich.«

»Und wenn ich dich jetzt allein lasse, kommst du zurecht und paßt auf dich auf?«

Sie nickte. »Ich komme zurecht. Danke für die Bücher. Und die Widmung. Und alles.« Beide lächelten auf eine Art, die ihr gefiel, der sie aber leicht mißtraute: als habe man freundliche und liebe Worte gesagt und sei sich einig. Und dann war dieser kräftige, starke Körper mit dem Rucksack zur Tür hinaus verschwunden. Auf dem Bürgersteig beschirmte er seine Augen, blickte zurück, winkte, und auch Gwen hob die Hand.

Sie hat sich mehrmals viel Mühe gegeben, seine Gedichte zu lesen. Aufgrund der sehr körperlichen Art ihrer Kenntnis von ihm und vielleicht auch, weil sie sich in der Wildnis zum ersten Mal begegnet waren, hatte sie erwartet, daß seine Poesie irgendwie landschaftlich sein würde, so wie die Wald-See-Himmel Bilder, die sich manche Leute gerahmt übers Sofa hängen, wenn auch nicht so vorhersehbar. Es stellte sich jedoch heraus, daß sich seine Gedichte nicht in geraden Linien bewegen. Sie versuchte, sie laut zu lesen, und an verschiedenen Stellen klingen sie wie Musik, aber sie springen auch herum und ergeben keinen eindeutigen Sinn. Sie haben in erster Linie mit Muskeln und Fabriken zu tun, mit Knochen, Leibern und Arbeit. Männerarbeit, keine Arbeit jedenfalls, die Gwen, oder zum Beispiel Männern wie Edgar, bekannt wäre. Manchmal klingen die Gedichte wie Hymnen auf Hochöfen und Bergwerke und das Be- und Entladen von Schiffen. Einmal las sie Bob von oben ein paar Gedichte vor, als er und Cathy eines Abends zu Besuch kamen. Er sagte, daß sie ihm nicht wie Gedichte vorkämen, weil sie so wahr seien. Komischer Mann, dieser Bob.

Ob sie es auch als wahr empfinden wird, wenn Jack je über ihre gemeinsame Zeit schreibt? Sie glaubt, daß das gar keine große Rolle spielt. Es sind Jacks Träume, die er in Worte gefaßt hat. Edgar hatte auch seine Träume, die ihr unbekannt waren, David hat bestimmt seine eigenen Träume, und jetzt ist Gwen von ihren Träumen gefesselt. Ist ihre Verzückung über Benny mit dem Gefühl gleichzusetzen, das Jack für seine Gedichte hat? Hat Edgar annähernd solche Gefühle gehabt, als er sich über seine Entwürfe und Pflanzen beugte?

Inzwischen ist Jack schon lange wieder in seiner Wohnung in der Stadt im Osten, schreibt und trinkt, wirbt und verführt, hat die Hochzeit seiner Exfrau gut überstanden, ebenso wie den erneuten Abschied von seinen Kindern, der nun auch schon wieder weit hinter ihm liegt. Hat sie seine Empfindungswelt bereichert, so daß sich seine Haut hin und wieder an bestimmte Berührungen und er sich dadurch an Gwen erinnert? Wie schaltet er von einer Umgebung zur nächsten um? Ist er ein Mann, der über eine Schwelle tritt und die Türe fest hinter sich schließt, oder trägt er die Spuren mit sich von Zimmer zu Zimmer?

Wie leicht sich ihr Körper unter seinen Händen bewegt hat. Das war eine erstaunliche Entdeckung, aber jetzt bewegt sich ihr Körper in andere Richtungen, die noch viel erstaunlicher sind.

Und David zapft Bier für traurige Kunden, wischt Tische ab mit dem Tuch aus seiner hinteren Hosentasche, beugt sich über Gesetzestexte; wohingegen Edgar natürlich sicher und zuverlässig genau dort bleibt, wo Gwen ihn zurückließ.

Keine Menschenseele aus dieser anderen Welt weiß, wo sie ist oder wie es ihr geht, und keinen kümmert es besonders. Wenn sie in diesem Augenblick stürbe, würde zum Beispiel die Polizei niemanden finden, den man benachrichtigen könnte.

Wenn sie jetzt stürbe, was würde dann aus Benny? Was für ein schrecklicher Gedanke! Sie erinnert sich an Sarah, die durch einen tödlichen Hausbrand in die Arme von tugendhaften, lieblosen, zerstörerischen Eltern getrieben wurde.

Für werdende Eltern ist es auf jeden Fall wichtig, einen sicheren Ort für ihr Kind zu finden, für den Fall, daß sie plötzlich nicht mehr da sein sollten. Aber bisher ist Gwen noch nicht dazu gekommen, Freunde zu finden, ausgenommen Cathy und Bob. Erst war sie zu sehr mit sich selbst beschäftigt und jetzt mit Benny. Aus vielerlei Gründen ist das unklug; er wird Spielkameraden, sie erwachsene Freunde brauchen. Das gehört zu den Notwendigkeiten, die während einer langen Ehe abhanden kommen. Aber bis jetzt war sie schon froh, wenn sie genug Zeit oder Kraft fand, um die Anforderungen des täglichen Lebens zu bewältigen. »Ich muß dich für meinen Freund gehalten haben, Edgar«, sagt sie; so viele faule Eier in diesem Ehekorb.

Inzwischen spricht sie kaum noch mit Edgar, aber heute ist ein besonderer Tag, eine Art Geburtstag; genau vor zehn Monaten, plus oder minus einige Zeitzonen, ist er gestorben. »Es ist gar nicht so lange her, seit du in deinem kleinen roten Auto auf diesen Schienen standest – hast du dich mittlerweile davon erholt, bist du darüber hinweg? Ist die Ewigkeit reine Aufmerksamkeit, so wie ich hier sitzen und Benny beobachten kann und mit ihm atme? Ist es wie Gartenarbeit, die Hände in die Erde graben, Blumen und Blätter anfassen? Oder ist Ewigkeit eher so wie andauernde Vergangenheit?«

Sie kann sich gar nicht genug darüber freuen, wie Benny riecht, die Süße seiner Haut, die noch so frisch in der Welt ist, und das leicht Säuerliche, das, wie sie sich vorstellt, mit seiner ersten Aufnahme der Unreinheiten der Welt zu tun hat. Sie beugt sich über ihn und atmet tief ein. Die Unreinheiten werden zunehmen, aber nicht immer erkennbar sein. Es werden Komplikationen zwischen ihnen auftauchen, aber, ach, noch nicht.

Süße lag auch in dem Hotelzimmer in der Luft, in dem sie die erste Nacht in dieser Stadt verbrachte. Aber das war eine Art erwachsener Duft, der die Haut durchtränkt und nicht wieder weggeht. Es gab kleine Ölfläschchen in einem Korb auf dem Badezimmerregal und auch winzige süße Seifenstückchen. Ein paar Augenblicke lang stand sie einfach in der Tür, dankbar, an einem festen Ort zu sein und nicht mehr unterwegs.

Und auch dankbar, allein zu sein. Stille – ihr war nicht klar, daß sie sich nach der Abwesenheit von Stimmen gesehnt hatte – sogar von Jacks Stimme.

Aus dem hohen breiten Fenster starrte sie tief hinunter auf die Bänder aus Highways und Straßen, an Grünstreifen vorbei auf die Weite des dunklen Ozeans mit einer kleinen, in Nebel getauchten Insel und einer sehr großen. Meilenweit drängten sich winzige Lichter in den Einkaufszentren, Bürotürmen und Wohnhäusern und zogen sich dann wie festliche Lichterketten durch Häuser und Vororte, bevor sie in der Ferne immer kleiner und schwächer wurden.

Jedes Licht stand für einen Menschen. Gwen stellte sich vor, daß viele dieser Menschen ein Leben führen müßten, das ihrem und Edgars nicht unähnlich war. Manche studierten, manche machten sauber, manche klebten in Wohnzimmern vor dem Fernseher und warteten darauf, daß der Abend vorüberging. Manche hörten in Konzertsälen, in Bars oder zu Hause Musik, und manche lagen schon zu dieser frühen Stunde im Bett und lasen. In anderen Betten gaben sich die Leute vielleicht dem Vergnügen am Körper des anderen hin oder auch dem Entsetzen daran, manche hatten Schmerzen aufgrund von Krankheit oder Grausamkeit. In manchen Betten wurden in diesem Augenblick Babys geboren, und in anderen endete das Leben. Manche Menschen sangen, während andere weinten. Die Herzen mancher Menschen füllten sich gerade jetzt in diesem Moment mit Liebe, während andere sich der Liebe entledigten.

Gwen stand über allem in ihrem stillen, duftenden Hotelzimmer.

Jetzt sehen andere Leute von ihren Hotelzimmern herunter, und einige Lichter, die sie sehen, sind Gwens Lichter.

Edgar mochte die Höhe nicht. Wenn sie zusammen verreisten, bestand er darauf, daß sie ein Zimmer nahmen, das nahe dem Erdgeschoß lag. Wenn sie früher mit Edgar im Hotel war, sprang sie nackt im Zimmer herum, posierte sogar kühn vor hellen Fenstern, bevor sie mit ihm ins Bett fiel, wobei beide die Anonymität erregte.

Wie lange war das her? Jahre über Jahre. Vor allem anderen.

Vielleicht war es der Abstand vom Erdgeschoß oder die Tatsache, sich in einem Raum zu befinden, der sich nicht bewegte, jedenfalls träumte sie in dieser ersten Nacht vom Fahren und schlief schlecht. In einem Traum steuerte sie über eine endlose flache Autobahn durch unendliche Dunkelheit, aber dann tauchten in der Ferne ein paar Scheinwerfer auf, die auf sie zukamen, riesige Lastwagenscheinwerfer. Sie rasten aufeinander zu, der Laster donnerte direkt auf sie los, unbeirrt und dunkel, während sie vergeblich damit kämpfte, die Straße zu verlassen. Sie erwachte keuchend, als der Wohnwagen gerade anfing, an den Straßenrand zu kippen, und der Laster mit einem schwarzen, brausenden Rauschen knapp an ihr vorbeiraste.

In dem anderen Traum fuhr sie einen Bergweg – nicht einmal eine Straße – entlang, an dessen einer Seite sich eine Klippe und an der anderen ein tiefer Abhang befand. Das Schreckliche an dem Traum war, daß sie wußte, daß sie ewig diesen unveränderten Weg entlangmanövrieren mußte, der nie besser oder schlechter werden würde, daß ihre ganze Konzentration für immer darauf gerichtet sein müßte, nie herunterzufallen, und daß sie herunterfallen würde, wenn sie sich auch nur einen Augenblick lang entspannte.

Sie erwachte schweißgebadet. Und als sie erwachte, war sie wirklich ziemlich krank.

Manchmal fällt es schwer, nicht einfach hinüberzulangen und Benny aufzuwecken, einfach aus Freude an seiner Gesellschaft. Aber das würde sie natürlich bereuen. Er neigt dazu, schwierig zu werden, neigt zu echter Säuglingsquengeligkeit, wenn er direkt aus dem Schlaf gerissen wird.

In ihrem Hotelzimmer, krank und allein, in der Wirklichkeit des Tageslichts, voller Angst, weit oberhalb des festen Bodens, fehlte ihr Jacks Fürsorge oder sogar Tracys Besorgnis. Gwen muß zugeben, daß sie fast panisch war, als sie an der Rezeption anrief. Was erwartete sie, einen Arzt, der hier wohnte, einen Bereitschaftsmediziner? Geöffnet wurde die Tür dann von zwei weißgekleideten Männern mit einer Trage und einem dritten, auf dessen Jacke sich das Logo des Hotels befand. Wie peinlich! »So krank bin ich auch wieder nicht!« sagte sie, obwohl sie es vielleicht doch war. »Ich habe eigentlich keinen Krankenwagen gerufen.«

Die Sanitäter waren sonderbar ungleich, der eine ein ganzes Stück größer als der andere. Schlechte Planung zweifellos – würde der Patient, der zwischen den beiden balanciert wurde, bei einer tückischen Stufe ins Schwanken geraten? »Ich denke, wo wir schon mal da sind, sollten wir Sie auf jeden Fall untersuchen lassen«, sagte der Kleinere, Untersetzte; wenigstens bestanden sie nicht darauf, daß sie sich auf die Trage legte. Und eigentlich war die schnelle, tollkühne Fahrt über rote Ampeln und quer durch den Verkehr irgendwie lustig.

Im Krankenhaus jedoch zwischen all den Leuten mit gebrochenen Gliedmaßen, den Unfallverletzten, einem schreienden rotgesichtigen Kind ohne sichtbare Verletzungen und all ihren verschiedenen Mitpatienten wurde Gwen ernüchtert und bekam wieder Angst. Ein Mann mit einem dunkelroten Gesicht wurde schnell an ihr und den anderen Patienten und sogar an den Schwestern vorbeigerollt, seine Brust hob sich offensichtlich in einem Anfall. Dieses riesige Wartezimmer war die Front in einem Kampf des Lebens zwischen Hoffnung und Untergang. Gwen fühlte, wie ihr angesichts dieser Aussichten das Blut in den Kopf schoß und ihr heiß wurde.

Edgar war zumindest schnell gestorben, war bis zu seinem letzten Augenblick gesund gewesen und ist trotzdem gestorben, obwohl er sicher noch voller aufregender Pläne war. Wohingegen sie an diesem Ort des Leidens die Drohung eines langfristigen Grauens spürt, das auf sie zukommt; etwas, das ihr Inneres zerstört.

Krebs natürlich; der Zerstörer, der Zersetzer, rasende Zellen. Das war es, was in der einen oder anderen Form heimlich und versteckt hinter Organen und Haut unauffällig nagte, bis schließlich ein feines, kaum wahrnehmbares Symptom oder ein plötzlicher Schmerzanfall zutage trat.

Wollte Gwen das wissen? Wenn sie Bescheid wußte, was würde sie dann tun?

Sie war zu jung! Aber Leute starben mit zweiundvierzig, sie starben viel jünger und an Krankheiten, nicht immer bei Unfällen wie Edgar. Das war nicht fair! Angesichts dieser Aussichten begann sie zu frösteln, spürte die Kälte. War die Ungerechtigkeit Edgars letzter alberner Gedanke, als er den Zug auf sich zurasen sah? Gwen umfaßte ihren Bauch und hörte sich selbst stöhnen.

Die zierliche, energische dunkelhaarige Frau im weißen Kittel, die schließlich ihren Namen rief und sie dann durch Doppeltüren einen breiten Korridor entlang in ein kleines Untersuchungszimmer führte, in dem Weiß und Edelstahl vorherrschten, legte Gwens neue, dünne Akte mit einem Schlag auf einen Schrank. »Also, ich bin Dr. Sullivan. Sie leiden unter Übelkeit? Was noch?«

»Schwindel. Benommenheit. Heiß und kalt.«

»Schmerzen?«

»Eigentlich nicht. Außer, daß ich mich übergeben muß. Das tut weh.«

»Wie lange geht das schon?«

Gwen gefiel diese flotte Kurzschrift und auch die flotte Frau. »Ein oder zwei Wochen bestimmt. Ich dachte, es würde aufhören, wenn wir erst die Berge hinter uns haben und nicht mehr fahren, aber heute früh stellte sich heraus, daß es doch nicht aufgehört hat.«

»So«, Dr. Sullivan warf ihr ein kurzes Lächeln zu, »ich wette, daß Sie inzwischen das Schlimmste befürchten. Was ganz Abscheuliches, hab ich recht?«

»Das«, gab Gwen zu, »oder es ist gar nichts, und ich benehme mich einfach lächerlich. Ich werde fast nie krank, deshalb ist es vielleicht einfach eine Grippe.«

»Dann fangen wir doch einfach mal an und schauen nach.«

Das bedeutete eine kurze Zusammenfassung ihrer Krankengeschichte – Masern, Mumps, abgedunkelte Räume, Flo, die hin- und herrannte; Jahre später die Fehlgeburten. »Das ist ein Jammer. Und nach den drei Versuchen haben Sie es nicht mehr probiert?« Dr. Sullivan sagte das nicht, als sei es der Verzicht auf ein wichtiges Lebensziel gewesen, sondern eine vollkommen verständliche Reaktion.

»Es war – zu schwer.« Gwen brachten ihre eigenen Worte fast an den Rand der Tränen.

»Und Sie leben allein?« Also erzählte ihr Gwen von Edgar, wie er sie verlassen hatte, wie er starb.

»Wie schrecklich.« Nun ja.

Dr. Sullivan untersuchte sie, klopfte mit den Fingerspitzen mal hier und mal dorthin, und drückte verschiedene Stellen. »Spüren Sie etwas? Einen Schmerz?« Als sie zurücktrat, runzelte sie ein wenig die Stirn. »Wann hatten Sie Ihre letzte gynäkologische Untersuchung?«

»Vor ein paar Jahren. Warum?« Gwen wußte, warum: Gebärmutterhalskrebs, Gebärmutterkrebs, die Eileiter lösen sich auf.

»Weil ich jetzt eine machen möchte.« Sie zog sich bereits Handschuhe an und holte die glänzenden, kalten Utensilien aus Stahl hervor. Jetzt kam es. Wie sonderbar, dieses unflexible, unpersönliche, innere Kältegefühl, die Kanten, die in sie glitten, ein solcher Kontrast zu der fleischigen Hitze eines Mannes. Von Männern, korrigierte sich Gwen. Nicht mehr nur Edgar.

»Wie lange«, fragte Dr. Sullivan, als sie sich endlich zurücklehnte und die Handschuhe abstreifte, »wie lange, sagten Sie, ist es her, daß Ihr Mann getötet wurde?«

»Etwas über drei Monate. Beinahe sechs, seit er fort ist.« Es kam ihr viel kürzer vor und auch viel länger. Hat er ihr ein unerfreuliches Erbe hinterlassen? Irgendeine schreckliche ansteckende Krankheit, eine Folge seines Doppellebens?

»Und wann hatten Sie Ihre letzte Periode?«

Hatte sie überhaupt eine seit der Beerdigung? Gwen war so beschäftigt gewesen in den letzten Wochen im Haus – wer achtet auf so was, wenn soviel geschieht? Der Schock verursacht sonderbare Dinge, und was immer er sonst noch gewesen sein mag, am Schluß war Edgar für sie ein Schock. »Ich habe keine Ahnung. Was haben Sie gefunden?«

Und dann kam es: »Tja. Unter den Umständen ist es sonderbar, aber es sieht so aus, als seien Sie schwanger.«

Gwens Mund klappte herunter, sie riß die Augen auf und verlor auf dem Tisch fast die Besinnung. Die Worte kreisten um ihren Kopf herum, baumelten über ihr, ein Kindermobile, das sich drehte und tanzte und eine hohe, zarte Melodie spielte.

Über Bennys Wiege spielt ein Mobile aus lauter Bauernhoftieren »Old MacDonald Had a Farm«, wenn sie es anstellt. Die lila Kuh, das rote Pferd, die gelbe Ziege und das grüne Schwein drehen sich andauernd. Ihm scheint es zu gefallen, aber er ist natürlich noch zu klein, um es richtig zu sehen.

»Wann hatten Sie das letzte Mal Geschlechtsverkehr?«

Das ist eine leichtere, weltlichere Frage. »Vor zwei Tagen.«

Dr. Sullivans Überraschung ließ sich nicht ganz verbergen. Dann nickte sie verständnisvoll und sagte: »Ich verstehe.« Gwen bezweifelte das.

»Wie schwanger bin ich?«

»Grob gerechnet drei Monate, würde ich sagen. Wie müssen noch einen Test machen, um ganz sicher zu sein, aber es sieht auf jeden Fall ganz danach aus. Hilft Ihnen das?«

Das tat es auf jeden Fall: Zum ersten Mal hatte sie die Dreimonatshürde geschafft. Gwens Lächeln, das sie Dr. Sullivan schenkte, war strahlend, ihre Welle der Hoffnung fast heftig. Wie sie es schon dreimal zuvor in ihrem Leben getan hatte, starrte sie hinunter auf ihren Bauch. Unter der Haut war nichts Gräßliches oder Tödliches, sondern ihre größte Sehnsucht; genau dort, nur Zentimeter von ihren Fingern entfernt, fast zu berühren, fast zu sehen. Wahrscheinlich wirklich.

Drei Monate. O Gott. David.

Hat er, quer durch das halbe Land, einen Kitzel gespürt, daß etwas Großes geschieht, das mit ihm zu tun hat?

Oder nichts mit ihm zu tun haben müßte.

Sie rief sich ihren ersten Eindruck von ihm wieder ins Gedächtnis; von diesem schwach beleuchteten Eingang zum Gully's, wo sie stand, seine schüchterne Storchenhaltung in ihrem beigen Wohnzimmer und seine mageren Rippen und Hüftknochen in ihrem Bett und seine schönen Augen, die sich nicht von ihren Augen lösten. Sie hörte seine junge Stimme, die nach ihren Vorlieben und Wünschen fragte.

Aber diese Vorliebe und dieser Wunsch waren viel größer, als er es beabsichtigt haben konnte, und auch als sie selbst es sich hätte träumen lassen.

Hallo, Benny. Hin und wieder rührt er sich, und von seinen Lippen entweicht ein kleines blubberndes Geräusch, aber dann schläft er wieder weiter.

Als sie sich im Untersuchungsraum wieder anzog, brachte sie es fertig, vor Dr. Sullivans Füßen ohnmächtig zu werden, glücklicherweise ohne dabei mit scharfen Kanten und Metallspitzen in Berührung zu kommen. Daraufhin bestand Dr. Sullivan natürlich darauf, sie dazubehalten. »Es kann der Blutdruck sein. Oder das Untersuchungsergebnis hat Ihnen den Atem genommen. Aber ich denke, wir checken Sie lieber noch mal durch.« Dann ein Aufblitzen von Angst, daß ihr dieses wilde, fröhliche Geschenk noch immer genommen werden könnte.

Gwen verbrachte drei Tage auf einem schmalen, harten Krankenhausbett, hatte jedoch das Gefühl zu schweben, schwerelos durch die Luft zu gleiten. Sie wurde regelmäßig gepiekst und untersucht, zu allen möglichen Tests mal dahin und mal dorthin gerollt. »Was können Sie sagen?« fragte sie immer wieder. »Ist es gesund?« Abgesehen von der Angst, fühlte sich alles gut an; nicht wie bei den anderen Schwangerschaften, es gab keine Schmerzen, nichts floß heraus.

»Sieht alles gut aus«, sagten die Schwestern und Ärzte und Assistenten immer. »Bleiben Sie einfach noch ein bißchen länger bei uns.«

Eine hochschwangere Frau wölbte sich riesig unter dem Laken im anderen Bett im Zimmer. Sie war an einen großen Apparat neben ihrem Bett angeschlossen und schien sich in einem Dauerschlaf zu befinden. Gwen drehte sich immer weg, sie wollte nichts mit den Schwierigkeiten zu tun haben, die sich in der Stille abspielten, sie wollte keinerlei Kontakt mit Mißgeschick. Immer wieder berührte sie ihren eigenen Bauch – in dem jemand war, kaum vorstellbar!

Ein Mann Mitte fünfzig, mehr oder weniger in Jacks Alter, aber weniger vital, sondern eher matt, stellte sich als Geburtshelfer vor. Dr. Ogilvie. Es dauerte eine Zeit, sich für ihn zu begeistern, aber über die Monate wuchs ihre Dankbarkeit für die Festigkeit seiner Stimme und seiner Hände, die Sicherheit bei allem, was er tat, und dafür, daß sie sich bei ihm in guten Händen fühlte. Ihre Beziehung begann nur deshalb etwas unglücklich, weil er nicht nur ihre eigene Krankengeschichte wissen wollte, sondern auch die des Vaters. Davids.

»Ich weiß fast gar nichts von ihm, außer daß er Jura studiert und in der Kneipe seines Vaters arbeitet. Er ist jung und sah ganz gesund aus, und offensichtlich«, und hier lächelte Gwen, weil sie nichts gegen die Wogen ungeheuer hartnäckigen Glückes tun konnte, »ist er potent. Seine Mutter starb an Krebs, ich weiß nicht, an was für einer Art Krebs, aber sein Vater wirkte ziemlich kräftig. Mehr kann ich Ihnen nicht sagen.«

Dr. Ogilvie runzelte die Stirn. »Sie sollten versuchen, das herauszufinden. Ein erstes Kind, nach so langer Zeit. Ihre Geschichte.«

Später lernten sie sich viel besser kennen, beide achteten auf ihren Körper und seinen delikaten Inhalt. Es ist schwer, viele Geheimnisse vor jemandem zu haben, der tief ins Innere blickt. So kroch er immer wieder zwischen Gwens Beine, gebückt wie ein Bergarbeiter, der an einem schwierigen Flöz arbeitet – natürlich erzählte sie von Edgar und David, sogar von Jack, und vor allem von sich, warum nicht?

An Gwens zweitem Tag im Krankenhaus wurde ihre Zimmergenossin hinausgerollt, immer noch schlafend und an verschiedene Schläuche angeschlossen, und kam nicht zurück. »Ein Kaiserschnitt«, erklärte ihr die Nachtschwester später. »Wir haben so lange wie möglich gewartet, um dem Baby die größte Chance zu geben, und«, sie lächelte, »es ist gutgegangen. Die Mutter hatte eine schwere Zeit, aber sie wird auch wieder zu Kräften kommen, es dauert nur noch ein bißchen.« Es war nett, wie sich die Schwester sorgte. Gwen nahm das als gutes Zeichen.

Es gab viele gute Zeichen. Gwen hoffte, daß die Freudenschauer, die sie immer wieder durchliefen, von ihrem Kind als Vergnügen und nicht als Störung empfunden wurden. Das Glück schlich sich in sie, wälzte sich durch ihren Körper, ließ ihn beben und heiß werden. Ganz bestimmt würde das Kind wissen, daß diese Freude wie ein Seil, wie ein Band um sein Wohl geschnürt war; bestimmt konnte es dadurch nur ermutigt, nur gestärkt werden.

An ihrem dritten Tag wurde sie vertrieben. Dr. Ogilvie betrat ihr Zimmer und sagte, indem er sich die Hände rieb: »So, jetzt haben wir unseren Teil getan, Ihr Blutdruck hat sich stabilisiert, und jetzt können Sie wieder hinaus ins Leben. Ich nehme an, Sie müssen einiges arrangieren, und ich will Sie oft sehen, aber Sie sind jetzt wieder gut in Schuß. Ich bezweifle sogar, daß ihnen noch sehr lange schlecht sein wird, wenn überhaupt. Also, ab mit Ihnen.«

Also ging sie. Zurück zum Hotel, im Taxi. Für das ganze Geld von Edgar ist sie sehr dankbar; es muß jetzt für zwei reichen. »Was denkst du, Edgar?« fragt sie. »Ist das nicht erstaunlich? Alles? Wie alles gekommen ist?«

Sie verkaufte den Wohnwagen ohne eine Sekunde zu zögern oder zurückzuschauen. Sie fand diesen Platz zum Wohnen. Aus Katalogen und Läden bestellte sie Möbel und Waren für einen ganzen Haushalt, von Laken und Handtüchern bis zu Geschirr und Mülleimer. Eine Zeitlang glühte sie vor hoffnungsfroher Kraft und Energie: Denn sie baute sich ein Nest, nicht nur einen Ort für sich oder für sich und einen Ehemann, der einziehen könnte, sondern ein Heim. Wenn Benny auf seine Kindheit zurückblickt, wird dies der Ort sein, an den er seine stärksten Erinnerungen haben wird: die, die ihn geformt und verändert haben.

Es sind durchweg lebendige Farben: ein ozeanblaues Sofa mit roten und gelben Kissen, eine strahlendgelb gestrichene Küche, die das Sonnenlicht durch das Fenster und die Tür zum Garten einfängt; ein Schlafzimmer in tiefem Kastanienbraun für sie, ein mit Enten, Gänsen, Vögeln, Eichelhähern und Kanarienvögeln tapeziertes Zimmer für Benny. Ein stoffbezogener Fußschemel für den hölzernen Schaukelstuhl im Wohnzimmer: ein Geschenk von ihr für sie beide.

Eine Zeitlang war sie sehr beschäftigt; und dann saß sie ein paar Monate lang vor allem einfach nur da, manchmal an milden Tagen, wenn es nicht regnete, draußen, wobei sie den Kopf in die Sonne hielt und ihren Bauch wie eine Schlange wärmte, sonst drinnen auf dem Sofa, wo sie ein Nickerchen machte, las oder ins Leere starrte. Ihr Kopf war merkwürdigerweise leer. Die meiste Zeit konnte sie nicht einmal eine zusammenhängende Unterhaltung mit Edgar führen. Manchmal kam Cathy von oben runter und saß bei ihr und las ihr laut aus Zeitschriften über Babies und Berühmtheiten vor.

Cathy war sehr begeistert. Sie und Bob wirken wie Leute, die wunderbar zu Hause trinken können, oder auch im Gully's, und Gwen hat sie auch tatsächlich an dem Abend, als sie einzog, so kennengelernt. Sie klopften an ihre Tür und fragten sie, ob sie Lust habe, auf einen Drink mitzukommen. »Würde ich gern«, sagte sie. »Aber ich darf ein paar Monate nichts trinken. Bis das Baby da ist.«

Das war ihre erste öffentliche Bekanntmachung des Ereignisses. Am liebsten hätte sie diese Worte immer wieder gesagt. Cathys rosa Gesicht wurde vor lauter Innigkeit so faserig wie ein ausgestopftes Spielzeug. »Oh, ist das nicht entzückend!« Bobs Gesicht, das noch rosiger war, blieb mehr oder weniger das Gesicht eines Mannes, der sich zwar nicht gerade ungeduldig, aber doch sehr auf eine Nacht in einer Bar freut. Aber auch er lächelte. »He, gratuliere, das ist ja toll.«

Cathy kam am nächsten Tag allein runter und brachte einen kleinen, aber blühenden Feigenbaum im Topf mit; ein gesundes Pflanzengrün, das sich gegen ihr lila-braun gestreiftes Kleid abhob, zu dem sie flauschige violette Pantoffeln trug. »Ich dachte«, sagte sie mit der warmen, rauhen Stimme einer sechzigjährigen Raucherin, die trinkt, oder einer Trinkerin, die raucht, »Sie könnten vielleicht was Grünes brauchen, damit Sie sich mehr wie zu Hause fühlen.«

Grünpflanzen! Für Gwen! Sie mußte lächeln.

Gwen schätzt an Cathy ganz besonders, daß sie weder spioniert noch urteilt. Falls sie fand, daß Gwen für eine Frau, die zum ersten Mal Mutter wird, zu alt sei, falls sie Bedenken hatte, weil Gwen allein auf der Welt war, offensichtlich keine Interessen hatte, außer zweimal am Tag zu kurzen Spaziergängen loszuwanken, manchmal zu dem Schnellrestaurant die Straße runter mit Cathy oder allein, um ein paar kleine Besorgungen zu machen, so gab es bei Cathy nicht das kleinste Anzeichen, daß sie im stillen der Meinung war, etwas sei da nicht in Ordnung.

Tatsächlich sagt sie gern: »Für mich bist du okay«, und das nicht nur zu Gwen, sondern auch zu Leuten in Läden oder zu den Bedienungen im Café, als sei »Für mich bist du okay« eine Art Motto, nach dem man leben konnte.

Sie sagt auch gern: »Ein Mensch tut immer ziemlich genau das, was er tun muß.« Sie hat eine ausladende Art, die Achseln zu zukken, ein wuchtiges Heben und Senken der Schultern, das suggeriert, sie könne auf diese Art eigentlich jeden verstehen, von Serienmördern bis zu glücklichen Ignoranten wie Gwen.

Bob ist Cathys dritter Ehemann. »Nur daß wir, um die Wahrheit zu sagen, eigentlich gar nicht verheiratet sind. Er ist eine guter Kerl, und ich habe ihn gern um mich, und mittlerweile reicht mir das.« Ihr erster Mann starb jung, ein Dachdecker, der von einem dreistöckigen Gebäude fiel und dabei noch, wie Cathy sagte, »eine Schindel und seinen Hammer in der Hand hatte«. Der zweite war »ein schrecklicher Fehlgriff. Nachdem Jim gestorben war, wollte ich immer noch unbedingt mit jemandem zusammensein, also heiratete ich Terry. Das dümmste, was ich je gemacht habe. Sobald mir das klar war, habe ich ihn sofort verlassen. Die ganze Sache von Anfang bis Ende dauerte vielleicht eine Viertelstunde.«

»Was war denn mit ihm?«

Cathys Schultern hoben sich und fielen in ihrem mächtigen Schulterzucken wieder herunter. »Ein paar Tage nach der Hochzeit sagte er mir, was ich machen sollte, ihm ein Bier oder ein Sandwich oder irgendwas holen. Ich meine, er sagte es mir, er fragte nicht, gleich beim ersten Mal, und du weißt, was das heißt. Also sagte ich: ›Frag anständig, oder mach es selber!‹ Denn du weißt ja, solche Sachen müssen von Anfang an klar sein, und da holte er doch tatsächlich aus. Wenn ich nicht sein Handgelenk gepackt und festgehalten hätte, dann hätte er mich geschlagen. Wir starrten uns nur an, und ich weiß nicht, was er sah, aber das, was ich sah, hat mir jedenfalls nicht gefallen. Also rammte ich ihm das Knie in die Eier, damit ich genug Zeit hatte, ein paar Sachen zusammenzuraffen und abzuhauen.«

Gwen saß mit offenem Mund staunend da – so schnell und entschlossen zu handeln! Sie hätte ihm wahrscheinlich weiter vertraut oder gehofft, ihm vertrauen zu können; sie hätte Dutzende von Schlägen eingesteckt, bevor sie ihren Arsch hochgekriegt hätte. Es kommt ihr so vor, als habe sie ewig gebraucht, um irgend etwas zu kapieren, und selbst dann mußte man ihr praktisch auf den Kopf hauen.

Natürlich erzählte Gwen Cathy alles über Edgar – wie oft und wie lange würde dies ihre interessanteste Geschichte aus ihrem Leben sein?

Nicht länger, jetzt nicht mehr.

»Ach du heilige Scheiße!« lachte Cathy. »Das hast du ja fein eingefädelt! Ein Typ verläßt dich, und schon muß er ins Gras beißen! Ich wünschte, ich hätte so was arrangieren können. Das hätte Terry echt gutgetan, wenn er so einen großen fetten Zug auf sich hätte zurasen sehen.«

Bob ist unbeschwert und entspannt, er ist zufrieden, wenn er einen Arm um Cathy gelegt und in der anderen Hand ein Bier hat. Er hat vierzig Jahre in einer Autofabrik verbracht und »verdammte Türen in die Rahmen gehievt. Das schwerste, was ich in meinem Leben noch jemals heben werde, ist ein volles Glas Bier.« Das stimmt nicht ganz; er ist auch glücklich und zärtlich, wenn er Benny wiegt. Bob ist ein Mann mit einem rauhen weichen Herzen und ohne eigene Kinder.

Gwen ist sich bewußt, daß sie in ihrem früheren Leben auch den freundlichsten, nettesten Nachbarn, nicht einmal Beth-Ann, je so zugetan war wie Cathy und Bob. Ihr ist auch klar, daß das eine Veränderung in ihr selbst ist und nicht an den anderen liegt.

Es waren Cathy und Bob, die sie ins Krankenhaus brachten, als sie sie rief, und die sie und Benny dann wieder nach Hause brachten. Cathy hatte sogar angeboten, bei der Geburt dabeizusein, aber Gwen sagte nein. Sie wollte so allein wie möglich bleiben. Das heißt, sie hatte vielmehr den verrückten und sonderbaren Gedanken, daß sie, wenn überhaupt jemanden, dann am liebsten Flo dabei hätte.

Flo wäre eine überschwengliche Großmutter gewesen. Begeistert und nachsichtig. Eine Spielkameradin.

Wenn Gwen zu alt ist, um zum ersten Mal Mutter zu werden, ist sie wahrscheinlich auch zu alt, um nach ihrer Mutter zu verlangen. Aber so ist es: Mehrmals in den letzten Monaten hat sie stumm oder ganz laut gerufen: »Ich will meine Mutter!« Es geschah in Momenten, in denen sie durchhing, schwach war, Angst hatte oder im Kreißsaal, als sie die erstaunlichsten, heftigsten Schmerzen hatte.

Hat Flo das mit Gwen durchgemacht? Dann muß Flo sie geliebt haben; niemand sollte diese Höllenqualen für etwas anderes als Liebe durchleiden. Gwen muß Liebe mit Zärtlichkeit verwechselt haben und durch die Abwesenheit des einen auch die Abwesenheit des anderen unterstellt haben. »Es tut mir leid, Flo«, flüstert sie jetzt. »Ich wußte es nicht.«

Für Benny wird es keine derartige Verwechslung geben. Gwen sagt ihm jetzt schon immer wieder und wieder, daß sie ihn liebt, auch wenn er die Worte vermutlich noch gar nicht versteht.

Könnte Flo das auch gemacht haben? Bevor Gwen Wörter verstand? Warum war Flo mit ihrer tiefen Stimme, ihren großen Gesten, ihren leuchtenden Gewändern und ihrer ungeheuren, nie nachlassenden Energie für Gwen ein so schlechtes Vorbild? Warum hat sich Gwen immer kleingemacht, so daß sie sich zwanzig Jahre lang mit einem Leben zufriedengab, ohne der Sehnsucht ihres Herzens zu folgen? Was übrigens nicht nur eine Sarah, ein John oder ein Benny war, sondern auch etwas anderes: weniger definierbar, aber sehr groß.

Es gibt eine ganze Menge, das Gwen mit Flo gern besprechen würde. Zwei erwachsene Frauen, die bei einer Tasse Tee sitzen oder beim Wein und Themen diskutieren, die beide gleichermaßen interessieren: Liebe, volle Brüste und schmerzende Brustwarzen, Blut, Männer, Schmerzen verschiedener Art, Verluste und Gewinne, den Blick – und den Griff – fest auf wahre Ziele zu richten. Flo war gut darin; zumindest sieht das Gwen inzwischen so. Wie sie auch bei Edgar einsieht, auch wenn sie es nicht wirklich akzeptiert, daß sie nie vollkommen Bescheid wissen wird.

Wenn sie schon ihre Mutter nicht haben kann, dann ist sie verdammt froh um Cathy und Bob. Selbst Bennys Schreien alle paar Stunden – anscheinend unvermeidlich, egal wie schnell Gwen mit ihrer Brust zur Stelle ist – scheint sie nicht zu stören. »Oh«, sagt

Cathy sorglos, »wir hören ihn natürlich, aber es ist ja nicht so, daß wir morgens aufstehen müssen. Ich bin inzwischen nachts oft genug wach und Bob auch, wir schlafen nicht durch. Wir sind einfach froh, daß er gute Lungen hat. Und alles andere.« Gwen ist auch froh darüber. Bei allem, was selbst bei den allerbesten Voraussetzungen noch schiefgehen kann – wer sollte sich da keine Sorgen machen? Dr. Ogilvie sagte, daß Sorgen, wenn sie überhaupt eine Wirkung haben, nur schädlich sind. Aber es ist sehr schwer, sie in den Griff zu kriegen.

Benny hätte schreckliche Probleme haben können, aber es sieht so aus, als habe er keine.

Ein dicker, kleiner Arm kommt unter der Decke hervor, und ein kleiner Seufzer dringt in die Luft. Wovon träumen Babys? Kaum zu glauben, daß er schon genug Bilder für einen Traum im Kopf hat.

Wenn er wach ist, knabbert Cathy gern an seinen Zehen; Bob reibt seine Nase an seinem Bauch; Gwen macht beides, aber am liebsten hat sie es, wenn Benny seine Finger um einen ihrer Finger wickelt; die Unschuld der Geste, das Vertrauen, auch wenn er noch gar keine Ahnung zu haben braucht, was Vertrauen und Unschuld sind.

Was für ein Junge wird er wohl? Was für ein Mann?

Auf jeden Fall besser als Edgar.

Als Grace auf den Säugling Edgar hinunterblickte, muß sie es mit ähnlichen Augen wie Gwen getan haben: hoffnungsvoll, vertrauensvoll, entschlossen, mit wilder Loyalität. Sie hätte sich nicht vorstellen können, hätte sich nicht träumen lassen, daß er ein Lügner, ein Betrüger oder ein Feigling werden könnte. Oder daß er unter den kreischenden Rädern eines Zuges enden würde. Gwen fröstelt, nicht ihre erste Berührung mit der Angst.

Säuglinge sind, so sagt man, einfach Engel, einfach Lämmer – runde Kreaturen mit reizenden, wundersamen Augen. Aber bald wird Benny Erfahrungen haben, die sich dann in diesen Augen zeigen werden. Sein Körper wird sich in die Länge ziehen, sich dehnen und härter werden, wenn er ein Junge, ein Jugendlicher, ein

Mann wird. Gwen erwartet, daß er groß werden wird, eher wie David, mit langen Beinen, aber bis jetzt ähneln seine Züge eher den ihren, sind sie eher klein als schmal.

Aber mit der Zeit verändert sich mehr als die äußere Erscheinung.

Was immer aus Edgar wurde, Grace hatte ihn sicher angebetet. Was immer aus Benny wird, Gwen kann sich nicht vorstellen, ihn nicht anzubeten. Sie hofft, daß er ein freundlicher Junge wird. Ein ehrlicher. Zumindest war sein Vater freimütig: impulsiver, ausgezeichneter Sex, und weg war er. Er schien auch rücksichtsvoll zu sein. Freundlich. Jemand, der aufmerksam ist. Aber das sind wahrscheinlich keine vererbbaren Eigenschaften; es gibt keine Gene für Freundlichkeit wie für Augen und Knochen.

Wie unglücklich wird Benny darüber sein, daß er keinen Vater hat? Was sollte sie ihm von David erzählen? Was wird Benny von ihr denken, daß sie nicht einmal den Nachnamen seines Vaters kennt, die grundlegendste Information, die ein Kind von seiner Mutter erwarten dürfte?

Sie kann sich vorstellen, daß eine heftige Neugier entsteht. Sie kann sich vorstellen, wie der robuste David, vierzig, erfolgreicher Anwalt (oder einer, der sich der Unterdrückten annimmt, wie er andeutete), umgeben von einer Gruppe fröhlicher Kinder und einer Ehefrau, die ebenso hingebungsvoll ist wie er, in einigen Jahren ans Telefon geht oder die Tür öffnet und seine erwachsene Überraschung erlebt.

Es ist keinesfalls unmöglich, jemanden zu finden, wenn man entschlossen genug sucht, und sie möchte gern, daß Benny ein entschlossener Mensch wird.

Es gibt keine fehlerlose Erziehung. Wenn Gwen viel wettmachen muß – zum Beispiel den Mangel an Vätern –, dann wird Benny entsprechend mehr Aufmerksamkeit von ihr bekommen. Statt des gelegentlichen Restaurantbesuchs mit Edgar, der Büroparty oder dem Nachbarschaftsgrillen, dieser Veranstaltung für Paare, wird sie Parties für die Kinder aus der Nachbarschaft geben.

Sie wird mit Benny in Kinderfilme, Konzerte und Theaterstücke gehen. Sie wird ihn auf der Schaukel anschubsen und mit ihm wippen. Sie wird aufpassen, während er sich anderen Kindern nähert und sie sich ihm nähern. Sie wird ihm auch vorlesen, und später wird sie zuhören, wie er ihr vorliest. Sie wird oft den Arm um ihn legen. Sie wird sich alberne Witze anhören, und sie werden viel lachen.

Sie wird voller Angst beobachten, wie er allein weggeht. Sie wird ihm Radfahren beibringen. Sie wird seine Zeugnisse mit Stolz oder Besorgnis lesen. Sie wird manchmal streng mit ihm reden müssen. Und es wird Gelegenheiten geben, zu denen er streng mit ihr ist.

Bevor das alles anfängt, könnte sie wirklich noch etwas Schlaf brauchen. Sie könnte fast hier im Sitzen einnicken, aber er wird bald aufwachen. Hin und wieder rascheln und verlagern sich seine Beine, und er stöhnt. Wie fühlt sich sein Bewußtsein mit zwei Wochen an, wenn er wieder zurückkehrt? Ist es so flaumig wie seine Vorstellung und immer noch vor allem ein warmes, sicheres Gefühl?

Sie wünschte, sie hätte nicht so viele Fotos weggeworfen. Die wenigen, die sie noch besitzt, sind sehr alt; Szenen mit ihrem Vater und Flo, und von Edgar nur welche aus ihrer Anfangszeit. Sie kann ihre Hände sehen, wie sie Bild für Bild in eine grüne Mülltüte fallen ließen, ganze Haufen von glänzenden, farbigen Bildern. Eine ganze gestellte, lächelnde Geschichte ist weg. Sie muß schrecklich wütend gewesen sein. Sie muß geglaubt haben, daß sie Edgar nie mehr würde wiedersehen wollen.

Wie sich jedoch zeigt, würde es ihr nichts ausmachen, noch einmal einen Blick auf dieses Gesicht zu werfen, auf diese Augen, diesen Mund, diesem Ausdruck, um zu sehen, was aus der Distanz zu erkennen sein könnte. Besonders ein Bild ist ein Geheimnis. Sie hatte eine gerahmte Fotografie von sich, die jahrelang auf ihrem Nachttisch stand, aber die dazu passende von Edgar ist einfach nicht auffindbar. Sie ist fast sicher, sie nicht weggeworfen zu haben. Alles, woran sie sich erinnert, ist, daß sie sie umgedreht auf seinen

Nachttisch gelegt hat, als er sie verließ. Sie konnte ihn nicht mehr im Raum ertragen, aber sie konnte ihn auch nicht ganz verbannen. Und jetzt kann sie ihn gar nicht mehr finden.

Sie würde eigentlich gern mehr Dinge für sich und Benny besitzen, die Geschichten erzählen. Wenn er keinen Vater hat, sollte er zumindest irgendeine Art Geschichte haben.

Was könnte er wohl über Gwen hören wollen?

Sie kann von Flo erzählen und ihrer mutigen Lebendigkeit, von ihrem Vater und seiner ruhigen, geistesabwesenden Zuneigung. Von den Picknicken mit ihnen, den Ferien, Schwimmausflügen an die See an Sonntagnachmittagen. Nicht viel Zerrüttetes. Sie will glückliche Eindrücke von Großeltern erschaffen, die ihre reine Freude an ihm gehabt hätten.

Es ist zu schade, daß er keine Großeltern haben wird. Nicht nur David wird abwesend sein, sondern auch Davids Vater. Aber das eine Mal, an dem sie Davids Vater gesehen hat, im Gully's nach Edgars Beerdigung, mißbilligte er Davids Absicht, sie nach Hause zu fahren. Unwahrscheinlich, daß ihn das Ergebnis erfreuen könnte.

Sie könnte Benny erzählen, wie Edgars Finger die ihren am Ende des Ganges berührten, Edgars Augen und ihre, die mit Hoffnung und Gefühl gefüllt waren. Visionen von Sonnenauf- und -untergängen, Gewittern, die sie gemeinsam beobachteten, Blitze, die aus Edgars Fingerspitzen, seiner Zunge, seiner ganzen Haut strömten, wenn sie in den frühen Tagen miteinander schliefen. Seine blassen Augen blickten auf sie herab, zu ihr hinauf.

Das vielleicht nicht.

Wohin geht das Verlangen?

Edgars, so scheint es, richtete sich auf diverse Geheimnisse und eine Leidenschaft für Pflanzen. Was waren diese treibenden, anmutigen Schwertlilien und Lupinen, diese extravaganten, festverwurzelten Funkien anderes als verdrängtes Verlangen? Und am Ende hatte er nur häßliche Dinge zu sagen, das Schöne ließ er aus.

Kein Wunder, daß sie sich bei seiner Beerdigung schlecht benahm.

Das schlechte Benehmen bei der Beerdigung führte zu David. Der zu Benny führte.

Was ein einziger Augenblick alles verändern kann: ein kleines Ereignis oder die Abwesenheit eines kleinen Ereignisses. Der Tag vor langer Zeit, an dem sie eine Sarah, einen John verlor und Edgar nicht nach Hause kam. Vor zehn Monaten, als er es nicht schaffte, von den Gleisen zu kommen – Momente wie diese, die das Leben völlig verändern.

Eine Leidenschaft mit David.

Manche Augenblicke haben gar nichts Heiliges, aber – man schaue sich Benny an – auch wenn ihnen nichts Heiliges innewohnt, so können sie dennoch den Keim der Verwandlung in sich tragen.

Seine Augenlider zucken, und er fängt an, die Stirn zu runzeln, kleine Falten bilden sich zwischen seinen Augen. Gleich werden sich diese Augen langsam öffnen, langsam, klebrig vom Schlaf, und er wird kurz leicht ärgerlich schauen, dann erstaunt, und dann wird sich sein Mund öffnen, um zu brüllen. Aber schon während sich seine Augen öffnen, greift sie nach ihm.

Ihr Rücken tut weh, ihre Schenkel spannen, ihre Brüste weinen vor Erschöpfung. Ihre Arme sind weich vor Liebe. Er ist süß wie Honig, glatt wie Seehundhaut, zart und saftig wie Kalbfleisch. Sie muß aufpassen, daß sie einander nicht einfach aufessen. Benny findet tastend und verlangend ihre Brust, sehr nah an ihrem Herzen.

Er verändert sich jeden Tag, und etwas Neues geschieht – es ist wirklich etwas Außergewöhnliches, auf der Welt zu sein. Seine Fontanelle pulsiert im Takt mit seinem saugenden Mund und ihrem glücklichen Herzen. Ein gutes Ende führt zu einem guten Anfang, und vielleicht auch umgekehrt. Sie hofft, daß auch Edgar das inzwischen weiß. Denn was verdankt sie ihm nicht alles! Sie ist dankbarer, als er es voraussehen, beabsichtigen oder sich erträumen konnte, und letztlich wünscht sie ihm deswegen alles Gute.

Titel der Originalausgabe: Getting over Edgar
Umschlaggestaltung: Michel Keller, München
Satz: Reinhard Amann, Aichstetten
Druck & Bindung: Pustet, Regensburg
ISBN 3-88897-246-9

1 2 3 4 5 • 04 03 02 01 00